의술은 **국경**을 넘어

의술은 국경을 넘어

첫판 1쇄 펴낸날 2006년 2월 13일

지은이 나카무라 테츠 | 옮긴이 아시아평화인권연대
펴낸이 강수걸 | 펴낸곳 산지니
등록 2005년 2월 7일 제14-49호
주소 부산광역시 연제구 거제1동 1493-2 효정빌딩 601호
전화 051-504-7070 | 팩스 051-507-7543
E-mail sanzini@sanzinibook.com
http://www.sanzinibook.com
편집 김은경·권경옥 | 디자인 권문경 | 인쇄 현문인쇄

ISBN 89-956531-2-4 03830
값 13,800원

이 도서의 국립중앙도서관 출판시도서목록(CIP)은
e-CIP 홈페이지(http://www.nl.go.kr/cip.php)에서
이용하실 수 있습니다.(CIP 제어번호 : CIP2006000188)

나카무라 테츠
아시아평화인권연대 옮김

의술은
국경을 넘어

산지니

국경을 넘어선 의료인의 양심

김인세_부산대학교 총장, 의학박사

지역과 국가의 경계를 넘어 인도주의 차원에서 국제 봉사활동에 참여하는 많은 단체와 개인들이 있다. 그중에서도 의료인들의 경우는 그 직업정신이 휴머니즘을 본질로 한다는 점에서, 그리고 고통받고 있는 이들에게 실질적인 도움을 제공할 수 있다는 점에서 인도주의의 실천을 실로 중요한 덕목으로 삼아야 한다.

'국경없는 의사회' 같은 국제적 NGO의 활동은 이미 잘 알려져 있으며, 우리나라에도 '그린닥터스'와 같은 대표적인 의료봉사 단체가 활동의 범위를 넓혀가고 있다. 그린닥터스는 정치, 종교, 인종, 국가를 뛰어넘어 인류의 행복을 위해 재난, 재해, 사고, 전염병 발생으로 응급의료 및 구호체계가 필요한 곳이면 어디든 달려가 인명구조와 구제활동을 벌인다. 작년에 발생한 파키스탄 대지진 현장에서도 이들은 선봉에 서 있었으며, 재작년 12월 스리랑카 쓰나미 때도 세계적으로 가장 먼저 재해 현장에서 의료봉사활동을 전개했다. 그린닥터스 공동대표의 한사람으로서 나는 이러한 국제화해와 공존을 위한 민간 활동이 많은 관심과 지원을 받기를 기대한다.

그런 의미에서 우리지역의 대표적 인권운동단체인 아시아평화인권연대가 번역한 나카무라 테츠의 저서는 민간단체 활동가들과 많은 의료인들, 그리고 일반인들에게 보감(寶鑑)이 될 것 같다. 일본인 의사 나카무라 테츠는 1984년 파키스탄 페샤와르에 있는 한 병원에 부임한 이후 파키스탄-아프가니스탄 국경 근처에서 17년간 의료활동을 펼친 인물이며, 이 책은 그 활동 기록이다.

파키스탄에는 한센병 환자가 많았다. 최근 연구에 의하면 한센병은 북인도를 발생지로 하여 전 세계에 확산되었다고 한다. 한센병에 대한 사회적 편견은 파키스탄도 다르지 않았으며, 의사 나카무라는 합병증과 사회적 편견의 이중고에 시달리는 한센병 환자들을 위해 헌신적으로 일하였다. 합병증을 줄일 수 있는 방법을 찾아 샌들 공방을 만들기도 하였다.

한편, 당시에는 200만 명이 넘는 아프간 난민들이 페샤와르 근처 국경 지대에서 캠프를 차리고 있었고, 온갖 전염병이 창궐하고 있었다. 나카무라는 이것 또한 예사롭게 넘기지 않았다. 아프간 난민들을 위한 병원을 세우고, 조직을 만들어 그들을 돌보았다. 이후 내전과 자연재해로 초토화되다시피 한 아프간 산속 오지에 들어가서 진료소를 만드는 일에 솔선수범하였다.

그 과정에서 예전의 청년의사는 장년이 되었고, 이제 노년을 목전에 두고 있다. 하지만 아직도 그는 파키스탄과 아프가니스탄 현지에서 가난하고 고통받는 사람들과 함께 하고 있다.

또한 일본에서 평화 헌법 9조 개정, 자위대 문제 등에 있어서 극우경화 움직임이 심해지고 있는데 대해서도 의사 나카무라는 솔직하게 비판하는 등 양심적 지식인으로서의 역할도 다하고 있다.

전쟁과 폭력으로 얼룩져 있는 지구촌 한 구석에서 묵묵히 인간에 대한 사랑을 실천하고 평화를 전파해 온 의사 나카무라의 활동 기록은 우리에게 국경을 넘어선 의료인의 양심을 느낄 수 있게 해 주고 있다.

아무쪼록, 이 책을 통하여 독자들이 우리 주변의 문제뿐만 아니라 환경, 산업, 재난 등 범지구적인 문제에 대한 의식을 전환하고, 민족과 국경을 초월한 진정한 인도주의의 의미를 되새겨 보기를 바란다.

2006년 1월 17일

감사의 마음을 전하며

1996년 이후 몇 해 동안 우리는 부산에 있는 '외국인노동자인권을 위한 모임'의 여러 부문에서 일을 하였고 그 과정에서 한국 사회에서 이주 노동자들의 인권을 위해 일한다는 것이 결국 아시아 각 나라의 민주화와 인권 신장을 위한 일과 떼려야 뗄 수 없는 일임을 알게 되었다. 그리고 이것은 다시 전쟁이 없는 평화로운 사회, 차별 없는 평등한 사회 그리고 기아와 문맹으로부터 벗어나는 사회를 건설하는 일임을 깨닫게 되었다.

이 무렵 미국은 9·11 테러로 촉발된 반테러 전쟁의 명분으로 아프가니스탄을 침공하였다. 그렇지만 반테러 전쟁이 또 다른 전쟁을 불러일으킨다는 것은 불을 보듯 분명한 사실이었다. 평화롭고 평등하며 기아가 없는 사회는 총구를 통해서가 아닌 학교와 병원 그리고 삽을 통해서만 이루어질 수 있다고 우리는 굳게 믿었고, 지금도 그 믿음에는 한 치의 의심도 없다. 그러한 믿음들이 모여 '아시아평화인권연대'를 만들었다. 그리고 첫 사업으로 아프간 난민들을 위한 일을 하기 시작하였고, 지금은 귀환 난민들의 재건 사업에 함께 하고 있다.

아프간 난민들을 돕는 일을 시작하면서 만난 분들이 이 책의 저자가 활동하고 있는 일본의 비정부기구인 '페샤와르회(Peshawar -kai)'에 속한 분들이었다. 우리는 그 분들이 지난 20년 동안 얼마나 헌신적이고 인간적으로 파키스탄과 아프가니스탄의 오지에서 가난한 인민들을 위해 어떻게 일을 해 왔는지에 대해서 듣고 배웠다. 그리고서는 그들의 감동적인 이야기를 한국 사회에 널리 알리고 싶었다. 이것이 이 책을 내게 된 계기이다.

파키스탄에서 돌아오자마자 나카무라 테츠 박사의 책을 찾아보았다. 여러 책 가운데 石風社에서 1999년에 출간한 이 책의 원전인 《의술은 국경을 넘어》가 가장 돋보였다. 주변의 몇몇 의사 선생님들께 자문을 구한 결과 "한국 사회에 꼭 필요한 좋은 책이니 수고를 해주십시오"라는 격려를 받았고, 이에 우리는 바로 번역에 착수하였다. 번역에는 여러 사람들이 수고해주셨다. 우선 '아시아 평화인권연대'의 회원이자 사적으로는 친구인 박태성 교수의 어머니이신 최명금 여사께서 수고를 해 주셨다. 자당께서는 눈도 침침하신데도 불구하고 이 좋은 책을 내는데 작은 도움이라도 함께 할 수 있음에 기쁘다는 말씀으로 도움을 주셨다. 그리고 부산외국어대학교의 일본어과와 인도어과의 몇몇 자원 활동가들도 조금씩이나마 번역에 참여하였다. 한 사람이 번역을 전담하지 않고 여럿이 나누어 하는 방법을 택한 것은 여럿이 함께 일을 하는 것 그 자체가 비효율적일 수는 있지만 인간 존중의 공동체 건설 정신에 더 부합되고 그것이 모여 '시민이 주인인 시민운동'을 이룰 수 있다는 소박한 믿음 때문이었다. 여러 손을 거쳐 모인 원고들은 최종 번역자인 안영철 교수께로 갔다. 그런데 워낙에 다양한 번역자들의 문장 표현을 존중해가면서 일을 마무리 짓는다는 것이 생각보다는 쉽지 않았고, 결국 안영철 교수께서 처음부터 끝까지 새로이 번역을 해 주셨다.

안영철 교수께서는 번역에 참여한 다른 분들께 양해를 구하셨을 뿐만 아니라 실질적 번역자임에도 불구하고 '아시아평화인권연대'에게 번역의 모든 권한을 주시는 아름다움을 보여주셨다. 이 땅의 비정규직 교수가 처한 상황을 고려할 때 결코 쉽지 않은 결정을 해주신 안영철 교수에게 다시 한 번 감사드린다. 안교수의 간단한 약력을 이곳에 소개하는 것으로 그 감사를 다 표하려니 마음이 무거울 뿐이다. 더불어 이렇게 훌륭한 분을 소개해 주신 동의대학교 세키네 교수와 지역에서 출판을 통해 열심히 지역 문화 운동을 하고 계시는 도서출판 산지니의 강수걸 대표께도 감사를 드린다.

안영철(安英喆) : 1959년 서울 출생. 동국대학교 일문과 졸업. 일본 토오카이대 대학원 문학연구과 박사과정 수료. 동국대, 부산외국어대, 신라대 일본어 강사를 거쳐, 1996년 국제방송교류재단(아리랑 TV) 방송센터 일본어팀장 역임. 광주여대 일본어과 전임강사, 남서울대, 부산외국어대 일본어 강사 역임. 현재 동의대, 동명정보대 강사. 역서 《파워볼링》 삼호미디어, 《생명의 물 전해환원수》 어문각 등

2006년 1월 17일
아시아평화인권연대 공동대표
이광수

　금번, 졸저가 한국판으로 번역된다는 말을 듣고 놀라움과 함께 영광으로 생각하였습니다. 우리 페샤와르회의 활동이 바다를 건너 공감을 얻을 수 있게 되었기 때문입니다. 그것이 한국이라는 점이 이 시대에 특별히 기쁘게 느껴졌습니다.

　우리들의 활동은 결코 한국과 무관하지는 않습니다. 한센병에 대한 전문지식이 없던 저는 현지 부임 직후인 1986년, 여수의 월슨나병센타에서 수련을 받았습니다. 본서에 나오는 한센병 진료는 이것을 현지에 적합하게 발전시킨 것이었습니다.

　또, 2001년 9·11테러에 이은 미국의 아프간 공습 때, 우리모임이 무력행사에 반대하여 아사상태인 아프간 사람들에 대한 지원을 호소하고, 폭탄보다는 빵과 물을 달라고 호소했을 때 한국생협 등으로부터 큰 지원을 받았습니다. 당시 아프가니스탄 내부는 미증유의 가뭄이 진행되고 있어 아프간 민중은 살아가는 것조차 곤란한 사태에 직면해 있었습니다. 덕분에 한 잔의 물을 가지고 다툼이 끊이지 않던 국경마을 카이버 언덕의 토루함에 4개의 급수탑을 설치하고, 수천 명이 그 혜택을 보았습니다. 그 준공기념판에는 '일본, 한국, 파키스탄 사람들의 양심에 의해 만들어졌다' 라고 명기되어 있습니다.

그러나 9·11테러 이후 세계는 변하였습니다. 그때까지 움츠리고 있던 나쁜 것들이 반 테러를 명목으로 활개를 치고 돌아다니게 되었습니다. 게다가 글로벌스탠더드라는 이름 하에 국제사회에 배금주의가 만연하게 되었습니다. 다른 쪽에서는 마치 과거의 제국주의를 연상시키는 것 같은 정치적 움직임이 공공연하게 등장하고, 약자를 돈과 폭력으로 압박합니다. 일본에 있어서도 '국제분쟁을 해결하는 수단으로서의 전쟁을 포기한다.'라고 명시함으로서 대외 무력 활동을 억제해 온 평화헌법(제9안)조차 '시대에 맞지 않는다'라는 주장이 힘을 얻기 시작하고 있습니다. 최근 수년 동안 팽창하는 세계화의 움직임 속에서 아시아세계 전체가 큰 고뇌를 강요당하고 있습니다.

우리들이 활동하는 파키스탄 페샤와르나 아프가니스탄은 이 같은 동향에 의한 모순의 집약 지점이라고 말하지 않을 수 없습니다. 아프가니스탄의 태반을 차지하는 농촌은 세계화라는 이름의 근대화를 완고하게 수용할 수 없는 전근대적 사회입니다. 그곳에서는 세계적으로 진행하는 근대화의 모순이 부각되고 있습니다. 현실적으로 아프간 전쟁도, 온난화에 의한 대 한파도, 그 여파에 다름 아닙니다. 그것은 우리들이 당연하게 생각해 온 근대화에 의한 진보나 발전이 과연 진정한 발전인가 돌아보게 하였습니다. 이렇게 하여, 아시아의 벽촌에서 일어난 일이 실제로는 인류의 미래를 점치는 최첨단의 문제인 것을 알아차리게 되었습니다.

평화가 오늘날만큼 절실하게 요구되는 시대는 없습니다. 현지에서 병원을 만들고, 우물을 파고, 세탁용 수로를 건설하는 우리의 활동은 사회저변을 떠받치고 있는 사람들과 함께 고민과 기쁨을 같이하는 것을 통하여, 역으로 우리들 자신이 가야 할 곳을 암시해 주는 것 같습니다. 이 같은 시대에 있어서, 적의나 불안을 낳는 운동에 빠지지 않고, 서로 다른 문화나 국경을 초월하여 인간이 공유하는 것을 찾는 것이야말로 매우 중요하다는 것은 이 책의 제목에도 나타난 대로입니다. 그것은 경제 활성화라는 이름 하에 사람들의 욕망을 불러일으키고, 소비·생산을 무제한으로 확대하려는 구조나 그것을 달성하지 않으면 살아갈 수 없다는 강박관념 또는 무장하지 않으면 안전이 보장될 수 없다는 잘못된 믿음과는 관련이 없는 곳에 있습니다.

이 책이 참된 상호이해와 공생에 관하여 한국 사람들의 마음에 호소하는 점이 있다면 이보다 더한 기쁨은 없습니다.

마지막으로 번역에 수고해 주신 아시아평화인권연대, 石風社와 산지니에 감사드립니다.

2006년 1월
나카무라 테츠

2 아프가니스탄 난민들

| 주요활동지역 |

우즈베키스탄공화국

타지키스탄공화국

와칸화랑

아프가니스탄

티리치미르산

중국

바다크샨지방

바로길고개

라슈트

훈자

마스츠지

길기트

누리스탄지방

치트랄

낭가파르바트산

로와리봉

와마계곡

바미얀

다라에피치계곡

도베이르

코히스탄지방

다라에눌계곡

스와트

카불

잘랄라바드

페샤와르

카이버고개

이슬라마바드

인도

(북서변경주)

(편잡주)

파키스탄

북서변경주

아프가니스탄

중국

부탄

이란

파키스탄

네팔

버어마

인도

방글라데시

민족과 국경을 넘어

개원식

1998년 4월 26일, 파키스탄 북서변경주 페샤와르. 이곳은 옛날부터 중앙아시아와 인도·아시아대륙을 연결하는 대상(隊商)의 도시로, 아프가니스탄과는 국경을 마주하고 있다. 그 페샤와르 교외에서 무슨 일인지 고적대 연주가 힘차게 울려 퍼졌다. 며칠 전부터 일본인들이 많이 온다는 소문이 현지에서 돌고 있었다.

주위는 보리밭이 끝없이 펼쳐진 농촌지역이다. 한적한 전원풍경과는 아무리 봐도 어울리지 않지만, 경관 백여 명 가량이 삼엄하게 경호하는 가운데, 수도 이슬라마바드에서 온 일본대사 부부와 JICA(일본 국제협력 사업단) 파키스탄지부 대표, 일본에서 온 방문단 50여 명, 그리고 현지에서는 북서변경주 대통령을 비롯한 요인들이 속속 모습을 보였다. 중앙아시아의 한 시골마을에서 일어난 일치고는 이례적인 것이었다. 이것이 일본의 작은 NGO인 페샤와르회가 운영하는 병원 개원식이라고는 누구도 상상할 수 없었을 것이다.

오전 10시, 현지 사람들과 일본 방문객 200명, 파키스탄인과 아프가니스탄인의 현지 직원 140명, 일본인 직원 4명이 참석한 가운데 초청자로부터 인사가 시작되었다.

북서변경주 대통령은 "이것은 사실 준비된 원고에는 없습니다만"이라고 전제한 다음, "일본 단체 페샤와르회가 15년의 긴 시간에 걸쳐 아프가니스탄 난민을 지원해온 것은 놀라운 일입니다. 감명을 받음과 동시에 감사하고 싶습니다"라고 말했다.

페샤와르회는 후쿠오카시에 본부를 둔 현재 회원 4,000명의 NGO로, 1983년 9월에 결성되었다. 당시 JOCS(일본기독교 해외 의료협력회) 파견의사였던 나를 측면에서 지원하기 위해 발족한 것이었지만, 얼마 지나지 않아 독립된 조직을 이루어 현재에 이르고 있다. 나도 의사의 적을 큐슈 병원으로 옮기고 독자적인 힘으로 현지 활동을 계속해 왔다. 이 모임은 현지에서 '나병(한센병)진료'와 '산촌무의지역의 진료모델 확립'이라는 두 가지 목표를 내걸고, 파키스탄 북서변경주와 아프가니스탄 북동부에 걸쳐 활동하고 있다. 국경마을 페샤와르는 그 근거지이다. 현지 직원은 148명으로, 현재 병원 두 개와 진료소 다섯 곳에서 연간 15만~20만명을 진료하는 의료조직이다.

그러나 그 후 아프가니스탄과 파키스탄 정세변화에 대응하기 위하여 과거 15년 동안 활동을 제1기로 구분하고, 제2기가 되는 앞으로 30년을 목표로 조직을 재편하여 '페샤와르회 의료서비스'

(Peshawar-kai 〈Japan〉 Medical Service · 약칭 PMS)를 발족하여 파키스탄 페샤와르에 이 PMS 기지병원을 둔 다음, '일본-아프가니스탄 의료서비스'(Japan-Afghan Medical Service · 약칭 JAMS)를 PMS 분원으로 하여 지속적인 활동을 도모하려 하고 있었다. 병원 발족은 단순한 병원 건축이 아니라, 낡은 관습을 새롭게 하여 이후 30년에 대비하는 영구적인 거점을 만드는 것을 의미하고 있었다. 나는 지난 3년 동안 이 한 가지 일에 매달렸다.

PMS병원은 지하 1층과 지상 2층 건물로 병상 수는 70개이고, 약 2,000평의 부지에 건평은 약 1,000평이다. 지금까지 총 6,800만 엔이 투자되었다. 그것도 일본경제의 거품현상과 경제 불황에 역행이라도 하듯 그 모든 것을 페샤와르회 회원 4,000명과 민간 모금에만 의존하고 있었다.

PMS(페샤와르회
의료서비스) 병원 정문

옥상에 서면 푸르른 보리밭 저 편 서쪽에 봄안개에 싸인 술레이만 산맥이 파노라마처럼 펼쳐지고, 카이버 고개가 지척에 보인다. 아프가니스탄과는 엎어지면 코 닿을 거리다.

방문한 사람 대부분은 페샤와르회 회원들인데, 그들로서는 들어보기만 했을 뿐 처음 보는 페샤와르일 것이다. 사무국장인 의사 무라카미 마사루씨도 4년 만에 현지를 방문한 것이다. 그동안 일본에서 열심히 활동했던 성과를 직접 볼 수 있어서 기뻐하며 "유급직원이 없는 NGO라니……. 이건 정말……."이라며 감격스러워했다.

페샤와르회 타카마츠 이사오 회장이 새롭게 재편된 PMS 책임자에게 지시사항을 전달했다. 나를 PMS원장으로 하고, 의사 샤와리씨를 PMS분원과 JAMS의 원장으로, 험프리 피터씨를 PMS 사무장으로 임명하는 내용이었다. 샤와리씨는 과거 13년 동안 페샤와르회의 JAMS에서 아프가니스탄 난민진료를 담당했던 아프가니스탄인이다. 험프리씨는 파키스탄 측에서 PLS(페샤와르 나병서비스)와 현지 국적의 '복지법인 페샤와르회' 설립에 4년 동안 진력했던 파키스탄인이다.

나병 등의 감염병은 국경을 초월한 협력이 필요해서 PMS병원 직원들도 필연적으로 아프가니스탄과 파키스탄 양국 국적을 가진 사람의 혼합팀으로 구성되었다.

여기에 일본 페샤와르회를 끈으로 일본·파키스탄·아프가니스탄 3자를 묶어 국경을 초월한 팀을 편성하였다. 대부분 일본인 참석자들은 그 사실을 몰랐지만 페샤와르 현지에서는 드물게 보는 협력의 형태였다. 실로 십여 년 동안 있었던 많은 대립과 투쟁을 극복하고 그 시작 테이프를 끊었던 것이다. 새 병원 입구에 있는 기념판에는 이 사실을 특별히 강조하여 크게 써놓았다.

본 병원은 많은 일본 기부자와 아프가니스탄, 파키스탄 사람들의 헌신적인 협력에 의해 나병을 비롯하여 혜택받지 못하고 있는 환자들을 위해 건설되었다.

이 병원으로 민족과 국경을 초월한 평화와 화합을 받들어 일본과 파키스탄과 아프가니스탄의 양심을 구현할 것임을 여기에 맹세하는 바이다.

1998년 4월 26일

15년 동안 일어났던 일에 대해 아는 사람은 이 행간에 스며있는 의미에 감개무량함을 느꼈을 것이다. 이 문구를 기초했던 나는 한 단어 한 단어에 과거의 현지 활동을 요약하며 간절한 마음을 담아놓았던 것이다.

미션병원 환자들

1 파키스탄으로 간 의사

사람 운명은 예측하기 어렵다.
내가 파키스탄에 처음 간 것은 1978년 6월
후쿠오카등산회에서 가는 티리치미르 원정대에
참가한 것이다. 그 후 여러 차례
파키스탄 북부의 변경지방을 방문했지만,
그 모두가 의료 활동을 목적으로 한 것은 아니었다.
내가 좋아하는 나비나 산들이 나를
이끌었던 것이다.

돌멩이가 맺어준 인연

내 책상 앞에는 돌멩이가 놓여있다. 주먹만한 크기로 아무런 겉
치레도 없는 거친 화강암 덩어리다. 정확히 20년 전 후쿠오카등산
회가 티리치미르산 등정에 성공했을 때, 당시 신입회원 키타자키
에이지에게 받은 것이다. 돌 모양은 어설픈 삼각형으로, 그러고
보니 티리치미르산(파키스탄과 아프가니스탄 국경에 있는 높이
7,690m의 산)과 모양이 닮았다.

1978년 6월, 나는 후쿠오카등산회 해외 원정 등반에 동행했는
데, 대원 일곱 명 중 세 명이 정상에 섰다. 그 중에 고토오라는 당
시 스물여섯 살 젊은 등산가가 있었다. 세이난대학을 졸업하고 좋
아하는 등산을 계속하는 한편, 도공의 길을 목표로 수련을 쌓고
있었다. 몸집이 작았지만 탄탄한 체격으로, 그 풍모는 시인과 같
았고 독특한 매력이 있었기에 잊을 수가 없다.

고토오에게서 그 정상의 돌을 섞어서 구운 찻잔을 받은 적이 있
다. 밝은 회색의 하기도자기(야마구치 현 하기에서 생산하는 도자

파키스탄 북부
마스츠지에서 바라본
티리치미르산

기) 스타일과 닮아서, 만듦새는 어설픈 듯 보이지만 소박한 정취
가 있어 지금도 소중히 간직하고 있다. 고토오는 과묵한 편이지만
인간미가 넘쳤고, 아름다운 것을 추구하는 정열이 가득했다. 자기
형편도 잊어버리고 곧잘 친구를 돌보기도 하는 따뜻한 인물로 모
두가 그의 사람됨을 좋아했다.

　내 책상에 있는 돌멩이는 티리치미르산의 아름다운 모습과 함
께, 고토오와의 추억을 늘 떠오르게 한다. 베이스캠프로 이동하는
도중, 내가 전직 정신과의사라는 사실을 안 고토오는 곤란을 겪고
있는 친구에 대한 상담을 해왔다. 그리고 산에 이끌리는 마음, 물
질은 풍요롭지만 마음이 가난한 일본 사람들, 현지의 부조리한 빈
곤에 관한 이야기 등 여러 가지를 서로 이야기했다. 그 마음은 카
라코룸의 아름다운 산봉우리나, 하늘 가득히 쏟아져 내릴 듯한 별
처럼 상쾌한 것이었다.

고토오에게 닥친 불행을 접한 것은 그로부터 2년 후였다. 파키스탄에서 도공으로서 도움을 주고 싶다는 이야기를 늘 했다는 고토오는, 본격적인 수련을 위해 니이가타의 도요지에 도착하기 전날 밤, 송별회를 하고 집에 가는 길에 차에 치어 머리를 세게 부딪치고 의식불명 상태로 다음날 아침 후쿠오카 어느 대학병원에 실려 갔다. 원정 당시 대장이었던 이케베 마사노리(현 후쿠오카등산회 회장)씨한테서 전갈을 받고 병원에 도착했을 때는 이미 산소호흡기를 달고 있는 상태였다. 당시 나는 뇌외과병원에 근무하고 있었기 때문에, 상황을 보아 고토오의 가족들과 상담에 응해주도록 부탁받고 중환자실에 들어가 그의 모습을 보았다. 직업상 아무리 익숙해진 광경이라고는 해도 형제의 죽음을 눈앞에 보는 듯하여 생이별을 하는 것만 같은 느낌이었다.

눈을 감은 표정은 평온한 듯했지만, 동공반응은 없었다. X선 소견으로는 광범위한 뇌손상을 의심케 했다. 회복하게 되면 상당한 지적 장애와 성격 변화가 올 것으로 판단되었다. 동시에 친근한 사람의 죽음을 이렇게도 냉정하게 관찰할 수 있는 자신이 원망스럽게도 느껴졌다.

의사라는 직업은 종종 다른 사람의 불행에 편승하는 악마의 업이다. '죽음의 판정'에 관한 언쟁 따위는 하릴없는 짓이다. 의사로서의 도의는 눈앞에 있는 환자의 생과 사가 얼마나 의미를 가질 수 있는 것인가를 판단하고, 타당한 조치를 강구하는 일에 한정되어있다.

일반적으로 심한 뇌후유증 환자를 떠안고 있는 가족들 어려움은 상상을 초월하는 것이다. 처음 당분간은 친척이나 친구들이 한꺼번에 모여서 보살펴 주려고 하지만, 그것이 오래 되어 돌보는 일이 하나의 일상이 되어버리면 그 부담은 모두 가족이 지게 되고, 지쳐버리는 일이 비일비재해서 한 가족을 파멸로 치닫게 만드는 경우도 많았다. 그러나 거꾸로 '살아서 곁에 있어주는 것만으로도 좋다'며 대소변을 받아내는 일까지도 싫어하지 않고, 몇 년이고 행복한 듯 식물인간이 된 환자 곁에 함께하는 노부부의 경우도 더러는 있다.

'목숨만은 제발……' 이라고 비는 것은 자연의 정리이다. 하지만 경험이 많은 의사는 그것을 액면 그대로 받아들이지는 않을 것이다. 그때는 그렇더라도 그 마음이 과연 오래도록 지속될 것인지, 친척들의 반응은 어떤지, 돌봐주는 가족의 상태는 어떤지, 환자는 어느 정도의 장애를 입을 것인지, 등을 짧은 시간 안에 파악하여 고독한 결단을 내려야만 한다. "치료를 계속하면 식물인간 상태로는 살 수 있겠지만, 어떻게 하시겠습니까?"라고 묻는 것은 어리석은 질문이며, 가족에게는 잔인한 일이 되는 것이다.

당시 고토오는 이대로 생명을 건지지 못할 가능성이 많다고 생각되었다. 나한테 불행 중 다행인 것은 그가 내 환자가 아니라는 사실이었다. 그의 정결한 삶의 모습에 합장을 하고, 이것이 마지막 이별이라 생각하며, 무슨 까닭에서인지 장례식에는 가지 않겠다고 결심했다.

그 후 무슨 인연인지 고토오를 대신해서 내가 파키스탄 북서변경주에 부임하게 되었다. 그 당시 파키스탄 현지 활동을 계속하기 위해서 결성한 것이 페샤와르회였는데, 그 모임을 일찍이 강력하게 받쳐주고 있던 사무국 담당자 중 한 사람, 츠지 무츠오씨가 고토오와 같은 등산회 회원이며 둘도 없는 친구였다는 사실을 안 것은 그보다 훨씬 뒤의 일이었다.

그러고 보니 우리들은 눈에 보이지 않는 불가사의한 인연으로 맺어져 있다는 생각이 든다. 그렇기는 하지만 이것을 불가사의라고 느끼는 것은 인간들이고, 거기에는 모종의 필연성이 작용했는지도 모른다. 고토오뿐만이 아니다. 페샤와르에서의 역할에 관계했던 많은 사람들이 타계했다. 모두 다 한참 일할 젊은 나이에……. 치켜세우자는 것이 아니라, 보기 드물게 좋은 사람들뿐이었다. 이들 모두에게 공통된 점은 타인의 불행을 그냥 넘기지 못하는 따뜻한 사람들이었다는 것이다. 눈앞에 있는 아까 그 돌멩이를 바라보고 있으면, 고토오를 비롯하여 그들의 죽음과 교차해서 눈부시게 아름다운 티리치미르산의 흰 봉우리가 겹쳐 묘한 감명을 느끼게 된다. 우리는 따뜻한 마음씨를 가진 그 사람들의 영혼에 홀린 것인지도 모른다. 그러나 지긋지긋한 이념이나 교묘한 이론보다도, 이들 영혼들이 우리들 페샤와르회의 역할을 지탱하는 동료들을 결속시켜 준다면 그것으로 좋은 일일지도 모른다. 그 편이 틀림없이 섭리에 맞는 일일 것이다.

파키스탄을 향하여

파견 경위

사람 운명은 예측하기 어렵다.

내가 파키스탄에 처음 간 것은 1978년 6월 후쿠오카등산회에서 가는 티리치미르 원정대에 참가한 것이다. 그 후 여러 차례 파키스탄 북부의 변경지방을 방문했지만, 그 모두가 의료 활동을 목적으로 한 것은 아니었다. 내가 좋아하는 나비나 산들이 나를 이끌었던 것이다.

세간에서는 '숭고한 인도정신'이라는 미담을 만들고 싶어한다. 또한, 그 편이 이해하기도 쉽다. 그러나 실제로 우리를 움직이게 만드는 것은 대체로 본인도 의식하지 못하는 호기심이나 아무것도 아닌 우연한 계기가 대부분이다. 나 또한 예외는 아니었다. 파키스탄 북부에 대한 흥미는 몇 번의 산행이 맺어준 인연이었고, 처음부터 의도했던 것은 결코 아니었다. 하지만 우연이라고만 하기에는 부족함이 있다. '운명'이라는 것은 바로 이를 두고 하는 말로, 인간의 의도와는 상관없이 꾸밈없는 자연스러움으로 우리를 끌어당기는 무언가가 작용하고 있을 것이라는 생각이 든다.

1982년, 당시 JOCS(일본기독교 해외의료협력회) 이사를 맡고 있던 의사 이와무라 노보루씨에게서 파키스탄 페샤와르 미션병원으로부터 파견요청이 있다는 말을 들었다. JOCS는 해외 기독교 의료기관에 인재를 파견할 목적으로 설립된 단체로, 같은 해 2월에 페샤와르 미션병원 원장으로 파키스탄 의사 우쟈가씨를 영입했고, 여기저기로부터 일손이 모자란다는 호소를 접하고 있었다. 이에 마음이 움직인 JOCS 이사이며 구세군부스기념병원 원장인 나가사키 타로오씨는 '파키스탄의 의료를 생각하는 모임'을 병원 내부에 발족시켜 동정어린 관심을 기울이고 있었다. JOCS는 기껏해야 네팔, 방글라데시로부터 동쪽에 위치한 동남아시아의 사정밖에 모르고 있었다. 중앙아시아에 가까운 페샤와르나 아프가니스탄쯤 되면 도무지 짐작조차 가질 않았다. 그런데도 총주사인 나라 죠오고로오씨는 대단한 관심을 가진 것 같았고 나를 파견시키기 위해 분주했다. 너무도 예외사항이 많았기에 이사회 내부에서도 상당한 반대가 있었던 듯하다. 나라씨는 직접 후쿠오카까지 몇 번이나 걸음을 놓았기에 송구스러운 마음을 금할 수가 없었다.

　　그즈음 페샤와르에서는 1979년 12월 구 소련군의 아프가니스탄 침공 이후로 대량 난민이 발생하여 그 수는 200만 명 이상에 달한다고 전해졌다. 미션병원은 현지에서 가장 신뢰받는 병원이었기 때문에 난민구제에 바빴고, 일손부족으로 고민하고 있었던 것이다.

　　이런 상황을 배경으로 나한테 그런 제안이 들어온 것이다. 현지 사정을 조금은 알고 있던 나는 알 수 없는 의협심에 부추겨져 '전혀 모르는 땅도 아닌데 뭘'이라며, 반쯤은 거리낌 없이 수락했던

것이다. 그러나 그때는 페샤와르에서 15년 동안을 머무르리라고
는 생각도 하지 못했다.

의사 파우씨와의 만남

같은 해인 1982년 12월 20일, JOCS 총주사가 권유하여 나는
페샤와르를 방문했다. 나라씨의 뜻은 '자신의 눈으로 직접 확인하
고 일할 만한 가치가 있는지 생각해 볼 것'이었다. 처음 본 페샤와
르 미션병원은 '다브가리'라는 구 바자르 지구 안에 있었다. 마차
가 오가고, 거리를 왕래하는 사람들은 터번을 두르고 있어서, 마
치 몇 세기 전으로 되돌아간 것 같은 착각이 들었다. 웅장한 문을
빠져나가자 정면에 낡은 무굴제국시대의 돔형 건축물이 치솟아
있었다. JOCS 총주사 나라씨 소개장을 쥐고 우쟈가 원장댁 문을
두드렸다. 첫 만남이었다.

우쟈가씨는 나보다 꼭 열 살 많은 마흔다섯으로, 펀잡계의 거무
스름한 얼굴을 한 명랑한 인물이었다.

"나라씨가 둘러보라고 해서 왔습니다."

내가 말하자 우쟈가 원장은 유쾌하게 맞아 주었다. 현관에 들어
서자 입구 벽에 빼곡히 사진이 걸려있었다. 모두 유명인들과 함께
찍은 사진으로 대처 전 영국 수상, 커크 더글러스, 마더 테레사 등
등.(당시는 아프간 난민캠프를 시찰하는 것이 파키스탄을 방문하
는 요인에 대한 외교적 안내코스인 듯했다.) 아무래도 명예심이

강한 사람 같기는 했지만, 그렇게까지 요란하게 과시한다는 것은 분명 파키스탄다웠다. 나는 지나친 종교적 경건함과는 거리가 먼 편이었기 때문에 오히려 안심했던 것을 기억한다.

"마침 잘 오셨습니다. 내일은 크리스마스 파티가 있습니다."

우쟈가 원장은 이렇게 말하며 병원 안을 자유롭게 볼 수 있도록 해주었다. 원장 부인도 내과의사로 소탈한 주부라는 인상을 받았으며, 어린 딸 세 명이 있었다. 이내 서로 마음을 터놓고, 예정이라도 한 듯 일본사정을 화제에 올려 이야기꽃을 피웠다.

미션병원은 전 세계 구 영국식민지 요소요소에 설치되어, 그 지역의 선구적인 의료를 담당한 곳이 많다. 페샤와르도 예외는 아니어서 그 지역에서 주축을 이루는 의료관계자는 미션병원과 관계가 깊었다. 다음날의 파티는 시장과 의학부 교수들, 당시 아프간에 난민구호차 입국했던 국제적십자사의 책임자들이 모인 성대한 것이었다. 그 당시 페샤와르에는 일본인이 드물어서 나도 그 자리에 진귀한 손님으로서 초대를 받았다. 국제적십자사 등 아프간 난

미션병원 환자들

민구호 의료단체 대표들과도 만날 수 있었다.

이 때 운명적으로 만난 사람이 독일인 의사 파우씨였다. 돋보기 안경을 목에 걸고, 검소한 현지 의상으로 몸을 감싼 그녀는 쉰을 넘긴 나이에 작은 체격과 은발의 모습으로, 의지가 강하고 날카로워 보이는 눈빛이 인상적이었다. 이미 20년을 파키스탄에서 지냈고, 아득한 남쪽의 카라치(아라비아해에 면해있는 파키스탄 남부도시)에 있는 '마리 아딜레이드 나병센터'를 거점으로 나병(한센씨병)근절계획에 종사하고 있었다. 이듬해인 1983년에 시작하려고 하는 '북서변경주 나병 근절 5개년계획'의 조직화 문제로 분주하던 차에 우연히 미션병원에 함께 머물게 되었던 것이다.

미션병원은 오래 전부터 현지에선 처음으로 나병병동을 열고, 북서변경주에서는 유일하게 이 '5개년계획'에도 참가하고 있었다. 파우씨도 미션병원을 근거로 하여 입안을 진행시키고 있었다. 파우씨는 나를 나병병동으로 안내하고 의사 부족을 호소하였다.

"선생님이 페샤와르 미션병원으로 오신다는 소문이 있는데, 진료에도 좀 협력해 주실 수 없을까요? 이곳에는 의사가 많이 있어도, 돈도 되지 않고 적응도 되지 않는 이 분야에 아무도 흥미를 보이지 않습니다."

"나병은 학창시절에 세균학에서 조금 배웠을 뿐으로 전혀 알지 못 하는데요……."

"의학적인 지식이 조금이라도 있다면 그렇게 어려운 일만도 아닙니다."

"알겠습니다. 만약 오게 된다면 기꺼이 도움이 되어 드리죠."

나도 나병에 대해서는 진료 경험이 전혀 없었고, 이 때 처음으로 그 실태를 알게 되었다. 병원 안에 있는 나병병동은 병상 수 15개로, 수련을 받은 나병 진료원 두 명이 있을 뿐 설비라고는 거의 없었다.

나병 환자는 파키스탄 전국에 25,000명 정도이고, 북서변경주의 경우 2,400명이라고 공표되어 있었지만, 이에 종사하는 의사는 겨우 두 명으로, 페샤와르에는 단 한 명도 없었다. 그러나 의사가 없는 것은 아니었다. 일반내과와 외과의사는 도시 전체에 넘쳐나는 상태였다. 나는 외국인 의사로서 그들이 미치지 못하는 부분을 보완하고, 현지 사정으로는 불가능한 일들을 도와주는 것이 '진정한 도움'이 될 것이라고 생각했다. 그래서 파우씨 권유를 받아들여 아무도 하고 싶어하지 않는 나병 진료 분야를 중심으로 협력하기로 마음먹었다. 미지의 분야에 대한 호기심이 나를 그렇게 만들었던 것이다. 당시의 의학교육에서 나병은 모두가 다루기를 꺼려했다. 블랙박스라고 해도 과언이 아니었다. 지금 생각하면 어이없는 일이지만, 미지의 세계에 발을 들여놓는 것이라고 생각하니 마음이 설랬다. 자신을 필요로 하는 곳에서 다른 사람에게 환영받는 일을 하는 것은 의사의 명예가 되는 것이다. 겉보기에 화려한 긴급의료 등은 누군가가 하겠지. 결단에는 그리 많은 시간이 필요치 않았다.

파우씨와 마리 아딜레이드 나병센터가 입안했던 '나병 근절 5개년계획'은 다음과 같은 골자로 되어있었다.

■ 본 계획은 마리 아딜레이드 나병센터, 페샤와르 미션병원, 라왈핀디 나병병원의 3자가 북서변경주 보건성에 협력하여 행하는 기초 보건

행정사업이다.

- 이를 위해 북서변경주 전체에 32개소의 투약소를 설치하고, 카라치의 마리 아딜레이드 나병센터에서 수련한 나병 진료원을 파견한다.
- MDR(다제병용요법)의 정기복용을 철저히 하기 위해 나병 진료원용 지프와 오토바이를 갖추고, 환자방문을 적극적으로 한다.
- 이 센터를 페샤와르의 공영병원(레디리딩병원)에 두어, 진료소에서는 손을 쓸 수 없는 합병증 치료를 담당하게 한다.

그러나 합병증 치료에 대해서는 오래 전부터 라왈핀디 병원이나 페샤와르 미션병원 나병병동이 있었고, 역할분담이 명기되어 있지 않았다. 아마도 해보지 않고는 모른다는 것이 당시 실정이 아니었을까 생각된다. 그래도 많은 결함이 있긴 했지만, 나병 문제를 예전처럼 불쌍한 외국인을 대상으로 한다는 의식에서 적극적인 현지 중심 의료행정으로 끌어올렸다는 점에서는 획기적인 것이었다.

나병

당시 나병(한센씨병) 환자는 세계적으로 1,150만 명(WTO, 1980년)으로 추산되었고, 그 중 한 번이라도 치료를 받은 환자는 고작 350만 명이라고 알려져 있었다. 지금이니까 관심이 뜸해졌지만, 2천 몇 백여 년에 걸쳐서 인류에게는 공포의 대상이며 차별과 편견에 놓여 있었던 질병이다. 근년에 이르러 나병에 대한 차별적인 이미지를 피하기 위해서 '한센씨병'이라고 이름을 바꿨지만, 나는 과감히 과거를 숨기지 않기 위해서 '나병'이라는 의학적 병명을 쓰기로 했다.

나병은 나병균이라는 결핵균에 가까운 녹색 세균에 의해서 발생하는 만성감염증으로, 주로 피부와 말초신경을 침해한다. 진행과정이 대단히 느리며, 얼굴이나 사지 변형, 시각 장애, 신경마비에 의한 장해가 진행된다. 그렇기 때문에 갑자기 사망하는 경우는 없다. 하지만 일찍이 치료법이 없었던 1940년대 이전에는 병 그 자체와 함께 서서히 무너져 가는 육체적 고통을 견뎌냄과 동시에, 사회적 편견 속에서 살아가야 함은 대단한 고통이었던 것이다. 또한 변형된 사지의 치료는 단순히 약물을 투여하는 것뿐만이 아니라, 재생외과 치료를 통한 기능회복이 필요하다. 따라서 환자의 의학적 치료만으로도 피부과, 신경과, 정형외과, 성형외과, 안과가 통합된 독자적 분야를 형성하고 있다.

지금은 유효한 치료약이 나왔고, 통원치료를 중심으로 하는 '낫는 병'이 되었으며, 합병증이 생겼을 때만 입원시킨다. 일본은 이 점에서 반세기 정도 세계적 조류에 뒤쳐져 있으며, 전후에도 격리 정책이 변경되지 않았다. 1982년 시점에서 8천 명이 격리 수용되어 있으며, 편견은 이전과 다름없이 뿌리 깊게 남아있다. 1996년 4월에 이르러 당시의 후생대신(보건복지부장관에 해당)이었던 칸 나오토씨가 이 격리 정책에 대해 정식으로 사죄하고, 나병 예방법을 폐지하는 법안이 시행되어 현재에 이르고 있다. 하지만 지금

냉정히 돌아보면 격리 정책뿐만 아니라 결핵 대책과 마찬가지로 나병 대책이 특별히 요란스럽게 세워진 것 자체가 같은 뿌리의 맥락을 가진 문제의 연장선에 있는 것으로 생각된다.

쓸데없는 소리일지는 모르지만 이 차별은 누군가 특정인물이 질책 받아야 할 성질의 것이 아니라, 다분히 구조적인 것이었다고 할 수 있다. 많은 의료관계자가 질책을 받고 사죄를 했을 때, 외부에 있었던 나는 복잡한 기분이었다. 개혁에 편승하여 고발하는 쪽에는 웬일인지 설 수가 없었다. 사죄를 할 때, 일본에는 환자가 5천 명이었고, 그것도 대부분이 70세 이상 고령자였다. 치료하는 사람도 고령화되어 있었다. 그 시기가 너무 늦었던 것이다.

식견 없는 정치적 무능은 논외로 하더라도, 환자를 포함한 모두가 시대의 희생자였을지도 모른다. 그 시절 영문 모를 암묵적 합의라고 해야 할 정신적 분위기가 실제의 형태로 존재하고 있었다. 이것이 세간에서는 서서히 목을 조르는 것과 같은 박해의 맹위를 떨치고 있었던 것이다. 자유롭게 사안을 볼 수 있는 눈이나 자기반성이 없다면 주제만 바뀔 뿐이지 비극의 게임은 계속될 것이다.

실제로 에이즈의 경우에서도 같은 차별이 발생했고, 학교 왕따 문제도 그렇다. 나병 문제에서 얻는 교훈은 단순히 현대적인 감각으로 폐습을 비판하는 것으로 그쳐서는 안 된다. 문제는 좀 더 인간 본성에 뿌리내린 근본적인 것이라는 생각이 든다. 우리는 중세는커녕 고대인들로부터 계승되어 온 '얼굴 없는 잔학성'을 극복하지 못하고 있다. 그것은 현대적으로 모습을 바꾼 새로운 잔학성을 낳을 뿐이다.

그런데 최근 연구에서 정설로 대두되고 있는 것은, 나병이 북인도를 발생지로 하여 인적 교류의 확대와 함께 전 세계에 확산되었다는 것이다. 지중해 인접국에 나타난 것은 기원전 3세기, 알렉산더대왕 동방정벌 이후였던 듯하다. 그 후 유럽과 아프리카 내륙을 석권하고, 18세기까지 성행하던 노예무역으로 인해 아메리카 대륙까지 퍼졌다. 일본에는 불교와 함께 중국에서 한반도를 거쳐 들어왔다고 전해지고 있다. 참으로 인간의 욕망과 정복의 역사가 나병균을 퍼뜨리고, 생명의 불안과 과잉방어가 편견을 조직화했던 것이다.

나병이 북인도에서 간다라지방(현재의 페샤와르 주변)을 거쳐 세계로 퍼져 나갔다고 한다면, 우리는 나병의 고향에서 일을 하고 있는 셈이다. 그렇게 생각하니 불가사의한 느낌이 들었다. 나병균도 자기가 좋아서 극동의 작은 섬으로 건너왔던 것이 아닐 테지만, 나 또한 좋아서 나병균을 퇴치하러 그들의 고향에 찾아든 것도 아니었다. 오랜 세월 나병균을 상대로 씨름을 하고 있자니, 이 또한 불가사의한 것으로 일종의 애착과도 같은 것이 생겨났다. 현미경을 들여다보고 있으면, 새빨갛고 아름답게 염색된 나병균이 2천 년이나 지속돼 온 인류의 원수라고는 도저히 생각되지 않았다. 나병의 역사와 실태를 알면 알수록 인간들이 어쩐지 수상하게만 느껴졌다. 나병균이라는 생물의 입장에서 보면 억울하기 짝이 없는 이야기로, 이것을 퍼뜨린 것이 사람인가 하면 이것을 박멸하는 것도 역시 사람이다. 원인을 알 수 없을 때는 사람이 사람을 못살게 굴고, 알 수 있게 되면 나병균 퇴치가 자신의 공적인양 치켜세운다.

의사라는 사람이 이런 말을 입에 담는다는 것이 괘씸하게 들릴지는 모르겠지만, 나병균도 나도 인간에 의해서 운명적으로 싸움을 벌이고 조정되고 있다. 배척해야 할 것은 과연 나병균인지 인간에 내재된 생명에 대한 과잉방어와 욕망인지……. 어떻게 생각하면 황당무계하다 할 지 모르지만 이는 나의 소박한 의문이다.

필·바바 사당

앞에서 말한 대로 이 지역 나병의 역사는 기원전으로 거슬러 올라간다. 불교가 쇠퇴하기 시작한 8세기 이후 중앙아시아와 북인도에서는 급속히 이슬람교가 퍼졌는데, 이슬람교에서는 나병을 특별히 배척했다는 흔적이 거의 발견되지 않고 있다. 그러나 지역에 따라서는 뿌리 깊은 편견이 사실상 존재했고, 이는 아마도 이슬람교 이전의 전통적인 관습에 근거한 듯하다.

이슬람교에도 성자숭배가 있다. 일찍이 일본에서는 미노부산(야마나시현 소재) 사원에서 나병 치료가 행해지기도 하고, 카토오 키요마사(加藤淸正) 제사를 지내는 혼묘오지(本妙寺)에 환자들이 모이는 광경을 볼 수 있었다고 하는데, 이와 유사한 이야기로 현지에서는 필·바바 사당이 유명하다. 이것은 북서변경주 스와트 지방에 있으며, 중세에서 극히 최근에 이르기까지 '나병의 메카'로서 번성했다. '필·바바'란 페샤와르 출신의 유명한 성자 이름으로, 수많은 기적과 예언으로 사람들에게 신앙의 대상이 되었다. 참배하면 낫는다는 소문이 퍼져 서쪽으로는 아프가니스탄 헤

스와트 지방에는
많은 고대 불교유적이 있다.

라트에서 동쪽으로는 북인도까지 각지에서 환자들이 모여들었다.
스와트는 산악지대에 있는 분지이다. 지금이니까 페샤와르에서
자동차로 달려서 5시간 정도밖에 걸리지 않지만 옛날에는 아득한
변방에 있는 오지였을 것이다. 고대 불교유적을 다수 간직하고 있
으며, 이슬람화 된 것이 11세기니까 비교적 늦게까지 불교가 남아
있던 곳이다. 이 필 · 바바 사당에 상당수의 환자들이 집단을 이루
어 거주하고 있었다.

1984년 부임 직후 내가 이곳을 방문했을 때 아직도 약 50세대
가 사당 근처에서 생활하고 있었다. 과거에는 수백 가구가 있었다
고 한다. 사당 앞에는 커다란 모스크가 있으며, 예배당으로부터
참배하는 길이 이어져 있었다. 벽촌임에도 불구하고 항상 참배객
으로 붐비고 있었다. 이 지역치고는 나무가 많으며, 단풍이 사당
주위를 덮고 푸른 계곡이 푸른 하늘을 비추고 있었다. 한적한 전
원은 수확을 앞두고 벼이삭 물결이 출렁거리고 있었다. 일찍이 나
병 환자들은 고향에서 멀리 떨어진 필 · 바바로 순례의 여행길에
올랐었다. 성자의 이름으로 병을 낫게 하기 위해서였다. 그러나

그 한 조각 바람이 허물어졌을 때, 스와트의 가을은 한 줄기 위로가 되었을 것이다.

좁은 참배길이 100m쯤 이어져 있고, 사당은 색색의 꽃으로 장식되어 있었다. 이 좁은 길 양 옆을 따라서 사람 하나 간신히 앉을 수 있을 만큼 작은 방이 길을 향해 한 줄로 늘어서 있었다. 거기에서 환자들이 줄지어 자리를 차지하고 구걸을 하고 있었다. 뜻밖의 광경이었다. 아마도 이제는 사회 복귀가 불가능한 환자들일 것이다. 대부분이 손가락을 잃거나, 실명하거나, 얼굴에 심한 변형이 있는 사람들이었다. 참배객들은 입구에서 동전을 바꾸어 반쯤은 진기한 듯이, 반쯤은 무엇인가를 두려워하듯이 환자들에게 동전을 나누어 주면서 참배 길을 총총걸음으로 빠져 나갔다.

이 사당 뒤쪽에 '필·바바 집단거주지'가 있고, 당시엔 50세대가 살고 있었다. 내가 시찰하러 왔다는 말을 듣고 진찰을 해달라는 사람이 많았다. 사는 곳은 암벽을 파고 들어가 동굴에 가까웠다. 햇빛이 들지 않는 어두운 방에 들어가자 이상한 냄새가 났다. 바깥에서 진찰을 하겠다고 하자 어찌된 일인지 나오려 하지 않았다. 환자는 복면을 한 것처럼 얼굴을 천으로 감싸고, 상처를 싸고 있는 너덜너덜한 천에서는 고름이 배어나와 악취를 풍기고 있었다. 이미 나병 근절 5개년계획이 발족되어 거의 모든 환자가 약을 투여 받고 있었으며, 집단 거주지는 서서히 줄어들고 있긴 했지만, 환자의 마음속에 오랜 세월 동안 새겨진 상처는 변함없이 편견의 멍에를 벗어 놓지 못한 듯했다. 집단거주지환자 전용 모스크가 있었고, 예배장소는 일반 참배객과는 별도로 따로 떨어져 있었다.

현지를 방문했던 프랑스인 수도사가 이 땅에 눌러앉아 작은 진료소를 열었던 것이 1950년대 초반이었다. 그가 어떠한 동기로 이 땅에 왔는지 지금은 알 도리가 없다. 제대로 된 길조차 없었던 당시에 교통도 불편한데다가 민심도 중세와 버금가는, 지금과는 비교조차 할 수 없는 변경이었음에 틀림없었을 것이다. 그 어려움은 쉽게 상상이 간다. 하지만 이것이 북서변경주 나병 치료의 효시가 되었다.

1960년대에 이르러 페샤와르 미션병원의 쇼우 원장이 영국에서 부임한 이후로 필·바바에서 정기진료를 시작하였고, 처음으로 병원 안에 나병병동을 개설하였다. 미션병원 입구 한쪽에 마구간을 개조하여 방 두 개를 마련하고, 환자 몇 명을 받아서 합병증 치료를 하였다고 기록은 전하고 있다. 쇼우 원장은 이 일에 적극적이었으며, 곧바로 멀리 떨어진 카라치의 마리 아딜레이드 나병센터에 의뢰하여 직원 두 명을 나병 진료원 양성코스로 보냈다.(내가 부임한 후 문자 그대로 오른팔처럼 부지런히 수고를 해주었던 밧티씨가 그 중 한 명으로, 북서변경주에서 처음으로 전문가가 되었다.) 훗날 카라치에서 지도자가 되는 의사 파우씨가 부임했던 것이 바로 그 시기의 일이었다.

그로부터 10년 후인 1976년, 라자 수녀가 이끄는 벨기에인 그룹이 미션병원에 협력하여 병동을 16병상으로 확대했고, 의사나 검사기사를 포함한 팀이 조직적인 진료준비를 했다. 정기투약의 편의를 위해서 스와트와 말단 등 여러 곳에 투약소를 설치하고 등록제도를 만들었다. 훗날의 '나병 근절계획'은 이 벨기에인 방식을 답습한 것이었으므로 대강의 밑그림은 이 시기에 만들어졌다

|북서변경주 및 근처 나병 다발지대|

〈나병의 유병율〉 1981년 마리 아딜레이드 나병치료 센터

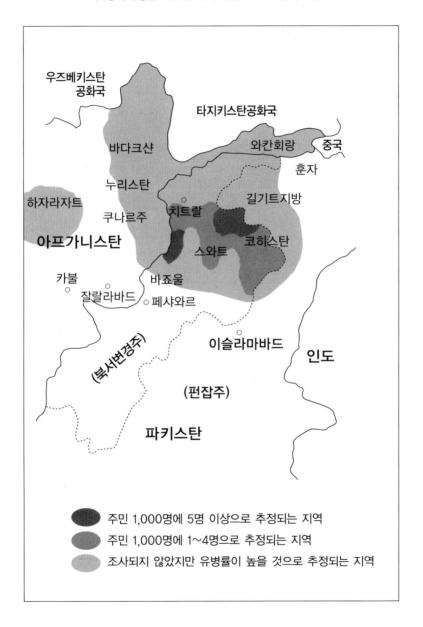

우즈베키스탄
공화국

타지키스탄공화국

바다크샨

와칸회랑

중국

누리스탄

훈자

하자라자트

길기트지방

쿠나르주

치트랄

아프가니스탄

코히스탄

스와트

카불

바죠울

잘랄라바드

페샤와르

이슬라마바드

인도

(북서변경주)

(펀잡주)

파키스탄

주민 1,000명에 5명 이상으로 추정되는 지역

주민 1,000명에 1~4명으로 추정되는 지역

조사되지 않았지만 유병률이 높을 것으로 추정되는 지역

고 할 수 있다.

그 후 무슨 까닭인지 벨기에인 그룹은 영국인 원장과 함께 떠났고, 나병병동 활동은 정체되어 있었다. 대신 파우씨 등과 독일인 그룹이 마리 아딜레이드 나병센터(카라치)를 기지로 하여 서서히 진료 태세를 갖추었다. 그 구체적인 시책이 1983년에 시작되는 '나병 근절 5개년계획'으로, 내가 부임한 것도 그 무렵의 일이었다.

아무것도 모른 채 덤벼들었던 나병병동 업무에는 이와 같이 기나긴 역사적 배경이 있었다. 돌이켜보면 한 지역에서 제한된 분야였지만, 그곳에서 면면히 이어져 내려온 인간 심장의 고동소리와도 같은 것을 느꼈던 것이다. 부임 후 이 역사를 짊어져왔던 쇼우 원장, 밧티씨, 의사 파우씨, 수녀 및 수도사들과 실제로 섞여서, 그 중 일부와는 함께 일하고, 또 다른 일부와는 대립도 했다. 영국과 벨기에 혼합팀과 독일팀, 일본팀, 파키스탄과 아프가니스탄 혼합팀, 기독교도와 이슬람교도, 이들이 각각 뒤엉켜 나병을 둘러싸고 현지에서 펼친 대립과 투쟁은 좀처럼 보기 힘든 현란한 화첩이라고 말할 수 있을 것이다. 나도 그 틈에 휘말려서 모진 고생을 했다. 그 경과에 대해서는 나중에 말하려 한다. 그러나 15년이 지난 지금 조용히 생각하면, 그곳에는 적나라한 인간들의 모습이 존재했음과 동시에, 그 일에 투입된 '공통된 인간으로서의 정열'이 선명하게 되살아난다. 설령 현지에서 나병 진료가 사라지는 일이 있더라도, 이 심장의 고동이 멎는 일은 없을 것이다. 그리고 그것이 우리를 지상에서 연결시켜 주는 그 무엇인가가 될 것이다.

대상(隊商)의 도시 페샤와르에서

우루두어학교

나는 이듬해인 1983년 6월부터 오카야마현 국립요양소인 오쿠 광명원에서 공부하고, 같은 해 9월에는 영국 리버풀 열대의학교에서 수련을 한 뒤에 1984년 5월 가까스로 현지에 부임했다. 나병 근절계획은 이미 시작되고 있었는데, 페샤와르 미션병원의 현저히 변화된 모습에 놀라지 않을 수 없었다. 나병병동은 독일인 수녀 한 명이 새로 와 있었지만, 유럽계 의료인들은 속속 떠나고 전체 진료능력은 안과를 제외하고는 현저히 떨어져 있었다. 게다가 병원에서는 우쟈가 원장의 거취가 문제가 되고 있었다. 사정은 잘 모르겠지만 그 배후에는 정치적 불화가 있는 듯했다.

아무래도 의견 일치는 어려울 듯했다. 나를 파견한 JOCS(일본 기독교 해외의료협력회) 선배들은 1, 2년쯤은 느긋하게 기다리라고 조언하였다. 한동안 조용히 지켜보면서 현지 사정을 익히고 현지 말을 배우는 데 힘을 쏟기로 했다. 또한 노동비자도 아직 취득하지 못하고 있었기 때문에 우선 6월부터 미션단체가 경영하는 우루두어학교에 다니기 시작했다. 그리고 한편으로는 북부 산악지대를 답사하는데 시간을 들였다.

우루두어학교에 다니던 중에 현지 영국인 사회의 한 부류와 접촉할 기회가 있었다. 학교는 마리라는 경치가 수려한 피서지에 있었는데 식민지 시대에 영국인이 세운 건물이 많이 있었다. 학교는 여름철 석 달 동안만 열리고, 휴양을 겸해서 파키스탄 전국에서 영국계 근로자들이 모여들어 있었다. 그곳에서 배우는 사람은 반 이상이 영국, 캐나다, 미국 국적을 가진 사람들로, 그 외에 스웨덴인과 일본인이 각각 한 명씩 있었다. 스웨덴인은 우연히 런던의 영어학교에서 만난 동급생이었고 일본인은 타나카라는 사람이었는데, 둘 다 젊은 간호사로 신드지방 미션병원에서 일하고 있었다. 페샤와르나 북서변경주에서 온 사람은 아무도 없었다. 거의가 종교적 사명감으로 파키스탄에 온 사람들로, 의료와 교회 관계자들로 구성되어 있었다. 따라서 그 사람들 일과는 아침 기도와 수업, 그리고 저녁 기도와 야간 설교로 구성되어, 수도원과 같은 집단생활을 했으며 물론 술도 마시지 않고, 담배도 피우지 않았다. 세속적인 공기에 익숙해져 있던 나는 솔직히 말해서 숨이 막혀 일주일 만에 두 손을 들고 아는 사람에게 부탁하여 하숙으로 거처를 옮기고는 통학을 했다.

마리에 머물던 중, 어떤 영국 사람들에게 페샤와르 미션병원과 의사 우쟈가씨에 대해 심한 악평을 듣게 되었다. 부임 직후였기 때문에 그다지 좋은 기분이 들지는 않았다. 그 내막을 다 알 수는 없었지만 우쟈가 원장이 구미 미션단체에서 파견한 의사나 간호사들을 냉대해서, 일 년 이상 일하는 사람이 없었던 것 같았다.

하지만, 이런 종류의 소문이나 험담은 내가 가장 꺼려하는 것

중의 하나였다. 게다가 페샤와르 현지에서는 우루두어 이상으로 파슈트어와 페르샤어가 필요했다. 통학은 대충 하고 현지 사정을 읽기 위해서 가급적 북부 산악지대로 발을 옮겼다.

고마운 양치기들

눈이 시릴 듯한 순백의 산봉우리들이 짙은 감색 창공을 배경으로 줄줄이 뻗어 있었다. 그리운 광경이었다. 1978년에 처음으로 티리치미르 원정대에 참가했던 이후로 이곳은 거의 내 마음속에 그리운 풍경으로 자리잡고 있었다. 파미르 고원에서 남서쪽으로 뻗어 내린 카라코룸 산맥과 힌두쿠시 산맥을 연결하는 지점이 와칸회랑에서 치트랄에 이르는 산악지대였다.

지도를 보면 아프가니스탄과 파키스탄을 북부에서 갈라놓는 술레이만 산맥, 치트랄 분지와 페샤와르 평야를 가르는 디아밀산의 무리들도 크게는 이 지맥에 포함된다고 할 수 있다. 5천, 6천m급의 험준한 산들이 이 지역을 가득 채우고 있었으며, 방대한 세계의 지붕을 이루고 있었다. 그 빙설은 아프가니스탄 남부와 파키스탄 전체를 적시는 거대한 저수조 역할을 하고 있었다. 서쪽에서는 카불강으로 흘러들고 동쪽에서는 스와트나 카시미르에서 지류를 모아 아톡에서 합류하여 인더스강의 본류가 된다. 아득히 먼 옛날부터 면면히 이어지는 자연의 영위에 압도되었다.

'산악지대를 산책했다'고 쉽게 말했지만, 양치기를 데리고 움

와칸회랑으로
이어지는
얄쿤강 상류 계곡

직이는 길고도 끝없는 여행이었다. 그때까지도 조금은 알고 있었
지만 길기트와 훈자 서쪽에서 치트랄 북쪽 변경까지 2개월에 걸
쳐 힌두쿠시 산맥 북동부의 거의 모든 주요지점을 답사했다.

　고원지대에서는 여름이 짧았다. 눈이 녹은 다음에 스쳐 지나가
듯 짧은 여름이 아쉬운 듯 여기저기 구릉에 녹지가 박혀 있었다.
마치 이끼처럼 길이가 짧은 풀을 밑에 깔고 색색의 고산식물이 장
식이라도 한 듯 널려 있었다. 멀리서 바라보니 그 일대에는 다갈
색 바위와 눈 녹은 계곡물 사이로 선명한 녹지가 섬처럼 산재해
있었다. 현지인들은 이것을 '카르카'라고 부르며, 여름 방목지로
이용한다. 카르카에는 반드시 양치기가 묵는 오두막이 있어서 취
사도 가능했다.

이 카르카를 이용하는 사람들은 와칸회랑이나 치트랄 고지에 있는 마을 주민들로 녹지에서 녹지로 양이나 염소 무리를 몰고 이동하는 와키족이었다. 와칸회랑이라는 이름은 이 와키족으로부터 유래된 듯하다. 일부는 파미르 고원 남부에서 파키스탄 북쪽 변경 훈자나 치트랄과 타지키스탄공화국에 걸쳐서 사는데, 상세하게 명시된 것은 없다. 이 유목민들은 여름 동안 살찌운 양을 팔기 위하여 초가을이 되면 치트랄 쪽으로 내려온다. 11월 하순, 산들은 다시 눈으로 덮이고, 사람들은 더 이상 다니지 않는다.

생활은 어려웠지만 유목민들은 지극히 순박했다. 마치 마법과도 같은 일이었다. 8월 하순, 나는 산행을 마치고 갑자기 급성간염으로 쓰러져 수도 이슬라마바드 옆에 있는 도시 라왈핀디의 싸구려 여관에 누워 있었는데 훈자에서 사람 하나가 심부름을 왔다.

"이거 선생님 거죠? 양치기가 전해 달라고 가져왔습니다."

이렇게 말하며 모자를 건네는 것이었다. 보니까 틀림없이 힌두쿠시 산속에서 내가 쓰고 있던 것이었다. 돌아오는 길에 훈자의 시시파르 빙하를 건너는 도중 잃어버린 것인지, 양치기 오두막에 묵을 때 두고 온 것인지 기억이 나지 않았다. 오랫동안 쓰던 것이라 애착은 있었지만, '어차피 싸구려니까' 하고 포기한 것이었다. 나는 놀라서 물었다.

"도대체 이걸 어디서 발견했죠?"

"산에서 내려온 양치기가 '함께 있었던 일본인 의사 거야. 전해 줘.'라며 가지고 왔습니다. 그때 일본인 의사는 나카무라씨밖에 없었기 때문에 틀림없을 거라고 생각해서 가져왔습니다. 마침 이슬라마바드로 가는 길이라……"

순간 나는 멍해졌다. 모자를 잃어버린 곳에서 훈자까지 5일, 게다가 그때는 훈자에서 라왈핀디까지 이틀간 버스를 타야했다. 그때까지 파키스탄 대도시에서 물건값을 비싸게 불러서 팔거나 사기 비슷한 사건을 겪어서 불신감을 가지고 있었는데, 그들의 정직함에 마음이 산뜻해지는 느낌을 받았다. 나는 점점 더 산사람들에게 매료되었다. 그 후 사실상 10년 이상 페샤와르 일에 몰두했던 관계로 그 산악지대를 방문할 기회가 없었지만, 그 일이 있은 이후로 마치 도원경을 꿈꾸듯 동경심을 품고 있었던 듯한 생각이 든다.

그런데 그 산행을 통해서 마리 아딜레이드 나병센터가 시작한 '나병 근절 5개년계획'이 적어도 북서변경주 북부 산지에서는 힘이 미치지 않고 있음을 알았다. 지도를 놓고 책상머리에서 세우는 계획은 산악지대에서는 전혀 통하지 않았다. 우선 지프 같은 차가 다닐 수 없는 곳이 많았다. 그 중에는 버스를 본 적이 없다는 마을 사람도 적지 않았다. 지리상의 어려움은 말할 것도 없었고, 관습이나 생활에 너무 큰 차이가 있어서, 카라치의 빈민가나 평야 지대에서 일을 해온 동 센터에서 그 실태를 파악하고 있으리라고는 생각되지 않았다.

또한 나는 그 여행을 통해 길기트에서 코히스탄에 이르는 디아밀 산악지역의 북쪽 산록에 많은 나병 환자가 있음을 확인했음에도 불구하고 마리 아딜레이드 나병센터는 '길기트 방면에는 환자가 거의 없다'며 내 의견을 무시하였다.

급성간염에 걸리다

8월 하순을 지나서 더위가 수그러들고 나도 페샤와르 미션병원으로 돌아가기로 되어있었다. 그러나 비자 문제가 해결되지 않아서 단독으로 페샤와르와 이슬라바마드를 몇 번이고 왕복한 끝에 피로가 누적된 것인지 급성간염으로 쓰러져 문자 그대로 움직일 수 없게 되었다. 라왈핀디의 싸구려 호텔(미세스디비스호텔. 당시 전 세계에서 모여드는 카라코룸 등반대가 많이 이용했다.)에서 불운을 원망하면서 쭈글쭈글해진 단무지처럼 뒹굴고 있었다. 물론 에어컨 따위는 있을 리가 없었다. 나른한 듯 천정에서 춤을 추는 선풍기는 더운 바람만 내뿜어서 오히려 탈수중세가 심해질 뿐이었다. 위장이 음식을 받아들이지 않았다. 게다가 모두들 친절했다. 친절은 고마웠지만 황달에 효과가 있다며 갖가지 음식을 가져왔다. 사탕수수 즙, 찐 밥, 치즈 같은 것, 좀 수상한 샐러드, 무슨 과즙……. 성의는 받아들이지 않을 수 없었다. 가지고 온 것들은 무엇이든 입에 넣었다가 대개는 토해버렸는데, 열흘쯤 지나자 체중이 9kg이나 감소했고 나는 비탄에 빠졌다. 몸이 순식간에 쇠약해져 가는 것을 내 눈으로 봐도 알 수 있었다.

8월 25일, 그러던 차에 갑자기 검은색 고급 승용차가 들이닥쳤다. 이런 싸구려 호텔에는 어울리지 않게 말이다. 술을 좋아하기로 유명한 호텔 매니저가 허둥지둥 알리러 왔다.

"선생님, 선생님, 선생님께 볼일이 있다고 합니다. 그렇게 높은 사람과 아는 사이라고는 생각하지 못했습니다. 그런 분이 이렇게 불편한 호텔에 묵으시다니요……."

무슨 일인가 해서 나가보니 일본대사관 야마무라 서기관이었다. 어디서 들었는지 당시 야나이 일본대사가 내가 병에 걸렸다는 말을 듣고 걱정이 되어 일부러 차를 보낸 것이다.

"선생님 몸은 괜찮으십니까? 대사님께서 보내셨습니다. 상태가 좋지 않으시다면 공관으로 모시라는 명령을 받고 왔습니다."

서기관은 이렇게 말하며 도시락을 꺼냈다. 일본식 도시락이었다. 한심한 이야기지만 그때까지 부렸던 허세를 한순간에 포기하고 눈 깜짝할 사이에 비워 버리고 말았다. 이리하여 나는 한동안 대사관 관저에서 '보호'를 받는 처지가 되었다.

대사는 온후한 신사였다. 당시로서는 일본인 의사가 파키스탄에서 일하는 것이 드물기도 했던 때문인지 굉장히 친절하게 대해 주었다. 그 당시는 이슬라마바드가 평화로웠다. 파키스탄을 방문하는 일본인이라고 해봤자 상사원을 제외하면 카라코룸 산맥에 도전하는 산악대가 아니면 간다라 유적발굴조사대의 멤버 정도로, 그만큼 가까이서 사귈 수 있는 기회가 되었다

"뭔가 도움이 되어 드릴 일이 있으면 말씀하십시오."

대사는 친절하게 말을 건넸다.

"실은 파견이 되어 연수까지 마치고 왔습니다만, 비자문제가 해결되지 않고 있습니다."

내가 말하자 대사는 직접 파키스탄 보건성과 교섭하여 무관을 대동한 야마무라 서기관을 시켜서 나를 파키스탄 의사회에 등록하게 함으로써 즉시 해결을 해주었다. 오로지 감사할 따름이었다.

대사관 관저에서는 3주일간 머물면서 체력을 회복했다. 만일

비자가 나오지 않을 경우에는 귀국할 수밖에 없다고 생각하던 차였다. 지금이니까 NGO가 세계적으로 시민권을 인정받고 있지만, 당시로서는 NGO라는 말도 존재하지 않았다. 그렇다고 해서 파견하는 쪽인 JOCS(일본기독교 해외의료협력회)에 파키스탄에 관한 정보가 있었던 것도 아니고, 또한 그럴 만한 힘도 없었다.(오히려 산악회 쪽이 훨씬 더 현지 사정에 정통해 있었다. JOCS는 해외협력의 파트너로 상대국 기독교 조직에 전면 의존하고 있기는 했지만, 이슬람공화국인 파키스탄에서 소수파인 현지 기독교도들은 힘이 없어서 거기에 의존한다는 것은 어려운 일이었다.) 내가 급성간염에 걸린 것과 그로 인해 대사관의 도움을 받은 것은 하늘이 도운 일이었다. 그들이 베풀어준 은혜는 지금도 잊을 수가 없다.

국제도시 페샤와르

이런 일들이 겹치고 나서 페샤와르에 겨우 자리를 잡은 것은 1984년 10월이나 되어서였다. 병원 안 낡은 집을 배정받았지만, 휑한 창고 같은 건물로 먼지가 많아 입을 열 수 없을 정도였다. 원래는 영국인 장교가 살았다고 하는데 백 년은 넘었음직한 건물이었다. 욕실에는 샤워기만 있었고 온수는 물론 찬물도 제대로 나오지 않았다. 이듬해 1월에 가족을 부르기로 되어 있었기 때문에 보수를 시작하고 나는 벽돌바닥에 카펫을 깔고 생활했다.

당시 페샤와르는 이슬라마바드와 마찬가지로 도시 전체가 여유로운 분위기에 싸여 있었다.

'파슈툰의 여왕'이라 불리는 페샤와르는 북서변경주의 주도로, 언어와 민족 모두 아프가니스탄과는 한 덩어리였다. 역사를 살펴보면 주 전체가 아프가니스탄에서 분리당한 것이었다. 북서변경주 서쪽은 술레이만 산맥을 통해 아프가니스탄과 접해있고, 동쪽은 인더스 강을 경계로 펀잡주와 마주보고 있다. 북쪽 변경은 중국, 구 소련, 아프가니스탄이 만나는 와칸회랑이었다.

일찍이 19세기 전반에 이 지역과 카시미르는 아프간왕조에게 복속되어 있었다. 영국 식민지시대에 세 번에 걸친 영국-아프가니스탄 전쟁을 통해 술레이만 산맥으로부터 동쪽은 군사적 완충지대로서 영국령 인도의 한 주로 편성되었던 역사가 있다. 인도와 파키스탄간의 분리 독립과 더불어 이 경계선(듀란드 라인)이 파키스탄에 계승되었다. 따라서 현재 파키스탄과 아프가니스탄 사이에 있는 국경은 엄밀한 의미에서 '국경'이 아니라, '군사행동의 정지선'이라 규정한 영국과 아프가니스탄간의 조약을 애매한 상태로 끌어오고 있는 것이다.

주요민족인 파슈툰족은 약 2천만 명이라고 알려져 있으며, 그 절반이 아프가니스탄에, 나머지 절반이 북서변경주에 살면서 각각 다수파를 형성하고 있다. 그들의 일체감은 지금도 없어지지 않았고, 아프가니스탄 국적을 가진 사람은 '월경권'이 있어서 자유롭게 국경을 넘나들 수가 있었다. 사실 일반 시민들 사이에서는 아프가니스탄 수도 카불을 '윗도시', 페샤와르를 '아랫도시'라고 부른다. 아프가니스탄 측에서는 북서변경주를 '파슈트니스탄(파슈툰인의 나라)'이라고 부르며 완전한 외국으로는 생각하지 않는

페샤와르 구시가지

다. 270만 명이나 되는 아프간 난민을 받아들인 거대한 아량은 이를 빼고서는 생각할 수가 없다.

페샤와르는 인구 약 80만의 도시로, 실크로드의 인도아시아대륙이 시작되는 지점에 위치한다. 고대로부터 유라시아대륙의 무역거점이었던 흔적을 지금까지도 간직하고 있으며, 옛 시가지에는 중앙아시아에서 온 여러 나라 사람들이 왕래한다. 과거에는 성곽도시였으며 마치 파슈툰 부족사회에 불쑥 솟은 작은 섬과 같은 존재이다. '페샤와르 시민'이라고 부르기는 해도 2대, 3대를 거슬러 올라가보면 대개는 우즈베키스탄, 타지키스탄, 아프가니스탄에서 온 이민자들이며 독특한 국제성을 띠고 있다. 출신별, 인종별, 종교별, 직업별로 집단촌이 섞여 있어서 그 나름대로 균형을 유지하며 공존하고 있다. 이슬람교도가 98%, 기독교도가 2%이며, 인종도 다양해서 파란 눈의 아리아계에서 인도계, 몽골계까지 그야말로 민족의 교차로라고 말할 수 있다. 아프리카 흑인 이외에는 모두 아프간 사람으로 바뀔 수 있다고까지 일컬어진다.

그런데 부임 당시 페샤와르에는 트럭과 버스 이외에는 승용차가 거의 없었고 이웃나라 아프가니스탄의 극심한 전쟁소문에도 불구하고 소란스러운 느낌은 없었다. 페샤와르 안에서 자가용을 가진 사람은 10명 정도라고 했다. 사람들은 택시를 대신하여 마차와 원동기 수레를 이용하고 있었고, 한두 시간의 거리쯤은 아무렇지도 않은 듯 걸어 다녔다.

내가 정착한 페샤와르 미션병원은 다브가리라는 구시가지 한가운데에 있었는데, 고색창연한 페샤와르 공기를 만끽할 수 있었다. 아프간 사람들이 모이는 장소도 그 근처에 많이 있어서 사람들과 친해지기 쉬웠다. 샬와르카미즈(현지 옷)를 입고 걷고 있으면 나를 일본인이라고 생각하는 사람은 없었고, 페르시아어로 거리낌 없이 말을 걸어왔다. 도시 서민들은 여행자들에게 친절했으며 나를 카불에서 온 아프간 난민이라고 착각하는 사람도 많았고, "카부리(카불시민)냐?"라며 불러 세우고는 신발을 주기도 하고 차를 공짜로 대접해 주기도 했다. 당시는 아직 난민에 대해서 동정적이었다. 때때로 일본인 여행자도 눈에 띄었지만, '실크로드 투어'의 집단여행인 경우가 많았다. 시장에서 잠시 걸터앉아 차를 마시고 있으면 나를 손가락으로 가리키며,

"여기 좀 봐, 여기 좀 봐. 이 사람 말이야, 꼭 일본인 같잖아?"

"여긴 정말로 민족의 교차로구먼."

무례한 놈이라고 생각하며 잠자코 있었는데, 요란스럽게 '인종의 도가니'를 지껄여대면서 사라져 갔다. 이러한 형편이었기 때문에 현지 페샤와르대학에서 파슈트어를 배우고 있던 에부치 테츠오씨와, 우연히 같은 시기에 부임한 유엔난민고등판무관사무소의

아사바네씨 이외에는 친하게 지내는 고향사람은 없었다.

카이버 고개로 향하는 쪽의 아프가니스탄에서는 피로 피를 씻는 극심한 내전이 계속되고 있다는 것을 알 수도 없었다. 이를 피부로 느낀 것은 그로부터 1년 후 '아프가니스탄에서 활동할 필요성'을 통감하고 난민캠프에 출입을 시작할 때였다.

페샤와르와 아프가니스탄이 역사적으로 친밀한 관계이기는 하지만 또 한편으로는 우스꽝스러우리만큼 지역적 대립을 하는 분위기도 있었다. 이 15년 동안의 이야기도 '조화를 소중히 하는 가련한 한 외국인이 얼마만큼 현지 대립에 곤란을 겪으면서 목적을 달성해 왔는지'가 주된 줄거리다. 부임 후 얼마 되지 않아 나 또한 그러한 분위기에 휩쓸려 들어갔다.

음모

1984년 11월, 가까스로 미션병원 나병병동과 내과에서 근무를 시작했을 무렵, 시장에서 옆집에 살고 있던 한 영국인과 만났다. 나를 기다리고 있었던 듯 "잠깐 할 얘기가 있는데 시간을 주십시오."라며 차 안으로 나를 불렀다. 나이는 40세 전후, 긴 수염에 현지 의상을 입고 있어서 아프간 사람인 줄 알았는데, 말투나 거동이 런던에서 보았던 영국서민의 풍모였다. 기품이 있다고까지는 말할 수 없지만, 쾌활하고 감추는 것이 없어 보이는 인물이었다. 이름은 '마일즈'라고 하며, 1978년부터 6년 동안 페샤와르 미션

병원과 같은 부지에 있는 '정신건강센터'라는 심신장애아시설에
서 매니저 일을 하고 있다고 했다. 부인은 물리치료사로, 같은 곳
에서 근무하고 있었다. 나는 마리의 우루두어학교에서 영국인 그
룹과 우쟈가 원장이 대립하고 있다고 들었기 때문에 말려들지 않
도록 주의를 했었는데, 그가 내 입장을 헤아리고 눈에 띄지 않도
록 접촉해 온 것이었다.

"아니, 저는 우쟈가 원장의 험담을 하려는 것이 아닙니다. 조금
이라도 실정을 알아두시는 것이 선생님에게 이로울 거라고 생각
했기 때문입니다."

마일즈씨는 말을 시작했다.

"선생님은 나병병동에서 일을 하고 계시니까 알아두는 편이 좋
으실 겁니다. 우쟈가 원장은 머지않아 그만둘 가능성이 짙어졌습
니다. 그래서 앞으로 저희들 입장에서도 협력하지 않으면 안 된다
고 생각해서 말씀드리러 온 것입니다."

원장이 물러난다는 이야기는 실은 8월 하순에 원장 본인으로부
터 듣고 있었다. 다른 사람에게는 말하지 않겠다고 약속을 했기

미션병원 환자들이
마당에서 기도하는 모습

때문에 마일즈씨 이야기를 처음 듣는 것처럼 가만히 듣고 있었다. 원장이 그만두고 혼란기가 좀 지난 다음에 영국 사람들과도 협력하면서 나병병동의 재건을 꾀하려고 생각하고 있던 참이었다.

"도대체 어떻게 된 일입니까?"

"선생님께서는 아무것도 모르고 오신 것 같군요. 앞날을 생각해서 알아두시는 편이 나을 겁니다. 실은 3년 전까지 나병병동에서 벨기에인 그룹이 활동하고 있었습니다. 제가 왔던 때는 마침 벨기에인들이 우쟈가 원장과 갈등이 있어 옥신각신하던 끝에 철수하기로 한 직전이었습니다."

이 이야기는 우쟈가 원장은 물론 파우씨한테서도 듣지 못한 것이었다. 흥미도 있고 해서 자초지종을 묻자 자세히 말해 주었다.

1978년까지 미션병원 나병병동은 데미안기금(유럽가톨릭재단)을 후원자로 하여 수녀와 수도사들이 간호사 역할을 하며 일의 전면에 나섰었다. 그 후 단기간이기는 했지만 벨기에인 의사와 검사기사들 4명이 팀을 이루어 스와트와 말단 등 몇 곳에 정기투약소를 개설하고 활발하게 활동하고 있었다.

그런데 그들은 '미션병원 숙소를 빌어서 쓸 뿐'이라고 생각하며, 병원과는 다르게 완전히 독립적으로 활동하고 있었다. 우쟈가 원장은 그들의 실적을 미션병원 몫으로 하고 싶었지만 그들은 받아들이지 않았다. 한편 카라치의 마리 아딜레이드 나병센터와 의사 파우씨는 별도로 북서변경주에서 나병 근절계획을 수립하여, 데미안기금 운용을 둘러싸고 벨기에인들과 충돌함으로써 우쟈가 원장과 연대하여 그 벨기에인들을 추방했다는 것이었다.

"저는 마침 그때 이곳에 있었습니다만 정말 심했습니다. 수도를 끊고 시비를 건다거나 전기를 끊기도 하고……. 결국 '불법체류'로 고발하여 국외추방처분을 받게 했던 것입니다. 나병병동 현지 직원 10명도 벨기에파와 독일파로 분열하여 태반이 병원을 떠났습니다. 병동은 일 년도 지나지 않아 텅 비었고, 지금과 같은 형편 없는 상태가 되어버렸습니다. 그러던 차에 아무런 내막도 모르고 나카무라 선생님께서 나타나신 것입니다."

"파우씨나 독일 측으로부터 재건에 대한 제의는 없었습니까?"

"물론 있었습니다. 우쟈가씨는 '그 정도 진료라면 우리들끼리 할 수 있다.' 며 허세를 부렸습니다. 그래서 파우씨는 독일 측 자금을 들여서 병원을 운영하려고 했습니다. 그런데 나병과 관계된 자금 대부분은 전체 병원운영, 특히 우쟈가씨 전공분야인 안과로 전용되었고 나병병동에는 거의 쓰이지 않았습니다. 그래서 이번에는 파우씨 등, 독일 측이 걸고 나서서 우쟈가씨와 파우씨의 관계가 악화되었습니다."

"하지만 이번에는 우쟈가 원장이 추방될 지경에 이르렀다면서요?"

"자업자득입니다. 우쟈가씨는 편잡주에서 온 직원들을 선동하여 파키스탄 민족주의를 표방하며 외국인 추방을 기도했습니다. 그러나 사실은 미션병원 원장직을 탐냈던 것입니다. 전임 원장 바빈튼은 영국인 정신과 의사였는데, 페샤와르에서 태어나 파슈트어를 모국어처럼 구사했습니다. 현지인들에게도 존경을 받고 있었습니다. 정신건강센터를 일으킨 것도 바빈튼 원장이 재직할 때였고, 페샤와르 출신자들이 모여 있었습니다. 그러던 차에 강압적으로 원장직에 취임한 편잡 출신의 우쟈가에 반대해서, 정신건강센터에 모인 현지 페샤와르 세력들은 정신건강센터를 미션병원으로부터 분리할 것을 주장했습니다. 결국 법정투쟁을 거쳐 1979년에 '미션병원 분할'이 이루어져 현재에 이르고 있는 것입니다.

영국 자금이 끊기자 우쟈가는 독일로 눈을 돌리기 시작하여 CBM(독일 맹인선교회)이나 GLRA(독일 나병구원협회)에 자금과 인력을 의지했습니다. 그러나 그것도 곤란하게 되자 '룩 이스트(Look East)정책'이 부상하게 되었고, 그 결과가 나카무라 선생님의 방문으로 이어진 것입니다."

듣고 보니 아무래도 영국 측과 독일 측 협력은 없는 듯했다. 파우씨에 대해서도 혹평을 하였다.

"의사 파우씨 말입니까? 정복욕이 강한 사람이죠. 북서변경주의 나병에 관한 일은 미션병원이 시작했습니다. 정말 수녀와 수도사들이 일을 잘하고 있었는데……."

벨기에인들은 비교적 영국인들과 사이가 좋았다. 그러나 공평하게 보면 영국 측 대응도 정치적이었다. 이 경위에 대해서는 우쟈가 원장이 말한 것을 포함해서 생각하는 편이 옳을 것이다.

1979년 12월 구 소련이 침공한 이후로 아프간 난민 수가 폭발적으로 증가하여, 내가 부임했던 1984년까지 270만 명에 달하여 세계 최대의 난민문제로 부상하였다. 전 세계에서 거액의 원조가 기탁되었지만 서방 측, 특히 기독교계 국제단체는 페샤와르 미션병원을 어떻게든 의지해서 그곳을 기지로 삼으려 하고 있었다. 그러나 우쟈가 원장은 난민구호용으로 써야 할 거액의 자금을 유효하게 쓰지 못했고, 부정적인 소문까지 있는데다가 구미인들을 홀

대했기 때문에 협력이 잘 진전되지 않았다. 그래서 우쟈가 원장 추방공작이 1982년부터 구체적으로 이루어진 것이다. 그때까지 페샤와르 미션병원은 '영국교회 라홀 교구'에 속해 있었는데, 영국 측은 '페샤와르 교구'를 새롭게 분리·신설하여 그 사교(교구장)에 친영국적인 인물 카이룻딘을 앉혔다. 그런 다음에 우쟈가 원장은 좋은 모양새를 갖추어 은퇴시킬 계획이었다. 이를 위해 우쟈가씨를 구미의 의료기관에 연수 명목으로 내보내 관록을 쌓게 함으로써 명예심을 만족시켜 주고, 고향인 편잡에서 조그마한 지역보건 프로젝트에 참여하게 한다는 줄거리였다.

견딜 재간이 없어진 우쟈가 원장도 결국 단념을 하고 이 제안을 받아들였다. 그리하여 1985년 4월부로 병원을 떠나야 했고 이미 이사 준비까지 하고 있었던 것이다.

우쟈가 원장이 떠난 후가 어찌 될 것인지 모두 짐작할 수 없었지만, 나로서는 나병병동의 재건이 가장 큰 관심사였기 때문에 마일즈씨에게 물었다.

"만일 우쟈가 원장이 물러난다고 하면 나병병동은 어떻게 됩니까?"

"선생님께서 수고를 해주시는 것 외에는 방법이 없겠죠. 그때 가서는 심신장애아센터의 우리들과도 꼭 협력해 주시길 부탁드립니다."

거절할 이유가 없는 제안이었다. 어느 쪽으로 기울더라도 나병병동 재건에는 영향이 없을 거라고 생각했고, 그들 영국인과도 우호를 유지할 수 있다고 생각했다. 마일즈씨는 호의적이었으며, 나를 당시 페샤와르의 각 방면 유력자들에게 소개시켜 주었다. 특히 페샤와르대학 의학부 정신과의 샤피크 교수는 나와 전문분야가 같은 점도 있고 해서 환대를 해 주었다.

이런 일들로 나는 현지에 주재하고 있는 영국인 그룹과 파우씨 등의 독일인 그룹, 우쟈가 원장 등의 편잡인 기독교도, 현지의 파슈툰인 그룹, 아프간인 그룹, 이들 각자가 완전히 따로따로 집단을 형성하여 대립감정만 있을 뿐, 그룹간의 횡적인 교류나 협력이 없다는 것을 알 수 있었다.

고독한 결단을 내리다

1984년 12월 20일, 나는 가족을 데리고 오기 위해 2주일 동안 귀국하게 되었다. 귀국을 앞두고 우쟈가 원장 및 그와 대립하고 있는 그룹과도 충분히 이야기를 나누고, 나병병동의 주요 직원들을 모아서 앞으로 일을 의논했다. 이 시점에서 내 존재는 미지수였고, '사람 좋은 일본인 의사'라는 인상으로 비쳐지고 있었으므로 누구와도 자유롭게 접촉할 수 있었다.

우쟈가 원장은 이미 은퇴를 결심하고 있었지만, 전임자로서 마지막 선물로 나를 통해 미션병원에 영향력을 남기려고 했던 것 같다. 원장 친척을 비롯한 편잡인 직원이 많았기 때문에 현지 사회에서는 당연한 것이었다. 은퇴한 다음에 친 우쟈가파가 모종의 보복조치를 받을 것이 뻔했기 때문이다.

"아마도 당신은 우루두어학교 외국인들한테서 나에 관한 무수한 험담을 들었을 겁니다. 그러나 내게도 나름대로 할 말이 있다는 것을 알아주셨으면 합니다. 우리 편잡인 기독교도들은 이 사회에서는 소수파입니다. 외국인 미션단체 중에는 광신적인 사람도 많고 선교활동을 목적으로 오는 사람도 많이 있습니다.

그러나 여기는 이슬람공화국입니다. 이슬람교에서 기독교로 개종하는 것은 엄하게 금지되어 있을 뿐만 아니라 선교 의도를 가진 사람이 미션병원 안에 있는 것이 알려지면, 본인은 물론 우리도 처벌을 받게 됩니다. 외국인 경우라면 본국으로 소환되어 영웅취급을 받겠지만 현지에 남겨진 우리 기독교도들은 어떻게 하면 좋겠습니까? 나는 이런 연유로 이 일을 하고 있는 외국인 기독교 신자들을 주의해 왔습니다.

나카무라씨, 나는 일본을 재작년에 방문해서 일본인들 대부분이 종교에 관대하다는 것을 알고 감격했습니다. 당신이라면 괜찮을 겁니다. 나는 광신적인 구미 선교단체를 좋아할 수가 없습니다.”

그 점에 대해서는 나도 완전히 동감이었다. 하지만 선교활동 위험성에 대해서는 한 세기나 이 땅에 정착해 있는 현지 영국인 그룹이 분명 숙지하고 있을 것이다. 보다 근본적인 쟁점은 다른 곳에 있는 것 같았다.

우쟈가씨는 계속 말을 이었다.

“다만 한 가지, 원조자금에 대해서 충고해두고 싶은 것이 있습니다. 일본이 병원에 원조를 제공하지 않는다는 것입니다. 지정된 기부로 전환하여 병원 전체의 운영자금으로 전용되지 않도록 배려해야 합니다.”

| 북서변경주 나병치료 관련조직 |

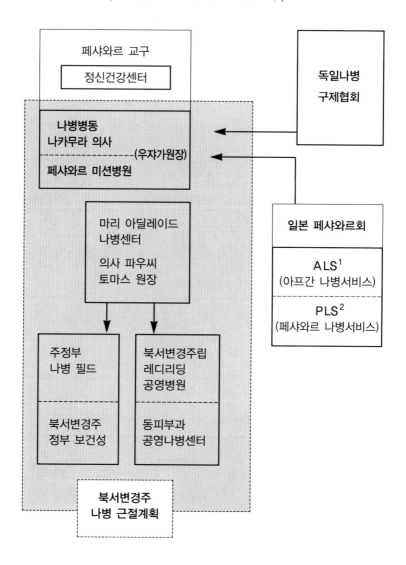

페샤와르 교구

정신건강센터

독일나병
구제협회

나병병동
나카무라 의사
-------------(우쟈가원장)
페샤와르 미션병원

마리 아딜레이드
나병센터

의사 파우씨
토마스 원장

일본 페샤와르회

ALS[1]
(아프간 나병서비스)

PLS[2]
(페샤와르 나병서비스)

주정부
나병 필드

북서변경주립
레디리딩
공영병원

북서변경주
정부 보건성

동피부과
공영나병센터

**북서변경주
나병 근절계획**

➤ 재정원조 흐름

1 1986년 설립. 1989년 JAMS(일본-아프간 의료서비스)로 개칭
2 1994년 설립. 1998년 PMS에 통합됨

"무슨 말씀이신지 뜻을 잘 모르겠습니다만……."

"후임 병원 관리자들은 반드시 원조금을 지정항목대로 사용하지 않고 병원운영에 유용할 겁니다. 미션병원을 경영하기 위해서는 어느 정도 부득이한 일입니다. 실제로 제가 그렇게 해왔으니까요. 하지만 내가 그 일로 비난을 받아 물러나는 이상 미션병원 운영비는 페샤와르 신교구의 카이룻딘 사교가 직접 영국 측에 받아내야 합니다."

역시 재정문제가 얽혀있었던 것이다. 그때까지 영국 측은 우쟈가 원장과 라홀 교구의 말리크 사교와의 검은 소문을 문제시하고 있었는데 그 진위야 어쨌든 두 사람은 친밀한 관계에 있었던 듯했다. 우쟈가 원장은 말리크 사교에 대한 찬사를 늘어놓으면서 영국인과 카이룻딘 사교에 대해 비난을 해댔다.

"또한 차기 원장이 결정될 때까지 당신에게 그 대행을 부탁하고 싶습니다."

아닌 밤에 홍두깨였다. 나는 당연히 완강하게 사양했다. 그야말로 우쟈가 원장의 꼭두각시가 되어 정치적으로 이용당한다면, 정쟁에 휘말려 가장 중요한 진료 활동이 제자리걸음을 하게 되기 때문이었다.

어쨌든 앞서 영국인에게 들은 말도 있고, 내가 '아무런 해가 없는 일벌레'로 일관하는 것이 최선이며, 나병병동 개선에 힘을 집중해야 한다는 사실에는 누구도 이론의 여지가 없을 거라는 확신이 들었다. 아니, 거기서 그치는 게 아니라 병동 관리를 독단에 치우치지 않고 자유롭게 재량함으로써, 일본을 비롯한 각국으로부터 나병 환자에 대한 지원을 이끌어 내기 위해서는 우쟈가 원장의 은퇴가 오히려 환영할 만한 사건이었다. 그러나 이와 같은 갈등 내용을 일본 측에 전하더라도 혼란만 줄 뿐이었다. 물러나기 직전의 우쟈가 원장도, 후임으로 올 반 우쟈가 그룹도 모두 병동개선에 대한 청사진을 가지고 있지 않을 것이다. 20년이나 파키스탄에서 지내 온 파우씨조차도, 북서변경주와 페샤와르의 사정을 제대로 파악하고 있다고는 생각되지 않았다. 하물며 일본 측에서 적절한 입안을 한다는 것은 불가능할 것이 뻔했다. 결과에 대해서는 스스로 책임질 각오를 하고 나병병동 재건을 단독으로 추진할 것을 결심했다.

우쟈가 원장의 유임

페샤와르의 봄은 짧았다. 1985년 4월 초순, 초여름을 생각나게 하는 강렬한 햇볕이 내리쬐기 시작했다. 그 해 여름은 대단한 무더위가 될 것으로 예상하고 있었는데 과연 그대로였다.

'우쟈가 은퇴' 소문이 병원 안팎에 쫙 깔리고, 물러나기 직전의 원장은 짐짓 착한 사람인양 행동하고 있었다. 병원 직원들은 내심 기뻐하면서도 입에 발린 소리를 하고 있었다. 나도 그 중 한 사람으로, 은퇴 후 나병병동을 재건할 생각으로 희망에 부풀어 있었다. 카이룻딘 사교는 마음씨 좋은 할아버지와도 같은 사람으로 나와도 죽이 잘 맞았다. 만사가 순조롭게 진행되고 있다고 모두가 믿고 있었다. 그 누구도 극적인 순간에 역전극이 펼쳐

지리라고는 예상하지 못했다.

 1985년 4월 5일 이른 아침, 미션병원 직원들은 갑자기 경찰 수십 명이 원장 집을 둘러싸고 있어 깜짝 놀랐다. 오전 8시, 아침 예배에서 우쟈가 원장은 간담을 서늘하게 하는 발표를 하였다. 약간 흥분한 어조로 모두에게 연설했다.

 "제 아내인 의사 케이트가 주 의회 의원으로 지명되었습니다. 미션병원으로서는 명예로운 일입니다. 그래서 4년 임기 동안 우리는 페샤와르에 머물러야만 합니다. 우리는 미션병원을 떠나지 않게끔 된 것입니다. 그러나 교구의 카이룻딘 사교는 북서변경주 의회를 무시하고, 실력으로 우리 집과 병원을 점거하겠다고 공언했습니다. 그래서 주 의회 이름으로 경찰부대가 출동한 것입니다. 어려움이 계속될 것으로 생각됩니다만, 저를 필요로 하는지 어떤지 여러분들의 의사를 이 자리에서 표명해 주셨으면 합니다."

 이런 상황에서 나가라고 말할 수 있는 사람은 없었다. 다분히 그것을 계산에 넣고 한 연설이었다. 친 우쟈가파는 활기에 넘쳐 외쳤다.

 "선생님, 다음 수술은 언제죠? 미션병원은 변하지 않는다! 파키스탄 만세!"

 한편, 카이룻딘 사교를 비롯한 반 우쟈가파는 격분하여 실제로 실력 행사를 계획하고 있었다. 그러나 섣불리 소란을 피우면 반이슬람을 이유로 '미션병원 죽이기'가 일어날 수도 있었다. '미션스쿨 폐지'의 과격론도 횡행하고 있던 시기였다. 영국 측은 자중을 촉구했다. 우쟈가씨는 교구 내 집회에서 "페샤와르 신 교구는 라홀 교구로부터 독립했는지 모르겠지만, 페샤와르 미션병원이 신 교구에 속한다는 결정은 내려지지 않았다. 미션병원은 변함없이 라홀 교구에 속한다."고 주장하며, 카이룻딘 사교를 따르지 않겠 노라고 선언했다. 분쟁은 법정으로 옮겨져 '기독교계의 부패'라 는 스캔들을 퍼뜨리는 결과가 되었다.

영국인인 마일즈 부부가 관리하는 정신건강센터와 그 소속의 현지 기독교도 그룹도 한꺼번에 얼어붙었다. 마일즈씨와 그 밑에 있는 험프리씨(파키스탄인, 나중의 PMS 사무장)는 최선봉에 서 서 카이룻딘 사교와 영국 측의 나약함을 비난하고 그 후로 사사건 건 우쟈가 원장과 대립했다.

우쟈가 원장 부인이 주 의회 의원으로 지명된 것은 원장파의 모 략이 아니라 완전한 우연이었다. 당시 지아울하크 군사정권은 의 회에서 압도적 다수를 차지하는 이슬람교도들 반대편에 소수파 배려 차원에서 기독교도들을 위한 의석 몇 개를 할당해놓고 있었 다. 이것은 선거를 통한 것이 아니라 주지사 지명에 의한 것이었 다. 우쟈가씨 부인이 우연히 YWCA 페샤와르 지부장으로 근무하 고 있던 것을 아무런 내막도 모르는 북서변경주지사가 지명했던 것이다.

이로써 정세가 급변했다. 내가 생각하고 있는 '나병병동 개선계 획'은 변함이 없었지만, 우쟈가 원장이 잔류함에 따라 어려움이 뒤따르게 되었다. 예상대로 재정적으로 한층 궁핍해진 미션병원 은 일본페샤와르회가 보내주는 얼마 되지 않는 기부금마저 바라 보기 시작했고, 나는 병동개선을 위해서 몇 배에 달하는 고민을 더 해야 했다. 나는 초연주의를 취하여 우쟈가 원장에게도 카이룻딘 사교에게도 같은 거리를 유지하였는데, 이만저만 신경이 쓰이는 일이 아니었다. 이를 전후하여 우쟈가 원장이 병원 안에서 저격을 당하는 사건이 일어났다. 빗나간 총알은 옆에 있던 사람의 발에 부상을 입혔다. '나병병동이 배후에 있다'는 억측이 떠돌기도 해서 내가 주목받는 위치에 서는 꼴이 되기도 했다.

한편, 아프간 난민 구제문제로 방문했던 외국인 기독교단체 중에는 정말로 선교활동을 해서 현지와 마찰을 일으키는 사람이 있었다. 그들은 대체로 현지 기독교인들을 '명목적 기독교인'이라 부르며 반쯤은 경멸하고 있었다. 내가 절대 양보하지 않았던 기본방침은 '다른 사람의 신심에 대해 언급하지 말고, 좋은 일은 입장을 초월하여 협력할 것'이었다. 따라서 선교 색깔이 강한 외국인 기독교도들에 대해서만큼은 우쟈가 원장을 비롯한 현지 세력을 지지함으로써, 대결 의사를 명확히 했기 때문에 이단시되는 경우가 자주 있었다.

소수파인 기독교계 내부에서조차 상황은 이러했다. 외부의 대립은 더 복잡하고 심각했다. 부임 후 1년도 지나지 않는 사이에 일찌감치 나는 페샤와르가 연약한 사회가 아님을 뼈저리게 실감했다. 나도 마음을 굳게 먹고 장기전을 각오했다.

병동 개선을 위한 노력

오직 인내하다

그런데 내가 부임한 1984년 5월, 독일인 수녀 에더 돔이 그보다 조금 전에 부임하여 나병병동 개선에 힘을 쏟고 있었는데, 나병병동 고참 진료원들이 협조하지 않아 좀처럼 성과를 거둘 수가 없었다. 우쟈가 원장이 은퇴하면 대대적인 개혁을 시행하고, 질과 양 모두에 충실을 기할 생각이었는데 유임이라는 역전극으로 인해 계획을 대폭 수정해야만 했다.

뒤늦게나마 개선에 착수했던 1985년 9월, 당시 벨기에인 그룹이 빠져나간 후 병동 모습은 황폐하기 이를 데 없었다. 나병 등록환자가 2,400명인데 비해서 병상은 고작 15개였고, 나병 진료원은 세 명밖에 없어 도저히 수요를 따라갈 수가 없었다. 게다가 등록환자는 급속하게 늘고 있었다.(그 후 1990년까지 5천 명에 달했다.) 나병이 외래치료 중심으로 되어있다고는 하지만 그래가지고는 합병증에 도저히 대처할 수가 없었다.

치료 내용도 외상과 화상으로 오는 환자에게 붕대를 감아서 보내는 정도로, 거의 병원이라고는 할 수도 없는 상태였다. 쓸 만한 의료기구는 모두 일반진료과로 방출되어 제대로 된 주사기조차 없었다. 우쟈가 원장 자신이 나한테 충고하던 대로 나병 환자에게 기탁된 기금은 미션병원 전체 운영비로 사라지고, 나병 환자들은 원내에서 버림받은 존재였다. 어차피 나병 환자들은 병원의 돈줄에 불과했던 것이다.

그렇다고 해서 병원 직원들 수준이 높은 것도 아니었다. 일회용 플라스틱 주사기와 주사바늘을 하얀색 이상한 액체(크레졸인 듯)에 담가 세척했는데, 몇 번을 쓴 건지 몰랐다. 물품을 아끼는 것은 좋지만, 주사바늘에 묻은 피딱지와 크레졸액을 다른 환자 몸속에 주입하는 꼴이었다. 거즈 소독에는 오븐토스터를 사용했고, 여우털색으로 그을린 것을 '소독 완료'라고 하고 있었다. 거즈를 다루는 핀셋은 몇 개밖에 없어 제대로 소독도 하지 않고 환자 수십 명에게 사용하고 있었다. 검사에서 중요한 스메어(나병균 검출)도 쓰레기인지 나병균인지도 모를 염색으로는 도저히 판정할 수 없는데 그저 적당히 결과를 보고하고 있었다.

이는 결코 과장이 아니다. 이 상태를 보고 쇼크를 받지 않는 의료인은 없을 것이다. '해외의료협력'이라고 하면 듣기는 그럴 듯하지만, 우리의 경우 '무에서의 출발'이라면 차라리 다행이다. 상식이 아닌 일을 고치는 데서부터 시작했으므로 '마이너스에서의 출발'이라고 할 수 있었다. 우쟈가 원장 유임으로 병동 인사문제도 여의치 않은 상태여서, 무엇부터 손을 대야 좋을 지 알 수 없었다. 그런 의미에서 겨우 1년에 불과했지만 선임 독일인 수녀 에더의 노력은 대단한 것이었다.

나병은 앞에서도 언급했듯이 피부과학, 신경병학, 정형외과, 성형외과와 복합적인 연관을 갖고 치료해야 한다. 그러나 아무리 의학 잡지를 근거로 이상론을 외치더라도 형편이 이래가지고는 '병동 개선' 따위는 높은 산봉우리에 있는 손에 닿지 않는 꽃이었다. 정말로 아득한 계획이 되어 버렸다.

1985년 5월, 우선 병실 하나를 고쳐 작은 수술실을 만들고, 소외과(小外科) 진료를 가능하게 했다. 사방 4~5m 방을 합판으로 칸막이를 치고, 페인트를 칠하여, 그 반을 손 씻는 곳과 소독실로 만들었다. 너무나 좁은 방이었기 때문에 수술대도 비스듬하게밖에 들어가지 않았다.(병원에는 훌륭한 수술실이 있었지만 나병 환자들은 사용할 수가 없었다.) 하지만 이것만으로도 획기적인 일이었다. 이를 통하여 직원들은 기초적인 의료 훈련을 할 수 있었다.

직원들은 얄팍한 지식을 가지고 오랜 시간 몸에 밴 자기 스타일을 유일한 방법으로 고집하였다. 이것을 바꾸는 것이 큰일이었는데, 호통을 치면서 훈련을 하는 한편, 수술 전 조치, 기구 선정, 소독, 사용 후 세정, 심지어는 환자 운반법부터 세탁까지 모두 내가 직접 해 보았다. 일본에서도 신참 외과의사들은 고작 몇 시간 수술을 하는데 얼마나 많은 사람들이 준비하고 노력하는지 상상할 수 없을 것이다. 검사기사, 물리치료사, 간호사 등, 의사 주변 의료 인력이 우수하기 때문에 의사는 그저 수술에 전념하고, 수술 후 지시를 제대로 하기만 하면 모든 치료가 순조롭게 진행된다. 의사가 수술기구 소독은 물론 시트를 세탁하는 방법까지 지도하는 일은 없는 것이다.

'병동 개선'이라고 말은 거창하지만 이와 같은 자질구레한 일부터 시작하였다. 나는 당시 37세로, 체력에 의지해서 아침부터 밤까지 일했다. 실제로 밧티라는 우수한 직원을 제외하고 나병병동 고참 직원들은 오랜 기간 '의사 선생님'이라고 환자들에게 불리고 있던 터라, 으쓱해져서 밑바닥 허드렛일을 싫어했기 때문에, 그들을 무시하고 눈치 빠른 젊은 환자를 수술 조수로 삼기도 했다. 임상의학은 결과에서 승부가 난다. 시시한 논쟁을 하는 것은 쓸모가 없다. 낫느냐, 낫지 않느냐가 결과를 좌우하는 것이다. 정식 수련을 받은 '의사 선생님'이 읽지도 쓰지도 못하는 나병 환자 소년만 못하다면, 그것만으로도 그들에겐 충분한 압력이 된다. 도에 지나칠 만큼 긍지가 높은 것이 현지 기풍이었으므로, 이는 기술 개선에 효과적인 면으로 작용했다. 자격이 없는 '조수'로 취직해 있던 사람들 쪽이 이해가 빨랐다.(그 일부는 지금도 PMS병원에서 중요한 역할을 맡고 있다.)

환자들은 병동 직원들을 잘 관찰하고 있었으며, 사심 없이 동료의 치료를 도와주게끔 되었다. 직원들이 없을 때는 환자 운반, 상처 치료, 소독, 깁스처리, 나아가서는 수술 조수까지 환자들이 도왔다. 아픈 사람은 다른 사람이 조금만 성의를 보여도 쉽게 감동한다. 그렇기에 자선사업 선전 도구가 되어왔던 그들은 내가 나타남에 따라 새로운 정세에 활기를 얻고 있었다. 그 무렵 나병병동이 적은 직원을 가지고 효율적으로 돌아가는 것을 신기하게 생각하는 사람도 있었지만, 그 이면에는 이들 비교적 건강한 환자들이 도와주었기에 가능한 것이었다.

여기저기서 도움의 손길이

한편, 일본에는 이 정세에 맞추어 페샤와르회를 중심으로 지원 활동을 활발히 해주었다. 일본 페샤와르회에서는 절대적인 물량 부족을 통감했지만, 파견단체인 JOCS에는 '물건이나 돈을 보내지 않는다'는 원칙이 있었기 때문에 독자적으로 지원활동을 강화했다. 초대 사무국장이던 의사 사토오 유우지씨는 회를 적극적으로 확대시켰다. 그렇지만 1985년 당시에는 회원 수백 명에 연간 예산 500만 엔 정도였기 때문에, JOCS에 내 급여를 의존하는 이상, 강하게 독자성을 펼칠 수도 없었다. 어디까지나 기생적 존재로 만족하지 않으면 안 되었다.(페샤와르회가 완전히 독립 조직이 된 것은 1990년에 내가 JOCS를 탈퇴하고 큐슈 병원 소속이 되고 나서였다.)

그런데 이러한 상황을 알고 있던 국립나병요양소 오쿠광명원 그룹이 본격적으로 도와 주기 시작하였다. 하라다 원장이 강력히 후원해 준 것이다. 1985년 7월부터 2개월 동안 오바라 아키코(나병 전문의) 선배가 도와 주어 한국의 '윌슨나병센터'에서 재건외과를 연수할 기회를 얻었다. 사지변형 보장구에 대해서는 같은 요양소의 니시다씨가 기술 지도와 기재 공여를 아끼지 않았다. 피부과에서는 의사 쿠마노 키미코씨, 검사에 대해서는 베테랑 기사 마츠모토 시게오씨가 현지에서 지도를 하였다. 오바라씨는 1986년 12월에 뜻있는 사람들을 많이 모아서 원조대를 구성해서 방문해 주었고, 병동 개선에 진력했다. 나는 나병 전문의는 아니었지만, 기초적인 임상기술은 모두가 이 오쿠광명원 분들이 도와 주어 익힌 것이었다.

그 뒤에도 오쿠광명원은 지원을 계속하였다. 마츠모토 기사와 같은 분들은 정년 후에도 15년 동안 아홉 번이나 현지를 방문하고, 모두 합쳐 4년 가까이 현지에 머물렀다. 한 번은 결핵에 감염되어 쓰러지기도 했는데, 지금은 한층 더 의기가 드높다.

1987년에 이르러서는 병동이 비좁아져서 베란다에 병상을 놓기도 하고, 텐트까지 치는 상황이 되었다. 차츰 증축을 했지만 수요를 따르지 못하여 병동 전체를 대폭 개축하고 50병상으로 늘였다. 이 때 흔쾌히 지원에 나선 단체가 나고야 남라이온즈클럽과 후쿠오카 토쿠슈우회 병원이었다. 새 병동은 1989년에 완공하였고, 병상은 60개로 늘어났다.

족저천공증 예방 샌들

나병 합병증 가운데 가장 많은 것은 족저천공증이다. 말하자면 이것은 발바닥에 구멍이 나는 것으로, 나병균에 의한 감각신경 마비가 원인이다. 통증을 느낄 수 없기 때문에 발바닥에 상처나 티눈이 생겨도 태연하게 걸어 다닌다. 그렇게 되면 환부의 피하조직이 파괴되어 낫기 힘든 궤양(구멍)을 만드는 것이다. 거기다 2차 감염이 더해져서 화농성 관절염이나 골수염을 일으켜, 결국 발을 절단해야 하는 경우가 많았다.

치료는 간단해서 보통 발에 깁스를 감고 몇 주일 동안 놔두는 것만으로도 족하다. 그러나 문제는 같은 환자가 몇 달도 지나지 않아서 되돌아 오는 것이었다. 어쩔 수 없는 경우도 있지만, 입·퇴원을 반복하는 사이에 환자들은 괴저(썩어 들어감)를 일으켜 절단수술을 받고 발을 잃는 경우가 자주 있었다. 결국 여자들은 이혼당하고, 소작인들은 마을에서 추방되어 걸인으로 전락하는 사람이 적지 않았다.

수술 같은 것은 분명 중요하기는 하다. 기술 개선에 도움이 되며 의료 활동을 알리는 시각적 효과도 있다. 그러나 페샤와르와 같은 궁핍한 의료 사정 속에서 우리들이 배려하지 않으면 안 되는 것은 적은 재원을 가지고 얼마나 큰 효과를 거둘 것인가에 있었다. 족저천공증의 경우 병원에서 일시적으로 치료하는 것은 어떻게든 할 수 있지만, 결국 환자들이 정상적으로 사회생활을 할 수 없다면 치료의 의미가 없는 것이다. 병원 치료로 사용하는 막대한 약품과 수술에 드는 노력을 생각하면 예방을 능가하는 치료는 없다.

발에 감각장애가 있는 환자들에게는 처음부터 까진 상처나 티눈이 잘 생기지 않는 신발을 준비하는 것이 최선이다. 이는 의사 파우씨 등, 마리 아딜레이드 나병센터가 일찍부터 강조했지만, 조금은 하찮은 일이기도 해서 좀처럼 손을 댈 수가 없었다. 그러던 차에 오쿠광명원의 의료보장구 담당자 니시다 기사가 협조해 줘서 재료를 대량으로 들여와 일제 복사본을 만들었다. 하지만 잘되지 않았다.

기술적인 어려움에 관한 이야기는 나중에 하겠지만, 결론부터 말하자면 일본에서 기술을 가져오는 일은 모두 실패했다. 결국 현지 샌들에 연구를 더하면 훌륭한 '족저천공증 예방 샌들'이 되는 것을 알고, 1986년 6월 병원 안에 샌들 공방을 차렸다. 자금은 그 무렵 카라코룸하이웨이 사고로 부인을 잃은 후쿠오카의 의사 미조구치 히로시씨의 기부에 의한 것이었다. 미조구치씨는 정형외과 의사였기에 이 샌들 공방 이야기를 바로 이해하고 협력을 자청했다.

"얼마나 들까요?"

미조구치 히로시씨가 물었다.

"200만 엔이면 남을 겁니다."

"사양치 마세요. 돈은 있습니다."

실제로 현지에 작은 집을 짓고 모든 기구와 도구를 사고도 돈은 남을 정도였다.

1986년 4월, 병원 당국에 샌들 공방으로 쓸 작은 집을 짓자고 제안하자 아니나 다를까 '돈줄'이 굴러들어 왔다는 태도를 보였다. 나병병동은 미션병원에 속해있지만, 땅은 파키스탄 육군 주둔지로 되어 있어서 건축에는 군 당국의 허가가 필요했다. 실제로 이 정도 소규모 건축이라면 군에서 뭐라고 할 리는 없었지만, 병원 당국은 "여러 가지 까다로운 절차가 있으니까 병원에 맡겨라"고 했다. 하지만 그리 되면 기부금 절반 이상이 병원 당국과 건축 시공사 주머니로 사라질 것임은 불을 보듯 뻔했다.

하지만 나는 상당한 인복을 타고난 사람이었다. 마침 군 주둔지 재산관리 담당자 아들이 간질을 앓는 나의 환자였다. 이 군인에게 사정을 말했더니 문제없다고 걱정 말라 했다. 이튿날 바로 담당위원회 이름으로 나한테 허가장이 왔다.

샌들 공방을 짓는 일은 당시 아프간 난민 구원을 위해 들어와 있던 '셸터 나우 인터내셔널' 이라는 국제단체가 맡아 주었다. 싼 재료로 튼튼한 집을 만들었기 때문에 평판이 좋았다. 명목상으로는 내가 실제 비용을 그 단체에 기부하고, 그들이 무상으로 나병 병동 건물을 지어서 기부한다는, 제법 머리를 짜낸 결과였다. 게다가 병원 당국에는 "이렇게 유리한 조건은 없을 겁니다. 공짭니다"라고 말하여 쾌히 승낙을 받아 일단락을 지었다.

창틀과 벽 페인트칠만을 남겨 두고 있을 때, 병원 당국은 인부를 고용하여 페샤와르회로부터 노임을 받아 내려 했다. 나는 필요 없다고 돌려보내고는 직접 페인트칠을 했다. 보고 있던 환자들이 나서서 나를 돕기 시작했다. 그리고 무사히 일을 마쳤다. '몇 푼 안 되는 페인트 값' 이라고 생각하겠지만, 돈 문제가 아니라 성의 문제였다. 덕분에 환자들도 '내 병원' 이라는 애착을 강하게 가지고 내 집처럼 이용하게 되었다.

샌들 장인 몰타자

공방에서 처음엔 재주가 있는 환자들에게 신발 제조를 시켜 보았지만 역시 감각 있는 기술자가 필요하였다. 시간을 들여 물색을 해 보았다. 시장의 신발가게 주인들은 좋은 기술자를 확보하는 데에 열을 올리고 있었다. 그들은 완성된 신발을 큰 도매상으로 넘겼는데, 그때마다 엄중한 품질 검사를 받았다. 불량품을 내놓으면 손실이 발생하는데다 가게 평판이 떨어지기 때문에, 이 사람이라고 생각되는 기술자를 이런 저런 수단을 써서 곁에 두려고 했다. 이를 제치고 나병병동이 기술자를 얻는다는 것은 지극히 힘든 일이었다.

'몰타자'라는 기술자는 당시 서른 살 안팎이었는데 철이 들 무렵부터 도제 형태로 신발 만드는 일에 종사하고 있었다. 그의 작품은 품질 조사 과정에서 거의 불합격이 되는 일이 없었고, 시장에서도 평판이 좋았다. 1986년 가을에 담당부서의 고참직원인 밧티씨가 소문을 듣고 일을 추진했다. 우수한 기술자를 공방에 붙잡아 두기 위해 보통 주인은 그 기술자가 빚을 많이 지게 한다. "집은 갖고 싶지 않느냐?", "결혼을 하면 어떻겠느냐?"라면서 큰돈을 빌려 준다. 차용증서를 받고 빚을 갚을 때까지 공방을 떠나지 않는다는 조건으로 빌려 주는 것이다. 이런 구조로 되어 있었기 때문에 우리가 그를 데려오는 것은 몸값을 지불하고 기술자를 사는 셈이었다.

몰타자의 경우는 아무리 많은 돈을 제시해도 주인이 그를 놓아 줄 것이라고 생각되지 않았다. 그래서 비밀리에 이웃 공방 주인에

샌들 공방에서 일하고 있는 몰타자(오른쪽)

게 몰타자의 빚이 얼마인지를 알아보게 했다. 15,000루피(약 300만 원). 혼자 힘으로는 십 년을 갚아도 다 못 갚을 정도로 큰 금액이었다. 나는 그의 작품을 보고 '샌들 공방 예산'에서 염출하여 그를 사들이기로 했다.

밧티씨가 몰래 몰타자와 접촉하여 몸값을 건넨 다음에, 페샤와르회 이름으로 2,500루피(약 50만 원)의 돈을 빌려 준 것이다. 별탈 없이 그의 신병을 확보하긴 했지만, 그를 빼간 것을 안 주인은 격분하여 밧티씨 집으로 들이닥쳤다. 자칫 잘못하면 원수가 된다. 그러나 그 주인 아들이 네프로제 증후군을 앓고 내 치료를 받은 적이 있어서 커다란 마찰은 일어나지 않고 넘어갔다. 몰타자는 13년 후에 페샤와르회가 PMS병원을 개원한 지금도 우리들과 함께 일하고 있다. 물론 지금은 빚에 몸이 묶이지 않고 즐겁게 일하고 있다.

고생한 이야기를 하자면 끝이 없다. 한마디로 샌들 공방이라고는 해도 일본에는 알리기 힘든 사정이 많아서 시간이 걸렸지만, 다행히 2년 만에 궤도에 올랐다. 경제성뿐만이 아니라 우리 병동에서 생산하는 샌들의 효과는 절대적인 것으로, 확실히 족저천공증 환자가 줄었고, 재발 기간이 눈에 띄게 길어져 사회생활을 유지할 수 있었다. '까짓 거, 그래봤자 신발'이기도 했지만, '그래도 소중한 신발'이었다. 페샤와르회의 15년간에 걸친 활동 중에서도 이것은 결코 화려하진 않지만, 하나의 금자탑을 쌓은 것이라고 생각하고 있다.

그러나 현지에서 있었던 소소한 협력과 거듭된 수고는 보고서에 오르지도 못했다. 페샤와르회 회보 1987년도 보고에 무뚝뚝하게 다음과 같은 몇 줄이 할애되었을 뿐이다.

1986년도부터 현안이었던 샌들 공방은 미조구치씨의 도움을 받아서 거의 궤도에 올랐다. 연간 생산량은 천여 켤레 정도이며, 이 예방용 샌들을 모든 환자들에게 배포할 계획이다.

엄격한 남녀격리 사회에서

나중에 언급할 JAMS(일본-아프간 의료서비스)가 얼마 후 발족하고 나서 미션병원 나병병동 일손이 줄어들기 시작했기 때문에, 1988년 9월, 페샤와르회는 아베 미치코 간호사를 파견하였다. 아베 간호사는 1989년 7월까지 머물며 '일손 제1호'로서 나병병동에서 커다란 역할을 하였다. 아베 간호사에 이어서 1990년 9월에 후지타 치요코 간호사가, 10월에는 의사 요시타케 에이코씨가 나병병동에 부임했다. 후지타 간호사는 지금까지 계속 근무하고 있다. JAMS에는 1989년 4월에 의사 이시마츠 요시히로씨, 같은 해 12월에는 영어 통역 담당인 사와다 히로코씨가 협력하게 되어 마음 든든한 동지를 얻었다. 이 영향은 일본 측에도 파급되어 본격적으로 현지와 생생한 접촉을 할 기회가 늘어나게 되었다. 그때까지 내 변변찮은 보고서만이 현지 사정을 알 수 있는 유일한 끈이었지만, 이들 일손들은 새로운 활력을 현지와 일본 쌍방에 주었던 것으로 생각한다. 페샤와르회는 일본 인력을 파견함과 동시에 현

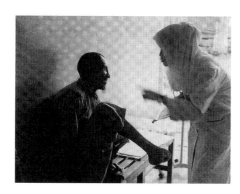

나병 환자를 돌보고 있는
후지타 간호사

지 사정에 맞춘 지원 규모 확대를 요청받았다.

그렇지만 특히 여성 인력들은 현지 기풍에 익숙해지기까지 많은 고생을 해야 했다. 파키스탄은 남녀 격리 습관이 엄격해서 북서변경주의 경우 나병 조기발견은 여성 비율이 20% 이하로 현저히 낮은 수준이었다. 또한 입원중이라 할지라도 검사나 진료를 위해 소변 배출을 유도하는 조치 따위는 하복부를 다루는 일이라 의사인 나조차 접근할 수가 없었다. 나병은 초기 증상이 피부에 나타나는데 속옷을 들추고 피부를 관찰하는 것은 지극히 부도덕한 행위로 간주되었기에 불가능에 가까운 일이었다. 청진기까지도 옷 위로 대야만 했다.

이와 같은 여성 환자들에 대한 지극히 열악한 서비스는 일본에서 온 간호사들 손으로 차츰 개선될 기미를 보이기는 했지만 그녀들 노고는 참으로 어마어마한 것이었다. 사회 전체가 마치 남자 기숙사와도 같은 세계였다. 나도 신경을 쓰지 않을 수가 없었다.

사랑스러운 싸움꾼 쿠르반

불량환자

이미 언급했듯이 당시 각양각색 환자가 출입하면서 환자 자신이 병동 개선에 도움이 되는 일도 드물지는 않았다.

쿠르반 알리는 1985년 7월, 환자로서 미션병원 나병병동을 찾아왔다. 나이는 30세였고, 아프가니스탄 하자라족 출신이었다. 아니, 정확한 나이는 모르지만 철이 들 때쯤에는 '몬고 필'이라는 카라치의 나병 집단수용시설에 있었다. 부종형 나병이라고 진단받고 치료를 받았다.

아프간인이나 파키스탄인치고는 보기 드물게 근면한 사람이었는데, 직무에 충실했기 때문에 일찍부터 카라치의 나병 병원(마리 아딜레이드 나병센터) 의사들에게서 조수로 귀여움을 받았다. 특히 물리치료에 관해서는 밑바닥에서부터 노력을 거듭하여 성공한 전문가였다. 카라치나 페샤와르를 불문하고 나병 진료원들 사이에서는 유명했으며, 유달리 주목받는 존재였다. 적어도 파키스탄 전국에서 그를 능가하는 사람은 없다고 해도 좋을 것이다(훗날 일본에서 지원을 나왔던 전문의들조차 그의 현란한 깁스 솜씨에 혀를 내두를 정도였다.)

쿠르반이 부지런한 것은 일종의 지기 싫어하는 성격 때문이었다. 병을 극복하는 과정에서 심히 고생했던 경험이 그를 성장하게 했던 동시에 다른 사람과 어울리는 것은 힘들게 했다. 게다가 하자라족은 아프가니스탄에서도 차별을 받는 소수민족이었다. 이중 삼중 핸디캡을 안고 있던 그에게는 간단한 자격증 하나를 손에 쥐고 나병에 대해 잘 아는 체하는 진료원들 태도가 못마땅했다. 하자라족 환자라는 열등감과 기술상의 우월감 때문에 사사건건 동료나 상사와 대립했다. 그 결과 여기저기에 마찰의 원인을 만들어 충돌한 다음엔 해고당하고, 직장을 전전하게 되었다. 언제부터인가 꼴 보기 싫은 놈으로 낙인찍힌 불량환자가 되어 있었으며, 이 병원에서 저 병원으로 내돌리는 처지가 되었다.

그가 우리 나병병동으로 온 것은 이와 같은 사정을 모르는 독일인 수녀가 병동개선에 도움이 되도록 불러들였기 때문이었다. 나 또한 쿠르반의 과거를 알지 못했고, 고양이 손이라도 빌리고 싶을 정도로 바빴기 때문에 흔쾌히 받아들였다. 시험 삼아 수술 전후처치와 붕대감기 등을 시켜 봤더니 그 숙련된 솜씨란 참으로 놀랄 만한 것이었다.

"쿠르반, 자네는 어디서 그 솜씨를 익혔나?"

"기억나진 않지만 어릴 때부텁니다. 카라치의 병원에는 옛날부터 유명한 서양 의사와 물리치료사들이 드나들고 있었습니다. 그들을 거드는 사이에 자연스레 배우게 된 겁니다."

"그런 자네가 왜 일도 않고 빈둥빈둥 여기저기에 입원만 하고 있지?"

"선생님, 저도 제대로 취직을 해서 남들과 같은 생활을 하고 싶어요. 그러나 아무리 그래본들 우리 환자들은 결국 동정을 받거나 가엾게 여겨지긴 해도 그 이상 아무 것도 아니죠. 그들에게 나병 치료는 '인간성'을 과시하는 겉치레에 지나지 않아요."

그는 세상을 비꼬고 있었다. 마치 세상 모든 사람들이 적이 되어 자신을 박해하는 것 같은 말투였다. 그런가 하면 거지처럼 동정에 기대어 살아가는 환자들을 경멸했으며, 의료진은 물론 다른 입원환자와도 어울리지 않았다. 그는 타협이라는 것을 몰랐고, 장소를 가리지 않고 누구와든 충돌했다. 병원에서 유일하게 그보다 경험이 많았던 나병 진료원 밧티를 제외한 다른 직원들은 그에게서 실력이 없다는 소리를 들어야 했다. 퇴원시키라는 소리가 온 병원에 들끓고 있었다.

나는 쿠르반이 가진 자유분방함과 솔직함이 마음에 들었다. 그의 지적은 신랄했지만 바른 소리가 많았고, 상대가 제아무리 높은 권위를 가지고 있을지라도 정면으로 도전했다. 결코 알랑거리지는 않았다.

그런 그가 갑자기 복통으로 쓰러졌다. 위궤양 출혈로 인한 쇼크였다. 방치하면 위독하였다. 내과병동에 부탁했더니 일언지하에 거절했다.(당시 내과병동이 이런 구급환자를 진료할 수 있을지는 의문이었지만, 나병 환자라서 입원시킬 수 없다는 이유였다. 게다가 우쟈가 원장도 쿠르반에게 쓴 소리를 들었기 때문에 눈엣가시로 여기고 있던 터였다.)

내 입장에서는 고작 위궤양 출혈 따위로 병원에서 죽게 되면 의사로서 체면이 땅에 떨어질 판이었다. 하는 수 없이 갓 지은 회의 실 건물 빈 방 하나를 급히 중환자실로 만들어, 심전도와 혈압과 정맥압만을 모니터할 수 있게 했다. 쿠르반은 나와 같은 B형이라서 수혈용 혈액은 즉시 확보할 수 있었다. 밤에는 협력환자들로 하여금 교대로 살피게 하고 치료에 전력을 다했다. 꼬박 사흘이 지나 나도 녹초가 되어 갈 무렵 다행히 회복되었다. 현지 의료 수준을 감안한다면 쿠르반 입장에서는 죽은 목숨을 건지는 행운을 누린 것이라 할 것이다.

그 후 쿠르반 마음속에 어떤 일이 일어났는지는 모르지만, 마치 내 심복이라도 된 듯, 병동개선에 적극적으로 협력을 해 주었다. 그래서 나는 '입원환자'라는 명분으로 그를 붙들어 두고, 거의 유일한 수하라 할 수 있는 밧티와 함께 병동 개선의 주력으로 삼았던 것이다. 쿠르반은 현지인으로는 드물게 돈에 대해 깨끗했다. 밤낮을 가리지 않고 일해도 땡전 한 푼 요구하지 않았다. 이 사랑스러운 싸움꾼에 대한 추억은 끝이 없다.

병동에서 혼인잔치를 하다

쿠르반은 한창 나이의 사내였다. 같이 무보수로 병동을 돕고 있던 벨로자라는 여자 환자와 사랑에 빠진 것이다. 그렇지 않아도 호기심이 많은 무리들이 모인 좁은 사회라 삽시간에 그 소문은 병원에 퍼졌다. 상대인 벨로자는 28세로 아프가니스탄 쿠나르 출신이었는데, 서글서글한 성품에 남자 뺨치는 일꾼으로 평판이 높았다. 가족들은 병원근처 '아프간 집단수용 시설지구'에 사는 순수 파슈툰족이었다.

하지만 그것이 문제였다. 그곳은 결혼 전 남녀가 함께 길을 걷기만 해도 빈축을 사는 사회였다. 게다가 양자 모두 입원한 처지였기 때문에 밤에 무슨 짓을 하는지 모른다는 쓸데없는 추측이 소문이 되기 십상이었다. 이런 경우에는 쿠르반이 벨로자 아버지에게 살해된다 한들 이상할 것이 없었다. 그것이 현지 관습이었다. 나 역시 당황하지 않을 수 없어서 얼마 전까지 병동 일을 돕고 있던 아프간인 의사 샤와리씨에게 상담을 청했다.

"문제 없습니다."

샤와리는 쉽게 말했다. 딸의 상대가 믿음직하고 성실한 남자로 아버지 눈에 비친 이상 강제로 결혼을 시키면 된다고 했다. 즉시 둘이서 준비를 시작했다.

벨로자 아버지는 아프간 난민이 발생하기 전부터 페샤와르에 정착한 전직 농부로, 소박한 사람이었다.

"쿠르반은 의료기술자로서 일급 실력을 가진 사람입니다. 따님의 장래는 보증할 수 있습니다. 집안의 명예도 있을 테니까 모쪼록 이 일을 잘 부탁합니다."

벨로자 아버지를 설득하고는, 내가 부모를 대신하는 보증인, 의사 샤와리씨가 결혼 증인(중매인)이 되어 주는 것으로 해서 승낙을 받았다. 그러나 현지 남자들에게 가장 큰 부담이 되는 것은 결혼식 비용이었다. 쿠르반은 빈털터리였고, 벨로자 집도 빈민가에서 간신히 하루하루를 넘기는 생활을 하고 있었다. 그래서 나는 5천 루피(당시 약 백만 원)를 자비로 마련하여 일부를 벨로자 집으

쿠르반과 벨로자의
결혼식

로 보내고, 나머지는 결혼식에 썼다. 5천 루피는 현지에서는 큰
돈이다. 미션병원 원장의 급여가 당시 5천 루피였다. 결혼식에는
아끼지 않고 돈을 쓰고, 병동 전체가 들썩일 만큼 화려한 축하연
을 열기로 했다. 요리는 당시 막 조직한 ALS(아프간 나병서비스)
의 전 직원을 동원해서 엄청나게 준비했다. 당시는 아프간 전쟁이
한창이었던 데다가 병원에서도 우울한 일들이 계속됐기 때문에
쿠르반과 벨로자에 관한 음성적인 소문도 불식시킬 겸, 내 마음도
산뜻하게 정리하려는 생각이었다.

1987년 3월 2일, 나병병동의 아침은 갑자기 울려 퍼지는 악대
의 큰북소리에 깨어났다. 병동 빈 땅에 화려한 색깔의 텐트가 쳐
지고, 병동은 꽃에 파묻혔다. 원래 성품이 활달한 무리가 많았다.
악대소리가 온 미션병원에 울려 퍼졌기 때문에 원장부부까지 무
슨 일인가하고 급히 달려왔다. 눈치 빠른 나병병동 직원 밧티가
잽싸게 '원장 특별석'을 상석에 준비하고는, 장난스럽게 "여러분,
조용히! 조용히! 기다리던 원장님이 오셨습니다. 축사를 해주시겠

습니다."라고 부탁했다. 우쟈가 원장은 평소 쿠르반을 미워하고는 있었지만 경사스런 일임에는 틀림이 없었다. 모두가 환한 얼굴을 하고 있는데 찬물을 끼얹을 수는 없는 일이었다. 그는 분위기에 편승하여 연설을 했다.

"쿠르반은 유능한 물리치료사로 병동의 힘입니다. 그는 혜택 받지 못하는 환자들에 대한 봉사를 모토로 하는 우리 미션병원의 일꾼으로, 이 아름다운 커플의 탄생을 축하할 수 있게 됨을 원장으로서 기쁘게 생각합니다. 두 사람의 행복을 신께 기원합니다."

적어도 축사의 순간만큼은 우쟈가 원장에게도 계산된 마음은 없었다고 생각한다. 다소 파격적인 해프닝 덕에 그 날은 아프간인, 파키스탄인의 구별 없이 ALS의 직원들도 합류하여 모두 늦게까지 열광적으로 춤을 추며 평소의 스트레스를 날려 버렸다. 병동에서는 발에 상처가 있는 환자까지 춤을 추는 모습도 보였지만, 이 날만은 나도 묵인했다.

나는 틈을 주지 않고 우쟈가 원장에게 '유능한 물리치료사 쿠르반'의 고용을 제안해서 쾌히 승낙을 얻었다. 단, '페샤와르회 후원의 임시 고용'이라는 조건이 붙긴 했으나, 당당히 '물리치료 담당'으로 일할 수 있게 되었다. 일석이조 효과를 거둔 축하연은 모두에게 즐거운 추억을 남겼다. 일찍이 우쟈가 원장 암살계획의 주모자로 간주되고 있었던 쿠르반도 원한을 잊었다.

단식투쟁하는 환자들

그러나 하루아침에 사람의 원한이 사라지는 것은 아니었다.

신랑 신부가 자리를 잡고 반년도 채 지나지 않을 무렵, 병동에서 환자들의 단식투쟁이 발생했다. 병동 식사담당자가 식비 상당액을 착복하고 형편없는 식사를 만들어서 환자들 빈축을 샀던 것이다. 내가 직접 여러 번 병원당국에 개선을 요구했으나 들은 척도 하지 않았다. 그러던 어느 날 한 통의 통고서가 내게 배달되었다.

입원환자 일동은 식사의 개선을 병원당국에 요구한다.
오늘 정오까지 회답이 없을 때는 그때부터 일제히 단식투쟁에 돌입한다.
1987년 10월 20일 환자일동

당시 입원환자 수는 40명으로, 비교적 건강한 환자들이 주정부 보건성 앞에서 데모행진을 조직하여 아프간 난민들과 함께 난민 심판관에게 몰려가 '아프간인 환자에 대한 학대'를 호소했다. 병원당국은 크게 놀라 강압적인 조치를 취했다. 무장한 문지기를 데리고 우쟈가 원장이 직접 나타났다. 벽 한구석에 모여선 환자들을 향해 총을 겨누었다. 아무리 막돼먹은 집단이라도 위협의 정도를 넘고 있었다. 나는 우쟈가 원장에게 다가가서 문지기들의 총을 조용히 잡아 위로 들어올리며 태연히 말했다.

"이는 저의 관리책임입니다. 미션병원 명예를 손상시킨데 대해 심심한 사과의 말씀을 올립니다. 하지만 이에 관한 처리는 제게 맡겨 주십시오. 모쪼록 냉정을 되찾아 주십시오."

그러나 우쟈가 원장은 험악한 표정이었다.

"쿠르반을 내쫓아라! 이런 짓을 저지를 주모자는 쿠르반밖에 없다. 놈의 무례함에는 도저히 참을 수가 없다. 은혜를 잊고 나를 모욕하다니……."

"조사 후 좋도록 처리하겠습니다. 일단 여기서 물러나 주십시오. 원장으로서 입장도 생각하십시오. 명예로운 미션병원이 폭력에 대해 폭력으로 맞선다면 사태는 오히려 확대됩니다. 선생님은 나의 상사입니다. 제겐 선생님을 지킬 의무가 있습니다."

남자의 약속

소동은 서서히 진정됐지만 역시 짐작했던 대로 쿠르반이 뒤에서 선동한 것이었다. 같은 하자라족 출신 환자와 모의해서 일을 추진한 것이었다. 그로서는 정의감에 사로잡힌 신념의 행동이었겠지만, 내 입장에서 그를 퇴직시키는 것은 어쩔 수가 없었다. 같은 아프간인 의사 샤와리씨는 보다 강경한 처분을 주장했다. 하자라족에 대한 편견이 있던 것은 부정할 수 없는 것이었다.

소동이 있던 다음날, 나는 쿠르반을 불러서 간단하게 말했다.

"나를 생각한다면 순순히 나가주게. 자네 기분은 알지만, 자신의 분노만으로 멋대로 행동하면 안 되네."

"선생님, 결국 이렇게 되는 거군요. 제 기분 따윈 아무도 몰라주는군요."

"그런 상투적인 말은 이제 그만두게. 그렇다면 묻겠는데, 사람들이 자네가 생각하는 모든 것을 다 알게 되어 속이 훤히 들여다보이면 좋겠나? 그렇지는 않을 걸세. 자넨 결국 자기에게 유리한 것만 알아주길 바라는 것일세. 그런 자네는 내 기분을 아나?"

"……."

"카라치의 마리 아딜레이드 나병센터에 얘길 해뒀네. 거기서 마지막 기회라 생각하고 다시 시작해보게."

"선생님, 그것이 명령이라면 저는 이곳을 당장이라도 떠나겠습니다. 하지만 한 가지만 기억해 주세요. 저로서도 드물게 지금까지 3년 동안 아무런 사심 없이 병동에서 선생님과 즐겁게 일했습니다. 본의 아니게 폐를 끼쳐드려 죄송합니다."

"샤와리 선생님께도 신세를 졌습니다. 하지만 이것은 헐뜯는 말이 아니니 마음속에 넣어두세요. 선생님이 눈을 떼면 ALS도 샤와리 선생님 주변도 지역당인 판즈세르 출신으로 둘러싸일 것입니다. 우리들 아프간인은 선생님께서 알고 계신만큼 단순한 인간들이 아닙니다."

"쿠르반, 그만두게. 이제 와서 무슨 소린가? 지금 문제가 된 것은 자넬세. 카라치의 토머스 원장에게는 충분한 추천과 보증을 해뒀네. 자네가 또 카라치에서 문제를 일으키면 내 얼굴에 먹칠을 하는 것이 되네. 알겠나? 사내끼리의 약속일세. 절대로 분쟁을 일으키지 말게. 그리고 벨로자를 소중히 여기게."

"선생님, 약속드리겠습니다. 은혜는 평생 잊지 못할 겁니다."

눈물을 보인 적이 없던 쿠르반이 흐느껴 울었다. 밀랍과도 같은 새하얀 얼굴이 더욱더 갸름하게 보였다. 이제 만날 기회는 없을 것이라 여기며 나는 잠자코 뒷모습을 배웅했다. 벨로자 가족이 사는 빈민가 쪽에서 시큼한 술내가 어렴풋이 코를 자극했으나, 지금은 그런 것조차 알 수 없는 그리움이 일게 한다.

7년 후, 카라치에서 쿠르반과 우연히 다시 만났을 때, 그는 물리치료 고문으로 안정된 일을 하는 한편, 몬고 필의 나병 수용시설에서 환자를 돌보는 일을 하고 있었다. 주변 사람들에게 살짝 물어보니, "쿠르반은 사람이 변했어요. 입버릇이 나쁜 것은 여전하지만 좋은 사람이죠."라는 평을 들을 수 있었다. 그는 약속을 지킨 것이다. 그리고 내게는 그것으로 충분했다.

---

* 나병 진료 관련 연표

기원전 5세기 나병은 인도아시아대륙 북부(현 파키스탄 북부·카시미르)의 풍토병. 인도 고전에 기재됨.

기원전 3세기 알렉산더 동방원정 후 지중해 인근에 나병이 확대됨. 같은 시기에 교역이 활발해져 아프가니스탄을 거쳐 중국으로 확대됨.

18~19세기 스와트 지방의 필·바바 묘역 참배가 성해져 북인도, 아프가니스탄으로부터 환자들이 정착하기 시작함.

1950년대 초기 스와트의 필·바바 수용시설에 프랑스인 수도사가 정주함. 처음으로 북서변경주에서 나병 환자를 돌보기 시작함.

1962년 페샤와르 미션병원 쇼우 원장이 원내에 나병병동을 개설

함. 진료원 육성을 위해 직원을 카라치에 보냄. 병상 2개의 병동.

1976년 라자 수녀가 이끄는 벨기에인 의료진이 미션병원 나병병동에 부임하여 데미안기금으로 활동함. 병동을 16병상으로 확대함. 스와트, 말단 등지의 4개소에 투약소를 설치함.

1978년 페샤와르 미션병원장이 영국인 바빈튼에서 파키스탄인 우쟈가로 바뀜. 벨기에인 그룹과 대립함.

1979년 카라치의 마리 아딜레이드 나병센터 지도자 의사 파우가 우쟈가 원장과 동맹하여 친영적인 벨기에인들을 추방함. 파키스탄 전역에서 통일된 계획이 시작됨.

1982년 '북서변경주 나병 근절 5개년계획'이 파우에 의해 조직됨. 주 보건행정의 일환으로 주 운영 레디리딩병원에 치료센터를 두기로 결정함. 미션병원 나병병동을 무주택 환자 수용시설로 할 계획을 세움. 미션병원 우쟈가 원장이 격렬하게 저항함.(1983년 9월 페샤와르회 결성)

1984년 주 운영 레디리딩병원에 독일인 의사 에델이 마리 아딜레이드 나병센터에서 부임함. 센터의 준비를 개시함. 5월, 미션병원에 의사 나카무라 테츠가 JOCS(일본기독교 해외의료협력회)로부터 파견되어 부임함. 공식 나병 등록환자 2,400명(북서변경주).

1985년 주 운영 레디리딩병원의 공영센터 완성됨.

1986년 주 운영 센터의 의사 에델 사임함. 이후 주 운영 병원의 피부과가 윤번제로 담당함. 미션병원 나병병동에서 샌들 공방(보장구) 소외과가 개설됨. ALS(아프간 나병서비스)가 페샤와르회의 도움으로 발족됨. 의사 파우가 아프가니스탄의 하자라자트에서 활동을 개시함.

1987년 이란, 이라크 전쟁 시작. 미션병원 나병병동에서 나병 재건외과를 시작함. 새 등록환자 3,500명.

1988년 페샤와르 미션병원 나병병동 신축이 시작됨. 4월 소련군 철수개시. 부흥원조의 붐이 시작됨

1989년 12월 ALS를 JAMS(일본-아프간 의료서비스)로 개명함. 아프간내전 격화

1990년 미션병원 나병병동 신축 준공됨. JAMS가 국경의 테메르갈 진료소를 개설함. 나병 등록환자 4,500명(북서변경주)을 돌파함.

1991년 걸프 전쟁. 소련 해체. 아프간 부흥원조 붐이 끝남

1992년 의사 파우가 스와트에서 '나병 근절 선언'. 이후 행정쪽에서는 관심을 잃음. JAMS가 아프가니스탄에서 다라에눌 진료소를 개설함. 아프간에서 나지불라 공산정권이 붕괴됨. 파키스탄의 아프간 난민 200만 명이 귀향함. 수도 카불에서 시가전 격화됨

1993년 JAMS가 아프가니스탄에서 다라에피치 진료소를 개설함. 아프가니스탄 동부에서 악성 말라리아가 크게 유행함

1994년 4월 JAMS가 누리스탄(아프가니스탄)에 와마 진료소를 개설함.

1994년 10월 미션병원 우쟈가 원장이 페샤와르회와 충돌함. 병원에서 철수함. 페샤와르회의 도움으로 PLS(페샤와르 나병서비스)가 발족됨.

1994년 12월 페샤와르회의 지방조직인 PREP(북서변경주정부가 인가한 복지법인)를 설립함.

1995년 PLS가 얄쿤강을 답사함. 마스츠지 진료기지를 개설함. 북서변경주의 나병 등록환자가 약 6천 명에 달함.

1996년 의사 파우가(마리 아딜레이드 나병센터) 아프가니스탄에서 철수함. 페샤와르회가 통합병원 건축을 결정함. 탈레반 세력이 카불을 함락시킴

1997년 우쟈가 원장 사망. 미션병원 전체가 마비됨. 주에서 운영하던 레디리딩병원의 민영화로, 동 병원 공영센터가 경영위기에 처함.

1998년 PMS(페샤와르회 의료서비스)통합병원 개원. '30년 태세' 페샤와르회가 PMS의 산하에 있던 구 JAMS와 구 PLS를 통합함. PMS가 파키스탄 최북단에 라슈트 진료소를 개설함.

1999년 PMS가 코히스탄(파키스탄) 진료소를 개설함.

난민캠프 아이들

2 아프가니스탄 난민들

난민캠프에서 죽음은 일상이다.
연약한 어린이는 설사만으로도 쉽게 죽어갔다.
전사통보가 매일같이 집집마다 전해졌다. 캠프 밖에서는
연행된 포로들에 대한 처형이 일상적으로 이루어지고 있었다.
하지만 그 사람들이 언제나 암울한 생각으로 나날을
보내고 있었던 것만은 아니다. 인간은 무엇에든 적응할 수
있는 동물인 것이다. 사느냐 죽느냐 갈림길에 서 있었지만,
'가난한 자 아둔하다' 는 말은 맞지 않았다.
우리가 갖고 있던 식량이 떨어지자, 배고픔을 겪고 있던
캠프 주민들은 부족한 빵을 나누어주었다.
식어버린 '난' 이라는 얇은 빵과 물처럼 묽은 스프일지라도,
단란한 한 때의 즐거운 대화가 양념이 돼주었다.
영양실조에 걸린 어린이들도 죽는 순간까지 명랑했다.
사람들은 조그만 즐거움에서 큰 위안을 찾아내고 있었다.

아프가니스탄 나병 문제

아프간 전쟁

아프가니스탄 난민에 대해서는 앞에서도 말했지만, 2차대전 후 세계를 양분해왔던 미국과 소련이 '뜨거운 냉전'의 막을 올린 것이 아프간 전쟁이다. 베트남 전쟁이 1975년에 막을 내릴 무렵, 아시아·아프리카의 각지에서 소련이 지원하는 해방투쟁이 맹렬히 타오르고 있었다. 일본은 베트남 특수로 경제력을 키워 동남아로 왕성한 경제적 진출을 시작했으며, 미·일간 경제 마찰을 일으키면서 거품경제에 앞선 잠시 동안의 번영을 쌓아가고 있었다.

중동에서는 이슬람 원리주의가 맹위를 떨치며 시대조류의 한 부분을 구축해 나가고 있었다. 1978년, 이란에서는 호메이니가 팔레비왕조를 무너뜨리고 이슬람정권을 수립했다. 이를 전후하여 파키스탄에서는 부토 수상이 이슬람 사회주의를 제창하며 정권을 잡고 있었으나, 1978년 쿠데타로 붕괴됨에 따라 지아울 하크 군사정권이 성립되었으며, 이어서 이슬람주의 노선을 추진하게 되었다.

아프가니스탄의 경우에는 사정이 다소 복잡했다. 1973년에 왕족인 다우드 전 수상이 쿠데타로 왕정을 폐지하고, '세계의 골동품 국가 아프가니스탄'의 근대화를 추진시켰다. 그러나 지리적으로나 역사적으로 러시아(소련)와 관계가 깊어서, 도시의 지식층과 학생들 사이에는 급진적인 좌익사상과 이슬람 원리주의가 공존하고 있었다.

1978년에 다우드 본인을 포함한 일족 모두가 살해당하고 급진적 좌익세력이 정권을 장악했다. 그러나 대중들이 급격한 개혁을 선호하지 않아 각지에서 반란이 일어났다. 1979년 12월, 소련은 공산정권 옹호를 명분으로 10만 대군을 보내 아프가니스탄을 침공했다. 이에 대해 이웃나라 이란의 이슬람혁명에 활기를 얻은 이슬람 원리주의 세력은 정부군과 소련군에 대항하여 각지에서 게릴라전을 전개함으로써 진흙탕 속의 내전으로 발전한 것이다.

사망자가 200만, 혹은 300만 명에 달한다고 하며, 폭격으로 파괴된 마을이 5천 개 이상, 난민이 되어 국외로 탈출한 사람이 약

정부군 폭격에 파괴된
아프간 마을

600만 명으로 인구가 반감한 아프가니스탄 국토는 파멸적인 타격을 받았다. 이 난민들 중에 인접한 파키스탄 북서변경주와 페샤와르로 탈출한 숫자는 270만 명에 달했다.

당시 아프가니스탄에서 게릴라전은 일본에서 생각한 만큼 미국의 지원을 받지 못하고 있었으며, 거의 자력으로 그것도 마을단위 계곡단위로 자발적인 저항을 하고 있었다.(내전이 대규모 살상과 파괴를 수반하게 된 것은 1984년 8월, 미국 의회에서 무기공여법안이 결정되고 나서부터였다.) 초기단계의 아프간 게릴라전은 단순한 향토방위 성격으로 비치는 측면이 강했기 때문에, 많은 저널리스트들은 내심 그들에게 박수를 보냈다. 구식 소총으로 근대적 장비를 보유한 정예 소련군에 맞서서 그들을 골탕 먹이는 장면은 분명 쾌감을 주는 그 무언가가 있었다. 북서변경주 와지리스탄 등지에 사는 파슈툰족 일부도 의용군으로 자발적 참여를 하고 있었다. 이 전쟁이 조금씩 변질되어 간 것은 미국이 조직적인 군사원조를 시작한 후, 원조대상이었던 정당의 세력이 강대해지고 나서부터였다.

부임 당시 내가 만난 게릴라들은 순박한 농민들이 많았으며, 거의 정당세력과는 무관한 저항을 계속하고 있었다. 내가 페샤와르에 부임한 1984년경은 이 내전이 가장 격렬한 시기였다. 많은 반정부 이슬람주의 당파는 페샤와르에 본부를 두고 활동하고 있었다.

북서변경주와 아프가니스탄은 문화적, 역사적으로 한 줄기였다. 내가 페샤와르 미션병원에 부임하자 아프가니스탄 나병 문제가 바로 숙제로 주어졌다. 나병 근절계획만 하더라도 설령 파키스탄 쪽에서 성공했다고 한들 새로운 환자가 속속 아프가니스탄 쪽에서 나타나게 되었다. 아프가니스탄에서 나병을 뿌리 뽑지 않는 이상 파키스탄 북부에서 나병 근절계획은 완수할 수 없다는 것은 누구나 알고 있었다.

사실 페샤와르 미션병원 나병병동 입원환자 가운데 절반은 아프간 사람이었다. 모종의 조치를 취하지 않을 수 없었다. 의사 파우씨가 이끄는 마리 아딜레이드 나병센터는 전란중의 아프가니스탄에 들어가서 조사를 감행하여 바미얀에 기지를 얻으려는 계획을 세우고 있었다. 파우가 바미얀을 선택한 이유는 같은 지구에 사는 하자라족(인구 약 2~3백만 명)에게서 나병이 많이 발생했고, 또 그들은 남쪽의 쿠엑터에서 카라치에 걸쳐 유대관계가 강했기 때문이었다.

페샤와르에서는 약간 사정이 달랐다. 환자 대부분이 파슈툰족으로, 페샤와르에서 비교적 가까운 동부국경이나 쿠나르강 주변 힌두쿠시 북동 산악지대에 집중되어 있었다. 어쨌든 국경도시 페샤와르에서 우리들이 '아프가니스탄 문제'에 말려 들어간 것은 자연스러운 일이었다.

ALS를 만들다

1986년 10월, 이 문제에 대처하기 위해 발족한 것이 훗날 JAMS(일본-아프간 의료서비스)로 개칭한 ALS(아프간 나병서비스)이었다. 실은 이 과정에도 미션병원 우쟈가 원장의 거취가 깊이 관련되어 있다. 1985년 4월, 우쟈가 원장이 떠나지 않고 유임하기 전까지 나는 미션병원 나병병동을 파키스탄과 아프가니스탄의 국경에서 모두 벗어난 곳에 설치함으로써, 공공기관의 손길이 미치지 못하는 아프간인에 대한 본격적인 접근을 시도하려는 구상을 갖고 있었다.

그러나 유임하게 된 우쟈가 원장은 아프간 사람을 매우 싫어했다. 파키스탄 민족주의를 내세워 어떻게든 아프간 사람을 멸시하고 있었다. 여기에는 배경이 있었다. 영국은 세 차례 영국-아프간 전쟁에서 패한 역사가 있었기 때문에, 영국적 교양을 등에 업은 파키스탄 기독교도들은 아프가니스탄에 대한 전통적인 적의를 영국인과 공유하고 있었다. 특히 펀잡주 동쪽의 인도아시아대륙에서는 파슈툰족에 대한 역사적 공포가 존재하고 있었다. 더욱이 절대적 소수파인 기독교도들이 압도적 우위를 점하는 이슬람사회에서 공존하려면 '충실한 파키스탄 시민'이라는 색깔을 선명하게 나타내지 않을 수 없기 때문이었다.

내가 부임한 직후부터 각국 난민구원단체를 통하여 아프간인과 교류가 차츰 늘어났다. 당시는 절대적으로 의료시설이 부족했기 때문에 나도 종종 비공식적으로 난민구원에 나섰다. 폭격으로 마을이 파괴되고, 갈아입을 옷도 없이 국경에 겨우 당도한 난민들이 속속 들어오고 있었는데, 상당수가 탈출 중에 기아와 쇠약으로 사망했다. 그래도 1982년 방문했을 때와 비교하면 페샤와르 주변 난민캠프는 천막이었던 것이 흙집이 생겨나기 시작했고, 세계 각국에서 프로젝트가 들어오기 시작하고 있었다. 1984년경에는 '난민캠프'라기보다 '집단촌'에 가까운 상태가 되어, 얼핏 보기에도 상당히 개선되고 있다는 느낌을 받았다.

그러나 외국인 눈길이 닿지 않는 국경지방에서는 무시무시한 광경이 전개되고 있었다. 고생 끝에 겨울에 가까스로 당도한 난민들은 비참했다. 구원물자가 도착하지 않아 얼어 죽는 경우가 끊이질 않았다. 게다가 아프간 정부군의 국경을 넘는 폭격이 난민캠프를 덮치기도 했고, 전체 270만 명에 대한 보살핌이 제대로 이루어졌으리라고는 도저히 생각할 수 없었다. 이 실상은 외부에 별로 알려지지 않았다. 1985년 12월에 국경 파라티날에서는 탈출해온 난민 200가구 중에 태반이 얼어 죽고, 나머지는 폭격으로 몰살당하는 비극이 일어났다. 이러한 정황 중에 어정어정 '나병 근절계획'을 내걸고 난민캠프를 헤매는 것만으로는 해결하지 못할 일들이 많았던 것이다.

아프간인 의사 샤와리

1985년 10월, 내가 미션병원 나병병동에서 악전고투를 시작할 무렵 독일인 간호사 에더 수녀는 지쳐서 병원 일선에서 후퇴하여, 아프간인 환자들을 위한 작은 계획을 세우기 시작했다. 수녀가 속한 곳은 Red Sea Mission(홍해선교회)이라는 가톨릭계 단체로, 직·간접으로 나와 만나고 싶어 했다. 단체 성격은 불분명했지만 명칭으로 보아 십자군풍의 느낌이 들었기 때문에 나는 줄곧 피하고 있었다.

그러나 카라치의 마리 아딜레이드 나병센터와 모종의 협약이 있었던 듯 의사 파우씨가 몸소 에더와 협력해줄 것을 요청해 왔다. 나는 '환자를 위하는 일' 외에는 아무런 생각도 없었기 때문에, 에더가 보내 오는 아프간 사람들을 병동에서 트레이닝을 위해 받아들이고 있었다.

그 가운데 카불대학 의학부를 졸업한지 얼마 되지 않은 젊은 의사가 있었다. 이름은 '샤와리 와리자리프' 라 하는데, 나이는 서른 살 전후로 강철과도 같은 풍모를 지녔으며, 성실한 인품을 가진 듯했다. 이루 말할 수 없는 고생을 겪은 탓인지 얼굴에는 어두운 표정이 배어나오고 있었다. 샤와리는 두 달쯤 병동에서 나를 도왔는데, 아프간 사람들을 싫어하는 우쟈가 원장이 수상히 여겨, "아프간 사람을 마음대로 들이지 마라"고 지시해 왔다. 샤와리는 영어도 우루두어도 몰라서 의사소통이 곤란했다.(당시 나는 아직 페르시아어를 몰랐다.) 이래서는 훈련 따위는 불가능했기 때문에, 우선 파우씨에게 부탁하여 카라치의 마리 아딜레이드 나병센터로 보내서 나병에 관한 것과 영어를 배울 수 있도록 준비했다.

샤와리는 자기표현의 재능이 있어서, 이듬해인 1986년 2월에 내가 카라치를 방문했을 때는 서툴지만 영어로 충분히 의사소통을 할 수가 있었다. 나도 페르시아어를 조금 배워서 대강 경위를 알 수 있었다.

"카불에 소련군이 진주했던 1979년, 나는 육군사관학교에 있었

의사 샤와리

는데, 그 후 카불대학 의학부로 옮겼습니다. 당시 소련인 고문의
간섭은 대단히 심했습니다. 대학에는 이들 고문이 있어서 커리큘
럼부터 학생들 언행에 이르기까지 '반 소련적 태도'를 엄격히 감
시하고 있었습니다.

소련군이 노골적으로 취한 조치는 '아프가니스탄의 소비에트
화'로, 이를테면 반쯤은 식민지적인 위성국으로 만들어가는 것을
의미했다고밖에 생각할 수 없었습니다. 소련을 불러들인 당시의
아프간정부 내부에서조차 적의를 갖는 사람이 많이 있었습니다.

그렇다고 해서 모든 것이 소련 탓으로 나빠졌다고만은 생각하
지 않습니다. 아프가니스탄의 농노제는 혹독한 것이었습니다. 지
주가 소작인에게 폭력을 가하기도 하고, 여성을 가축처럼 취급하
는 관습에 뜻있는 지식인이라면 누구나가 분개했습니다. 그렇기
때문에 많은 내 친구들이 사회활동가가 되었습니다. 그러나 이는
아프가니스탄 사람이 스스로 결정해야 할 일이지 외국인에게 맡

길 일은 아닌 것입니다.

나는 아무런 정치적 배경도 없었습니다만, 소년시절부터 사관학교에 있으면서 '조국 아프가니스탄을 지키는 일'이 사명이라고 믿고 있었으므로 소련인들 교육에는 흥미가 일지 않았습니다. 아프간 사람으로서 애국심과 긍지가 내 모든 것이었습니다. 보고만 있을 수가 없어 교관에게 반항하면서까지 학우를 감싼 일로 당국으로부터 '반 소련적 인물'로 주목받아 몇 번이나 감옥에 갔습니다. 그러는 동안 차츰 신변의 위협을 느끼기 시작했습니다. 그들은 위험인물로 지목되는 학생을 전선으로 보내서 전사할 기회를 주는 방법을 씁니다.

온갖 우여곡절 끝에 결국 나는 스페인 친구의 초청을 받아들여 망명을 결심했습니다. 아버지는 어릴 적에 돌아가시고, 어머니와 처, 그리고 누이 세 명과 아이들이 둘 있습니다. 식구들이 한꺼번에 탈출하는 것은 불가능했기 때문에, 나 혼자 페샤와르로 와서 출국을 위한 사전작업을 한 다음, 나중에 가족을 불러들일 생각이었습니다.

그러나 나도 결국은 의사였습니다. 게다가 어릴 적부터 몸에 밴 조국에 대한 의무를 저버릴 수가 없었습니다. 탈출하던 버스 창밖으로 줄줄이 이어진 난민캠프를 보았을 때 엄청난 충격을 받았습니다. 어려움에 빠진 동포를 외면한 채 태평스럽게 편안한 생활을 하려는 나는 과연 누구인가, 하고 자문해 봤습니다. 그리고 우리가 살아가는 진정한 의미는 무엇인가 하고 진지하게 생각해 봤습니다.

그때, 독일인 수녀님 에더씨를 만난 것입니다. 수녀님은 좋은 분이셨고 또한 친절한 분이셨습니다. 하지만 어딘지 모르게 기독교를 확산시키려고 활동하고 있는 듯이 보였습니다. 내게 예수 영화를 보여 주기도 하고, 페르시아어로 된 성서를 주기도 했습니다만, 이 사회에서는 오해의 씨앗이 될 뿐입니다. 수녀님께 감사하고 있는 것은 나를 페샤와르 미션병원으로 보내 주신 것입니다.

머나먼 동방의 나라 일본에서 건너와 나병병동에서 악전고투하고 있는 나카무라 선생님을 보고 나 자신이 부끄러워졌습니다. 선생님 일에 내가 찾는 '삶의 의미'가 있는 것 같은 느낌이 들었던 것입니다. 어떻게든 조금이라도 도움이 되고 싶다고 생각했습니다. 직업을 구하려 들면 다른 난민구원 의료단체도 얼마든지 있었습니다만, 정치적인 것이나 이름을 팔기 위한 것도 많아서 내키지가 않았던 것입니다."

이러한 상황에서 내가 구상한 아프가니스탄 계획을 이야기하자, 샤와리는 기다리고 있었다는 듯이 기꺼이 협력할 것을 맹세했다.

"나는 자네에게 보장해 줄 만한 돈도 힘도 없네. 그러나 내가 뛰어들려고 하는 문제는 5~6년 정도로는 해결이 안 될 걸세. 10년 혹은 20년을 각오해야만 할 걸세. 아프가니스탄이 어떻게 될지는 나도 예측할 수 없지만, 가능하다면 몇십 년이고 계속할 작정일세. 자네에게 어울리는 일이라고 생각은 하지만 간단하게 빠져나갈 수는 없다는 걸 명심하게."

"간단히 빠져나갈 수 있는 일이라면 오히려 저는 하지 않을 것입니다. 나는 군인의 한 사람입니다. 명령이라면 뭐든지 하겠습니다."

이렇게 해서 1986년 10월에 발족한 ALS(아프간 나병서비스) 지도자로 우선 그를 앉히고, 그 후를 대비했다. ALS의 발족에는 독일인 수녀 에더가 관여하고 있었으나, 배후에 있는 광신적인 선교단체를 경계하여, 얼마 지나지 않아서 이들과 결별함으로써 종교적 색채를 없애고 순수한 의료정신으로 일할 것을 강조했다. 그러나 샤와리도 그 후 십여 년이라는 긴 세월을 나와 함께 고생하리라고는 상상도 못했을 것이다.

바죠울 난민캠프에서

가도 가도 끝없는 진흙집

미션병원 나병병동 개선의 전망이 보이기 시작한 1987년경부터 난민캠프에서 활동이 활발해졌다. 그러나 ALS(아프간 나병서비스) 종사자는 겨우 7명으로, 샤와리를 필두로 모두 아프간 사람이었다. 나중에야 그 규모가 커지기는 했으나, 초기에는 ALS 이름이 말해 주는 그대로 그 대상이 나병에 한정되어 있었으므로, '피부병 진료'라고 칭하고 소규모 진료를 하면서 환자를 찾을 정도였다.

1987년부터 북서변경주 바죠울자치구를 중심으로 활동하였다.

바죠울자치구는 아프가니스탄 쿠나르주에 인접한 지역으로 페샤와르에 이르는 교통의 요충지이다. 쿠나르주는 소련군이 침공하기 이전인 1977년부터 공산정권에 대항하는 반란이 일어났던 곳으로 아프간 전쟁 격전지 가운데 하나다. 특히 내전 초기에 봉건제의 온상이라 하여, 무차별 살육행위가 정부군에 의해 자행되었던 듯했다. 우리들로서는 나병병동에 오는 아프간인 환자 가운데 절반 이상이 쿠나르주 출신이었기 때문에 주요 목표로 잡은 곳이었다.

1986년 12월, 처음 바죠울에 들어간 나는 강변을 따라 길게 이어진 난민캠프를 보고 숨이 멎는 듯했다. 페샤와르 주변의 모델캠프와는 너무도 달랐다. 가도 가도 끝없는 진흙집 촌락이 이어져 있었다. 황량한 다갈색 대지에 거대한 개미집이 솟아 있는 것처럼 보였다. 도대체 얼마나 많은 사람들이 있는 것인지 상상조차 할 수 없었다. 높은 곳에 서서 가구 수를 헤아려 한 가족 수를 평균 7~8명으로 잡고 추정할 수밖에 없었다.

우리들이 대상으로 했던 케랄라 캠프에 약 2만 명, 하자나 캠프에 약 3만 명, 거기에 다른 권역의 작은 집단까지 넣어서는 짐작을 할 수가 없었다. 난민캠프 광경은 어쩐지 살벌했다. 토요다 4륜구동차가 소총을 휴대한 남자들을 가득 실어 오고 있었다. "어디로 가느냐?"고 묻기에 "쿠나르"라고 답했다. 캠프는 국경을 넘나들며 싸우는 게릴라들의 보급기지와도 같은 모습을 하고 있었다.

여기서 반가운 얼굴을 만났다. 미션병원 나병병동에 단골로 출입하던 환자였다. 페샤와르에서 거지행세를 하는 것을 본 적이 있었는데, 물었더니 원래 바죠울 출신으로 집이 이 근처라고 했다. "이봐, 여기서 뭘 하는 거야. 설마 거지는 아니겠지?"라고 말을 건 네자 마치 딴 사람처럼 생기를 띠고 반가워하며, 자기 집으로 끌 고 갔다. 그는 수족에 변형이 있었지만 그다지 병세가 진행되고 있지는 않았고, 땅을 조금 가지고 농사를 짓고 있었다. 그래서 씨 를 뿌리거나 수확하는 계절엔 페샤와르로 내려올 수가 없어서 농 한기를 틈타 치료하러 와 있었던 것이다.

페샤와르 나병병동에서는 약삭빠른 얼굴을 하고, 1루피도 아까 워서 경계하던 험한 표정이었는데, 고향땅에서 생글생글한 낯빛 으로 대답하는 모습은 이 사람이 정말 그 사람인가, 하고 의심이 갈 정도였다. 평소엔 제대로 된 차를 마시지 못하는 듯, 인심을 써 서 일부러 시장에서 차를 가져오게 하여 나를 대접하였다. 당시 바죠울은 무법지대였기 때문에 그곳에 발을 들여 놓는 외국인은 아무도 없었다. 설마 고향에서 날 만날 것이라고는 생각하지 못했 을 테니까 무척이나 기뻤던 것 같다. 이야기꽃이 만발했다.

"아프간인 캠프에서 일하고 있는데, 자네와 비슷한 환자는 없 나?"

그는 쓴웃음을 지으며 대답했다.

"그야 많이 있지요. 그렇지만 선생님, 설령 병이란 것을 안들 어 쩌란 말입니까? 버스비도 없고 약값도 없어서 모두 포기한 상태입 니다."

"주에서 운영하는 투약소가 있잖은가?"

"선생님, 정말 아무것도 모르시는군요. 우리들이 일부러 페샤와 르까지 가는 것은, 여기선 제대로 치료를 받을 수 없기 때문입니

난민캠프 형제

다. 거짓말이라 생각되시면 진료소에 가보세요. 빈 껍질뿐이죠. 전 그래도 아직은 괜찮은 편이죠. 장담할 수는 없지만 버스비 정도는 벌 수 있으니까요."

"페샤와르에서 구걸을 하는 건가?"

"선생님, 구걸이라도 할 정도라면 그래도 괜찮은 편입니다. 이일대 농민이나 난민이 왜 아편을 만드는지 아십니까? 우리는 사치를 하려는 게 아닙니다. 약을 살 만한 푼돈조차 없기 때문이죠."

"난민들은 상태가 어떤가?"

"우리들보다 더 불쌍하죠. 경작할 토지도 없는 걸요. 게다가 케랄라 캠프 사람들은 아프가니스탄에서 마을 사람 태반이 죽임을 당했답니다."

이 사람 말은 사실이었다. 나는 내심 동정을 하면서도 '이거 참, 골치 아픈 곳에 발을 들여 놓았군' 하고 생각했다.

이와는 대조적이었던 시장의 활기가 기이하게 느껴졌다. 마약과 총기류는 물론이고, 지뢰나 대전차포까지 팔리고 있었다. 내전발발 후 10년을 채워갈 당시 사람들은 이미 지쳐버렸고 어두운 그림자가 감돌고 있었다. 지하드(聖戰)는 단순히 싸우는 것만이 아니라 살아가는 양식을 얻는 수단으로도 이용되고 있었다. 정당파벌이 비대해짐에 따라 그 용병이 되어 급여를 받기도 하고, 적으로부터 빼앗은 전리품을 팔아서 생계를 잇고 있는 것 같았다. 카불에서 종종 전투기가 국경을 넘어 폭격을 해댔기 때문에 사정은 더욱 곤란해졌다.

가난하지만 따뜻한 사람들

난민캠프에서는 죽음이 일상이다. 연약한 어린이는 설사만으로도 쉽게 죽어 갔다. 전사통보가 매일같이 집집마다 전해졌다. 캠프 밖에서는 연행된 포로들에 대한 처형이 일상적으로 이루어지고 있었다.(러시아인 포병만 페샤와르로 보내지고 아프간인은 '처리' 됐다.) 나는 그들과 한동안 침식을 함께 했는데, 배급용 밀가루도 늦어지는 경우가 많아서 절대적으로 칼로리가 부족할 것으로 생각됐다.

하지만 그 사람들이 언제나 암울한 생각으로 나날을 보내고 있었던 것만은 아니다. 인간은 무엇에든 적응할 수 있는 동물인 것이다. 사느냐 죽느냐 갈림길에 서 있었지만, '가난한 자 아둔하다' 는 말은 맞지 않았다. 우리가 갖고 있던 식량이 떨어지자, 배고픔을 겪고 있던 캠프 주민들은 부족한 빵을 나누어 주었다. 식어버린 '난' 이라는 얇은 빵과 물처럼 묽은 스프일지라도, 단란한 한

때의 즐거운 대화가 양념이 돼 주었다. 영양실조에 걸린 어린이들도 죽는 순간까지 명랑했다. 사람들은 조그만 즐거움에서 큰 위안을 찾아내고 있었다.

바죠울은 해발 1,000m 정도의 고지로, 겨울밤은 뼛속까지 시렸다. 어느 날 누군가가 마른나무 둥치를 어디선가 주워 왔다. 평소에는 잔가지 조금으로 요리를 하는 정도였지만, 그날은 이것을 난로로 사용했다. 밝고 큰 불꽃이 어둠 속에서 타오르고 모두가 잠시 동안의 따뜻함을 느꼈을 때, 저절로 환성이 터져 나왔다.

훗날 일본에서 다른 사람에게 난민캠프 사진을 보여줬을 때, "비참하군요. 인간이 사는 모습이라고는 생각되지 않네요."라는 말을 듣고, 나는 그때 일을 다시 생각했다. 그렇지 않다고 말하고 싶었지만 적당한 단어가 떠오르지 않았다. 그러나 어떤 극한 상황일지라도 인간이 인간다움을 다 잃어버리는 것은 아닐 것이다. 오히려 나는 '등 따시고 배불러야 예절을 안다'는 말에 대해 꼭 그렇지만도 않을 것이라고 생각하고 있다.

그런데 난민캠프의 진료는 힘들었다. 모여드는 환자들에게 줄을 서게 하는 것만도 힘든 일이었고, 지프를 옆으로 늘어세워 바리케이드를 만든 다음에야 겨우 진료 장소를 확보할 수 있었다. 우리는 의사 샤와리와 나, 조수 3명, 운전수 1명을 동반한 소규모 의료진으로, 피부병용 연고를 조제하는 일에서 배포까지 모든 일을 스스로 하고 있었다. 그래도 매일 200명 이상의 환자를 상대로 약도 없이 꾸려나갈 수는 없었다. 페샤와르에서 바셀린을 드럼 통째로 미리 구입한 다음에, 붕산이랑 살리칠산 가루를 섞어서 플라스틱 통에 20g씩 담아서 나누어 주었다. 팔과 손은 바셀린을 휘저어 섞느라 늘 번질번질했고, 주변 물건에도 묻어서 온통 기름투성이였다.

"아이고, 나병 근절계획이란 게 결국 바셀린과의 싸움이군요."

샤와리가 쓴웃음을 지으며 말했다. 나도 결국 반쯤은 두 손을 들고,

"아냐, 물과 비누로 제압하는 걸세."

라는 식의 농담으로 응수했을 지경이었다. '이래가지고서야 나병 근절계획 같은 건 꿈처럼 아득하기만 하군' 하면서, 서로가 같은 심정이었음은 두말할 것도 없었다.

같은 지구에서 행한 조사에서 '아프간 난민캠프에 나병 환자는 없다' 라는 마리 아딜레이드 나병센터의 보고 내용을 뒤집기는 했으나, 막상 '이제부터 어찌 할 것인가' 라는 문제를 생각하니 현실을 원망할 수밖에 도리가 없었다. 또한 나병이 중요한 병이긴 하지만, 캠프는 이질, 장티푸스, 말라리아, 결핵 등 감염증의 소굴로, 몇몇 나병 환자만을 진료할 수는 없는 것임을 알게 되었다.

난민캠프 실정은 피부병만 하더라도 난민 거의 모두가 앓고 있었다. 개선이라는 피부병은 걸리지 않은 사람이 오히려 드물었고, 피부 레슈마니아증도 흔히 볼 수 있었다. 거기에다 비위생적 생활로 인한 농양과 피부염을 포함하면 캠프에 수용된 사람 모두가 어떤 형태로든 문제를 안고 있었다. 실제로 물과 비누만 있으면 대부분 피부병은 치료할 수 있는 것이었다.

다시 새로운 마음으로

소련군 철수와 파키스탄의 혼란

1988년 4월, 파키스탄 수도 이슬라마바드에서 탄약고가 대폭발하는 사건이 일어났다. 비축되어 있던 미사일에 차례로 인화되었고, 그것이 수도권 곳곳으로 퍼져 희생자가 수천 명에 달했다. 이를 전후해서 수수께끼 같은 소요사건과 커다란 정치적 움직임이 겹쳐 일어났다.

길기트에서는 대폭동이 발생하여 시아파 마을들이 정체불명 무장조직으로부터 습격을 받아 군이 진압에 나서고 수천 명이 사망했다. 일찍이 내가 많은 나병 환자를 보았던 디어밀 지방도 아수라장이 되었다. 조사차 나가있던 의사 파우씨는 왼쪽 팔꿈치에 관통상을 입고 피신했다. 그 지역 '나병 근절계획' 은 뜻밖에도 많은 주민들이 사망함으로써 문자 그대로 절반은 '근절' 되고 마는 가공할 사태로 치달았던 것이다.

카라치에서는 조직적인 가두시위가 벌어지고, 사망자가 만 명이라고도 하고 2만 명이라고도 하였다. 야간외출 금지령이 내려져 마리 아딜레이드 나병센터에도 인적이 뜸했다. 카라치의 치안은 최악이었다.

같은 해 8월, 파키스탄 지아울 하크 대통령이 미국대사와 함께 대통령기를 탄 채로 폭살되었다. 적어도 한 나라 대통령이 이토록 조잡한 방법으로 살해당할 거라고는 아무도 생각지 않았다. 10월 총선에서 베나지르 부토가 이끄는 파키스탄 인민당이 압승함으로써, 10년 계엄령에 종지부가 찍혔다. 지아울 하크 대통령 암살에 대해서는 온갖 억측이 분분했으나, 서둘러 조사단을 파견한 미국 정부는 조사결과를 공표하지 않았다. 사건 수개월 전에 이란에서 미국제 이라크 전투기가 같은 미국제 미사일인 스팅어에 의해 격추된 사건이 관계되어 있다는 소문만이 돌았을 뿐이다. 그 진상은 아직도 수수께끼에 싸여 있다.

그러나 확실한 것은 이들 사건이 미·소 초강대국들 사이의 모종의 거래과정에서 일어났다는 것이다. 이와 병행하여 같은 해 4월 '제네바평화협정'이 미국과 소련 사이에 체결되었고, 고르바초프 소련 대통령은 "10개월 내에 전 병력인 9만 명을 철수하겠다."고 발표했다. 전후세계 재편의 시작이었다. 전 세계에 기대감이 파급되고 동요가 일었다. 소련의 아프가니스탄 개입은 국력을 소모케 하고 내정도 위기에 허덕이게 만들었다. KGB(소련정보부)는 그 누구보다도 세계정세를 잘 읽고 있었으며, 원래부터 군부의 아프가니스탄 개입에 비판적이었다고 한다. KGB 출신 고르바쵸프는 일련의 자유화조치를 진행시키고 있었고, 전후세계를 위협해온 철의 장막은 힘없이 무너지려 하고 있었다.

일본에서는 다케시타 내각이 아프간 난민 귀환 지원에 40억 달러를 공여할 의사를 표명했으며, UN 산하기관이나 구미 국제단체(NGO)가 페샤와르에 들어왔다. 이들 국제단체 수는 1988년 4월부터 불과 일 년 사이에 200을 넘었다.

그러나 이듬해인 1989년 2월에 소련군이 철수를 완료했음에도 내전은 진정되지 않았다. 미소는 무기원조 경쟁을 여전히 계속하고 있었던 것이다. 쇄도했던 국제단체의 '난민귀환 지원'은 불투명한 채, 몇몇의 프로젝트만을 남겨 놓고 1991년의 걸프 전쟁(미국-이라크 전쟁)까지는 사실상 철수해 버렸다. 1991년 10월에는 소련 자체가 붕괴됐다.

우리가 하는 현지 사업은 이들 소란스러운 내외정세에 직접 노출되어 있었다. 그러나 그런 상황에 좌우당하면서도 마치 아무 일도 없던 것처럼 묵묵히 일을 진척시켰다.

무의촌 진료 계획

1988년 5월에 아프가니스탄에서 소련군이 철수를 시작하였을 때, ALS의 우리들도 기로에 서 있었다. 난민캠프 진료 경험을 바탕으로 우리는 기본노선의 대전환을 모색하고 있었다. 우선 난민은 일시적인 체류자이기 때문에 나병 근절계획이라는 장기간의 계획을 실시하기 위해서는 그들이 돌아간 다음 일까지도 함께 생각해야만 했다. 둘째로, 나병이 다발하는 장소는 동시에 다른 감염증도 많으며, 또한 의료설비가 없는 곳이 일반적이었다. "나병이 아니기 때문에 진료하지 않습니다."라고 말할 수는 없는 노릇이었다. 셋째로, 나병은 다른 병에 비교하면 발생 수가 적고 급성이 아니었다. "나병이다", "나병이다"라고 떠들면 오히려 특별한 병이라고 생각한다. 일반감염증의 하나로 취급하여 태연하게 진료해야 한다.

이와 같은 대국적인 견지에서 보면 크게는 '산촌 무의지구 진료모델'이라 할 수 있을 만한 것들을 곳곳에 만들고, 공동체 모두의 복지활동 일환으로서 조직적인 의료를 실시해야 한다. 이 경우 세계적으로 유행하고 있는 '커뮤니티 헬스 케어'라는 개념으로 일반화되어 특수한 사정이 무시되지 않도록 굳이 이 단어를 피한 것이다.

페샤와르로 오는 아프간인 나병 환자들 출신지를 조사해 보니, 대다수가 술레이만 산맥을 포함한 '힌두쿠시 산맥 북동부'에 집중되어 있었다. 파키스탄 북서변경주 인접지역이기 때문에 당연히 아프간 난민도 많이 발생하고 있었던 것이다.

우선은 비교적 접근하기 쉬운 쿠나르강 연변을 거슬러 올라가

JAMS 마당에서
진료를 기다리고 있는
아프간 난민 여성들

서 언젠가 바다크샨과 와칸회랑을 거쳐 평화가 오면 서쪽 바미얀까지 나아가기로 했다. 힌두쿠시의 거대 산맥에 도전하는 웅대한 구상이었다. 장기전을 각오해야만 했다.

지도상으로 계획을 세우는 것과 실제 진료 사이에는 아마 현저한 차이가 있을 것이다. 이 사실은 마리 아딜레이드 나병센터가 파키스탄 북부에서 행했던 '5개년 계획'을 통해 이미 알고 있었다. 중요한 것은 처음부터 경직된 프로젝트를 짜지 말고, 시행착오의 반복을 마다하지 않으며, 임기응변으로 둘러갈 수는 있지만 커다란 원칙만큼은 절대 포기하지 말아야 한다는 것이다.

'바셀린 기름과의 싸움'에 지쳐있던 리더 샤와리는 크게 기뻐하며, 곧 구체적인 안을 작성하기 시작했다. 1988년부터 1989년에 걸쳐 '아프가니스탄 난민 귀환·부흥 원조'를 내걸고 전 세계에서 2백여 개가 넘는 NGO가 페샤와르로 밀려 들어와 있었다. 그러나 난민 귀환도 아프가니스탄 부흥도 아직은 시기상조였으며, 좀 더 끈기가 필요한 일이라고 생각되었다. 간단히 말하면 그렇겠지만, 결국 우리들이 뭔가를 확실히 이루지 않으면 꽁지를 내린 개가 멀리서 짖는 꼴이 되고 만다. 그래도 열 명이 채 못 되는 소그룹을 확대하여 일에 대비하려면 나름대로 준비가 필요했다. 동시에 조직을 지나치게 빨리 확대하는 것은 일본 페샤와르회 재정에 무리를 초래하게 되므로 천천히 기반조성부터 시작해서 다가올 때를 대비해야 한다고 생각했다.

독립된 조직 JAMS

그래서 우선은 ALS(아프간 나병서비스)라는 이름을 JAMS(일본-아프간 의료서비스)로 바꾸고, 나병뿐만 아니라 일반 진료도 할 수 있도록 하였다. ALS는 개설과정에서 '마리 아딜레이드 나병센터 페샤와르지부' 라는 합법적인 지위를 가지고 있었으나, 거기에서 벗어나 완전히 독립된 조직으로 만들었다.

이리하여 1988년 12월부터 JAMS(일본 -아프간 의료서비스)는 우선 입원 병상 열 개를 갖추고 페샤와르에서 문을 열어 일반 외래진료를 시작했다. 나는 페샤와르 미션병원 나병병동을 겸임하고 있었으므로, 휴일을 반납하고 아침부터 밤까지 일해서 주 사흘은 JAMS 병원 진료를 맡았다. 얼마 지나지 않아서 외래환자는 하루 150~200명에 달했고, 내 건강을 염려한 샤와리는 100명까지 번호제를 실시하여 외래환자 수를 제한했다.

의사, 병리사, 간호사 등도 조금씩 증원했다. 20명 정원의 진료원 양성코스를 개설하여 샤와리도 연일 아침부터 밤까지 교재를 만들고, 교사를 섭외하는 등 바빴다. 피교육생들에 대한 교육도 되도록 아프간 국내의 진료소 개설예정지에서 발탁하여 페르시아어로 가르쳤다. 회진은 내가 했고, 샤와리나 새로 참가한 젊은 의사들, 간호사들에 대한 지도도 내가 맡았다.

이 시기에 참가했던 아프간인 직원들이 훗날 JAMS 직원이 되어 차츰 주역이 되어 갔다.

간호사 아벳도 그 중 하나였다. 15살에 내전이 시작되어 아프간 전쟁 중에는 위생병으로 판즈세르의 머스드에 배속되어 있었다.

아벳은 전선을 전전하면서 비참한 현실을 수없이 보아 왔다. '국경 없는 의사단'의 프랑스인들은 전쟁이 장기화되자 곧 사라졌고, 의약품이 극도로 모자라는 상태에서 종군하여, 외상 응급처치는 물론 하지절단까지 자신이 했다. 그런 가운데 죽고 죽이는 살벌한 전쟁터를 더 이상 견딜 수가 없게 되었다. 7형제 가운데 5명이 전쟁터에서 죽고 자신이 가족을 부양해야만 했다. 그러다가 어느 날 결심을 굳히고 전선을 이탈하여 페샤와르로 내려 왔다. 아무리 '돈벌이'가 목적일지라도 의료인으로서 되도록 동포를 위해 도움이 되기를 바라며 소문을 듣고 JAMS에 온 것이었다. 페샤와르로 내려왔을 때는 스물다섯 살이었다. 손재주가 좋고 몸가짐이 우아한 청년으로, 경건하고 소박한 이슬람교도였다. 내가 현장에서 일할 때는 항상 내 곁을 떠나지 않았고, 수술을 할 때는 없어서는 안될 조수역할을 해주었다. 현재는 PMS(페샤와르회 의료서비스)병원의 간호부장으로 일하고 있다.

당시 JAMS에 참가했던 아프간인 직원들은 거의 모두라고 해도 좋을 만큼 그와 같은 전쟁의 상흔을 안고 있었다. 그 중에서 용감하고 성실한 사람을 얻을 수 있었던 것은 오직 샤와리의 공적이었다. 이리하여 약 2년 만에 직원은 50명으로 늘어나 다가올 도약에 대비했다.

한편에서는 진료소 개설예정지를 선정하고 기초조사를 시작했다. 샤와리는 다라에눌이 요충지가 될 것으로 판단하고, 내전의 와중에도 전장을 뚫고 나가 그 지역과 친교를 넓혔다. 사무장이 된 야코브씨가 그 지구에서 게릴라전 지도자를 했던 일도 있고 해

서, 짧은 기간(2년이지만)에 기초조사를 할 수 있었다. 내전의 실
상을 몸으로 느끼게 된 것은 이 무렵부터였다.

전쟁의 광기

적과 만나다

1991년 초겨울 밤이었다. 아프가니스탄 산지는 기온이 영하로
떨어져 몸을 얼어붙게 했다. 하얀 반달이 희미하게 중천에 걸려
있었다. 우리들 조사대 일행은 현지 게릴라 세력과 함께 진료소
개설에 필요한 기초준비를 하기 위해 전쟁의 포화를 뚫고 산을 넘
고 있었다. 약 20명이 하나가 되어 묵묵히 산그늘을 기듯이 전진
하고 있었다.

"쉿, 누군가 있다!"

앞에 선 사람이 걸음을 멈추었다. 달빛 아래서 정부군 병사 몇
명이 모닥불을 둘러싸고 앉아서 수군거리고 있었다. 거리는
300m 전후로 바로 코앞이었다. 약간 높은 언덕에 있는 수풀에 가
려 잘 보이지 않았던 것이다. 팽팽하게 긴장된 공기가 주위를 감
쌌다.

"기다려! 몇 명인지 확인하라!"

대장이 작은 소리로 명령을 내렸다. 모두 총의 안전장치를 풀고 조용히 경기관총을 조립하여 조준하며 대기했다. 쌍안경으로 보니까 군막이 5개에, 적병은 20~30명 정도 되는 듯했다. 게릴라 대장이 속삭이는 목소리로 전달했다.

"알겠나? 되도록 죽이지 마라. 모두 와탄달(같은 고향사람)이다. 투항시켜야 한다."

당시 농촌 출신 병사들은 강제로 연행되어 병영으로 보내진 사람들이 많았다. 그들은 '천벌을 받아야 할 루스(러시아인)'들을 아주 미워했다. 하지만 그러면서도 한편으로는 세력을 넓히고 있는 광신적 반정부당도 따를 수 없었다. 그 심정은 우리들과 다를 것이 없었다.

전투는 싱겁게 끝났다. 승부가 나는 데는 10분도 채 걸리지 않았다. 대장의 신호에 따라 모닥불에 조준을 하고 공격을 시작하였다. 기관총 두 개가 불을 내뿜자, 기습을 당한 소대는 일제히 지면에 엎드려 투항의 뜻을 보였다. 전투를 독려하던 대장으로 보이는 인물은 마지막까지 저항했으나 총알이 바닥나서 포로로 잡히려는

무자헤딘의 반 이상은
농촌 출신이다.

순간 관자놀이에 권총을 쏴서 자결했다.

생각지도 않았던 전투로 피로해진 일행은 주위에 적군이 없음을 확인한 다음, 보초를 세우고 그날 밤은 적진에서 야영을 하기로 했다. 식량은 풍부했고 통조림도 산더미처럼 쌓여 있었다. 보잘 것 없는 휴대식과 차고 건조한 난(밀가루를 묽게 반죽하여 얇게 구운 빵)만을 씹으며 산중 강행군을 견뎌온 일행에게는 특별한 선물이었다. 모두 환장이라도 한 듯 뜻밖에 얻은 성찬에 몰려들었다. 그러나 잠시 후 그 즐거운 성찬은 소름끼치는 사건으로 인해 판이 깨져 버렸다. 순순히 따를 의사가 없는 포로에 대한 '처리'가 집행됐기 때문이었다.

지도자로 보이는 그 포로는 제대로 교육받은 KHAD(아프가니스탄 정보부. 구 소련의 KGB의 산하에서 실무를 지휘하고 있었다.) 멤버라고 했는데, 과연 당당한 생김새를 하고 있었다. 게릴라의 일원이 되는 것을 완강히 거절했다. 사죄를 하고 "알라 아크발!(신은 위대하도다!)"을 외치며 귀순할 뜻을 보였다면 목숨은 건졌을 것이다. 그러나 그는 당당히 가슴을 펴고 단호하게 말했다.

"나는 동료를 배반하는 따위의 행동은 하지 않는다. 죽일 테면 빨리 죽여라. 제군들은 반 이슬람이라고 해서 나를 단죄하려 하고 있다. 그러나 만일 알라가 자비의 신으로 실재한다면, 신의 이름으로 인민을 살상하고 신을 모독한 제군들의 죄는 무신론자인 우리들의 죄보다도 더 무겁다. 적어도 우리들은 신의 이름으로 스스로를 정당화하지 않았기 때문이다.

세계에 빈곤이 있는 한 사회주의는 멸망하지 않을 것이다. 우리들 인간은 죽는다. 그러나 우리의 정신은 계속 살아남을 것이다.

사회주의 만세! 아프가니스탄 만세!"

처형

죽음을 코앞에 둔 영혼의 고백이었다. 이 명쾌한 주장에는 뭔가 마음을 흔드는 것이 있었다. 그의 의연한 태도가 투항한 병사들을 동요시킨 것 같았다. 뭔가 꺼림칙한 감정을 불러일으킨 듯했다. 실제로 처형을 적극적으로 주장한 것은 마을 주민들보다 투항한 병사들 쪽이었다. 그들은 불과 어젯밤까지 동지였던 지도자를 빠른 걸음으로 높은 언덕 위로 끌고 가서 처형을 서둘렀다.

게릴라 무리 가운데 하나가 칼을 빼서 그의 목을 찔렀다. 마치 양을 도살하는 것처럼, 손이 뒤로 묶인 포로의 머리채를 잡아당겨 머리를 위로 향하게 한 다음에 목을 찔렀다. 분수처럼 피가 솟았고, 잘린 숨통에서 피거품이 뿜어져 나왔다. 불과 1분도 되지 않아 그 포로는 활모양으로 늘어져 숨이 끊어졌다.

모든 것이 미쳐 있었다. 나는 감정을 억누르고 마음속으로 합장을 했다. 이젠 적군도 아군도 없었다. 광기가 인간을 지배하고 있는 것이다. 죽인 자가 죽음을 당하고, 학대를 받은 자가 학대를 행한다. 뭔가 답답한 가슴을 주체할 수가 없었다. 그리고 사무치도록 전쟁이 미웠다.

그날은 초상집에서 지새는 밤처럼, 모두 답답하고 무거운 침묵에 항거라도 하듯 잡담을 지껄여댔지만 겉도는 농담으로는 마음이 가벼워질 수 없었다. 나는 시무룩하게 입을 다물고 밤하늘에 총총히 박혀 있는 별들을 바라보았다.

처형당한 포로의 절규하는 소리가 아직도 고막 속에서 맴돌고 있었다. 1991년 10월, 그가 처형당한 지 일 년도 지나지 않아 소비에트 연방은 무너지고, 냉전시대는 막을 내렸다. 수도 카불의 공산정권이 붕괴된 것은 1992년 4월이었다. 세계 도처에서 변절과 당혹감이 나타났는데, 아프가니스탄도 예외는 아니었다. 새로이 구 이슬람당이 아프간의 권력을 잡았을 때, 공산정권 이상으로 잔학한 파괴가 수도 카불을 뒤덮었다.

그 후 1996년에 구 이슬람당은 더욱더 과격한 원리주의 세력인 탈레반에게 권력의 자리를 뺏기게 된다. 지난 날 공산정권을 열심히 지지했던 군의 일부가 이에 적극적으로 가담하고 있었다. 1996년 9월, 유폐되어 있던 전 공산정권의 대통령인 나지불라가 탈레반에게 처형되었을 때 그는 '옛 동지'들의 얼굴을 많이 보았을 것이다.

아프간 전쟁 중에는 여기저기서 이와 같은 광경을 볼 수 있었다. 나는 구세대에 속하는 사람이라 그런지 신념과 절개를 지키며 죽어간 그 포로에게 마음이 끌렸다. 그러나 광기라는 것도 또한 '신념'이 만들어 낸 것이다. 남을 돌아보지 않는 어두운 광기가 아프가니스탄에서는 선명한 형태로 부각됐지만, 평화로운 시기에도 이는 존재한다. 그것은 인간이라는 존재 그 누구의 가슴마다 둥지를 틀고 있는 벌레이기 때문이다. 마녀사냥이라는 집단적 광기는 근대 민족주의나 사회사상으로 계승되었으나, 그에 대한 반동 또한 같은 무대를 벗어날 수가 없었다. 지금에 이르러 선진국에서는 21세기를 향한 새로운 희망과 절망을 거론하고 있다. 그러나 우리들은 20세기는커녕 고대와 중세의 야만조차 극복하지 못하고 있다.

이렇듯 아프가니스탄 국내 진료소 개설은 인간의 적나라한 증오나 광기의 상황에 자주 부딪쳤다. '현지인들과 깊이 교류한다.'고 하지만, 말처럼 쉬운 일은 아니었다. 그래도 때로는 문자 그대로 생사고락을 함께 하면서 깊은 신뢰를 쌓은 것은 잊지 못한다. 덕분에 3년 후인 1992년 2월에 제1호 '다라에눌 진료소' 개설을 시작으로 쿠나르 강변을 따라 차례차례 진료소를 개설하여 오늘에 이르고 있다.

사랑과 미움

질투

애착의 반대편에는 질투가 있다. 현지에서 부딪치는 까다로운 문제 가운데 하나가 바로 이것이다. 때로는 자기도 설명하기 힘든 대립감정의 저변을 형성해서 협조를 어렵게 하는 경우가 종종 있었다. 일본에서 건너온 일손들도 이에 휘둘렸다. 보통 파키스탄과 아프가니스탄, 파슈툰 출신자와 카불 출신자, 파슈툰인과 펀잡인, 기독교도와 이슬람교도, 외국인 세력과 현지 세력 사이에 편가르기가 있었고, 이들 범주가 이중삼중으로 겹쳐져 때와 장소에 따라 사람들은 결속과 대립을 반복했다.

나는 아무것도 모르는 이방인처럼 행동했다. '사람은 좋지만 쉽게 잊어버리는 일본인'이란 이미지로 밀어붙여 늘 초연하게 이들 범주를 무시하고 행동할 수 있는 유리한 위치에 있었다. 대립의 틈바구니에서 입장이 곤란해지면 때로는 일부러 모른 체하면서 어느 편에도 서지 않았다. 그렇게 해야만 내 존재는 서로 대립하는 사람들을 이어주는 끈으로서 큰 의미를 가질 수 있었다. 또 그와는 반대로 일종의 완충지대로서, 나를 매개로 양보와 협력도 이끌어 낼 수 있었던 것이다. 나 스스로가 모자라고 건망증이 심한 인간임을 잘 알고 있지만, 그것이 현지에서 그렇게 남을 위해 유용하게 쓰이리라고는 상상도 못했다. 속담에도 있지만, 참으로 '바보와 가위는 쓰기 나름'이었던 것이다. 좀 더 수준 높게 표현한다면 '나는 보잘 것 없지만 나의 사용주는 하늘이로다.'라고나 할까? 결국 이 말은 진리였던 것이다.

그러나 무엇보다도 곤란했던 것은 이상과 같은 집단끼리의 적의나 질투, 대립이 아니라, 보다 개인적인 것이었다. 이는 내가 생각지도 못했던 것으로, 예컨대 나를 과대평가하여 나를 깊이 신뢰하던 샤와리는 내가 사이좋게 지내라고 부탁한 야코브와 친하게 지내는 것을 꺼렸다. '나카무라 선생님의 마음이 나를 떠난 것이 아닌가?' 하고, 마치 흔들리는 소녀의 마음처럼 어린애 같은 질투에 휩싸이는 것이었다. 한편 파키스탄 쪽에서는 페샤와르 미션병원 나병병동에서 오랫동안 얼굴을 맞대온 직원들과 환자들이 내가 아프간인들과 사이가 좋아지는 것을 선호하지 않았다. 그들 중에는 '아프간인 의사 샤와리가 우리들의 선생님을 빼앗아 갔다'며 원망을 하는 사람도 있었다. 또 일본에서 온 간호사들이 현지 적응을 잘 하도록 신경을 쓰느라 JAMS 직원들과 만나는 일이 줄어들자 그들은 간호사들을 차갑게 대했다. 심지어 간호사들은 "나카무라 선생님을 돌려 달라."는 말을 듣기도 했다.

그렇기는 했어도 그것이 현지 분위기였고, 그만큼 정이 많다는 것을 반증하는 것이기도 했다. 물론 개개인의 성격 때문이기도 하지만 말이다.

모든 과거(?)를 용서한다

어느 날 나는 파키스탄인 친구에게서 갑자기 "중요한 이야기가 있으니까 꼭……."이라는 말을 듣고 그를 만나러 나갔다. 그 사람은 와지리스탄이라는 북서변경주 남부 출신으로, 파키스탄보다도 아프가니스탄 측에 강한 소속감을 가지고 있었다. 아프간 전쟁 중에는 스스로 지원해서 지하드(聖戰)를 위해 싸운 경력이 있는 용감한 사람이었다. 모두들 그 사람을 '와지리스탄의 모세'라고 부르며 사랑과 존경을 보냈다. 전형적인 파슈툰족으로 호인이며 의리도 있었지만, 이야기에 열중하게 되면 '대 중앙아시아주의'를 떠벌이면서 '유라시아의 고동치는 역사적 활력, 중앙아시아'를 신물이 날만큼 들려주곤 했다.

내가 나가자 그가 겸연쩍은 듯 띄엄띄엄 말을 꺼냈다. 호방하고 덩치가 큰 사람이 섬세한 마음결을 보이는 것이 어쩐지 좀 어울리지 않았지만, 이는 파슈툰족 사람들의 일반적인 모습이었다.

"일본인 사진가 K씨를 아십니까?"

"알고 있네. 몇 번인가 집에도 온 적이 있는데, 왜 그러지?"

"제가 K의 모든 과거를 용서한다고 전해 주셨으면 해서요."

나는 깜짝 놀라서 물었다.

"무슨 삼각관계라도 있었나? 페샤와르에서 자네와 그런 사이였는지는 몰랐네. 게다가 무엇보다도 자넨 처자가 있는 몸이 아닌가? 하기야 나도 남잔데 자네 마음을 모르는 건 아닐세. 쓸데없는 소린 하지 않을 테니까 좀 더 소상히 사정을 설명해 보게."

K씨는 당시 아프간 전쟁 취재차 자주 국경을 넘나들고 있었고, 그래서 여러 파의 게릴라들과 가깝다는 것은 알고 있었다. 가히

순회 진료를 가는 중 JAMS 직원들이 강가에서 예배를 드리는 모습

여걸이라 할 만했다. 남녀가 유별한 풍습을 가진 땅에서 오해가 생길 수도 있다고는 생각하고 있었으나, 가까운 사람한테서 이렇게 빨리 이런 이야기를 듣게 되리라고는 전혀 생각지도 못했다.

"자네 친구로서 상담에 응할 테니 우선 처음 사귈 때부터 애기해보게."

"당치도 않습니다. 가까워지길 원하기에 이렇게 부탁하고 있는 겁니다."

"뭐라고? 그럼 모든 과거를 용서한다는 건 무슨 뜻이지?"

"실은 그녀가 이란인 친구와 술을 마시며 웃고 이야기하고, 다른 아프간인 남자들과도 친한 듯이 대화하는 것을 직접 목격했었거든요."

"난 또 뭐라고, 겨우 그것뿐인가?"

"그것뿐인가?라니요. 선생님, 전 아주 심각한 애길 하고 있단 말입니다. 분명 그 여잔 남자랑 친한 사이였어요. 그렇게 웃으면서 저와 얘기를 나눠놓고는, 몇 달 전부터 정말 아무런 소식이 없는 거예요."

"그녀도 바쁜 때문이 아닐까? 페샤와르에 오게 되면 또 만날 수 있겠지."

"아뇨. 그녀는 제게 호의를 보이면서 다른 남자들과도 가까이 지낸 겁니다. 저는 진지하게 생각했습니다. 그녀가 부도덕하다고 말입니다. 이슬람교도로서 용서할 수 없다는 마음과, 부질없는 인간의 마음이 제 안에서 싸우고 있었습니다. 그러나 애정은 애정입니다."

그 다음은 괴로운 사랑의 하소연이 반복될 뿐이었다. 그의 마음속에서 결국 K씨는 카르멘이고 자기는 그녀에게 희롱당하는 사랑의 노예라는 것이었다. 약도 없었다. 나는 인내심을 가지고 들어주는 척하면서 한 귀로 흘리고는, "마음만은 전하겠네."라고 약속하고 헤어졌다.

오해

외국 여자가 현지 사람과 만날 때, 이런 문제는 드문 일이 아니었다. 외국 여자들이 전혀 의식하지 못하는 부드러운 태도가 어떤 오해를 불러일으키는 것이다. 일 년 전에도 페샤와르에서 그런 일이 있었다. 고급 호텔 펄 콘티넨털에서 영국 여성을 유괴하려다 미수에 그친 사건이었다. 요란한 총격전 끝에 경관 몇 명이 다치고, 범인은 도주했다. 이 사건은 풀장에서 우연히 젊은 영국 미녀에게 반한 파슈툰족 남자가 몇 차례 말을 걸다가 거절당하자, 분에 못 이겨 납치를 하려고 했던 것이다. 그 여자도 중상을 입고 결국 본국으로 돌아갔는데, 완전히 일방적인 연애감정으로 일방적인 표현을 한 꼴이었다. 이 영국 여자의 경우는 아니나 다를까 평소부터 화려하고 눈에 띄는 행동을 많이 해서, 페샤와르에 살고 있는 영국인들 사이에서는 걱정하는 목소리가 높았다는 것이다.(덧붙여서 말하자면 그 후 사건은 불문에 부쳐졌다.)

외국인의 경우에는 이렇게 신문 지면을 달구지만, 상대가 아프간인이나 파키스탄인인 경우에는 거의 소문만으로 끝나는 일이 많다. 현지에서는 소위 '약탈결혼'이란 것이 아직 존재하고 있다. 극히 최근에도 사건과 아무런 관계가 없는 페샤와르 시민이 길을 가던 중에 인질로 납치되어, 범인이 관련여성의 인도를 요구하는 사건도 있었다고 들었다. 페샤와르의 카이버 자치구에서 가까운 보트라는 아프간 난민 시장에서 젊은 파키스탄인 여성들이 사라지는 사건은 몇 번이나 있었다.

이것은 남녀 문제지만, 막다른 골목에 서면 극단적인 행동을 하는 것은 드문 일이 아니며, 그 이면에는 강한 질투심이 있었다. 내 친구 경우도 예외는 아니었다.

일 년 후에 K씨를 만났을 때 일단 그 친구 마음을 전하고 "조심하세요."라고 했으나, "모든 것을 용서한다."는 파슈툰족 친구의 한결같은 마음은 안쓰럽기도 했다. 그것이 남자 마음에 본래부터 전해오는 본능적인 것인지, 내가 현지 기풍에 너무 익숙해진 탓인지는 나도 잘 모르겠다. 하여튼 나는 이 한결같은 마음을 가진 순진한 남자들에게 도덕적인 견지에서 돌을 던질 마음도 없고, 그럴 자격은 더군다나 없다.

훗날 일본에서 이 이야기를 했더니, 한 여성이 불쾌하다는 듯이 그 자리에서 바로 말했다.

"어머, 그런 무책임한……. 그 남자는 현지에선 보기 드문 착한 사람이라고 생각했는데. 그렇다면 부인이 너무 가엽잖아요. 여자는 가축이 아니란 말예요."

당연한 반응이었다. 나도 당연하게 맞장구를 쳤다.

"누가 아니래. 그것도 안타까운 일이지. K씨에게도 빈틈이 있었겠지만 그녀석이 나빠."

그렇게 말하고 나자, 어쩐지 그 '와지리스탄의 모세'에게 미안한 생각이 들었고, 찜찜하여 뒷맛이 개운치 못함을 느꼈다.

페샤와르회

나를 감싸준 사람들

JAMS(일본-아프간 의료서비스) 개설은 이렇게 다방면에 영향을 미쳤다. 내가 소속되어 있었던 JOCS(일본기독교 해외의료협력회)에서는 '의사 나카무라의 지나친 행동'에 대해 찬반양론이 일었다. 분명 JOCS 규정을 벗어나는 예외적인 일들이 너무 많았기 때문에, 나는 '페샤와르 문제'로 인해 JOCS 내부에 불화가 일어날 것을 염려하여, 2기에 걸친 6년간의 JOCS 현지 근무를 마치고 1990년 6월 스스로 물러났다.

10년 전 이야기를 다시 하고 싶지는 않지만, 페샤와르회의 자세를 명백히 하기 위해 여기서 언급해 두고자 한다.

가장 큰 쟁점은 '상대국 파트너를 기독교단체로 한정하고, 물자나 돈을 보내지 않으며, 인력만을 파견한다.'는 JOCS 기본방침을 위반했다는 것이고, 동시에 JAMS가 일본대사관의 지원(대사관 무상공여자금)을 받은 것이 '정치성이 있는 정부 외무성자금을 이용했다.'는 비난을 받았다. 나에 대한 탄핵결의안까지 제출하고, 아내가 기독교인이 아닌 것까지 거론하였다. '평소 언행이 우리 신앙과 이질적인 부분이 있다.'고 지적하는 사람도 있었다. 우쟈가 원장과의 불협화음도 '의사 나카무라의 성격적 문제에 기인하는 바가 크다.'고까지 비난을 당했던 것이다.

아무리 그래도 그때는 통신사정이 나빴다. 물론 팩스 따위도 없었고, 전화도 전신전화국에서 몇 시간이나 줄을 서서 기다려 2~3분 통화할 수 있으면 그나마 다행이었다. 편지는 반이나 도착하면 성적이 좋은 편이었다. 다분히 의사소통 부족으로 '귀국해서 사정을 이야기하면 웃고 넘어가겠지'라고 체념한 것도 있었다. 결정적인 것은 페샤와르의 모델캠프만을 본 JOCS 이사가 '아프간 난민은 통통하게 살이 찌고, 캠프에서는 육류배급까지 할 정도(동 25년사 자료)'라고 보고했던 것이었다. 나를 탄핵하는 것은 참을 수있으나 아프간 난민에 대한 말은 너무 경솔했다. '그래서 의미가 없다는 거야? 실정을 들어 보려고도 하지 않으면서…….'라고 생각했다. 고작해야 거기까지가 한계였다.

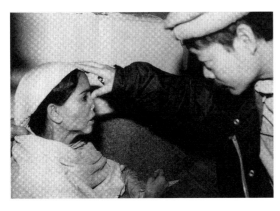

나병 환자를 진료하는
나카무라 선생

'대사관 무상공여자금'만 하더라도, 이는 현지 양심적인 NGO에게 주는 일종의 장려금으로, ODA(공적원조)와는 성질이 다른 것이었다. 1989년에 일본대사관이 JAMS에게 호의적 차원에서 차량 3대를 야외업무용으로 제공했다. 지프 3대를 제공하는 정도를 가지고 떠들썩하게 화제가 되는데, 현지의 복잡 미묘한 정세를 보고하면 할수록 오해가 깊어질 것 같아서, 스스로 JOCS를 사퇴하였다. 그리고 소속을 큐슈의 병원으로 옮겨 활동을 계속했다. 신경써야할 일이 너무나 많아 그런 논객들을 상대할 여유가 거의 없었다. 현지에서라면 몰라도 딴 곳도 아닌 일본에서 '사상적 신념이나 종교를 초월할 것'을 새삼스럽게 강조했다는 사실은 참으로 웃지 못 할 일이다.

오히려 나를 감싸준 다른 JOCS 이사들이 고마워 나는 아무 말도 하지 않았다. 끓어오르는 심정을 토로하려고 할 때, 당시 '파키스탄 위원회'를 맡고 있던 의사 이토오 쿠니유키씨가 보내준 편지가 내게 위안을 주었다.

'나도 찾아오는 인적 없는 네팔 산골에서 6년을 지낸 경험이 있습니다. 이해를 받지 못하고, 우울함을 떨치려 위스키 한 병을 밤새 비웠던 일도 있었습니다. 그런 나의 말을 조언이라 생각하고 들어 주십시오. 이럴 때 해야 할 일은 결코 힘을 주어 남에게 화살을 쏘는 것이 아닙니다. 당신이 현지에서 상대했던 사람들을 잊어버리고, 당신이 사명이라고 생각했던 일에 대해 그 뜻을 손상시켜서는 안 됩니다.'(1988년 이토오씨 편지에서)

이 이토오씨도 그로부터 5년 뒤 돌아가셨다. 이사회 멤버 중에는 이와 비슷한 인물들도 많이 있었던 것이다. 인간의 대립과 투쟁과 유혈의 현실을 보고 온 나는, 그 머나먼 페샤와르에서 '평화로운 일본'을 진심으로 동경하였다. 종교전쟁에도 종교재판에도 진저리가 나 있었다. 도대체가 다른 사람의 신앙까지 꼬치꼬치 캐내 털 필요는 없는 것이었다. 가난한 종교인 한 명을 대상으로, 여럿이 달려들어 어두운 곳에서 이단을 심문하는 정신 구조야말로 나에게는 이질적인 것이었다. 그리고 사실은 오해도 비난도 그에 대한 자기 자신의 반론조차도 어쩐지 인간 본성의 악한 단면을 보는 것 같아 슬펐던 것이다.

소외감

1990년 6월, 7년 만에 보는 일본의 초여름은 싱그러운 녹음으로 눈이 부셨다. 어제까지 내가 바라보던 황량한 다갈색 암석사막에 비해 아기자기한 자연이 촉촉하게 야산과 집 주위를 둘러싸고 있었다. 들풀과 나무들도 종류가 많은 풍요로운 땅이었다. 옛날에는 울적하게만 느껴졌던 장맛비조차, 몸에 스며드는 듯한 안도감을 주었다. 그러나 분주하게 돌아가는 세상의 모습, 즉 생존을 위한 각박함은 어디나 할 것 없이 마찬가지였다.

JOCS를 사퇴하고 후쿠오카의 큰 병원에 한때 적을 두고 있었지만 개운치가 못했다. 원장님이나 많은 동료들이 너그럽게 대해주었음에도 불구하고 일본과 현지를 왕래하는 생활은 일본에 있을 때 심한 정신적 압박감으로 작용했다. 이는 다분히 자격지심으로 '공밥을 먹고 있다'는 느낌을 버릴 수가 없었다.

가난한 놈 자식만 주렁주렁이라더니, 다섯이나 되는 식구들이 처가로 들어가 가까스로 거처를 마련하기는 했지만, 네 평짜리 방 하나로는 비좁은데다가 내 체면 또한 말이 아니었다. 은행에서 대출을 받아 장인·장모가 거처할 집을 짓고 본채를 얻었다. 제아무리 밖에서 허세를 부려본들 일가친척들 사이에서 능력 없는 놈이란 소리를 듣게 되면 남자로서는 괴로운 일이다. 게다가 역시 은행은 은행이라서 고리로 대출을 해준 것임에는 틀림이 없는지라, 주택대출자금 상환 금액을 보고는 놀라서 입을 다물 수가 없었다.

거기에다가 최후의 일격을 가하듯 "우리는 병원에서 일하느라 아침부터 밤까지 정신이 없는데 자네는 좋아하는 일만 하고 있으니 팔자가 좋군."이라든지, "제멋대로 하고 싶어 고생을 사서 하는 거지"라며 빈정거리는 소리를 들을 때는 화가 나기도 했다. 일본에 적응하기까지는 시간이 걸렸다.

현지 실정에 관심도 없는 사람들에게 아무리 떠들어댄들 이해해줄 리가 없었다. 일본열도는 밀폐된 세계다. 아무리 정보화되고 아무리 국제화가 되더라도 이 좁은 세상에 역행하는 것은 보통일이 아니다. 정면으로 상대하는 것이 아니라 서서히 솜으로 목을 조여 오듯 포위하고 소외감을 느끼도록 공격한다. 이것은 지극히 일본다운 것이다. 파키스탄에서 내게 겨누어진 총부리 쪽이 그래도 알기도 쉽고 대처하기가 훨씬 쉬웠다.

1991년 1월, 페샤와르로 돌아가기 며칠 전에 걸프 전쟁이 발발했다. 일본에서는 거국적으로 '야만적인 이슬람 대 민주주의'라는 공식 이미지가 횡행하고 있었다. CNN을 통해 전해진 서방 측 견해가 별다른 비판도 없이 받아들여지고 있었다. 미군이 이라크를 폭격하기 시작했을 때, 젊은 의사들은 TV에서 눈을 떼지 못했다. 마치 TV로 컴퓨터게임을 보고 있는 것 같았다. 이렇게 말하는 사람도 있었다.

"음, 힘도 없는 주제에 잘난 척 허세를 부리기 때문이야. 이슬람 놈들……."

꼴좋다, 맛 좀 봐라, 라고 말하는 것 같았다. 나는 최첨단 폭탄이 얼마나 엄청난 위력을 가지고 있는지 조금은 알고 있었다. 영상으로 비쳐지는 불꽃처럼 무수한 섬광 아래서 어떤 일이 벌어지고 있는지 알고 있었기 때문에 전율하지 않을 수 없었다. 게다가 대적할 자가 없는 일방적인 게임이었다. 집단을 이루면 세상을 등에 업고 기고만장해져서 약한 자를 감싸는 의협심 따위 없어지는 것일까? 정녕 이 사람들이 나와 같은 일본인이란 말인가? 하고 생각하니, 한심스러워서 항변하는 것조차 덧없이 여겨졌다. 이런 사람들과 함께 있으면 제 명에 못 죽겠다고 생각한 나는 병원을 떠날 결심을 했다.

그 다음날 열차에서 내리자 역 광장에 사람들이 모여 있었다. 보니까 쉰 살쯤 되어 보이는 부랑자가 고교생 수십 명으로부터 놀림을 당하고 있었다. 분명 행색이 좀 남루하기는 했지만 선한 얼굴을 하고 있었다. 상당히 화가 난 듯 뭔가 큰 소리로 고함을 치고 있었다. 그러자 고교생들은 그것을 또 재미있어하며 모두가 떠들썩했다. 남의 일이라 생각할 수 없어서 고교생 가운데 하나를 끌어냈더니 지극히 얌전해 보이는 평범한 학생이었다. 혼내주려 했지만 왠지 서글픈 생각이 들어 그만뒀다. 집에 돌아와서 씩씩거리며 아내에게 말했더니 도리어 이렇게 대답하였다.

"여보, 요즘 아이들은 흉악해요. 주의를 주면 흉기로 찌르기도 하나 봐요. 웬만하면 끼어들지 않는 게 좋대요."

이래가지고서야 세상을 냉소하는 인간이 되지 않는 것이 오히려 이상했다. 그렇구나, 나도 그 일과 무관한 인간이 됨으로써 세상의 일원이 되어가는 것이구나. 거부하면 부랑자가 되는 거로구나, 하고 깨달았다. 참으로 맥 빠진 나라다.

나는 불량환자였던 물리치료사 쿠르반을 다시 생각하고 있었다.

나는 결국 옛날에 근무했던 뇌외과병원으로 흘러들어 갔는데, 의외로 따뜻하게 맞아 주었다. 마음의 각오를 단단히 하고 고개를 숙이러 갔을 때의 일이 아직도 생생하다. 구걸하는 거지 심정이었다.

"10년 전 기술밖에 아는 게 없습니다. 아무 쓸모도 없겠지만, 하다못해 뭔가 도울 수 있는 일이라도 있다면……."

내가 말하자 원장은 바로 이렇게 대답했다.

"쓸 만한 놈이라면 많이 있습니다. 돈만 주면 그런 사람들은 옵니다. 오히려 쓸모가 없는 사람을 원해요. 정신적인 안정을 줄 수 있는 사람이 필요합니다."

이 말은 평생 잊을 수 없을 것이다. 나는 다음 말을 이을 수가 없었다. 내 책상도 명함도 그대로였다. 마치 '언제가 됐든 기다릴게요.'라고 자연스럽게 손을 내밀고 있는 듯했다. 더욱이 폐를 끼쳤으면 끼쳤지 호의에 보답할 아무것도 갖고 있지 않음을 잘 알면서도 말이다. 이후로는 그저 오로지 그 인정에 기대어 살아 왔다. 저 잘난 논쟁만 판을 치고, 알맹이 없는 세상을 보아온 나는 문자 그대로 구원을 받은 셈이었다.

실제로 이와 같은 버팀돌이 내 뒤에 있었기 때문에 이후 활동을 계속할 수 있었던 것이다. 나는 한층 더 고집스럽게 달콤한 말을 믿지 않게 되었고, 세간에서 말하는 시시비비와 선악에 좌우되지 않으려 조심하게 되었으며, 새로운 유행을 좇거나 받아들이지 않게 되었다.

페샤와르회의 이념과 조직

1983년 9월 발족 당시부터 페샤와르회는 서로 다른 직업을 가진 사람들이 모여서 만든 자원 봉사 단체다. 뜻있는 사무국원들이 각자 직업을 가지고 있으면서 보수도 없이 일주일에 한 번 모여서 살림을 꾸려가고 있었다. 운영비는 회원들 회비와 기부금에 전면적으로 의존했다. 회원층은 주부, 학생부터 교육관계자, 의료관계자, 공무원, 회사경영자, 기독교관계자, 불교관계자 등 다양했다. 페샤와르 현지와 마찬가지로 '사회적 입장이나 종교, 신념을 초월하여 협력한다.'는 것이 대원칙이었다. 이 기본적인 스타일은 과거 15년 동안 거의 변하지 않았다.

그렇지만 JAMS 발족은 더 많은 활동을 예측케 하고, 또 내가 JOCS를 사임함으로 페샤와르회도 전환점에 다다랐음을 느끼고 대응을 서둘렀다. 처리해야할 사무가 많아져서 주 1회의 모임만으로는 따라갈 수가 없게 되었다. 사에키씨 이하 장부담당자는 주말에도 사무국에 모여 일을 처리했다. 후쿠오카에 있는 작은 출판사는 페샤와르회에 대한 홍보활동을 해 주었다. 커져만 가는 지원금을 마련해야 했는데, 나중에는 약 30%를 우정성과 외무성 보조에 의지하다가, 카지하라씨 이하 회계담당자들이 철야로 서류를 작성하기도 했다. 이리하여 우리들 나름대로 '기능화'가 진척되었다. 나는 앞서 말한 뇌외과병원에 소속되어 '해외출장' 명목으로 현지에 정기적으로 머무르면서 비교적 자유롭게 활동할 수 있도록 배려를 해 주었다.

이상하다면 이상한 일이었다. 대다수 회원들은 '국제화'니 '자원봉사'니 하는 시류에 영합하는 말들을 싫어하는 사람들이었다. '정식 법인조직으로⋯⋯.'라는 말도 나오긴 했지만, '성가시다. 좋아서 하는 일에 명분 따윈 필요 없다.'고 생각하는 사람이 많았다. 굳이 유급직원이라고 할 수 있는 사람은 현지 직원들 정도였고, 많은 회원들은 '법인화하면 조직을 유지하는 데 신경을 뺏기게 되고, 유급직원을 두게 되면 다른 사람들 의욕이 꺾일 것이다. 마이너스적인 요소가 많다.'고 생각하고 있었다.

사실 생각해보면 반드시 '페샤와르'여야만 하는 것은 아니다. 곤란을 겪고 있는 곳은 얼마든지 있었다. 그러나 추상적인 인간이 존재하지 않는 것과 마찬가지로, 추상적인 국제지원도 존재하지 않는다. 결국 이거면 됐다고 긍정적으로 생각할 수밖에 도리가 없는 것이었다.

이러한 의지가 페샤와르회를 지탱해 왔다고는 하나, 내 입장에서는 낫살 꽤나 먹은 어른이 식구들 생계를 의존하고 있다는 사실에 마음이 켕겼다. 나는 아마 골수까지 일본인이기 때문에, 은혜니 의리니 하는 케케묵은 관념으로부터 벗어날 수 없는가 보다. 보답하지 못한 은혜가 때로는 부담이 되기도 한다. 내가 소속된 뇌외과병원 원장에게 진지하게 퇴직을 신청하려고 한 적도 있었다. 그래서 조심스럽게 물어 보았다.

"선생님 호의가 있는 동안은 괜찮겠지만, 실례지만 선생님이 돌아가신 뒤에는……. 곁다리로 할 수도 없는 노릇이고……."

"다른 일과 겸한들 뭐가 나쁘단 말인가? 그건 내가 죽고 나서 생각하게. 내가 안타까워하는 것은 선생을 곁에 두는 것이 남들로부터 마치 자기선전을 위한 것처럼 여겨지는 것뿐일세."

페샤와르회의 이념이나 방침에 대해서 대외적으로는 '어떠어떠하다.'라고 말하기도 하지만 실제로 나는 진정한 페샤와르회 정신에 대해서 제대로 표현할 만한 능력이 없다. '양심'이라고 표현할수는 있겠지만 어딘가 다른 것 같고, 하물며 '인류애' 같은 거창한 말은 비위에 맞지 않았다. 농담이 통하는 사람에게는 '무사상, 무절조, 무필요의 3무주의야'라는 식으로 얼버무렸는데, 의외로 이것이 통했다. 굳이 말하자면 '사상과 신념에 얽매이지 말고 깨끗한 돈이라고 생각되면 누구한테라도 기부를 받고, 더러는 시행착오를 하는 헛수고도 두려워하지 않는다. 페샤와르 사업에 동참하는 사람들은 모두 바보다. 이해타산에 밝은 약삭빠른 놈들만 있으면 세상이 재미가 없다. 바보도 때로는 세상에 맛을 더하는 양념이 되기도 한다.'는 것이다. 이것을 미사여구로 화려하게 표현하지 못 할 것은 없지만, '그럴듯한 말을 하는 놈치고 변변한 놈이 없다.'는 것도 맞는 말로, 우리는 '종이비행기를 태우는 말 따위는 삼가고, 입으로가 아니라 실천으로 승부한다.'라고 암묵적으로 합의하였다. 이것을 적당주의로 볼 것인지, 솔직한 태도로 볼 것인지는 자유이다.

여하튼 그때는 NGO(비정부조직), 또는 NPO(비영리조직)라는 말조차 없을 때였다. 국제화를 외치기 시작했을 때만 해도 실제로 개발도상국에서 자기들만의 프로젝트를 가지고, 직접 전선으로 나가서 일했던 단체는 거의 없었던 것으로 생각한다.

페샤와르회의 지원 능력은 JAMS 발족을 계기로 급속히 증가하여, 뒤에 언급하게 될 난민귀환이 시작된 1992년도에 연간 경상비가 6천만 엔을 넘었고, 1996년에는 설비투자를 포함하여 1억 엔에 육박했다. ODA(공적원조)에 비하면 보잘 것 없었지만, 그 70% 이상을 모금으로 충당하고, 사무국 운영비는 사무실 임대료와 일 년에 네 번 나오는 회보 발행비용 정도로, 연간 경상비의 95%를 현지 프로젝트에 지원하고 있었다.

그런데 페샤와르 현지의 중요한 전환기를 맞아 페샤와르회에도 문제가 생겼다. 1992년 12월 8일, 대학시절부터 친구이면서 발족 이래 페샤와르회 사무국장을 지낸 의사 사토오 유우지씨가 암으로 사망했다. 때를 전후해서 JOCS 시절부터 나를 지지해준 구세군 부스기념병원의 나가사키 타로오 원장, 전 JOCS의 총 주사 나라 죠오고로씨, 전 이사 이토오 쿠니유키씨, 후쿠오카등산회 회장

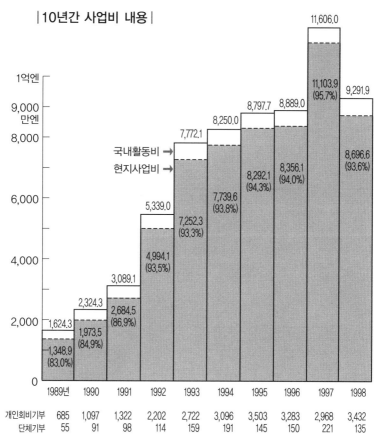

|10년간 사업비 내용|

1억엔

9,000
만엔

8,000

국내활동비 →
현지사업비 →

6,000

4,000

2,000

0

11,606.0

11,103.9
(95.7%)

9,291.9

8,797.7

8,889.0

8,250.0

7,772.1

8,696.6
(93.6%)

5,339.0

8,356.1
(94.0%)

8,292.1
(94.3%)

7,739.6
(93.8%)

7,252.3
(93.3%)

4,994.1
(93.5%)

3,089.1

2,324.3

2,684.5
(86.9%)

1,624.3

1,973.5
(84.9%)

1,348.9
(83.0%)

	1989년	1990	1991	1992	1993	1994	1995	1996	1997	1998
개인회비기부	685	1,097	1,322	2,202	2,722	3,096	3,503	3,283	2,968	3,432
단체기부	55	91	98	114	159	191	145	150	221	135

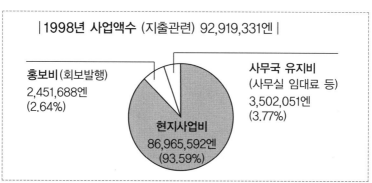

|1998년 사업액수 (지출관련) 92,919,331엔|

홍보비 (회보발행)
2,451,688엔
(2.64%)

사무국 유지비
(사무실 임대료 등)
3,502,051엔
(3.77%)

현지사업비
86,965,592엔
(93.59%)

＊1997년과 1998년에는 통상의 예산과는 별도로 PMS병원 건설을 위한 예산 약 7천만 엔이 포함되어 있음

신가이 이사오씨가 사망했다.

그러나 페샤와르회 사무국은 의사 무라카미 마사루씨를 신 사무국장으로 맞아 규모를 착실히 확대해 나갔다. 1999년 7월 현재, 회원 수 4천 명에, 설비투자를 포함한 연간 예산은 1억 엔을 넘고 있다. 그러는 동안 일본에도 국제화의 붐이 일었고, 거품경기와 불황 등 나름대로 변동이 있었지만, 페샤와르회에는 거의 영향을 미치지 않았다.

현지 활동은 실제로 이들 회원들의 대가 없는 사랑에 의해 유지되고 있었던 것이다.

JAMS의 팽창과 괴리

그런데 현지에서는 소련군이 철수한 이후에도 내전이 진정되지 않고 도리어 격화되었다. 1988년 이래 페샤와르로 몰려든 국제단체는 1990년에 철수하기 시작하여, 1991년 1월 걸프 전쟁이 발발하자 일제히 철수해 버렸다. 그 일부는 아프가니스탄 잘랄라바드로 옮겼지만 사실상 폐쇄되어 움직일 수가 없었다. 어떤 단체는 오히려 난민에게 습격을 당하기도 했고, 페샤와르의 UNHCR(유엔난민고등판무관사무소)에 누군가 폭탄을 던지기도 했다. 이러한 와중에서도 페샤와르회의 지원을 받은 '산촌지역 무의지구 진료계획'은 각국의 철수에 역행이라도 하듯 진행을 계속하였다.

1992년 4월, 나지불라 사회주의정권이 무너졌다. 나지불라 수상은 출국 직전에 비행장에서 체포되어 UN의 감시 하에 유폐되었다. 지방에 뿌리를 내리고 있던 반정부 게릴라 세력은 권력을 잡으려고 일거에 수도로 모여들었고, 그 결과 지방에서는 전통적 자치체제가 부활했다. 난민들은 이와 같은 사정을 잘 알고 있었기 때문에 1992년 5월부터 폭발적으로 귀향하기 시작하였다. 이후 같은 해 12월까지 약 200만 명이 고향으로 돌아갔다.

1991년 12월, 아프가니스탄 국내에 다라에눌 진료소를 개설할 때 JAMS 직원은 총 50여 명이었다. 1992년 우리도 물밀듯이 밀려오는 귀환난민과 함께 아프가니스탄 국내로 들어갔다. 그리고 차례로 JAMS 진료소를 개설하였다. 같은 해 10월에 다라에피치에 진료소를 열고, 다음에는 상류지역에 있는 누리스탄에 진료소를 열 계획이었다. JAMS 인원은 1993년 말까지 18명이 늘어 1995년에는 100명을 넘어섰다.

그러나 의료진 절반을 진료소에 내준 페샤와르 기지병원은 질

다라에눌 진료소에서
줄을 서서 기다리는
사람들

과 양 모두 능력이 저하되었다. X선 촬영시설이나 검사장비도 많이 모자랐다. 이는 '능력 있는 인재'가 박봉의 JAMS에 정착하지 못하고 속속 국외로 망명하거나 고액의 수입을 찾아 다른 대도시로 옮겨갔기 때문이었다.

페샤와르 기지병원의 기능이 충실해지는 데 공헌한 것은 아이러니컬하게도 수도 카불의 괴멸이었다.

1992년 8월 중순, 권력의 자리를 둘러싸고 자미아트당과 헤즈볼라당 양대 세력이 격돌하여 카불 시내에 로켓포를 퍼부었다. 도시의 삼분의 일이 폐허가 됐다. 사회주의정권에서 직업을 가졌던 의사 등의 지식층과 의료관계자들은 공황상태에 빠졌다. 그들 고등교육을 받은 사람들에게 극단적인 종교주의는 견디기 힘든 것이었고, 공산주의자로 낙인찍혀 말살당하는 경우도 있었기 때문에 일제히 페샤와르로 철수하기 시작했다. 그러나 그들을 흡수할 수 있는 외국 NGO는 이미 없었기에, 잘 훈련된 의사들이 대거 JAMS에 참가했던 것이다. 카불대학 의학부 교수급이 드나들기 시작하면서 JAMS는 고급 인력이 많아졌다.

의사 샤와리는 고급 인력들을 가급적 JAMS 산하에 두고 싶어 했다. 카불을 중심으로 하는 아프가니스탄 부흥이 머잖아 시작될 텐데 그때 도움이 될 거라고 판단한 것이다. '산촌지역 무의지구 진료모델 창설'이라는 처음 목표에서 미묘한 방향전환이 일기 시작하고 있었다. 그 시점에서는 혼란 후에 곧 안정이 올 것이라고 누구나가 희망을 갖고 있었고, 이는 자연스러운 경과였는지도 모른다. 그러나 이것은 초기 페샤와르회 생각과는 활동범위를 달리하는 것이었고, 아프가니스탄 부흥이라는 회에 걸맞지 않는 프로젝트는 재정적으로도 불가능한 일이었다. 그러나 이 일에 대하여 내가 지도력을 발휘할 수 있는 기회는 차례차례로 발생하는 새로운 사태에 의해 상실되었고, 이후 여러 해 동안 기정사실을 추인하는 상태로 끌려 다니게 된다.

다라에눌 시장

3 악성말라리아와 투쟁하다

"논쟁은 신물이 날만큼 들었다.
목숨을 구하는 게 우선이다. 11월 초순까지
뿌리를 뽑아라! 현장에서 세 팀이 하루 2백 명씩
진료하면 3주일이면 끝난다. 지금 사태는 8월
이후로 증가 추세를 뻔히 알면서도 방치한
결과이지 않느냐? 여러분들은 논쟁을 하기 위해
공부했단 말인가? 역학조사나 유효약품 검토 따윈
다 쓸어 내다버려라. 서푼짜리 아카데미즘만으로
만족하는 사람들은 사라져줬으면 좋겠다.
이곳은 열대의학을 실험하거나 조사하는 곳이 아니다.
수많은 생목숨들이 죽음을 코앞에 두고 있단 말이다.
적을 앞에 두고 논쟁은 나중에 해라.
자, 서둘러라!"

한밤중에 울린 총소리

패닉

누리스탄에서 아프간 산악지대로 진출을 시작할 무렵 다라에눌 계곡에서는 위기가 생겼다. 열병에 의해 죽는 사람이 속출했던 것이다. 때문에 연일 많은 환자들이 모여들어 진료소는 완전히 패닉 상태에 빠졌다.

1993년 10월 13일, 누리스탄 서부에 대한 1차 조사를 마친 우리는 다라에눌을 지나서 귀로에 올랐다. 오전 6시에 다라에피치 진료소를 출발하여 다라에눌에 도착한 것이 오후 5시 경이었는데, 설산을 덮은 하늘이 옅은 남색으로 아름답게 변하는 가운데 새빨간 저녁놀이 걸려있었다. 먼지투성이 지프로 나선 긴 여정이었다. 모두들 배불리 먹을 수 있는 저녁을 기대했다.

"어휴, 간신히 일몰기도에 지각을 면했네."

모두 이렇게 말하며 안도하는 표정이었다. 얼마 안가 놀랄 만한 사태가 우리를 기다리고 있었는데도 아무도 눈치채지 못했다.

땅거미가 깔린 7시경, 거칠게 문을 두드리는 소리가 났다. 수위가 문을 열자 소총을 어깨에 멘 주민 수십 명이 '응급환자'라며 쏟아지듯 안으로 밀고 들어왔다. 아랫마을 하무라촌 주민들이었는데, 한 달 전부터 허리가 아팠단다. 그러니 '한 달 전에 발병한 응급환자'란 말인데……. 더욱이 다라에눌 진료소 안에서는 무기 휴대를 엄금하고 수위가 맡아두도록 되어 있었는데, 그 당시 따라온 세 명은 당당하게 소총을 등에 메고 있었다.

"우선 총을 내려놔라."

하지만 그들은 거부했다. 듣자니 최근 2주일 동안, 개설 이래로 줄곧 지켜온 규칙을 무시하고, 강압적인 태도로 밀고 들어와서 수위도 감당할 수가 없었다고 한다. 때문에 총을 들고 억지로 들어와 차례를 무시하고 진료를 받은 사람이 적지 않았다. 당연히 질서가 지켜지지 않고 있었던 것이다.

성실한 야코브가 큰소리로 직원들을 꾸짖었다. 야코브는 무력을 앞세우고 협박하는 것을 매우 싫어해서, 그 어떤 협박이라도 정면으로 맞받는 성격이었다. 게다가 동료 직원들이 그런 위협에 굴복한 것에 심히 자존심이 상했던 것이다. 뿐만 아니라 그 하무라 마을에는 내전 중 정부군에 협력한 사람이 다수 있었는데, 그 또한 나쁘게 작용했다. 야코브 자신이 하류지역 전투에서 동료를 다수 잃고 난 후 보복으로 마을주민 수십 명을 죽인 일이 있었다. 당시는 내전의 원한이 아직도 남아 있던 때였다.

야코브는 그들이 옥신각신하는 틈으로 비집고 들어가 수위를 밀쳐내더니 소총을 가진 사람을 때려눕혔다. 눈 깜짝할 사이에 일어난 일이었다. 하지만 이것은 실수였다. 이유야 어쨌든 먼저 친 것은 이쪽이었다. 불길한 움직임이 진료소 주변을 감싸고 있었다.

나는 지붕위에서 얼핏 잠이 들었는데, 간호사 아벳과 연락원 아밀이 파랗게 질려서 뛰어 올라왔다.

"선생님, 야코브를 말려 주세요. 여기선 폭력을 휘두르지 않아도 해결되는 방법이 있습니다. 야코브를 제지할 사람은 선생님밖에 없습니다."

나도 놀라서 지붕에서 내려다보니 주민 수십 명과 JAMS 직원들이 대치하고 있었고, 화가 머리끝까지 난 야코브가 상대를 두들겨 패고 있었다. 나는 지붕에서 뛰어내려 야코브를 말리고 전 직원에게 '비폭력'을 엄명했다. 야코브는 숨을 헐떡이며 흥분을 식히지 못하고 내게 화를 냈다.

"선생님, 여기는 일본이 아닙니다. 저놈들에게 기어오르게 하면 나중에 후회하게 된다니까요. 처음부터 직원들이 물러빠져서 이런 결과를 초래한 거란 말입니다. 저놈들 속성은 전쟁을 치러본 내가 잘 알아요. 이놈들이 전쟁 중에 빨갱이들과 협력해서 내 동

다라에눌 진료소
아래에 있는 시장

료를 죽였단 말입니다. 이젠 필요도 없는데 소총을 둘러메고 으스대는 꼴이라니……."

그 자리를 간신히 수습하였다. 그러나 사라져 간 주민들 눈빛은 날카로웠다. 불길한 예감이 들어 경계를 늦추지 않았으나 야밤의 어두움은 어쩐지 무시무시했다. 서산 너머로 해가 기울고 하늘가득 별이 들어찰 무렵, 직원 18명 전원이 꼼짝도 하지 않고 바깥 낌새에 귀를 세웠다.

오후 8시, 처음에는 '결혼식이라도 있는 걸까' 하고 생각했던 산발적인 총소리가 차츰 횟수를 더해 갔다. 진료소가 포위되고 있는 듯했다. 사방에서 웅성거리는 소리가 들려왔다. 그러다가 피식피식하고 흙담에 탄환이 박히는 소리가 들려왔다.

"할 테면 해보라지. 나도 수하를 모아야겠다."

야코브가 맨 먼저 용기를 내며 일어났다. 내전 당시 동료들이 주변에 많이 있었기 때문에 '도와 달라'고 부탁할 수도 있었다. 그러나 그렇게 하면 분명 총격전이 일어날 것이고 사상자가 나올 것이 뻔했다. 내전이 끝나고 얼마 지나지 않았던 시기였기에 이 정도 전투쯤은 낯선 것이 아니었다. 그러나 그것은 곧 우리의 철수, 즉 '무의지구 진료계획'의 파탄을 의미하는 것이기도 했다. 냉정을 유지하기 힘든 상황이었지만, 나는 필사적으로 저항을 제지했다.

"발포는 엄히 금한다. 호위부대를 모아서도 안 된다."

"전 직원들이 몰살당해도 말입니까?"

"그렇다. 몰살당해도 안 된다."

이 호령은 효과가 있었다. 모두 조금씩 냉정을 되찾았다. 그러면서도 내가 말리는 것에 의아해하고 있는 것 같았다. 나는 말을 이어갔다.

"우리는 사람을 죽이러 온 게 아니다. 사람의 목숨을 구하러 온 것이다. 그만한 일로 진료소를 부순다는 것은 어리석은 일이다. 총으로 사람을 위협하는 것은 비겁한 자나 하는 짓이다. 그러나 거기에 겁먹고 똑같이 총으로 대항하는 것도 겁쟁이다. 그리고 그런 겁쟁이들 때문에 피해를 입는 쪽은 죄 없는 환자들이다."

밖에서는 이쪽이 침묵하자 맥이 빠졌는지 오히려 심상치 않음을 느꼈는지 차츰 총성이 멀어졌고, 오후 아홉시 반쯤에는 조용해졌다. 나는 현지 출신 직원들에게 "내일 아침 즉각 다라에눌 계곡의 지도자 전원을 모아서 경고하되, 협조 서약을 받아라."고 지시하고 깊은 밤에 전령을 띄웠다. 그리고 이튿날은 아무 일도 없었던 것처럼 진료에 임하도록 지시하고 불을 껐다.

말라리아의 공포

그날 밤 나는 진료대장에 있는 숫자를 살펴보고 있었다. 약품창고에 많이 있던 클로로킨(항말라리아제)이 바닥나 이상하게 생각한 것이다. 숫자는 놀랄 만한 사실을 보여 주고 있었다.

다음은 검사를 통해 원충의 존재를 확인한 다라에눌 진료소만의 통계다. 이 몇 주 동안 검사실 능력의 한계도 있고 해서 숫자에

	말라리아원충 양성자	악성 말라리아
6월 1일~30일	114명	0명 (0%)
7월 1일~31일	94명	0명 (0%)
8월 1일~15일	117명	18명 (17%)
8월 16일~31일	264명	74명 (28%)
9월 1일~15일	327명	68명 (21%)
9월 16일~30일	171명	78명 (46%)
10월 1일~13일	203명	166명 (78%)

는 포함되지 않았지만, 오한·전율·발열 등 전형적인 증상만으로 진단하고 투약을 받은 환자만 하더라도 이 숫자의 약 9배 이상에 달했다. 예년 같았으면 여름을 지나면서 말라리아환자는 감소하기 시작하는데 좀처럼 그럴 기색이 보이지 않았다. 9월이 되어도 진정되기는커녕 더욱 증가하여 그것도 치명적인 악성 말라리아가 78%나 되었고, 전 환자의 80%를 차지하고 있었다. 하루 평균 진료환자 수는 260명으로 다라에눌 진료소의 능력을 초과하고 있었다.

게다가 값이 싼 클로로킨은 효과가 없는 듯했다. 환자가 진료를 반복하는 동안에 사망한 예도 많았다.(쇠약한 환자는 걸을 수 없었다. 하루에 오갈 수 있는 지역임에도 중증환자는 병원에 올 수 없었다.) 나는 클로로킨에 내성을 가진 열대열 말라리아(악성 말라리아)가 크게 유행하고 있는 게 아닌가 하고 의심했다.

열대열 말라리아는 보다 일반적인 삼일열 말라리아와는 달리 말라리아다운 전형적 증상을 보이지 않기 때문에 오진하는 일이 많았다. 더욱이 처음 감염된 경우는 사망률이 매우 높은데다, 귀중한 염가 말라리아약인 클로로킨에 내성을 보이는 경우가 많았다. 태평양전쟁 중 남방군도 쪽에서 사망한 일본군 절반 이상이 악성 말라리아에 의한 것이었음은 잘 알려진 사실이다. 특히 미얀마전선에서는 전투로 인한 사망자를 훨씬 웃돌았다고 한다. 현재도 전 세계에서 연간 수백만 명이 이 병으로 사망하며, 최대의 감염증이라는 사실에는 변함이 없다.

돌이켜 생각하면 난민들이 다라에눌 계곡으로 귀향한 것이 일년 육 개월 전의 일로, 1992년 5월 이후의 일이었다. 그 계곡은 물이 풍부하여 수로와 논이 빨리 복구되었다. 인구의 급격한 밀집과 논의 증가에 비례하여 말라리아를 옮기는 모기(날개에 반점이 있음.)도 늘어나면서 폭발적인 전염의 배경을 만든 것이라고 여겨졌다. '진료소 부근만 해도 이런데…….' 라고 생각하자 등골이 오싹해졌다. 진료소를 위협했던 소동의 배경에는 이러한 사태가 있었던 것이다. 이런저런 대책을 강구하고 있는 사이에 아침이 되었다.

주민들의 협력

이튿날인 10월 14일 오전 9시, 각 마을에서 촌장 약 20여 명이 찾아와서 나와 야코브를 질타했다. 그들은 진한 파슈트어 사투리로 말했다. 오해가 있어서는 안 되겠기에 나는 야코브에게 영어를 정확히 통역시켜 설명했다.

"우리는 여러분들 성의와 지도력에 중대한 의문을 갖고 있습니다. 개설 이래 직원 일동은 순수한 마음으로 아침부터 밤까지 환자들의 치료에 전념해 왔습니다. 그런데 그 대답이 어제 밤의 바로 그 사태입니다. 진료소가 필요 없다면 우리들은 즉시 이곳을 떠날 생각입니다. 사실, 어려움을 겪고 있는 곳은 아프가니스탄 전국에 셀 수 없을 만큼 많습니다. 이 진료소가 도움이 되지 않는다고 생각하는 사람은 솔직하게 이 자리에서 표명해 주십시오. 앞으로 방침을 정하겠습니다."

아니나 다를까 모두들 침묵하고 있었다.

장로인 듯한 사람이 일어나더니 온화한 표정을 지으며 어젯밤 일에 대해 사과했다.

"이번 사건은 하류지역 하무라 마을 사람들이 벌인 것으로, 다라에눌의 모든 사람들은 진료소 활동에 깊이 감사하고 있습니다. 두 번 다시 이러한 사건이 일어나지 않게 할 것을 맹세합니다. 아무쪼록 내 말을 주민 모두의 뜻으로 받아 주시기 바랍니다."

나는 애써 감정을 억누르고 말했다.

"우리가 여러분을 소집한 것은 감사의 말을 듣고자 해서가 아닙니다. 정말 우리가 필요하다면 지역 지도자로서 책임을 가져주시기 바란다는 것입니다. 특히, 지금 악성 말라리아로 인해 모두 신경이 날카로워져 있습니다. 진료소 안전을 여러분 스스로가 보증하지 않는다면 진료활동을 계속할 수가 없습니다. 입에 발린 말은 필요 없습니다. 안전대책을 구체적으로 제시해 주셨으면 합니다."

거기서 미리 준비해둔 약속조건을 제시하고, 지키지 않을 경우에는 24시간 이내에 철수할 것임을 분명히 했다. 그 내용은 누구나 납득할 수 있는 것이었다.

위대하시고 자비로우신 신의 이름으로 여기에 서약을 기록합니다.
① 앞으로는 나누어주는 번호 순서를 지켜서, 진료소 능력에 맞추어 환자수를 제한할 것.
② 응급환자 및 3시간 이상 먼 곳에서 오는 환자를 우선할 것.
③ 진료소 안에서 무기휴대는 엄금할 것.
④ 안전유지를 위해 군수 책임 하에 무장한 보초를 세울 것.
이상을 서약 · 서명한다.

각 마을 모임 대표
이슬람당 지구 대표

다음날 아침부터 더 이상 혼란은 없었다. 외래진료가 질서 정연히 이루어졌다. 뿐만 아니라 진료소 근처 주민들이 협의해서 우리에게 토지를 제공하고 영구히 사용할 것을 권해 왔다. 사실 민가를 개조한 엉성한 진료소는 마치 야전병원 같았고, 직원들도 그곳에 머무는 데는 난색을 보여, 장기간에 걸친 활동 가능성이 불투명했던 것이다.(새 진료소는 일 년 후, 일본 독지가들의 기금으로 세워졌다.) 하무라 마을 사람들은 세력이 약해지고, 다른 마을에서는 변함없이 협력하는 태도를 보였다.

혼란은 슬픈 것이었으나 진료소의 지시로 마을 지도자들을 소집할 수 있었던 것은 그만큼 다라에눌 진료소의 존재가 커졌다는 증거였다. 불상사가 있기는 했지만 주민 대다수가 진료소를 신뢰하고 있었다. 지도자들은 진료소 폐쇄로 인한 주민들 반응을 겁내고 있었다. 게다가 총을 휴대한 사람들은 용감히 저항했던 이전의 지역 반정부 게릴라가 아니라 정부군에서 전향한 사람들이 많았다. 1991년에 정부군이 계곡에서 밀려났을 때 한 무리들이 잘랄라바드나 카불로 달아났다가 그 마을로 되돌아왔다. 특히 하류지역 하무라 마을의 주민들이 그랬다. 듣기로는 야코브의 전우들도 같은 마을에서 죽임을 당했다고 했다. 지난날 용감히 싸웠던 게릴라들은 이제 농사를 짓느라 바쁘기 때문에 총을 들고 어정거릴 여유가 없었다. 무력에 의한 압력은 그 누구도 좋아하지 않았다.

그러나 그것으로 문제가 해결된 것은 아니었다. 말라리아 약이 바닥나고 있었다. 나는 즉각 페샤와르에서 가져올 것을 약속했으나, 카이버 고개가 폐쇄되었다는 소식을 듣고 예정을 하루 연기해야만 했다. 야간에 이동하는 것은 위험이 컸다.

때는 카불의 권력투쟁이 치열했던 시기였다. 헤즈볼라 당이 카불공략에 정신이 없었고, 요충지인 수로비를 공격하고 있었다.(수로비는 다라에눌에서 서쪽으로 약 50km 지점에 있었으며, 카불시 전력 공급을 한손에 쥔 수력발전소가 있었다.) 이 혼란으로 2백 명이 사망했다고 라디오방송이 전했다. 카불 전체가 암흑에 싸여 있을 것임이 뻔했다. 그날 밤 진료소 부근은 소요가 진정되면서 한숨 돌리기는 했으나, 카불에 남은 친족들 안부를 걱정하는 직원들과 이야기를 나누면서 늦게까지 라디오에 귀를 기울이고 있었다. 수로비에 폭격이 있어서 다시금 혼란스러워졌다는 소식이 전해졌다.

그날 밤은 진료소 옥상에서 잤다. 달도 없는 밤하늘에 가득한 별은 마치 플라네타륨(천체의 위치나 운동을 설명하기 위해 원구형 천정에 항성, 혹성, 태양, 달 등을 영사하는 정밀한 광학장치, 혹은 그 영상)을 연상케 했다. 힌두쿠시 산맥의 흰 눈이 주마등처럼 별빛에 떠 있었다. 수로비쪽 상공이 벌겋게 핏빛으로 물들어 있어, 폭격의 사실을 확인할 수 있었다. 필시 지옥일 것이다. 평화로운 이 계곡과는 거리가 멀었다. 라디오가 전하는 인간들 세상은 참담한 것이었다. 북방 4도(일본과 러시아간의 영유권 문제로 시끄러운 사할린 부근 4개의 섬)를 둘러싼 러·일간 힘겨루기, 소말리아의 미군 개입, 아프가니스탄의 내전……

소란스러운 일들에 진저리가 나, 불을 끄고 별빛을 만끽하면서 포근하고 행복한 잠으로 빠져들었다. 정신을 차려보니 동쪽 하늘이 밝아오고, 점차로 별의 숫자가 줄어가고 있었다. 몇 억 년이고 반복되고 있는 낮과 밤일 것이다.

사람 목숨 하나에 2,200원

말라리아를 제압하러

이리하여 우리는 다라에눌 계곡 전체와 쿠나르강변 마을 모두를 포함해서 열대열 말라리아(악성 말라리아) 환자를 수만 명으로 상정하고, 이들을 대상으로 대규모 긴급 대책을 세우는 일에 쫓기고 있었다. 마을은 이미 옥수수 수확을 마치고 가장 바쁜 벼베기 철로 들어가고 있었다. 그래서 내성이 거의 없고, 재발 위험이 적은 키니네를 주로 투약하여 치료하기로 하고, 페샤와르에서 약품을 대량 조달하여 6일 후부터 진료를 시행하기로 결정했다. 본격적으로 치료를 서두르지 않는다면 기하급수적으로 환자가 늘어나 사망률을 30%로 잡았을 때, 내년 봄까지 다라에눌 진료소 부근지역(약 10만 명)에서만도 수천 명 이상 희생자가 발생할 것으로 예상되었다.

이 예상수치에는 충분한 근거가 있었다. 클로로킨에 내성을 갖는 악성 말라리아가 주범이었으며, 그것도 처음 감염된 환자가 많았다. 일단 만성유행지역이 되어버리면 주민들 대부분이 어느 정도 저항력을 갖게 되어 사망률은 오히려 감소한다. 이런 경우 주된 희생자는 어린이들이지만, 처음 감염된 지역의 경우에는 생산인구인 청장년층에까지 감염이 파급되어 사망률이 매우 높기 때문에 농촌사회에 미치는 타격은 말할 수 없이 큰 것이었다. 더욱이 모기의 비행거리를 근거로 추정컨대, 다라에눌 계곡뿐만 아니라 진료소에 올 수 없는 강 건너편 논농사 지역(추정 수 2천 가구)에도 크게 번지고 있음이 분명했다.

인근지역을 포함해서 속히 제압하지 않으면 다가오는 겨울에는 많은 비극이 일어날 판이었다. 또한 소기 목적이었던 '난민이 귀향하기 쉬운 조건을 만드는 것'도 곤란해질 것으로 보였다. 힘겹게 돌아온 난민들이 '역시 시골은 살기 힘들다'고 생각한다면, 아직 난민캠프에 남아있던 사람들은 귀향을 꺼릴 것이다. 게다가 하루에 환자 2백 명 이상을 의사 혼자서 진찰하는 것은 무리였다. 체계가 없는 진찰과 진료로 인해서 진료소가 질적으로 저하되고 혼란에 빠지는 일도 걱정되었다. 무력을 앞세우는 사람들이 활보하게 되면 다라에눌 계곡 전체가 공포의 분위기에 빠질 것이다. 조속한 대응이 필요하다고 판단했다.

페샤와르로 돌아오는 길에 수로비로 향하는 군인들과 마주쳤다. 화물적재함에 로켓포, 군인, 민간인들을 가득 실은 토요타 소형 트럭 약 40대가 줄지어 통과했다. 카불은 여전히 전쟁 중인 듯했다. 저녁때쯤 무사히 페샤와르로 돌아올 수 있었다.

부작용은 있어도 키니네

JAMS 의사로 구성된 단체에서 키니네 사용에 대해 비용 문제와 부작용에 관해서 여러 의견이 나왔지만 논쟁을 벌일 만한 여유가 없었다. 또한 보건위생문제에 대해서는 거의 모든 외국의 NGO나 UN단체가 폐쇄되었거나 활동을 멈추고 있었기 때문에 사실상 일하는 사람이 없었다고 해도 과언이 아니었다.

'클로로킨의 내성 정도를 충분히 확인한 다음에 다른 값싼 약품과 병용요법을 검토해야 한다. 괜히 고비용 치료를 할 필요 없이 조사를 하자' 는 신중론도 나왔다.

그러나 이것이 내 신경을 건드렸다. 그때까지 나는 알맹이가 별로 없는 외국인들 프로젝트를 수없이 보아 왔다. 어쩔 수 없지 않느냐며 손쉽게 가려고만 하는 그런 프로젝트들이 못마땅했다. 그 전형적인 것이 '조사 Survey'라는 것이었는데, 영어발음이 변형되어 '살베이'라 했고, 현지인들 사이에서는 '알맹이 없는 견문'이라는 정도의 뜻으로 받아들여지고 있었다. 빈번히 국제학회를 떠들썩하게 했겠지만, 일다운 일은 무엇 하나 제대로 하는 것이 없었다. 나 또한 이 '살베이'란 것을 신뢰하지 않았다. 우리가 같은 부류로 간주되는 것도 자존심이 허락하지 않았다. 세월아 네월아, 하는 식으로 '내성 확인' 따위를 하고 있는 사이에 희생자가 나날이 증가할 것이 뻔했다. 클로로킨에 대해서는 이전부터 여러 가지 논쟁이 있었으나, 주로 비용 면에서 포기하기 어려웠고 갖가지 치료 경험도 기술되어 있었다. 그렇다면 일인당 소요되는 실제 비용을 보기로 하자.

	치료비	효과	부작용
클로로킨	18엔	거의 재발	약
클로로킨과 팬시더의 병용	45엔	다수 재발	약
키니네	220엔	재발 없음	상당히 있음
팰로판토린	750엔	재발 없음	거의 없음

다소 과격한 생각일지는 모르지만, 확실히 효과가 있는 약품을 전 환자에게 투여하여 목숨을 구하려면 비용을 고려해도 키니네 하나만을 사용하는 쪽이 낫다.(병용치료는 너무도 복잡하고 제대로 복용되지 않는 경우가 많았다.) 이 경우, 가벼운 구역질 정도의 부작용은 무시하고 사망자를 조금이라도 줄여야 한다. 적어도 치

명적인 부작용은 드물었고, 설령 있더라도 재발로 인한 사망률이
높아지는 것에 비하면 훨씬 낫다. 더 좋은 약인 팰로판토린은 상
대가 수십 명이라면 모르지만, 수만, 수십만 명에 이르면 비싸서
도저히 손이 닿지 않는다.

사태는 촌각을 다투고 있었다. 나는 좀처럼 큰소리로 명령하는
일이 없었으나, 이 때 만큼은 아마도 낯빛이 달랐을 것이다. 강한
어조로 말했다.

"논쟁은 신물이 날만큼 들었다. 목숨을 구하는 게 우선이다. 11
월 초순까지 뿌리를 뽑아라! 현장에서 세 팀이 하루 2백 명씩 진
료하면 3주일이면 끝난다. 지금 사태는 8월 이후로 증가 추세를
뻔히 알면서도 방치한 결과이지 않느냐? 여러분들은 논쟁을 하기
위해 공부했단 말인가? 역학조사나 유효약품 검토 따윈 다 쓸어
내다 버려라. 서푼짜리 아카데미즘만으로 만족하는 사람들은 사
라져 줬으면 좋겠다. 이곳은 열대의학을 실험하거나 조사하는 곳
이 아니다. 수많은 생목숨들이 죽음을 코앞에 두고 있단 말이다.
적을 앞에 두고 논쟁은 나중에 해라. 자, 서둘러라!"

현장진료를 시작하다

10월 23일에 제1진을 파견하였다.

다라에눌 계곡 대안지역은 쿠나르강을 사이에 끼고 몇 개의 작
은 분지로 이루어져 있었다. 아홉 개 마을에 약 2천 가구가 살고

있었다. 가구 수는 야코브가 말한 대로 분명 3천 가구였으나 실제로 귀향한 사람들은 약 60~70% 정도로, 수로 복구가 힘든 곳은 폐촌에 가까운 곳도 있었다.

우리는 근절 대상 지역을 넷으로 크게 나눴다.

① 쿠나르강 대안지역   9개 촌 / 2천 가구(인구 1만 명 이상)
② 카마 지구   6개 촌 / 3천 가구(인구 약 2만 명)
③ 다라에눌 상류지역   11개 촌 / 2천 5백 가구(인구 약 2만 명)
④ 다라에피치 진료소(신자이 마을)주변   3개 촌 (정보 없음)

지도를 보면 알 수 있듯이, 모두 인구가 많은데 교통이 불편하거나 가난해서 중심지까지 내려올 수 없는 지역이었다. 잘랄라바드와 챠가사라이 주변, 셰이와 등 간선도로변에 있는 시장에는 조금이나마 현금 수입이 있어서 약방이나 진료소도 적지 않게 있었다. 우리는 굳이 관여하지 않기로 했다.

다라에눌 대안지역은 대륙의 고도라 불리는 곳으로, 간선도로에서 벗어나 있었으며 사람들도 거칠었다. 카불출신 직원들이 계속 머뭇거렸기 때문에 그 지역에 대해서는 내가 직접 지휘를 하기로 했다.

예정지역은 모두 농업으로 자급자족을 하는 마을들로, 작년 5월 이후에 난민캠프 생활에서 돌아온 사람들이었다. 요컨대 굶느냐 먹느냐의 상황에서 간신히 겨울을 넘기고, 수로를 복구하는 일에 애쓰던 참에 말라리아가 덮친 것이다. 장티푸스나 이질 등 장기관 감염증의 경우는 거의 어린이가 그 희생자였다. 그러나 새로 유행하기 시작한 악성 말라리아의 경우에는, 앞서 기술한 바와 같이 생산인구인 청장년층도 쓰러져 마을 복구를 더 어렵게 만들었다. 그 중에는 폐촌에 가까운 마을도 있었고, 난민캠프로 되돌아가려고 생각하는 마을도 있었다.

10월 23일, 의사인 나, 아벳 간호사, 검사기사 두 명, 조수 세 명으로 구성한 소규모 팀이 야코브를 길잡이로 하여 마을을 방문하기 시작했다. 마을에 도착하면 우선 발열환자, 또는 1개월 이내에 열이 났던 사람들을 불러 모았다. 전형적 증상을 나타내는 환자들은 스스로가 진단을 내리고 찾아왔다.(삼일열 말라리아의 경우에는 대체로 정확했다.) 지프 한 대는 직원들, 또 한 대에는 약품을 가득 실었다. 약품을 실은 지프는 뒷문을 열면 그대로 '이동 약국'이 되었다.

모여든 환자를 정리하는 것이 큰일이었다. 그 일에는 촌장이나 젊은이들에게 협조를 구하여 남녀별로 줄을 서게 했다. 중증환자는 거의 침대에 누운 채로 옮겨 왔기 때문에 그대로 나무그늘에

지프에 약품을 실어 만든 이동 약국

| 말라리아 치료지역과 JAMS진료소 |

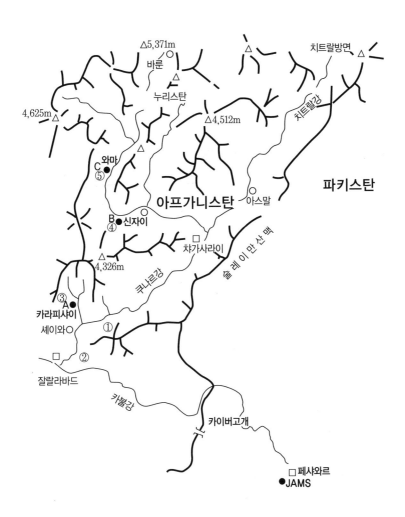

① 다라에눌 대안지역
② 카마 지구
③ 다라에눌 계곡
④ 다라에피치 상류지역
⑤ 누리스탄 · 와마지구

● JAMS진료소
A 다라에눌
B 다라에피치
C 와마

두고 진료를 했다. 이 경우는 뇌 말라리아가 많았기 때문에 즉시 응급처치를 시작해야 했다. 지금까지 키니네 정맥 링거주사로 낫지 않았던 예는 거의 없었다. 채 하루도 지나지 않아서 몰라보게 좋아졌다. 키니네로 낫지 않는다면 악성 말라리아가 아니라고까지 말할 수 있었다.

우리는 검사기사 두 명을 데리고 있었다. 검사라고는 해도 말라리아 원충의 검출과 간단한 혈액 검사밖에는 할 수 없었다. 그것도 하루 삼백 명이 한계였으며, 말라리아 증상이 분명한 환자는 하지 않고, 진단을 내리기 힘든 발열 환자만을 대상으로 했다.

치료 이틀째 이쟈즈 검사기사가 별안간 소리를 지르며 나를 불렀다.

"선생님, 하나같이 모두가 다 생생한 고리 모양을 하고 있습니다. 거의가 양성입니다."

약품이 바닥나다

이리하여 다라에눌 대안지역에서는 '의료 팀이 왔다' 는 소식이 마을마다 전해지고, 주민들은 우리를 손꼽아 기다렸다. 우리 팀 일곱 명은 이른 아침부터 해가 질 때까지 마을에서 마을로 옮겨가며 새까맣게 탄 채 일을 했다.

그런데 마지막 예정 마을이었던 살번드 마을에 도착하기 직전에 약품이 바닥났다. 30가구 정도 사는 작은 촌락이었는데 발열

자는 물론 빈사상태 환자가 여러 명 있었다. 중증환자만을 선별해서 치료하지 않을 수 없었다. 우리 팀 고충은 말로 표현하기 어려울 지경이었다. 빈사상태 환자를 눈앞에 두고, 그것도 약품만 있으면 목숨을 구할 수 있는데도 철수해야만 했다. 열 명분밖에 남지 않은 약품은 미리 중환자에게 배정해 두었다가 마을에 들어가지 않고 직접 전했다. 그 후 촌장을 불러 사정을 설명하고, 일주일 후에 반드시 올 것을 약속하고 철수했다. 그러나 그 일주일 동안 몇 명이 죽을 것인지, 우리는 뒤가 당기는 느낌을 안은 채 마을을 떠났다.

그러나 마을 사람들은 우리가 와준 것만으로도 고마워했다.

"의사들 탓이 아니다. 우리는 신께서 하시는 일을 이러쿵저러쿵 말할 만큼 믿음이 없지는 않다. 그러기는커녕 지극히 감사할 뿐이다. 이런 곳엔 아무도 찾아오지 않는다. 이런 곳에서 일해본들 그 누구의 눈에도 띄지 않는걸 뭐. 아마 당신들뿐일 거야. 하지만 우리 모두는 사실을 다 알고 있어. 누가 무엇을 했는지. 지체 높으신 양반님들이나 외국인들이 무엇을 했는지……."

페샤와르에 돌아와서 키니네가 바닥난 것을 보고하고, 즉시 대량으로 구입을 해서 나머지 살번드 마을과 다른 마을에 보내도록 요청했지만, 웬걸 이번에는 재정이 바닥이었다. 공교롭게도 당시 페샤와르회는 지원이 가장 힘겨웠던 시기여서, 긴급예산 비축분이 현지에는 없었던 것이다. 부랴부랴 일본에 연락하여 "아무튼 있는 돈 전부를 보내라"고 했다. 하지만 11월분 운영비 300만 엔도 송금하기가 힘들어 고민하고 있던 참이었고, 사무국에 있는 돈은 30만 엔 정도라고 했다.

'그 30만 엔이라도 좋으니까……' 라고 말하려다가 문득 아찔한 생각이 들었다. 무시무시한 계산을 해야만 했다. 키니네 일인분이 220엔이라고 한다면 1,300명 남짓밖에 치료할 수 없는 양이었다. 각 진료소를 다 포함하면 적어도 2만 명분을 시급히 확보하지 않으면 안 될 형편이었다. '의료는 계산이 아니다.' 라고 언제나 공언해 왔었는데 이때만큼은 '돈이 아쉽다' 고 생각했다. 동시에 이런 부조리한 상황에 빠져있는 내 처지가 원망스러웠다. 당시 일본에서는 일인당 수천만 엔, 수억 엔이나 하는 장기이식 허용 여부가 논쟁을 불러일으키고 있을 때였다.

우선 그 달의 약품지출 잔액을 말라리아에 집중하기로 하고, 1,500명분을 구입하여 제2반을 예정지구로 파견했다. 11월 초에 귀국할 예정이었기 때문에 '하다못해 다라에눌 계곡 주변만이라도 개인적으로 어떻게 해보자' 고 생각하면서, 샤와리에게 약품은 걱정 없다고 큰소리쳤지만, 내심 암담한 기분으로 페샤와르를 떠났다. 그 와중에 목숨을 잃은 사람이 있다면 그런 기분은 더했을 것이다.

실은 일본에 돌아온 이유가 어느 신문사에서 주는 시상식에 참석하기 위해서였다. 상을 주신 분 뜻에는 실례되는 말이지만 그 상금이 매력적이었다. 어쨌든 그것으로 5천 명분의 키니네를 구입할 수 있었던 것이다. 그러나 그 다음엔 어떡하지? 생각하니 자신이 없었다. 돌이켜보면 어느 정도 예상은 했지만, 과거 1년 남짓의 기간 동안 폭발적인 난민들의 귀향에 맞춰서 진료소를 차례로 개설하는 과정에서 연간 경상예산은 7천만 엔을 초과하는 액수가 되어 있었다. 그 추세라면 몇 년 지나지 않아 1억 엔이 될 판이었다. 더욱이 그 80% 이상이 모금에 의한 것이었다. 전업으로 하는 것도 아닌 민간단체 페샤와르회 사무국의 노력은 엄청난 것이었다. 말라리아 소동은 아마 나쁜 농담이나 악몽일 것이다. '에이! 사람에게 안 되는 일을 신은 무리하게 강요하지 않으시겠지' 라고 다시 생각해보고, '최악의 경우 다라에눌만큼은 빚을 내서라도 약속을 지킨 다음에 사죄하고 은퇴하자. 나병 환자들을 돌보는 일은 엄청난 장기간이 되거나 그렇지 않거나 그 중 어느 한 쪽일 테니까, 그렇지 않고 어중간하다면 틈을 봐서 폐쇄하고 철수하자' 며 절박한 심정을 안고 돌아왔다.

사람 목숨 하나에 2,200원

한편 일본에서는 송금의뢰 보고를 받기는 했지만, 이미 지원능력은 한계를 넘고 있었다. 다음번 송금조차 힘든 판이라 그 긴박함이 제대로 전해지지 못했다. 최근 1년 동안 신설된 우정성 국제 자원봉사 저금으로 부족분을 겨우 보충하고, 때로는 빚을 내어 재정을 지탱해 왔던 것이다. 아무리 그래도 없는 것은 어쩔 수가 없었던 것이다.

11월 3일, 내 시상식에 맞춰서 그 지역 신문이 '말라리아 유행' 에 대해 약간 지면을 할애하여 다루었다. 그래도 '예상 사망자가 수만 명' 이라는 사실은 숫자 단위가 너무 커서 실감이 나지 않았느지 당장의 반응은 미미했다. 나로서는 그 일이 마음에 걸려 일이 제대로 손에 잡히지 않았다. 페샤와르회 사무국 홍보담당자는 적극적으로 캠페인을 전개하여 마치 자기 일처럼 급박한 실정을 재차 보도기관에 호소하기에 바빴다.

'아프가니스탄에서 말라리아 대 유행'이라고 각 언론사가 보도를 하자 의외로 파문이 일기 시작했다. 다소 자극적이었던 것은 '사람 목숨이 220엔'이라는 머리기사였다. 때는 마침 호소카와 수상 집권기였는데, 어느 신문 사회면에 난 '수상부인, 100억 엔 자선기금 창설 호소'라는 머리기사와 대조를 이루어 인상적이었다. 처음에는 입금계좌 운용을 위해 '수만 명분의 키니네, 5백만 엔'이라고 목표액을 낮추어 잡았으나, 11월 하순에 이미 그 액수를 달성했으며, 12월로 접어들면서 더욱 증가하여 다음 해인 1994년 1월 말까지 건수로는 2천 건 이상, 액수로는 2천만 엔을 초과했다.

직장이나 학교 단위로 모금에 응해 준 곳도 적지 않았다. 페샤와르회 전화벨은 계속 울리고, 사무국원들은 직장 휴가를 쪼개서 밤낮으로 바쁜 업무를 소화해 냈다. 그 덕분에 향후 5년 동안 쓸 수 있는 '말라리아 유행병 예산'을 비축할 수 있었으며, 비상시에 대응할 수 있는 기반이 만들어졌다. 이는 5년에 걸친 우리 활동 가운데서도 하나의 기념비적인 일이었다고 생각한다. 작아지는 아프가니스탄에 대한 관심, 커지는 현지 예산과의 틈바구니에서 고생해온 사무국은 이 모금활동으로 자신감을 얻었던 것이다.

어느 기자는 이렇게 말했다.

"220엔이라는 머리기사가 충격적이었다. 내가 애호하는 담배

마일드세븐과 같은 값이 아닌가? 한 갑 피울 때마다 사람 하나를 죽이고 있는 것 같은 느낌이 들어 아낌없이 협력했다."

물론 유급 직원 하나 없이 전원 자원봉사자만으로 운영하는 사무국 전체 경상비 가운데 현지 활동비 비중이 95% 전후에 달한다는 믿기 어려운 숫자가 신뢰감을 주었고 세인들에게 좋은 인상을 주었다는 것이다. 마을 환자들과 약속을 지킬 수 있게 됨과 동시에 일본에서 페샤와르회에 대한 이해가 깊어졌다는 보너스까지 챙기며, 내 고민은 한꺼번에 날아가 버렸다. 무엇보다도 우리들 사기가 가파르게 상승했다.

낫지 못한 한 사람

한편 현지에서는 제2진이 다라에눌 지역의 가장 깊은 곳에 있는 마을까지 빠짐없이 순회진료를 실시했으며, 제3진은 1993년 11월 말까지 대안지구 나머지 살번드 마을에 대한 순회를 완료했다. 그러는 동안에 겨울이 찾아오고, 말라리아를 옮기는 날개반점 모기의 발생이 감소하여, 치료와 맞물려 환자 수는 급격히 떨어졌다. 1994년 12월, 현지로 돌아간 내가 맨 먼저 방문한 곳이 다라에눌 진료소였는데 대단한 변화가 있었다.

마침 대안마을에서 찾아온 사람이 나를 보고는 인사를 했다. 나는 현장진료 결과가 궁금해서 그에게 물었다.

"그 후로 어찌 됐나? 모두 괜찮은가?"

"선생님 아니십니까? 선생님들이 오시고 난 이후로 모두 다 나았습니다. 모두가 감사하고 있습니다. 난민캠프에 남아있던 사람들도 안심하고 돌아오기 시작했습니다."

"전원? 강 건너편 모두, 몇 천 가구나 말인가?"

"그렇습니다. 전붑니다. 그 뒤로는 말라리아에 걸려서 죽은 사람도, 발열환자도 없었습니다. 한 사람만 빼고요. 그 사람은 그때 말라리아를 치료하러 페샤와르에 가서 마을에 없었습니다. 나중에 돌아와서 재발했습니다만, 선생님들 탓이 아닙니다. 세상은 참 알다가도 모를 일입니다. 우리들은 돈이 없어서 떠날 수가 없었지만, 그 남자는 전쟁 중에 한밑천 잡아서 돈을 가지고 있었답니다."

그 이야기는 아프가니스탄 서민들에게는 쾌재를 부르게 하는 것이었다. 그 이야기가 과장되어 각지에 전해짐으로써 JAMS(일본-아프간 의료서비스)는 아프가니스탄 동부에서 더욱 더 이름을 날렸다.

'악성 말라리아 대유행'을 둘러싼 일련의 사건은 현지에서도 일본에서도 위기를 희망으로 바꾸는 것이 되었다. 기록에서 찾아낸 말라리아 발생 수는 초여름인 5월과 가을인 10월, 두 번의 피크를 나타내고 있었다. 5월이 삼일열 말라리아, 10월이 열대열 말라리아였다. 열대열 말라리아가 가을에 집중적으로 유행하는 원인은 알 수가 없었으나, 어쨌든 시기를 정해서 적절한 진료가 가능하게 되었다. 진료소에 오지 못하는 지역 사람들에게도 커다란 의지가 되었음은 두말할 나위도 없다.

그 전말은 다라에눌 진료소의 낡은 검사대장이 여실히 말해 주고 있다.

말라리아 양성자 총 수	1993년	8,491명
	1994년	2,624명
	1995년	720명
	1996년	375명

4년 뒤에는 더 이상 악성 말라리아는 공포의 대상이 아니었다. 급성 유행기에서 안정기로 접어들어 조금씩밖에 나타나지 않았다. 우리 노력이 실제로는 얼마만큼의 효력이 있었는지 알 수는 없지만 적어도 수만의 인명을 구하고, 사람들에게 안도감을 심어주었으며, 안심하고 지역 부흥에 힘쓸 수 있게 한 것은 확실했다.

주민들은 JAMS를 더 깊이 신뢰하였고, 이후 누리스탄에서 활동하는데 많은 도움이 되었다.

누리스탄 오지에 있는 와마 진료소

4 아프가니스탄의 오지로

선진국의 기술문명이 우월하다고 믿는 사람들은
학교에는 없는 그 지역 전체의 전통 속에서,
일상생활을 통해 자연스럽게 배우는 교육이 훨씬
더 가치가 있다는 것을 깨닫지 못하고 있다.
문제는 교육시설이 열악하다든지 교재가 없다든지
그러한 것은 아닐 것이다.
돌판에 분필로 메모를 하면서 푸른 하늘을 바라보는
수업풍경도 꽤나 정취가 있는 것이다.
아이들은 스스로가 조금도 불쌍하다고 생각하지 않는다.
양을 몰고 땔감을 등에 메는 일도 가족의 끈끈한
정을 다지며, 공동체 내부에서 필요한 협력과
생활의 기술을 가르친다. 매일의 기도는 인간의 도를
가르치는 윤리교육 그 자체인 것이다.

목숨의 가치

목숨에는 경중이 없다고 한다. 과연 그럴까? 일본에서 종종 의료관계자들로부터 "뇌사를 어떻게 생각하십니까?", "장기이식을 어떻게 생각하십니까?"라는 질문을 받을 때마다 당혹스러움을 금치 못했다. 아니, 답하고 싶어도 도저히 대답할 말을 찾을 수가 없었다. 답이 없는 것은 아니었다. 다만 그 답을 사람 말속에서는 찾을 수 없다고 느낀 것이다. 그러나 현지에서 맞닥뜨리는 현실에서는 이에 대한 확실한 대답이 감춰져 있는 것처럼 생각되었다.

1994년 3월, 아프간의 오지인 누리스탄 와마 진료소 개설을 위해, 나는 하류 쪽에 있는 다라에피치 계곡에 머물고 있었다. 저녁 무렵에 중환자 두 명이 실려 왔다. 지뢰를 밟아 부상을 입은 듯했다. 상류에 있는 누리스탄 마을 주민이었는데, 비어있어야 할 나무꾼 오두막에 발을 들여놓는 순간, 입구에 장치되어 있었던 지뢰가 갑자기 폭발했다고 한다.

한 사람은 양쪽 다리가 복숭아뼈 부분부터 날아갔는데, 지혈은 하긴 했지만 오른쪽 다리는 허벅지에도 심한 상처가 있었다. 또한 사람은 오른쪽 다리 발목관절부터 날아가고, 발목뼈 관절 면이 살덩어리 사이로 튀어나와 있었다. 가까스로 이곳에 도착할 때까지 이미 9시간 이상이나 지난 상태였고, 상처 부위는 흙투성이였다. 우선 응급처치를 한 다음 페샤와르로 보내, 제대로 된 절단수술을 병원에서 받게 하고, 의족을 쓰는 것이 정석이라고 판단하였다.

그러나 양쪽 다리에 상처를 입은 환자는 처음부터 구명을 생각하지 않았다. 산악지대에 사는 주민에게 휠체어생활은 불가능할 것이기 때문이었다. 두 사람 다 혈압은 80 이하였고, 맥박 120에 대량출혈로 인한 쇼크 직전이었다. 그래서 구명을 생각하지 않은 쪽은 형식적으로 링거주사를 꽂아주고, 도중에 사망할 것을 알면서도 아래쪽에 있는 시가로 옮기도록 일렀다. 나는 한쪽 발에 부상을 입은 사람만 치료하기로 했다. 다행히 평소에 내 수술 보조를 맡고 있던 아벳이 있었기에 응급처치를 시작했다.

출혈이 많고 통증이 심해 환자는 숨을 쉬는 것조차 힘들어했다. 심한 통증과 죽음에 대한 불안감으로 창백해진 얼굴은 점점 더 핏기를 잃어가는 것 같았다. 치밀어 오르는 구역질이 조금은 통증을 잊게 했다. 일단 구명을 하기로 정했으면, 어떠한 돌발사태가 일어나더라도 인정사정 볼 것 없이 단호하고 일관되게 처치를 해야 한다. 직원들을 다그쳐서 도구를 준비했다. 그러나 수혈준비가 되어있지 않았다. 즉시 수혈을 명하고, 파열된 동맥부터 지혈했다. 흙투성이로 엉망이 된 근육덩어리를 제거하지 않으면, 조만간 환자는 파상풍이나 패혈증, 괴저를 일으켜 사망하게 된다. 수술실처럼 완전한 청결처치는 할 수 없었지만, 상처 부위와 내 손은 요오

드에 담가서 소독하고, 금속으로 된 기구는 알코올을 끼얹어 불을 붙여 수술에 필요한 멸균상태를 만들었다.

"죽기 전에 물 한 잔 주세요. 그리고 담배 한 모금만 피우게 해 주세요."

처치를 시작하자 환자가 공포심을 넘어 체념한 듯 말했다. 나는 입 안을 적실 정도로만 물을 머금게 하고, 담배는 주지 않았다.

"조금만 기다려. 기껏 처치를 시작했는데 죽으면 안 되잖아. 상처를 깨끗하게 하고나면 기가 막히게 맛있는 담배를 피우게 해줄 테니까."

이 말을 듣고 환자는 조금은 겁이 누그러졌는지 쓴웃음을 지었다.

"계속 말을 걸어."

직원에게 일러두고 처치를 시작했다. '처치'라고는 하지만, 괴사를 일으킨 손상조직을 가위로 면밀히 잘라내고, 출혈을 막기 위해 동맥 혈관을 묶는 것뿐이었다.

30분 후에는 혈압이 100, 맥박이 90까지 올라가, 환자는 쇼크 상태에서 일시적으로 회복되고 구역질도 멎었다. 여유가 생기자 마취도 없이 시작한 처치는 더욱 심한 통증을 가했다. 아파하는 환자를 직원 네 명이 눌러서 국소마취를 하자, 가까스로 버둥거림을 멈췄다. 종아리 부위 근육 약 3분의 1을 제거하자 발목뼈가 노출됐기 때문에 톱으로 절단했다. 수술용 톱이 없어서 배관 공사용 톱을 가져와 앞에서처럼 알코올을 부어 불을 붙여 소독했다.

처치가 끝난 것은 오후 8시, 이미 어두워진 상태에서 회중전등에 의지한 채 2시간 동안 수술을 한 것이다. 환자는 아픔과 죽음

누리스탄 산악 지역에 있는 마을 모습

에 대한 공포에서 해방되어 안정을 되찾고 있었다.

"어떤가? 아직도 많이 아픈가?"

내가 물었더니 물을 달라고 했다. 혈압 120에 맥박 70, 일단은 괜찮을 것이라 판단하고 설탕물을 조금 주자, 오줌이 마렵다고 했다. 오줌을 누고 난 뒤에는 혹이라도 뗀 것 같은 얼굴로 편안한 표정을 지었다. 나는 주머니에 있던 '피스'란 담배를 꺼내서 불을 붙이려 하다가, 아까 환자에게 한 약속을 떠올리곤 한 개비 건넸다.

"이봐, 피워. 일본 담배 '피스'야. 약속대로 한 개비 줄게."

"당신은 일본 사람입니까?"

"내 나라? 내 고향은 카시미르지."

이 말은 '누구에게든 자기 고향이 카시미르(자기 고향이 제일)'라는 현지 속담을 재미있게 틀어서, '어디면 어때?'라는 뜻으로 말하고 싶었던 것인데, 농담이 통하지 않았던 것이다.(현지인들은 '외국인은 파슈트어를 쓰지 않는다' 는 고정관념을 가지고 있었다.)

"선생님은 카시미르 사람입니까?"

환자가 정색을 하고 묻는 바람에 주위 사람들이 크게 웃었다. 웃음소리가 조용한 수면에 던진 작은 돌에서 이는 파문처럼 번져나갔다. 걱정스럽게 주위를 둘러싸고 있던 마을 사람들과 직원들이 배를 잡고 웃었다. 그때까지의 긴장이 일시에 풀렸던 것이다.

내일 페샤와르로 보내서 다시 제대로 절단수술을 받은 다음에 의족을 만들면, 환자는 간단한 일 정도는 할 수 있게 되겠지. 웃는 얼굴은 참 좋은 것이다. 그 한 순간으로 우리들은 보상을 다 받았다.

"선생님, 피곤하시죠? 차를 준비해뒀습니다."

"이 녀석에게도 설탕을 듬뿍 넣어서 마시게 해줘라."

돌돌돌, 맑은 소리로 흘러내리는 계곡의 속삭임이 어둠 속으로 들려왔다. 이 아프가니스탄 산중에서, 고향에서는 그 누구도 맛보지 못했을 평화로운 한 때를 음미해본다. 이 또한 천직을 따르는 보람이려니……. 위를 올려다보니 쏟아져 내릴 듯한 무수한 별들이 하늘을 가득 메우고 있었다. 북극성을 찾아 동쪽을 가늠하고는 멀리 고향을 생각했다. 그리고 일부러 처치를 하지 않았던 다른 한 사람의 불안한 표정이 슬픈 유성처럼 내 마음을 가로질렀다.

10년 전이라면 나도 '이곳 의료 사정은 왜 이렇게 열악해야만 하나', '선진국과 이렇게 차이가 나도 되는 거야' 하면서 비분강개했을 것이다. 그러나 왠지 답답하게는 생각되지 않았다. 이곳에서는 삶도, 죽음도 유구한 대자연 속에서 혼연일체가 되어 조화를 이루고 있다. '장기이식'이든 '뇌사'든 그런 것들은 어찌 되든지 상관없는 사소한 일이다. 여기 있는 우리들과는 너무도 거리가 먼 하찮은 논쟁거리일 뿐이다.

확실한 것은 문명국 일본은 인간의 삶과 죽음을 정의하는 새로운 '메뉴얼'이 필요한 시점에 이르렀다는 것이다. 어느 것이 옳은 것인지에 대해서는 이러쿵저러쿵 언급하고 싶지 않다. 하지만 적어도 여기 이 극빈한 문명의 변경지역에서는 분에 넘치는 삶에 대한 집착에서 자유로울 수 있다는 사실이 감사할 뿐이다.

빛의 나라 누리스탄

힌두쿠시 산맥 깊숙한 곳의 산촌사람들

다라에눌 진료소가 궤도에 오르고 다라에피치 진료소가 문을 연 지 얼마 지나지 않아, 그 상류에 있는 누리스탄 서쪽 지역에서 종종 중환자를 데려왔다. 그 중에는 여러 날에 걸쳐 환자를 운반해오는 경우도 있었고, 운반 도중 죽는 사람이 끊이질 않았다.

나와 JAMS 직원들이 고민하고 있던 참에, 산촌 촌장들이 진료

소 개설을 부탁해왔다. 나병 환자도 많이 있다는 이야기도 있고
해서, 1993년 10월 초순, 내가 직접 직원을 인솔하고 열흘 동안
정찰진료를 했다. 의사는 나 혼자였고, JAMS 직원 7명을 동반하
고, 산촌 주민들에게 의약품을 짊어지게 해서 앞장을 세웠다. 자
동차가 다닐 만한 도로가 없어서 오로지 걸어가야 했다.

　세계의 비경이라 불리는 지역이 남아있다고 한다면, 아프가니
스탄 힌두쿠시 산맥의 깊숙한 곳에 고대로부터 동떨어져 존재하
는 마을들이 그 하나가 될 것이다. 1993년 10월에 개설한 다라에
피치 진료소 상류에는 누리스탄(빛의 나라)이라는 부족이 살고 있
었다. 험준한 산길을 걸어가야 하기 때문에 산 아래쪽 주민들은
거의 접근하지 않았다. 물론 외국인들은 거의 발을 들여놓지 못했
고, 완전히 자급자족을 하며 바깥세상으로부터 단절된 옛날 그대
로의 작은 세계를 지키고 있었다. '누리스탄'이라는 발음은 아프
간인들 사이에서도 독특한 인상을 주는 듯했고, 산 아래쪽 파슈툰
주민들은 왠지 그들을 두려운 눈빛으로 바라보았다. 결국 그 느낌
은 옛날 일본 시골마을 사람들이 '산카'라는 떠돌이 산사람들을
보는 눈빛에 가까웠다.

　어떤 책에 의하면 누리스탄은 1890년대에 아프간 왕이었던 아
미르 압둘 라프만에 의해 이슬람화되었다고 한다. 옛날에는 그
이름을 카필리스탄(이교도의 나라)이라고 불렀다고 한다. 그 일
부는 파키스탄 북서변경주 북부 치트랄에 연속하고 있으며, 카라
시의 골짜기로 잘 알려져 있었다. 파키스탄 쪽은 일찍부터 온통
관광지가 되어버렸고, 민속학 조사의 명소로 알려져 세계 곳곳에

서 사람들이 찾아오는 바람에 엉망이 되었다. 그러나 이는 누리스탄 전체의 극히 일부분이고, 아프가니스탄 쪽에서는 거꾸로 가장 순수한 이슬람교도가 되어 외지인들을 받아들이지 않았다. 민족의 기원이나 역사 등도 지금껏 수수께끼처럼 전해지고 있으며, 간혹 방문했던 외국인들이 단편적인 관찰기록을 전하고 있을 뿐이다. 원조 아리아인이라는 둥, 알렉산더의 자손이라는 둥, 온갖 추측이 나돌고 있는데, 내키지는 않지만 흥미를 유발시키는 내용이기는 하다.

한편 우리 쪽에서는 의료 문제로 차츰 주민과 자주 만나게 되었다. 아무래도 이 지역에 오래 머무르게 될 것 같았다. 다라에피치 계곡에 진료소를 개설하고 정확히 1년, 이 산사람들의 생활을 옆에서 지켜보면서 누리스탄을 비경이라고만 부르기엔 저항감이 느껴졌다. 한 걸음 다가서면 그들도 우리와 다름없이 생활을 하는 사람들이다. 물론 내가 익숙해져서 위화감이 엷어진 탓도 있다. 누리스탄 쪽에서는 외지인들이 자신들에 대해 예의 신비로운 추측에서 비롯된 이야기를 갖고 있다는 것을 잘 알고 있기 때문에, 우리야말로 알렉산더대왕의 자손이라고 배꼽을 잡고 웃으며 말한다. 그들에게 있어서 그런 것들은 아무래도 좋은 것일 뿐, 하여간 살기 위해 필사의 노력을 해야 하는 것이 그들의 실정이었다.

그런데 누리스탄 전체는 크게 네 개의 골짜기로 나뉘어 있고 각각의 언어도 다르다. 우리들이 관여한 것은 그 중 서쪽에 있는 와마라는 지역이었다. JAMS 다라에피치 진료소에서 세 시간쯤 걸으면 산사람들과 마을 사람들의 거주 경계지점이 나오고, 누리스탄 사람들이 사는 첫 마을 고사라크 마을이 나타난다.

해발 약 3,000m 높이에
있는 와마 마을

　다라에피치 진료소에서 계곡을 따라 꼬박 하루를 걸으면, 와마
라는 서(西) 누리스탄의 심장부에 이른다. 해발 약 2,800m이고,
다라에피치 진료소와 높이가 약 1,500m나 차이가 난다. 경사가
급한 고개를 몇 개나 넘어야 한다. 계곡은 점점 깊고 험해지고, 대
신 평지는 점점 줄어든다. 나무가 많아 일본의 깊은 산속 풍경과
많이 닮았다. 골짜기에서 불어 올라오는 바람은 상승기류를 만들
어 소나기를 닮은 천둥을 동반한 비를 뿌려댄다. 그래서 하류지역
은 먼지가 많고 건조하지만 여기는 공기가 적당한 습기를 머금어
상쾌한 기분을 만들어 준다. 아무 생각 없이 걷고 있자니, 고향에
돌아온 듯한 착각에 사로잡혔다. 길다운 길은 없지만, 주민들은
가뿐히 바위를 건너뛰고 물을 건너 빠르게 걸었다. 그들이 말하는
바로 저기는 우리에게는 대략 하루를 가야할 길을 말하는 것 같았
고, 우리 속도는 그 사람들 절반 정도로 생각하면 틀림없을 것 같
았다. 튼튼할 거라고 믿었던 우리 직원들은 20~30kg 정도 짐을
지고 걷는 강행군 하루 만에 두 손, 두 발 다 들고 도착할 무렵에

는 완전히 녹초가 되어버렸다.

"정지! 5일 동안 여기 머물며 조사 활동을 한다."

내가 말하자, 모두 굳은살 투성이가 된 발을 문지르면서 얼굴에 생기가 돌았다. 그도 그럴 것이 처음 계획으로는 매일 같은 거리를 5일 동안 계속 걷기로 되어있었기 때문이다. 마을이 띄엄띄엄 흩어져 있어서 덮어놓고 강변을 따라 걸어본들 제대로 보고 들을 수도 없을 것 같았고, 게다가 와마가 그 중심부였기 때문에 그곳을 거점으로 각 지류의 마을들을 걸어서 돌아보는 편이 훨씬 나을 것 같았다. 직원들이 '저렇게 먼 곳까지 진료소를 만들어 파견을 나가게 되면 정말 감당하기 어렵겠다.'고 겁을 먹으면 사기도 떨어질 것이라고 생각했다.

인달의 장원

와마 계곡이 흐르는 곳에서 약 300m 위쪽에 초록으로 덮인 과수원이 높이 솟아 있었다. 날카로운 바위덩어리에 둘러싸인 작은 분지였는데 그 길이는 4~5km쯤 되고, 끝에서 끝까지 걷는데 약 3시간은 족히 걸렸다. 훨씬 더 먼 곳에서 바라보더라도 이 과일나무 숲이 마치 오아시스처럼 우뚝 솟아 있었다. 사람들은 이곳을 '인달의 장원'이라 불렀다. 과수원이라고는 하지만, 비료나 살충제는커녕 일체 사람 손을 거치지 않은 자연의 숲으로, 호두와 포도, 석류, 말카나이(작은 대추의 일종)의 거목으로 채워져 수천 년 동안이나 지켜져 내려왔다고 한다.

　과일은 모두 최상의 품질이었다. 마침 포도와 석류, 호두의 계절이었는데 모두 신선하고 맛이 좋았다. 그곳에 머무를 때는 매일 밤 주민들이 과일을 가지고 와서 말의 먹이만큼이나 많이 먹었다. 석류는 달고 예뻤으며 씨도 그대로 먹을 수 있었다. 그런데 특이한 것은 과일 나무 한 그루 한 그루 모두가 일일이 주인이 정해져 있고, 대대로 물려받는다는 것이다. 토지 소유와 비슷한 나무 소유였는데, 땅 면적 단위로 주인이 있는 것이 아니라 각 나무별로 주인이 따로 있었고, 내 나무는 과수원 전체에 흩어져서 섞여 있었다. 그러나 수확에 관해서는 엄격한 규율이 있어서, 와마 마을 사람들은 이것을 자랑으로 삼고 있었다. 아프간 전쟁 전에는 이에 흥미를 가진 문화인류학자 등이 간혹 조사차 방문하는 일도 있었던 듯했다.

　수확을 시작하는 시기는 10월경으로, 마침 우리들이 방문한 바로 그 무렵이었다. 과실이 익고 마을 사람들 주식인 옥수수 수확이 한숨 돌릴 때쯤 되면, 마을 사람들이 합의해서 해금을 결정한다. 그때까지는 아무도 이 정원에 발을 들여놓을 수 없다. 모든 나무 주인들에게 해금 결정 통지가 간다. 드물게는 주인이 페샤와르나 카불, 혹은 런던이나 뉴욕과 같은 먼 곳에 살고 있기도 한데 그래도 통지는 전달된다. 주인이 너무 먼 곳에 사는 경우는 후계자가 대신 수확하고, 그것을 출하해서 얻은 이익에서 주인 몫을 정확하게 보내준다.

　나무 주인들은 자기 나무에서만 열매를 딴다. 땅에 떨어진 열매도 자기 나무에서 떨어진 것만 줍는다. 만일 옆에 있는 다른 사람 나무열매가 자기 나무 아래로 굴러들어와 있더라도 원래 자리로 던져서 돌려줘야 한다. 나무는 물론 거기에 달리는 열매도 남의 것과 자기 것은 색이나 모양, 크기 등으로 쉽게 구별할 수 있다고 한다.

아마도 이 규칙이 풍요로운 과수원을 수천 년 동안 유지할 수 있게 해왔던 것이리라. 자연과 공존하는 참으로 경탄할 만한 지혜다.

자식을 죽인 인달의 전설

그런데 이 '인달'이라는 이름에 관해서는 옛날부터 전해 내려오는 전설이 있었다. 인달이란 오랜 옛날, 이슬람이 들어오기 훨씬 이전의 아득한 옛날에 이 토지를 지배한 사람 이름이었다고 한다.(인도에는 인드라라는 여자이름이 있는데, 그 남성형이 인달이다. 아마도 고대 인도계 인물인 듯했다. 또한 아프가니스탄을 덮고 있는 큰 산맥 힌두쿠시는 페르시아어로 '인도인 죽이기'라는 뜻이다. 고대 이후에 여러 차례 민족 이동과 정복이 반복되어, 쿠나르강 일대의 인도계 민족이 쫓겨나고 현재의 파슈툰족이 대신 들어왔는데, 그 과정에서 인도계 민족이 산악지대에 남았다는 추론도 생겨났다. 알렉산더의 동방원정 때 누리스탄 주민이 종군했다는 사실은 기록으로 남아있다.)

그 전설은 다음과 같은 이야기였다.

　오랜 옛날 이 와마에 인달이라는 영주가 있었습니다. 그때부터 와마는 골짜기 중심부에서 수천 명이나 되는 사람들이 평화롭게 살고 있었습니다. 그러나 계곡의 급류는 여름이 되면 눈 녹은 물로 수량이 증가하여 마을 사람들은 자유롭게 강 건너편으로 갈 수가 없었습니다.

　이 와마의 북쪽 언덕에 마치 물 항아리를 거꾸로 세워 놓은 듯한 길고 큰 바위가 솟아 있었습니다. 인달은 이 바위를 깎아 끌어내려서 그 강에 다리로 걸쳐 놓으려고 생각하고 있었습니다.

　그런데 그에게는 훌륭한 젊은 아들이 있었습니다. 그 아들은 이웃 골짜기에 살고 있었는데, 부름을 받고 와마로 왔습니다. 젊은이는 긴 여행으로 몹시 목이 말랐기에 아버지에게 마실 것을 달라고 했습니다.

　인달은 자기 아들의 현명함을 시험하려고 말했습니다.

　"집안에 따뜻한 우유가 든 항아리를 놓아 두었다. 그것을 마시렴. 단 카이마(우유 표면에 생기는 얇은 막)를 찢지 말고 마시거라."

　젊은이는 집에 들어가서 어찌할 바를 몰랐습니다. 배가 고프고 목이 타는데 우유 표면에 덮인 막을 제거하지 않고는 마실 수가 없었습니다.

　이것을 보고 있던 다이닉이라는 인달의 여자가 가엾게 생각하고 한 가지 꾀를 내어 젊은이에게 귀띔했습니다.

　"밀짚대롱을 가지고, 그것을 살짝 안에다 넣고 빨아봐."

젊은이는 그 말에 따라 밀짚대롱으로 우유 표면을 조금도 상하게 하지 않고 온전히 마실 수가 있었습니다. 항아리는 바닥에 우유막이 달라붙은 채로 완전히 비어 있었습니다.

인달이 와서 이것을 보고 깜짝 놀랐습니다. 그리고 그 놀라움은 불안으로 바뀌었습니다.

'이 녀석은 영리한 놈이다. 그러나 이 영리함이 마침내 내 지위를 위협하고, 결국에는 나를 대신해서 이 땅의 지배자가 될 지도 모른다.'

그래서 인달은 아들을 죽이려고 했습니다. 위기에 처한 아들은 위쪽에 있는, 지금 인달의 장원으로 숨어 들었습니다. 인달은 다이닉에게 체포할 것을 명령했습니다. 다이닉은 명령대로 그 아들을 잡아서 인달에게 넘겨 주었고, 그 아들은 죽임을 당했습니다.

그런데 자기 자식을 죽인 인달은 오히려 후회하기 시작했습니다. 가장 사랑하는 자식을 잃은 슬픔과 자기가 저지른 죄로 마음에 가책을 받았던 것입니다. 그래서 인달은 다이닉에게 가서 따졌습니다.

"그때는 내가 제정신이 아니었다. 왜 나를 말리지 않았느냐? 네가 아들을 잡아오지 않았더라면 이런 일은 없었을 것을."

인달은 그 노여움을 다이닉에게 돌리고 죽여 버렸습니다. 그후, 인달은 깊은 슬픔에 빠져서 와마를 떠났습니다. 그 뒤로는 그가 어디로 갔는지, 어떻게 되었는지 아무도 모른다고 합니다.

몇천 년이나 지난 오래된 옛날이야기입니다. 그러나 돌다리는 놓이지 않고, 인달에게 깎인 바위는 지금도 그대로 산꼭대기에 남아있습니다. 그 숲의 과일나무들도 그로부터 해마다 줄곧 변함

없이 열매를 맺고 있습니다.

 이 인달의 괴로움은 구약성서에 나오는 이스라엘의 사울왕이 영리하고 힘센 다윗을 두려워하고 질투함으로써 죽이려 했던 이야기와 많이 닮았다. 그러나 아무리 생각해도 풀리지 않는 것은, 왜 다이닉까지 죽임을 당했나? 하는 것이다.

 "그건 좀 심한 이야기다. 그 다이닉이라는 여자가 너무 억울하지 않나?"

 내가 물었더니, 어느 JAMS 직원이 바로 대답했다.

 "하지만 정말로 좋은 여자였다면 상황을 끝까지 살핀 다음에 좀 더 현명하게 행동했을 겁니다. 다이닉에게도 책임은 있습니다. 의외로 속셈이 있었던 게 아닐까요?"

 있을 수 있는 일이다. 이 이야기는 여자들이 겉보기에는 가축처럼 취급당하면서도, 사실은 내조의 공을 제공함으로써 집안에서 상당한 실권을 행사할 수 있다는 것을 암시하고 있다. 그 후 직원들 사이에서는 각자 의견이 분분해서, 사실은 젊은 다이닉이 나이가 비슷한 인달의 아들에게 마음을 줄 것을 거절당하자, 그 원한으로 인달의 명령을 실행했을지도 모른다는 둥, 혹은 인달이 가장 사랑하는 자식을 없애고 자기 자식을 후계자로 상속받게 하려는 계책이었는지도 모른다는 둥, 그럭저럭 심심풀이로는 괜찮은 이야기였다. 다이닉은 마치 수수께끼와도 같은 인물이지만 무섭기도 했다. 눈앞이 아찔해지는 듯한 험준한 낭떠러지와 도도한 소리를 내며 흐르는 계곡물을 저 멀리 발 아래 두고 보면서 이야기를 듣자니 훨씬 더 섬뜩하게 느껴지는 것이었다.

오만한 문명

　아프가니스탄 산 속, 힌두쿠시 산맥이 백설을 이고 있는 모습이 멀리 보이는 계곡에서, 사람들의 일상생활은 기도로 시작되고 기도로 끝난다. 조용한 계곡에 아침의 미명이 서서히 걷힐 무렵, 낭랑한 아잔(기도의 암송)이 울려 퍼지며 사람들은 하루를 시작한다. 예배는 하루에 다섯 차례, 이슬람교도들은 메카를 향하여 기도를 반복한다. 남녀노소를 불문하고 모두 일제히 땅에 엎드려 예배하는 모습은 장관이다. 그것도 장소를 가리지 않고 집안에서건 밭에서건 도로위에서건 어디에서든 행해진다. 그들의 신앙심은 순박하며, 과격한 이슬람원리주의와는 무관한 생활의 일부다.

　마을에 따라서는 초등학교가 있어서, 노천교실에서 수업하는 풍경을 볼 수 있었다. 그러나 대부분 마을에는 마드라사라는 일종의 서당이 있어서, 코란을 통해서 읽기와 쓰기를 익히는 사람도 많다. 학교는 종교행사를 할 때나 농번기를 휴일로 하고 있었다. 또한 대부분 가정에서 생업인 농업과 목축에 일손이 부족할 때에는, 아이들이 방목과 물 긷기를 돕느라 등교하지 않았다.

　우리들 외에 이런 깊은 산골에 들어오는 외지인은 거의 없었으나, 간혹 찾아오는 사람들은 대개 한탄을 했다. '이 얼마나 뒤떨어진 모습이람?' 아동들의 권리침해, 교육의 정체성, 자유의 속박 등등. 요컨대, 학교에도 보내지 않고 노동에 묶어 놓은 채 문맹상태를 그대로 방치하고 있다는 것이다.

　이야기의 순서가 바뀌었지만, 어느 날 페샤와르에서 어떤 단체가 일본과 협력해서 혜택 받지 못하는 아이들을 위해 마을마다 학교를 짓는 프로젝트가 있다며 나를 만나러 왔다. 나는 '또야?' 하고 생각했지만, 찾아온 사람이 너무 진지해서 만나 보았다. 말은 부드러웠으나 역시 같은 논조로 '불쌍한 아이들'을 반복했다.

물론 생활을 향상시키기 위한 기술이나, 인간과 세계를 널리 알 수 있는 지혜를 준다는 것은 소중할 것이다. 그러나 선진국의 기술문명이 우월하다고 믿는 그 사람들은 학교에는 없는 그 지역 전체의 전통 속에서, 일상생활을 통해 자연스럽게 배우는 교육이 훨씬 더 가치가 있다는 것을 깨닫지 못하고 있다.

문제는 교육시설이 열악하다든지 교재가 없다든지 그러한 것은 아닐 것이다. 돌판에 분필로 메모를 하면서 푸른 하늘을 바라보는 수업풍경도 꽤나 정취가 있는 것이다. 아이들은 스스로가 조금도 불쌍하다고 생각하지 않는다. 양을 몰고 땔감을 등에 메는 일도 가족의 끈끈한 정을 다지며, 공동체 내부에서 필요한 협력과 생활의 기술을 가르친다. 매일의 기도는 인간의 도를 가르치는 윤리교육 그 자체인 것이다.

가령 이 깊은 산골 아이들이 일본이나 서구 아이들과 똑같이 된다면 어떨까? 아마 산촌은 황폐화될 것이고, 현금수입을 좇느라 도시에는 실업자가 넘쳐날 것이고, 공동체 질서와 전통이 완전히 파괴될 것이다.

나는 이런 식의 국제협력에 모종의 불신감을 안고 있다. 그 때문인지 조금은 가시가 돋친 대답이 튀어 나왔다.

"문맹률이나 공업화가 사회와 문화의 우열을 측정하는 잣대가 될 수는 없습니다. 돈과 폭력이 지배하는 미국사회가 우수합니까? 무기를 생산해서 무절제하게 돈을 버는 프랑스나 러시아가 선진

오락실에서 게임을 하고 있는
페샤와르 초등학생들

국입니까? 구미 기술문명을 맹목적으로 신봉하는 일본 교육시스
템이 2차대전 이후에 무엇을 가져왔습니까? 먼저 백악관에 가서
대통령을 가르쳐 무기 수출과 대외간섭을 끊고, 아프간 전쟁의 사
망자 200만 명에 대해 러시아와 함께 사죄하는 일부터 시작해야
할 것입니다. 도의적으로 부패한 나라가 이 평화로운 산촌에서 교
육을 논한다는 것은 웃지 못 할 넌센스입니다.”

"그건 매우 극단적인 말씀이신데, 귀중한 의견으로서 들어 두겠
습니다.”

이렇게 말하고는 UN 직원은 돌아갔다. 그러나 나는 극단적인
말이라고는 생각하지 않는다. 그들이 말하는 난해한 교육론을 듣
기 보다는 문명화되지 않은 양치기들의 맑은 눈과, 아름다운 자연
에서 잠시 하던 일을 멈추고 한가롭게 하품을 하는 농민 쪽에서
마음 평안한 진실을 느끼는 것이다.

'부귀영화가 극에 달했던 솔로몬도 한 송이 들꽃에 지나지 않는
다.' 라고 하는 말은 다름 아닌 서구 정신문명의 고향 신약성서에

나오는 아름다운 구절이다. 지난날 일본에서 '서구문명이 자연 정복을 목표로 하는 것에 비해, 일본 문화는 자연과의 조화를 목표로 한다.'는 말을 허다하게 들어 왔다. 그러나 지금 나는 속은 것 같은 기분이 든다. 듣기 좋으라고 하는 말로도 현재 일본이 자연과 조화되어 있다고는 생각할 수 없으며, 유럽의 원초적 정신이 자연 정복이지도 않기 때문이다.

인간의 분열과 함께 산산이 때려 부수어진 바벨탑 신화의 진실성이 지금처럼 절실하게 다가오는 시대는 없었다. 모든 종교와 지역성을 초월하여 문명 그 자체에 대한 반성과 인간 기술에 대한 겸허함이 요구되고 있다고 생각한다. 머나먼 아프가니스탄 산골 저편에서 이런 메시지를 보내오는 것도 완전히 과녁에서 벗어난 무의미한 일만은 아닐 것이다.

와마 계곡 사람들

그런데 문명비평이나 민속학적인 흥미와는 별도로 현실을 살아가는 사람들 생활은 어려웠다. 10월 초순인데도 이미 늦가을이었다. 도착한지 사흘째 되던 날, 첫눈이 계곡 주변 산꼭대기를 엷게 덮었다.

와마 계곡의 집들은 몇 채에서 몇십 채 단위로 마을을 이루어 험준한 산중턱에 길게 늘어서 있었다. 다라에눌 계곡에서도 비슷한 모양을 한 마을을 보고 놀랐었는데, 그것과는 험준한 정도가 차원이 달랐다. 강에서 마을까지는 경사가 급할 뿐만 아니라, 족히 300m 이상 올라와야 했다. 거의가 임업과 소규모 농업, 목축을 하고 있었는데, 경지면적이 절대적으로 좁은데다가 겨울이 길기 때문에 농업은 빈약했다. 그나마 자급자족이 가능한 것은 과수원과 옥수수 밭 덕분이었다. 밀이 나지 않으므로 주민들은 옥수수 가루를 물에 개어 얇은 전병인 '난'을 굽는다.

다른 지역과 비교해서 혜택받은 것이 있다면 고작해야 나무열매와 땔감이 풍부하다는 것 정도였다. 이것마저도 함부로 베면 다 죽어버리기 때문에 떨어진 나뭇가지를 주워 모으고 있었다. 여자들은 다라에눌보다 더 힘들게 일하고, 게다가 폐쇄적이었다. 적어도 다라에눌에서는 여성이 노동력으로서도 큰 비중을 차지할 뿐만 아니라 어느 정도 소중하게 대우받아 천으로 얼굴을 가리지도 않는 자유로운 분위기였다. 그런데 이곳 여자들은 길에서 지나칠 때 길가 쪽으로 피해서 얼굴을 돌린 채 상대가 다 지나가기를 가만히 기다리는 것이었다. 대개는 온몸을 새까만 천으로 덮고 있었기 때문에 더욱 더 어두워 보였다.

주민들은 의사를 처음 본 것 같았다. 소식은 곧 전 와마 계곡으로 퍼져 나갔다. 게다가 쟈파니(일본인) 같은 것은 라디오를 통해서 알고 있기는 했으나 본 적은 없었다. 처음엔 주민들이 나를 보고 "프랑사위(프랑스인)냐?"라고 물었다. "중국인이냐?"라고 물어보는 일은 흔했지만 프랑스인이냐고 묻는 경우는 한 번도 없었다. 마을 지도자들은 '일본은 네덜란드 옆에 있다.'라고 가르치고 있었다.

마을에 있는 몇몇 지식층과 지도층은 파슈트어나 페르시아어가

와마에서 산길을 걷고 있는 여자들.
왼쪽은 페샤와르회에서 만들어 준
수력발전소와 수로

가능하지만, 일반주민은 누리스탄어의 와마 사투리로 말했다. 이 때문에 정찰 단계에서는 그들 지도자들이 주는 정보에 의존할 수 밖에 없었다. 지도자인 촌장과 일반주민들 사이에는 어떤 봉건적 관계가 있는 듯, 마치 영주가 백성들을 대하는 것 같은 태도를 보였다. 그들은 수하를 거느리고 있었으며, 일종의 시골귀족과 같은 인상을 주었다. 하류지역 파슈툰족과 다른 점은 지르가라는 장로회의 결정을 무시할 수는 없지만, 그들 귀족이 전면적으로 지역전체의 운명을 좌우할 만한 힘이 있다는 것이었다. 우리들을 안내해 준 엔지니어(기술자)님이라고 불리는 자가 바로 그랬는데, 그는 일족을 카불과 페샤와르에 분산해 둔 카불대학 출신자로 근대적인 교양을 갖추고 있었다. 구 소련군 침공 당시에는 동시에 침투해왔던 반정부 게릴라 세력을 교묘히 조종함으로써 그 지역을 결코 외지인이 함부로 짓밟도록 방치하지 않았다. 내가 방문했을 때는 EC의 프로젝트를 도입하여 도로를 건설하는 공사를 하고 있었다. 그는 외지인에 대하여 일관된 태도를 가지고 있었다. 지역의 이익이 될 경우는 쾌히 받아들였고, 해가 되는 사람은 몰아냈다. 대항하기 어려운 강적이라면 앞에서는 따르고 뒤에서는 쳤으며, 힘이 약한 적이라면 사정없이 무력을 행사했다. 요컨대, 지역을 지키고 주민들 복지향상을 꾀할 의무 같은 것을 가지고 있는 사람처럼 생각되었다.

이 엔지니어는 검소하고 마음씨 좋은 남자로 나이는 40세 가량이었으며 일본인에게 친근감을 가지고 있었다. 더욱이 와마 계곡에서는 높은 산의 꽃처럼 귀한 진료소였기 때문에 쾌히 나를 안내했다. 그러나 그 자신도 진료소가 실제로 생길지 의심했던 적이 있었다. 가령 일 년에 한 번이라도 의료팀이 방문한다는 그 자체가 이 지역에서는 획기적인 사건이었기 때문이다.

샤와리와 JAMS의 분투

초심으로 돌아가다

1993년 10월의 누리스탄 답사에 이어서 두 번째로 정찰대를 보낼 계획을 하였다. 그러나 산악주민들에게 겁을 먹은 JAMS 직원만으로는 곤란한데다가 같은 시기 하류지역에서 말라리아가 크게 유행하고 있었기 때문에 이듬해 2월에 일단 내가 다시 제2

정찰대를 조직하여 직접 인솔하였다. 그 결과 충분히 진료소를 개설할 가능성이 있다고 판단하고 3월에 의사 샤와리를 보내서 최종적인 결정을 하도록 하였다. 빠르면 눈이 다 녹는 4월쯤을 목표로 하였다.

그 과정에는 JAMS 내부사정도 작용했다. 앞서 말한 바와 같이 수도 카불이 무너진 뒤로 JAMS는 '산촌 무의지구 진료'라는 초지(初志)에서 벗어나 도시의 작은 종합병원 같은 기능을 갖기 시작하고 있었다. 이용하는 환자들은 주로 카불 피난민 가운데 중·상류층 사람들이어서 우리 페샤와르회 방침으로부터 벗어나는 부분이 있었다.(연간 예산 6천만 엔 가운데 약 절반이 여기 쓰이고 있었다.) 이러한 경향은 당시 카불 정세를 생각하면 동정할 수도 있는 것이었지만 아무리 우리가 실질적으로 의지할 수 있었던 유일한 의료기관이라 할지라도 도저히 그 거대한 수요를 모두 만족시킬 수는 없는 것이었다. 나는 의료 활동을 본래의 목적으로 되돌리려는 심산이었다.

이리하여 1994년 라마단이 끝난 이틀째인 3월 13일에 와마 진료소 개설을 위하여 JAMS팀 제2진이 현지에 머물게 되었다. JAMS 직원 일곱 명 중에는 리더인 의사 샤와리가 있어서 상황시찰과 구체적인 준비와 교섭에 임했다.

산행을 하루 앞두고 샤와리는 들떠 있었다. 새끼 양을 잡아서 직원들과 맛있게 먹고 조촐하게 라마단 종료의 축제를 기렸다. 이것은 아프가니스탄 의학사에 남을 위대한 업적이 될 것이다. 이제야 우리 팀이 인간의 고난 중심부로 들어가는 거라며 샤와리의 사기는 점점 더 높아졌다.

다음날인 3월 14일 오전 6시, 지프 두 대로 출발하여 2시간 동안 험로에 시달리고 나서 지역주민들 천막에 도착했다. 주민들이 낭떠러지를 화약으로 파서 도로정비를 하고 있었지만 그 다음부터는 걸어야 했다. 지난번에 두 차례에 걸쳐 정찰진료를 했던 우리는 그리운 얼굴들과 만나 챠이도 대접받고 공사용 천막에서 잠시 휴식을 취하기도 했다.

좌절

와마 주민은 우리들을 고스란히 기억하고 있었다. 금방 그리던 사람을 만난 기쁨이 얼굴에 번졌다. 의료팀이 왔다는 소식이 상류로 빠르게 퍼져 나갔다. 마을 사람들도 반신반의했던 것 같았다. 지금까지 조사하러 들어온 사람들은 있었으나 모두가 사업다운 사업은 꿩 구워 먹은 소식이었다. 그러던 차에 약속대로 JAMS 리더인 샤와리가 찾아와서 마지막 준비를 한다고 하니까 '이건 정말이구나.' 하고 그들도 생각했던 것이다. 그 기뻐하는 모습은 이만저만이 아니었다.

"길잡이를 붙여주고 짐을 들어다 주겠다."

마을 사람들이 호의를 보였다.

"당신들에게 폐를 끼칠 수는 없다. 이 정도는 아무것도 아니다."

샤와리는 자신만만하게 대답을 하고는 곧 걸음을 놓기 시작했다. 그러나 샤와리에게는 아마도 그것이 본격적인 첫 산행이었을 것이다. 산악전을 치러온 전 게릴라 출신 직원들 발걸음은 현지 산악주민들에 비하면 더뎠지만 그래도 카불출신자들에 비하면 훨씬 빨랐다.

불과 다섯 시간밖에 안되는 행군이지만 도시생활에 익숙한 사람에게는 견디기 힘든 고통이었다. 뿐만 아니라 누리스탄은 오지 중의 오지, 험한 낭떠러지와 낯선 풍속과 남다른 식습관 등이 위화감을 느끼게 했다.

샤와리는 험한 길을 쩔쩔매고 걸으면서 우선 불가능하다고 생각했을 것이다. 지금까지도 정세판단에 있어서 착오는 많았다. 예컨대 처음으로 다라에눌에 진료소를 개설했을 때도 가장 중요하게 생각했던 것이 현지에서는 별로 중요하지 않았다. 3,400m의 고개를 넘어서 다라에피치로 가는 길은 현지 주민들조차 별로 이용하지 않는 목축로였고, 하물며 로갈에서 카불에 이르는 산행은 더욱 불가능했다. 샤와리에게 있어서도 동부산악지대는 변경이었으며 지도만 가지고 입안을 했던 것은 외국인들 프로젝트와 다를 바가 없었다. 그러나 내가 얻고자 하는 것은 명령으로 강행시키는 것이 아니라 작은 실수에는 눈감아 주고, 시행착오를 겪은 다음에 스스로 교훈을 얻도록 하는 것이었다.(나는 자신이 어떤 의미로든 이용당하고 있다는 것을 잘 알고 있었다. 나는 내가 정중했던 만큼 나라는 그 자체로서 대우받지 못하고 있었다. 아프간인들 대다수는 틀림없이 내가 페샤와르에서 머무는 것이 일시적인 일이라고 생각하고 있을 것이다. 그들 대부분은 고향 카불이 안정되면 귀환할 것이다. 그러나 내 속마음은 이렇게 힘들게 실천하는 과정

누리스탄 와마 계곡
험한 산길을 행군하는
JAMS 직원들

을 통해 참으로 어려운 현실과 만나게 함으로써 탁상공론만 하는 것이 아니라 실제 행동으로 옮기게끔 몰아가는 데에 있었다.)

처음에는 군인기질을 뽐내며 10kg 짐을 짊어지고 아프가니스탄 산악전을 떠벌리던 사관학교 출신 샤와리는 고작 한 시간도 못 가서 짐을 내려놓고 지팡이를 짚고 헐떡이며 가파른 언덕을 기듯이 걷기 시작했다. 나는 보이는 범위 안에서 그를 기다리며 몇 번이나 걸터앉아 쉬고 있었으나, 오래 기다리지는 않고 그의 모습이 보이면 다시 출발했다. 짐승들이 다니는 산길은 야행도 야영도 불가능했다. 해질녘까지 와마에 도착해야만 했다.

현지 주민을 앞세우지 않았던 것이 오산이었다. 그들은 길을 과신하고 있었다. 무수한 샛길은 판단을 흐리게 했다. 소풍기분은 곧 날아가고 비관적인 생각이 샤와리를 엄습했을 것이다. '이 일본인 의사는 정말로 와마에 진료소를 계획하고 있는 게 맞을까? 6년 전에 무의지구 진료를 입안했을 때, 사실은 나카무라 선생님이 나를 신뢰하고 있지 않았던 게 아닐까? 내 협조를 얻을 양으로, 실은 내가 협력하게끔 만들었던 것이다.'라고 생각했을 것이다. 그 말 그대로였다. 소리를 지르기 시작한 것은 실정을 모르는 외국인 보다도 자기들이었다. 호흡곤란과 구역질이 진료소 설치 계획을 멀게만 느껴지게 했을 것이다.

"선생님, 왜 기다려 주시지 않습니까? 이렇게 험한 길은 직원들이 걸을 수 없습니다."

"걸을 수 있다. 걸을 수 있고말고. 이것이 자네들 나라 아프가니스탄이지 않은가? 걸을 수 없는 곳에 진료소 건설을 계획했던 게 누구였나? 무엇보다도 그 순진한 산사람들은 우리를 전적으로 믿고 있단 말일세. 배신한다면 그야말로 우리의 불명예가 되는 게 아닌가?"

"정보 부족입니다. 산사람들이 순박하다고 말씀하시지만 이 지역에도 정치세력의 손길이 미쳐 있습니다. 선생님도 야코브도 너무 단순한 게 아닙니까? 이런 곳에 JAMS 직원들이 제대로 올 수 있을 거라고 생각하십니까?"

"그런 건 아무래도 좋으니까 자, 걸으면서 생각하세. 인간이 있는 곳이라면 정치가 있기 마련이지. 와마에서 이틀쯤 걸리는 상류지역에 파룬이라는 누리스탄 중심지가 있네. 누리스탄 해방전선이 카불정부 일각에서 위세를 떨치고 있는 것쯤은 나도 알고 있네. 헤즈볼라 당의 입김이 들어와 있는 것은 어디나 마찬가지야. 그러나 현지 주민들은 더 영리하단 말일세."

"도대체가 야코브도 너무 단순하단 말입니다. 아무것도 모르는 선생님을 이런 곳으로 모시고 오다니⋯⋯."

"자, 자, 화내지 말게. 도착하면 알게 될 걸세. 야코브를 끌고 나온 것은 나야.”

이런 불평을 들으며 떼를 쓰는 아이를 달래듯 인솔하여 저녁나절에 와마 마을 게스트하우스에 도착했다. 그러나 샤와리의 아프간인으로서의 긍지와 리더십은 이러한 어려움에 굴복하지 않고, ‘종이에다 썼던 계획’을 솔직하게 반성하고, 지역 주민들과 교섭을 시작했다.

꽃보다 귀한 진료소

내가 옆에서 진료를 하고 있는데 한 할아버지가 지팡이를 짚으면서 임시진료를 하고 있는 하얀 가운의 사람들과 환자들 무리를 바라보고 있었다. 뭔가 이야기를 하고 싶어 하는 듯하였으나 잘 알 수가 없었다. 나이가 80세라 했다. 할아버지는 샤와리를 부르더니 갑자기 눈물을 글썽이며 샤와리 손을 꼭 잡고 분명한 파슈트어로 말하기 시작했다.

“나는 이제 머잖아 죽을 나이입니다만 오래 살게 해주신 것을 신에게 감사하고 있습니다. 나도 많은 아내들과 아이들을 병으로 잃었습니다. 그랬는데 작년부터 빈번히 의료팀이 오더니 이젠 진료소가 생긴다는 말이……. 왠지는 알 수 없습니다만 눈물이 멈추질 않습니다. 이것이 현실인지 내가 노망이 들어서 꿈을 꾸고 있는 것인지…….”

이것은 결코 연극에나 나올 법한 입에 발린 치사가 아니었다.

샤와리도 말을 잇지 못했다. 이 때 지르가(장로회의)에서는 일찌 감치 누리스탄 진료소 개설 일정이 도마 위에 올랐다. 진료소 건물은 현지 주민들이 돌로 만든 작은 집을 제공하고, 현지 직원 두 명을 고용해서 수송과 경비를 맡기고, 페샤와르에서 의사 한 명, 검사기사 두 명, 의료조수 두 명을 한 달씩 교대로 파견하여 상주하도록 결정했다.

'숲의 나라'라고 불리는 만큼 땔감은 풍부했고, 이것도 주민들이 제공하기로 약속하여 겨울을 보내기가 수월해졌다. 그런데 가장 큰 걱정거리는 수송이었다. 약품 사용량을 월간 최저 300kg으로 잡고, 식료품과 일용품만 해도 추가로 월간 500~600kg을 잡으면, 한 달에 약 1톤의 보급을 해결해야 했다. 게다가 4월 중순부터는 빙설이 녹기 시작하여 물이 불어나 계곡 물살이 거칠어질 것이었다. 그러나 이것도 하늘이 도와주었는지 주민들이 돌관공사를 해서 작은 지프가 통과할 수 있을 정도의 길이 반 년 뒤에 열렸다. 다라에피치 진료소에서 수송 시간이 12시간에서 3시간으로 단축되어 지금은 와마 지역에 들어가는 일이 무척 수월해졌다.

이리하여 우리들은 가장 힘든 지역의 한가운데 들어가서 안정된 진료활동을 하면서 오늘에 이르고 있다. 그 후 백신 보관을 위해 냉장고가 필요하게 되어 엄청난 고민을 하며 궁리한 끝에 소형 수력발전소 건설에 착수했다. 3년에 가까운 난공사였으며, 화약을 500개나 써서 수로 150m를 만들고, 동시에 경지를 확대하는 일에도 도움을 주었다.

몇 년에 한 번쯤 UN이나 외국NGO의 조사원이 지나다가 들러

누리스탄 오지에 있는
와마 진료소

서는 운영이 잘되고 있는 작은 진료소와 수로를 보고는 놀라서 돌
아갔다고 한다. 일본정부에서 대대적인 프로젝트를 들여온 결과
라고 착각하는 것 같았다. 그러나 수많은 어려움과 주민들의 우
정, 많은 사람들의 도움이 있었던 지난날의 과정을 아는 이는 태
고 적부터 도도한 소리를 내며 변함없이 흐르고 있는 계곡물 이외
에는 지극히 드물 것이다.

병원에서 재발 치료를 받고 있는 환자들

5 위기

나병 근절 계획이 현지에서 많은 사람들을
움직일 수 있었던 것은 나병이 돈이 되기 때문이었다.
물론 그것만으로는 납득이 갈 리 없겠지만,
선진국에서 환영할 만한 테마를 내걸면
자금이 많이 들어오는 것은 사실이었다.
노골적인 외국의 모든 NGO들은 그 후 고양이의
눈동자가 변화하듯 착착 활동내용을 바꿨다.
커뮤니티 헬스케어, 여성인권, 소아마비 근절, 에이즈,
모자위생, 지구환경 등이 그 좋은 예였다.
모두가 나병 문제와 깊게 관련되어 있었지만,
우리 페샤와르회는 초기 방침을 조금도 바꾸지 않았다.
단지 외국인을 즐겁게 하기 위한 사업으로
변질되지 않게 하기 위해서였다.

나병 근절 계획은 달성되었는가?

요란한 선언

이제 이야기를 파키스탄 쪽으로 되돌려보자. 아프간 난민의 폭발적인 귀환과 진료소 개설, 말라리아 대유행으로 눈코 뜰 새가 없었을 무렵, 대략 그 때를 전후해서 나병 근절 계획에 큰 변화가 일어나고 있었다.

1992년 1월, 북서변경주 최대의 나병 다발지역이었던 스와트에서 대대적인 행사가 벌어졌다. 의사 파우씨와 마리 아딜레이드 나병센터가 앞장서서 '나병 근절선언' 을 요란하게 축하했다. 그 무대도 나병의 메카인 필 · 바바로 골라 북서변경주 요인들을 초청하여 나병 감염사례 소멸을 드높게 선언했던 것이다. 스와트 지방은 주 안에서도 가장 환자 수가 많아서 대외적으로도 잘 알려져 있었기 때문에, 나병 근절 계획에 있어서는 상징적인 존재였다.

1983년 나병 근절 계획을 시작한 이후 9년, 나병 퇴치의 일선에서 악전고투해 왔던 성실하고 정직한 정부의 나병 진료원과 페샤와르 출신의 파키스탄인 히다야드라는 충격을 받았다. 누구보다도 실정을 잘 알고 있었기 때문이다. 히다야드라는 24세에 카라치에서 나병 진료코스를 수료한 다음, 타고난 정의감으로 젊은 정열을 기울였음에도 불구하고, 그 또한 줄곧 현실에 배반을 당해 왔던 사람이었다.

끝없는 산악지대에서 어려움은 말할 것도 없었고, 가장 손쉬워야 했을 도시에서조차 제대로 된 성과를 내기가 힘들었다. 히다야드라는 카라치의 나병 진료원 양성코스에서 배운 것을 만분의 일도 실행할 수 없어서 분하기 짝이 없었다. 정기투약, 방문투약이라고 한마디로 말들 했지만, 월 1회 각지에 흩어져 있는 환자들에게 철저한 투약을 실시한다는 것은 쉽지가 않았다. 합병증 치료에서도 공영센터는 이미 두 손을 든 상태였다. 감독해야 할 의사가 나병에는 완전히 무관심했다. 치유가 되었는지 아닌지를 판정하는 중요한 스메어(나병균 검사)조차 제대로 할 줄 모르면서도, 감염사례 소멸 등을 운운하는 것은 탁상공론에 지나지 않았다. 게다가 여성에게서 발견되는 비율은 특히 유행지에서 현저하게 낮았다. 숨겨진 감염원이 집안에 넘쳐나고 있을 것이 빤한데도 말이다.

하지만 정면으로 비판을 하게 되면 히다야드라 자신이 비난을 받고 직장을 잃을 판이었다. 부모님께 보내드리는 생활비도 끊길 것이다. 유일한 선택은 분한 마음을 가슴에 접고 집단에 파묻혀 박수의 제스처를 보내는 일이었다. 눈에 띄어서는 안 되었던 것이다. 그리고 이와 같은 생각을 품고 있는 사람은 히다야드라 혼자만이 아니었다.

'나병 근절 계획 달성선언'은 신문지상을 떠들썩하게 했고, 마리 아딜레이드 나병센터의 업적을 파키스탄 전역에서 칭송하였다. 그러나 히다야드라와 같은 사람들이 비판한 것처럼 의사 파우씨는 거짓말을 한 것도 아니었고, 명예심이나 욕심을 채울 요량으로 행동한 것도 아니었다. 파우씨 입장에서는 북서변경주와 아프가니스탄 사정에 어두웠던 탓에, 측근의 보고를 그대로 믿고 업적을 선전할 수밖에 없는 사정이 있었다. 그렇게라도 하지 않으면 방대한 연간예산을 끌어올 방책이 없었던 것이다. 파우씨 입장에서는 본국 기부자와 GLRA(독일 나병 구제협회)로부터 평가를 얻지 못하면 지속적인 자금계획이 불투명하게 될 형편이었다. 장래를 염려한 궁여지책이었을 것이다. 하지만 목적이 수단을 신성화하는 역현상에 대해 얼마만큼 깨닫고 있었는지는 의문이다.

이리하여 "서기 2000년까지 나병 근절을 완료한다."고 호언했던 카라치 마리 아딜레이드 나병센터는 그때까지의 활동성과를 내외에 선전할 필요성에 쫓기고 있었다.

이와 같은 형태로 활동을 지탱해 나간다면 설령 악의가 없었다고 치더라도 조직이 도덕적으로 변질해 가는 것을 피할 수 없게 된다. 단적으로 말하자면 나병 근절 계획이 현지에서 많은 사람들을 움직일 수 있었던 것은 나병이 돈이 되기 때문이었다. 물론 그것만으로는 납득이 갈 리 없겠지만, 선진국에서 환영할 만한 테마를 내걸면 자금이 많이 들어오는 것은 사실이었다. 노골적인 외국의 모든 NGO들은 그 후 고양이의 눈동자가 변화하듯 착착 활동내용을 바꿨다. 커뮤니티 헬스케어, 여성인권, 소아마비 근절, 에이즈, 모자위생, 지구환경 등이 그 좋은 예였다. 모두가 나병 문제와 깊게 관련되어 있었지만, 우리 페샤와르회는 초기 방침을 조금도 바꾸지 않았다. 단지 외국인을 즐겁게 하기 위한 사업으로 변질되지 않게 하기 위해서였다.

알 수 없는 어둠의 힘

1983년 나병 근절 5개년 계획을 세우면서 새 등록 환자가 폭발적으로 증가하여, 1983년에는 2,400명이던 것이 1988년에는 4,800명, 1990년에는 5,000명을 넘었고, 1992년에는 5,500명을 기록했다.

이 중 약 40% 2,050명이 내가 담당하는 페샤와르 미션병원 나병병동을 거쳐 갔다. 미션병원 나병병동에 한정해서 보면, 분명 치료하지 못한 환자는 1989년 200명을 피크로 연간 100명 이하로 떨어지고, 60~80명 수준을 유지해 왔다. 5개년 계획의 무기가 되었던 MDR(다제병용요법)은 점차 뿌리를 내리고 효과를 나타내고 있었던 것이 사실이다. 그때까지는 댑슨이라는 약 하나가 일반적인 것이었는데, 정기복용을 구호로 북서변경주 전역에서 월 1회 리팜피신을 투여하였다. 이에 따라 균 양성자도 한꺼번에 줄어들었다. 새 환자는 여전히 지속적으로 증가했음에도 불구하고, 모두가 낙천적으로 방심하고 있었음은 부인할 수가 없다.

1991년 1월, 북서변경주 전체에 등록된 5,000명 가운데 균 양성자는 불과 1,000명 이하였으며, 스와트 지방에서는 30여 명이라는 대성과를 이루었다. 일찍이 필 · 바바 사당 참배 길에 늘어서

미션병원에서
재발 치료를 받고 있는
환자들

서 구걸로 생계를 이어온 환자들이 급격히 줄어 필·바바 집단촌
에 거주하는 사람은 네 가구에 지나지 않게 되었다. 5개년 계획
초기상황을 아는 사람에게 있어서는 현저한 변화였다. 1950년대
에 필·바바 집단촌에 단신으로 발을 들여놓았던 프랑스인 수도
사, 1960년대에 솔선해서 나병병동을 개설한 페샤와르 미션병원
전 원장인 영국인 의사 쇼우, 1970년대에 계획을 조직화했던 벨
기에인 수녀 라자, 그들이 이 상황을 보았다면 격세지감을 느꼈을
것이다.

그들이 활동했던 연장선에 의사 파우씨가 이끄는 마리 아딜레
이드 나병센터의 활동이 있었다. 자선사업에서 적극적인 의료행
정 문제로 끌어올려 조직적으로 활동한 공적은 분명 위대하다고
말해야 할 것이다. 실제로 마리 아딜레이드 나병센터 산하에 있는
현장근무자와 동행했던 어느 일본인 간호사는 처음으로 목격한
변경 사정에 크게 놀라 이렇게 혹평했다.

"일본에 있을 때는 마치 페샤와르회(미션병원 나병병동)가 주
전체 나병 근절 계획을 담당하고 있다고 생각했었는데, 병원 안에

서만 움직일 뿐이네? 그냥 파우 선생님 일에 얹혀서 일하고 있는 것뿐이잖아?"

내막을 모르면 분명 그렇게도 보였을 것이다. 하지만 문제는 좀 더 복잡한 것이었다. 치료하지 못한 새 환자가 매년 200명(그 중 절반이 미션병원 나병병동)이나 등록을 계속하고 있었던 것만은 아니다. 새로운 환자 등록 증가 양상은 대략 다음과 같은 것이었다.

다른 의료기관으로부터 소개되어 오는 사람	55%
진료원의 가구조사에서 발견된 사람	33%
자발적으로 온 사람	9%
그 외	3%

(「1983~1989년, 환자의 발견 양식」 미션병원 나병병동의 기록에서)

이것은 기지를 주도(州都)인 페샤와르에 둔 병원 이야기니까 지방 투약소와는 다소 사정이 다르다. 그래도 겨우 진료원 세 명이 주 전체 40% 환자를 상대하고, 새로운 환자 반 이상이 등록되어 있었으니까, 미션병원 나병병동의 존재가 얼마나 무거운 것이었나를 알 수 있다. 게다가 투약소는 문자 그대로 투약만 하는 곳으로, 그나마 제대로 수행할 수 있었다면 다행이었다. 합병증 치료에 있어서는 전면적으로 우리 미션병원 나병병동이 중심이 되어 지탱해 왔다. 문제는 다음과 같이 요약할 수 있었다.

첫째는, 32개소에 분산된 투약소 관리가 쉽지 않은데다, 통계의 신빙성에 문제가 있었다. 비교적 탄탄하게 관리하고 있던 미션병 원조차 기록에는 '불명'이나 '기타'가 생각보다 많았으며, 통계처리는 내가 직접 담당하고 있었다. 미션병원 나병병동에서는 정기 투약율도 거의 규칙적인 투약이 49%, 불규칙적인 투약이 36%, 불명과 기타가 15%(1989)였다. 이정도만 해도 괜찮은 편이었다. 하지만 각 투약소에서는 실적 때문인지 90% 이하는 낮은 것으로 간주하여, 95%나 100%라고 기록하는 경우가 보통이었다.

둘째는, '병균 음성'이라고 한마디로 말하지만, 그것을 확인하기 위해서는 3회 이상 연속해서 피하조직에서 채취한 조직액을 항산균 염색으로 염색하여, 현미경으로 확인하지 않으면 안 된다. 이 작업은 미션병원 나병병동이 의뢰를 받아 검사하고 있었는데, 제대로 채취된 표본이 거의 없는 실정이었다. 음성 판정은 정확하지 않았다.

셋째는, 여성 환자의 발견비율이었다. 세계적으로 나병 발생은 남성에게 많고, 남녀 발병률은 2:1로 일정하다. 여성 환자가 30% 이상이라면 남녀를 격리시키지 않고 치료를 하고 있다고 간주할 수 있다. 하지만 주 전체에서는 여성이 22%, 지방에 따라서는 15%가 되는 곳도 있었다. 나병 감염은 통상적으로 가족생활과 불가분의 관계에 있으므로, 어머니나 처가 감염원이 된다면 분명 발병자는 끊이지 않을 것이다. 여기에는 문화적인 배경이 있는데, 북서변경주와 아프가니스탄에는 엄격한 남녀격리 관습이 있었다. 아무리 의료인이라고 해도 다른 사람 집에서 여성의 옷을 걷어 올리고 피부증상을 진찰하는 일부터가 우선 불가능했다.

넷째는, '나병균이 음성화하여 전염되지 않게 되었다.'고 해도, 일단 장해를 입은 신경마비는 회복되지 않는다. 많은 환자들은 평생 보살핌이 필요하다는 점이다.

달성 선언 효과는 우려했던 대로 빨리 나타났다. 의료행정 측은 관계자들에 대한 시상이 끝나자, 하루아침에 나병에 대한 관심을 접었다. 그 후 우리들이 보건성에 상담을 의뢰해도 공무원들은 "나병은 이제 완전히 소멸됐다."라는 식으로 대꾸하며 상대해 주지도 않았다. 근절선언에 뒤이어 변형예방계획 실시를 준비하고 있기는 했지만 사실 미션병원 나병병동 이외에는 적절한 시설이 전무했다. 그리하여 의사 파우씨는 명예 파키스탄 시민 지위를 받고 미션병원 우쟈가 원장은 최고 훈장을 받았지만 관건이었던 근절 계획은 퇴락의 길을 걷고 있었다. 사업을 지속하기 위해서 했던 달성 선언은 독일의 기부자 GLRA(독일 나병 구제협회)로 하여금 계획을 재검토하게 하는 결과를 낳았다. 이제 분명 없어야 할 나병 환자들에게 그다지 자금이 필요하지 않다고 생각한 것이다. 이 일로 인하여 북서변경주 나병 진료원 30여 명을 다른 질병의 진료원으로 돌려쓴다는 방침이 세워져 안질이나 결핵 등과 함께 합병 진료를 하였다. 나병만 해도 턱이 빠질 지경이었는데 진료원들을 다른 질환 치료에 종사시킴으로써 나병 환자에 대한 치료는 한층 더 소홀해질 수밖에 없었다.

나병 진료원들 또한 각자 생활을 가지고 있는 사람들이었다. 직장을 잃고 가족들을 거리에서 방황하게 하고 싶지는 않았을 것이다. 싫지만 마리 아딜레이드 나병센터의 방침을 따르지 않을 수 없었을 것이다. 뜻이 있는 자는 침묵했고, 자기반성이 없는 자는 나병·안질 진료원이라는 별난 직업에 자기합리화의 방법을 발견해냈다.

명성을 버리고 보람을 얻다

나로 말하자면 한결같이 침묵을 지키는 부류에 속했다. 비판적인 말을 해봤자 적만 만들 뿐, 그것이 환자들에게는 좋을 리가 없었다. 하지만 그 상태로 간다면 언젠가는 환자들이 치료를 의지할 곳을 잃어버리고 말 것 같았다. 이러한 상황을 두고 5개년 계획이 완료되는 시점에서 내가 내렸던 결론은 다음과 같다.

- 어쨌든 어느 정도 수준을 갖춘 나병 전문 의료기관이 지극히 장기간에 걸쳐 페샤와르에 지속적으로 존재할 것. 그 때는 나병과 유사한 다른 질병도 함께 진료할 것.
- 앞으로는 특별히 나병 근절 계획 같은 것을 세우지 않더라도, 나병을 일반감염증 또는 신경이나 피부 질환의 하나로 취급하여 일반 의료기관에서 바른 인식과 진단이 두루 미칠 것.

이것은 오래 전에 WHO(세계보건기구)가 대규모 '말라리아 근절 계획'에서 쓴 맛을 본 끝에 내린 결론과도 비슷하다. 말라리아의 경우는 천연두와 달라서 지구상에서 완전히 없애는 것은 불가능했다. 한정된 지역에서 일단 유행을 저지했다고 하더라도, 그것이 다시 유행했을 때는 이전보다도 훨씬 더 끔찍한 상황이 되었다. 먼저 매개곤충 박멸 등, 자연환경을 철저하게 파괴하거나 개선하지 않고는 불가능한 일이었다. 따라서 상당히 도시화한 인공적 환경이나 섬이 아니면 말라리아 근절은 성공할 수 없었다. 즉, 인간이 농사를 짓는 한 말라리아와 동거하는 것은 필연적이다. 결

미션병원에 새로 지어진 나병 병동

국 WHO에서 말라리아 계획에 관여했던 사람들이 내렸던 가장 적합한 결론은 '병에 걸렸을 때, 치료를 받을 수 있는 진료시설이 가까이에 있을 것' 이었다. 인간은 자연의 일부다. 먹는 행위를 계속하는 한 인간은 미생물을 포함한 자연환경과 균형을 취하면서 살아갈 수밖에 없다. 지극히 평범한 진리인 것이다. 이는 의료기술 과신이라는 세계적인 폐습에 대해 하나의 돌을 던진 셈이었다.

나 또한 1984년 이후 나병 근절 계획과 관련을 맺으면서 위와 같은 인식을 새롭게 하였다. 거의 강박관념에 빠져 하나도 남김없이 근절하겠다는 것은 불가능한 일이다. 모든 게 헛수고였다는 비판이 아니다. 인간과 자연과의 관계라는 차원에서 거시적으로 보면 설령 상대가 병원체라고 해도 인간이 자연을 정복하고 제어한다는 식으로 주제 넘는 생각을 해서는 안 된다. 자연과의 관계를 생각할 때, 나를 포함한 우리 인간들 의식 속에 자제와 절도가 없으면 자연과 공존하는 것은 현실적으로 성립할 수 없는 것이다.

어쨌든 나는 하나의 임상 의사일 뿐이다. 근절 계획의 옳고 그

름은 솔직하게 인정하고, 현실적으로 환자들 불행을 조금이라도 줄일 수 있도록 궁리해야 한다. 다행스럽게도 내 입장은 미션병원 나병병동에 고용된 외국 의사에 지나지 않았다. 환자들 실정을 무시하는 인간세상의 움직임에 대해서 초연하게 임할 수 있었던 것이다. 우쟈가 원장을 우두머리로 하는 미션병원에 많은 문제가 있었지만 조직의 움직임과 거리를 두고 때를 기다릴 수 있었던 것은 행운이었다. 그 시점에서 '이대로는 끝나지 않을 것이다.'라고 생각하면서도 미션병원 나병병동을 최후의 교두보로 삼는 방법 이외에는 다른 구체적인 구상이 떠오르지 않았다.

돌이켜보면 그 뒤떨어진 것 같은 기본방침은 이 시기에 확립되었다. 나병 환자가 적다는 것은 한 국가에 있어서 자랑할 만한 사회적 상징이다. 외국인이 목청을 높여 비판하듯 떠들어 댄들 좋을 것은 없겠지만 요컨대, 일부러 세간의 각광을 받지 못하는 어둠의 버팀목에 머물며, 설령 주류가 끊기더라도 면면히 이어지는 부동의 지하수류를 이루어야 한다. 우리들이 존재하는 이유도 거기에 있을 것이다. 아무리 현지 의료사정이 열악하다고 하더라도 그늘지지 않은 양심은 사람들 마음속에서 숨을 쉬고 있다. 양심적인 진료원 히다야드라씨 등으로 대표되는 성실한 인간의 양심은 우리들의 활동에 활로를 찾아낼 것이다. 임상의학은 환자를 위해 있는 것이다. 이 기본정신을 잊고 세간의 평가나 주판알을 튕기는 일에 개입하게 된다면 이는 본말이 전도된 것이다. 작은 성공을 밑천으로 그 일에 정통한 척하는 인간의 떠벌임이 진실을 가리면 정직한 사람이 손해를 보게 된다. 그래서 소인배들이 잘난 척하는 세상은 참으로 견디기 힘들다.

이와 같은 일이 바로 등잔 밑인 JAMS(일본-아프간 의료서비스)에서도 일어나고 있었음을 고백하지 않으면 안 될 것 같다. JAMS 직원들은 원래부터 '아프간 난민 문제에 비하면 나병 문제 같은 것은 사소한 문제다.' 라고 생각하고 있었기 때문에 아프간인 환자에 대한 투약을 의뢰하는 일 외에는 무관심했다. 그들은 나병 환자 진료를 싫어했으며, 언제부터인지 카불에서 오는 중·상류층 환자들의 환심을 사는 진료로 변질할 조짐을 보이기 시작하고 있었다. 그렇지만 현실은 쓸데없이 비판하는 것만으로 그쳐서는 안 된다. 전쟁을 통해 병사가 단련되는 것처럼, 사업을 통해 사업을 키우는 것을 주요 방침으로 관철시켜야 했다. 1992년 당시, 페샤와르 미션병원 나병병동 활동은 아직 건재했기 때문에 예의 '나병 근절 계획 달성' 통보를 무시한 채 병동 진료개선에 온 힘을 기울였다.

부임 이래 꿈꾸어 왔던 새 병동 건축이 완성되어 뒤늦은 감은 있었지만 일본에서도 이제 막 인력을 보내려고 하던 참이었다. 페샤와르회가 독자적으로 일을 챙기기에는 아직 시기상조였다. 그러나 누구도 그 사실을 몰랐지만 그 시기는 분명히 다가오고 있었던 것이다.

10년을 청산하다

병동 관리 문제

1994년 2월, 아프가니스탄에 악성 말라리아 문제가 잠잠해지고, 누리스탄으로 막 진출하려던 바로 그 무렵, 앞으로 활동 양상을 크게 변화시킬 만한 사건이 파키스탄 쪽에서 일어나고 있었다.

앞에서 기술한 바와 같이 나병 문제에 대한 관심이 약간 수그러들기는 했지만 나병병동의 중요성은 조금도 줄어들지 않았다. 하지만 내가 아프가니스탄 동부 산악지대에 출입하거나 정기적으로 일본에 머무르는 시간이 늘었기 때문에 병동관리에 눈길이 미치지 못하는 상태가 지속되었다. 내가 없는 동안 병원장 명령으로 병동 비품이 반출되거나 나병에 무지한 사람이 관리자가 되어 함부로 권위를 휘둘렀다. 이 때문에 도덕성이 떨어지고, 일본에서 온 간호사와 물리치료사들도 의욕이 떨어졌다.

사건의 발단은 미션병원 직원들 연수문제에서 비롯되었다. 1994년 1월, 한 고참 나병 진료원이 카라치의 마리 아딜레이드 나병센터에서 재차 연수를 받을 수 있는지를 알아보고 병원장의 승낙을 받아둔 상태였다. 그러던 것이 갑자기 원장이 승낙을 취소하는 바람에 직원들이 격분해 있었다. 우쟈가 원장 의도는 명확하지 않았지만 같은 해 2월 부사교(副司敎) 선거에서 상대후보인 험프리씨에게 큰 차로 패하는 바람에 교구 내에서 지위가 현저히 떨어져 있었다. 마침 차기 원장에 대한 이야기까지 거론되어 나카무라씨를 밀라는 소문이 돌고 있었다. 우쟈가 원장으로서는 자신의 권위를 한번 보여주려고 했던 것 같았다.

실제로 곤란한 상황에 처한 그 직원은 이미 받아 두었던 우쟈가 원장의 서명 동의서를 확인한 다음, 일단 카라치 측과 상담하기로 했다. 같은 해 2월의 일이었다. 의사 파우씨가 토머스 원장과 함께 라왈핀디에 머물고 있다는 소식을 듣고 즉시 면담을 하러 갔다. 미션병원 나병병동 관리 문제는 이 시점에서 이미 확연히 드러난 셈이었다. 무엇인가 근본적인 손을 써야 할 시기라고 생각하였다.

10년 전 파우씨는 내가 미션병원에 올 것을 예측하지 못했다. 그녀는 자금 제공처인 독일 나병 구제협회와 정부기관에 대해서 나병 근절 계획 달성을 끝낸 이상, 이제 와서 실정에 맞지 않는다고 하여 못이기는 척하고 계획을 변경할 수가 없었다. 합병증 치료 측면에서도 별로 기능을 발휘하지 못할 것임을 알면서도 공영 나병센터를 세우지 않으면 안 되었다.

이야기는 이쯤 해두고 10년 전인 1984년 12월로 거슬러 올라가보자. 당시 공영 나병센터가 막 문을 열었을 때, 옛날부터 있었던 페샤와르 미션병원 나병병동과 역할분담을 협의하였다. 나는 공영센터에 부임한 지 얼마 안 되는 독일인 여의사 에델과, 나병 근절 5개년 계획을 이제 막 시작한 의사 파우씨와도 이야기를 나누었다.

마리 아딜레이드 나병센터는 파우씨 주도로 항상 의료행정 일각에 자리를 차지하고 배후에 WHO(세계보건기구)를 방패로 세워 계획의 공공성과 권위를 인정받아 센터에 소속된 진료원들을 보내 사업을 진행했다. 그것은 그 나름대로 초기에는 성과를 올렸다. 그러나 그런 방법에는 빠지기 쉬운 함정이 있었다. 끊임없이 권력과 국제 관료조직의 동향에 주의를 기울여야 하고, 설령 사정에 맞지 않는다고 하더라도 업적을 평가받지 못하면 예산 수령에 영향을 미쳐 사업을 지속해 나가기 곤란하다는 점이다. 의사 에델은 부임 후 1년이 채 안 된 1985년에 현실과 계획이 너무나도 동떨어져 있음을 보고 마침내 포기해 버린 상태였다. 일의 경과에 가장 많은 신경을 썼던 사람은 파우씨 자신이었을 것이다.

내가 먼저 그녀를 배려하는 마음에서 말을 꺼냈다.

"파우 선생님, 에델 선생님이 새 센터(공영 나병센터)에서 아무리 열심히 해도 아마 현재 진용으로는 무리겠죠?"

"하지만 페샤와르 미션병원 쪽도 우쟈가 원장이 있는 한 나병병동으로서 제 기능을 발휘하지는 못할 것입니다. 원장이 나병에 관한 지식은 아무것도 없으면서 나병병동을 단지 돈줄로 밖에 보고 있지 않다는 것은 뻔한 사실입니다."

"제가 한동안 미션병원에서 분발하면서 공영센터 에델 선생님과 협력하게 되면 서로 충분히 보완할 수 있을 겁니다."

끝에 가서 파우씨는 의심스럽다는 듯이 이렇게 물었다.

"나카무라 선생님은 앞으로 몇 년을 더 버티실 수 있을 것 같습니까?"

"잘 버티면 10년! 그 이상 더 살 수도 없을 것 같습니다."

이 대화를 나누고 나서 벌써 10년이 지나려 하고 있다. 그 후 에 델씨는 지친 나머지 2년 만에 페샤와르를 떠났는데 후임이 오지를 않았다. 결국 공영병원(레디리딩병원) 피부과 의사가 돌아가며 진료를 맡아 공영 나병센터는 실질적인 기능을 잃게 되었다. 어느 의사도 인기가 없는 나병 전문의가 되고 싶다고 생각하지 않았으며, 오로지 1년 임기가 끝나기를 기다리는 것만이 거기서 빠져나가는 길이었다. 그 틈새를 페샤와르회를 배경으로 하는 미션병원 나병병동이 지탱하여 왔지만 이제는 한계를 느끼고 있었다. 나는 '뭔가 결정적인 변혁이 필요하다.'고 막연하게 느끼면서 파우씨를 만나러 갔다.

불가능한 제안

파우씨는 북부지역(카시미르 지방)을 둘러보고 돌아오는 길에 오랜만에 나와 다시 만난 것을 기뻐했다. 육십을 넘긴 나이였지만, 돋보기안경을 목에 걸고 소박한 현지 의상을 걸치고 있었다. 날카로운 눈매와 야무진 표정은 조금도 변함이 없었다. 그래도 이야기를 시작하자 역시 일종의 쇠락함이랄까, 외길로 살아온 사람들이 갖기 쉬운 편협성과 이국에서 몸에 밴 어떤 습성 같은 것을 느끼지 않을 수 없었다. 나병 근절 계획 달성 선언 이후 어딘지 모르게 정치적인 거동을 취해 왔던 것에 대해 나는 그녀에게 약간 실망감을 느끼고 있던 터였다. 하지만 남의 일이라고 할 수도 없었다. 재정을 확보하는 일과 정치적인 줄다리기 틈바구니에서 헤엄칠 수밖에 없는 역할이 그녀를 변화시켜 갔을지도 모를 일이었다. 10년 세월을 생각하지 않을 수가 없었다.

직원 연수문제는 마리 아딜레이드 나병센터의 토머스 원장이 우쟈가 원장과 직접 교섭하는 것으로 일단 해결했다. 나병병동 관리개선에 대해서 이야기를 꺼냈다.

"선생님, 기억하실 수 있다면 10년 전 약속을 생각해 봐 주십시오. 우쟈가 원장과 가급적 사이좋게 지내고, 의사 에델씨와 협력하시겠다고 말씀하신 것을 기억하고 계십니까?"

"기억하고 있습니다. 그때 선생님께선 우쟈가 원장이 곧 물러날 거라는 낙관적인 예측을 하고 계셨죠. 그렇지만 그 다음 일은 전혀 예상할 수가 없었습니다. 원장이 1985년 4월에 유임되리라고는 누구도 생각하지 못했습니다."

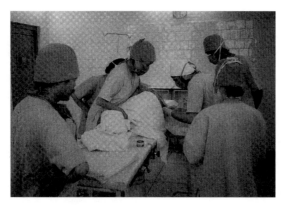

미션병원에서
수술하는 모습

"아니, 제가 말씀드린 것은 그 이후의 일입니다. 1986년 10월에 아프간인들로 구성된 팀(ALS)이 발족한 시점에서 나병병동 개선은 일시적으로 가능했지만 솔직히 제게는 엄청난 스트레스였습니다. 나병병동은 페샤와르 미션병원(우쟈가 원장)과 마리 아딜레이드 나병센터가 이중으로 관리하고 있던 상태였습니다. '인사를 포함한 독립적인 관리가 이루어지지 않는다면 도저히 운영해나갈 수 없다.'고 호소하던 제게 '제3의 센터가 생기는 것은 혼란스럽다.'는 말로 반대하시고, 어쨌든 인내를 요구했던 것은 파우 선생님이 아니었습니까?"

"……."

"우리는 혼란을 바라지 않습니다. 환자들에게 도움이 된다면 그것으로 그만입니다. 선생님께서 기대하셨던 공영 나병센터 실정을 모르고 계시지는 않을 거라고 생각합니다."

"솔직하게 말씀드리면, 나도 공영센터에 많은 것을 바라지는 않습니다. 하지만 법적인 문제 때문에 어떻게 해서든지 그것을 세워나갈 수밖에 없었던 것입니다. 선생님께는 정말 죄송했습니다. 그래도 우리가 페샤와르회 역할을 높게 평가했기 때문에 최근 수년 동안 행사나 기술지도는 미션병원 나병병동에서 해왔던 것이라고 생각하는데요."

"하지만 관리 실태는 평소 현장에서 일하는 사람들이 잘 알고 있습니다. 실제로 약속하셨던 현장 진료의 협력은 당당하게 이루어지지를 못했고, 인사 측면에서도 형편없는 책임자를 배속하였습니다. 가끔 우쟈가 원장과 파우 선생님이 중요한 회담을 했지만 그 자리에서 뿐이었고, 약속은 하나도 실행되지 않았습니다. 직원들 연수 하나만 해도 서류에서 그치고 마는 실정이었습니다. 이래 가지고서는 머잖아 나병병동이 파탄을 맞을 것이고, 환자들은 합병증을 치료할 곳을 잃고 말 것입니다."

여기서 토머스 원장이 의표를 찌르는 제안을 했다.

"차라리 나병병동을 페샤와르회에서 관리하도록 미션병원 측과 계약하는 것이 어떻겠습니까? 그렇게 되면 공영 나병센터와 협력을 할 수 있을 것이고, 인사를 포함한 관리개선 측면에서 좀 더 서비스가 강화될 것입니다."

이는 합리적이기는 했지만 너무나 낙관적인 의견이었다. 토머스씨는 과거의 벨기에인 그룹과 미션병원과의 의견대립에 관한 전말을 몰랐던 것이다. 그런데 파우씨는 의외로 이 제안을 강하게 지지했다.

"벨기에인 그룹의 경우는 미션병원 이름도 드러내지 않고 완전히 독립적으로 활동하고 있었습니다. 만약 나카무라 선생님 이하 페샤와르회가 어디까지나 미션병원 산하라는 입장을 지킨다면 문제는 없을 거라고 생각합니다만……. 하긴 그렇군요. 나병에 감염된 예가 격감했음을 선언하셨지만, 후유증에 걸린 환자들을 치료할 장소는 페샤와르회가 유지하고 있는 미션병원 나병병동 외에는 생각할 수 없군요."

파우씨도 또한 실정을 몰랐다. 만일 독일 나병 구제협회 자금이 페샤와르회 관리 아래 나병병동에 제대로 투입된다면, 그것을 전용해서 많은 일반직원을 양성하여 명성을 얻어 온 병원당국과 우쟈가 원장은 수습하기 힘든 상황에 놓이게 될 판이었다. 만약 그것이 진심이라면 그들도 사정을 알아야 할 것 같았다. 나는 할 수

있는 설명을 다 했지만 그 현장에 있어본 적이 없는 그들에게는
이해가 되지 않는 모양이었다.

10년이라는 시간이 어깨 위에 묵직하게 달라붙은 것 같은 느낌
이 들었다. 하지만 파우씨와 토머스 원장이 하는 말이 정론이기는
했다. 나는 다음 대책을 생각하면서 일단 동의를 하기는 했지만
속으로는 실현되지 않을 거라는 것을 알고 있었다. 아마 이것이
커다란 전기가 될 것이다. 10년의 총결산이다. 이야기를 끝내기
전에 일단 못을 박았다.

"말씀하신 그대로 제안을 하겠습니다. 하지만 반복해서 말씀드
리겠는데 어떤 결과가 되더라도 환자에게 이익이 갈 수 있도록 좋
은 방향으로 협력을 부탁드립니다."

거짓말

때는 무르익고 있었다. 내가 처음 생각했던 것은 다시 한 번 정
부의 현장진료 현황과 각 투약소의 실정을 확인해두는 일이었다.
같은 해인 1994년 3월에 마츠모토 검사기사(전 국립 오쿠광명
원)와 같이 주정부 현장진료 요원들 협력을 얻어 해당지역 몇몇
곳을 차례로 둘러보았다. 마침 현지어로 된 컬러 아틀라스 출판
계획이 있었다. 이것은 나병에 대한 지식을 보급하기 위해 일반
의료관계자에게 쉽게 볼 수 있는 책 1만 부를 만들어 북서변경주
와 아프가니스탄 전국 의료기관과 진료소, 시골 약국 등에 구석

구석 배포함으로써 우리들 업무에 강력한 지원이 될 수 있도록 하기 위한 것이었다.(결국은 간행되지 않음.) 이에 관한 자료 수집을 위해 사진이 특기였던 마츠모토 검사기사가 새로운 증상에 감염된 피부질환 표본을 구하고 있었다. 현장진료 종사자의 안내로 직접 새 환자를 발견해서 현미경 자료를 위한 실제 검사를 하기도 했다. 이것은 동시에 주요 투약소 실정을 파악하는 과정에서 귀중한 경험이 되었다.

6월에는 치트랄로 가서 나병 근절 계획이 조잡하고 치료받지 못한 새 환자가 끊이지 않는다는 사실을 재확인했다. 스메어(나병균 검사)를 제대로 하고 있는 곳이 거의 없고, 간단한 수술용 칼이나 슬라이드 유리조차 갖추어져 있지 않았다. 심지어는 투약소 주변에 감염원이 다수 있을 거라고 추정하면서도 추적조사를 하지 않았다. 현장진료라는 것 대다수는 방문 투약 지시에 따라 차로 집에서 집을 산발적으로 돌 뿐이었고, 투약소 대부분은 평소에도 빈 껍질뿐이었다. 이래서는 환자가 정기투약을 위해 방문하더라도 약품을 얻을 수 없을 뿐더러 중요한 세균검사를 할 수가 없었다. 어느 진료소에서는 수위가 진료원처럼 행세하면서 엉터리 검사를 하고 있을 정도였다. 특히 치트랄 북부 사정은 최악이었다.

파우씨가 주도했던 과거 마리 아딜레이드 나병센터의 노력은 높이 평가하지만 10여 년에 이르는 참담한 결말은 겸허하게 반성해야 했다. 나는 JAMS가 1989년에 테메르갈 진료소를 개설했을 때, 검사기사를 교대로 붙박아 두고 가까운 정부 투약소에서 의뢰해 온 나병균 검사를 맡고 있었다. 그런데 보내 오는 검사용 슬라이드가 놀랄 만큼 조잡한 것이었기 때문에 우리 팀을 정기적으로 파견해서 검사용 도말 슬라이드 작성을 지도하기도 했다. 그래도 나병 진료원이 없는 경우도 많고, "새삼스럽게 무슨 도말 슬라이드 같은 기초적인 것을 하라는 거야?"라고 불만을 토로하는 사람도 있어서 좀처럼 열매를 맺을 수가 없었다. 실적도 없으면서 엉터리 서류나 보고서들로 마리 아딜레이드 나병센터의 환심을 사는 데 급급한 실정이었다. 이들 보고를 토대로 멀리 남쪽의 카라치에서 확인도 하지 않고 집계된 숫자가 나병 근절 계획 달성선언의 근거였다고 하니 등골이 오싹해지는 것을 견딜 수가 없었다.

이따금 카라치에서 외국인이 방문하면 현장근무자들은 접대를 하느라 바빴다. 대체로 정해진 안내코스에다, 약간 힘들게 걸어갈 수 있는 현장진료에 동행하여 선전 도구로 이용하였다. 처음 보는 외국인들은 그렇지 않아도 익숙하지 않은 풍속에 눈이 휘둥그레져 있던 터에 외진 곳에서 활동하고 있는 모습을 보고는 칭찬을 했다. 짧은 시간 둘러보는 것만으로는 그 이면을 볼 수 없던 것이다.

나병병동

6 충돌

나는 병원을 떠날 때 다시 한 번 나병병동을
멀리서 바라보았다. 먼지가 이는 구 시가지의 혼잡 속에
병동만이 녹색 수목들에 덮여 다갈색의 삭막한 광경에
한 점 촉촉함을 전하고 있는 듯이 보였다. 지금까지 10년 동안
분명 여기서 수만 명의 사람들이 치유되었을 것이다.
그 동안 '붕대를 감아주는 싸구려 여관'이라고 불리던
나병병동은 산뜻한 새 건물과 함께 아프가니스탄 북서변경주
6천 명 이상의 나병 환자들에게 안식처로서 기능해 왔다.
지금 우리들은 여기를 떠난다. 병동은 기능을 잃을 것이다.
그러나 이제부터는 누가 진료를 한단 말인가?
얼핏 이런 감상들이 마음을 스치고 지나갔다. 하지만
미련이 남는다는 생각은 들지 않았다.
잇달아 전개되는 새로운 정세에 대응해야 할 일들이
나를 기다리고 있었다.

미션병원과 충돌하다

주사위는 던져졌다

페샤와르회 측이 제안한 나병병동의 독립적 관리를 우쟈가 원장이 거부할 것에 대비해서 나는 1994년 6월 중순부터 구체적인 계획을 세우기 시작했다. 이 경우 카라치 측이 싫어하는 제3의 센터 구상은 피할 수 없었다. 그렇다고 해서 아프간인으로 채워진 JAMS만으로 나병 환자를 치료할 수 없다는 사실은 경험을 통해 익히 알고 있었다. 일대 변혁을 각오하고 일을 추진해야 했다.

1994년 7월, 독자적으로 병원 건설을 검토하기 시작했다. 처음에는 스와트 등 북서변경주 산악지대의 비교적 큰 도시도 후보에 올랐지만, 반 수 이상을 차지하는 아프간인 환자를 고려한다면 페샤와르보다 더 좋은 입지 조건은 생각할 수가 없었다. 그래서 부지를 확보하기 위해 오랜 지인인 험프리 피터(파키스탄인)씨에게 그 이야기를 가지고 갔다. 이후 험프리씨는 현지 사업에서 중요인물로 등장하게 된다. 그는 반 우쟈가 원장파의 필두로 병원 안에서는 내 방 옆에 거처가 있었다. 미션병원과 같은 울타리 안에 있는 정신건강센터를 관리하고 있었으며, 장애아 교육에 종사했고, 전 관리자인 영국인 마일즈 부부와도 10년째 협력관계를 유지하고 있었다. 영국 신사풍의 몸가짐으로 현지 기독교인 사회에서도 인망이 두터웠다. 이 험프리씨는 선거제인 부사교 자리를 놓고 우쟈가 원장과 경합하여 얼마 전 압승을 거두었다. 부지 이야기를 그에게 한 것은 그 정신건강센터가 시내 하야다바드라는 신개발지에 구획을 할당받기는 했으나, 그것을 어떻게 이용할 것인가를 두고 고민하고 있었기 때문에, 그 한 쪽을 작은 진료시설로 쓰도록 도와줄 수 있겠다 싶어서였다.

실정을 이야기하자 그는 쾌히 승낙했다.

"꼭 어떻게든 해 드리겠습니다."

이렇게 말하며 기대 이상으로 적극적인 협력태도를 나타냈다. 나는 그 말을 의심하지 않았기 때문에 이를 우쟈가 원장과 교섭이 결렬되었을 때 이후 차선책으로 꼽고 있었다.

현지 활동을 시작한 이래로 JAMS 설립에 다음가는 일대 전기가 되는 사안이었다.

페샤와르회에서는 이 보고를 받고 각오를 새롭게 하여 나와 충분한 협의를 거친 끝에 다음과 같이 결정했다.

■ 미션병원 나병병동 운영을 페샤와르회의 위탁사업으로 할 것을 교섭한다. 이 때, 인사와 재정 일체를 페샤와르회가 맡고, 그 업적은 미션병원의 것으로 한다.
■ 이상의 교섭이 결렬되는 경우에 페샤와르회는 더 이상 미션병원을

지원하지 않는다.

- 이 경우 나병 치료센터 운영을 관련기관인 마리 아딜레이드 나병센터와 주정부 현장 근무자의 협력을 받아서 실현한다.

주사위는 던져졌다. 페샤와르회에서는 이 기본 방침에 따라 평화와 전쟁 모두의 가능성에 대비하여 무라카미 사무국장 이하 회원들이 파키스탄으로 들어왔다.

협상 결렬 그리고 철수

1994년 10월 10일, 페샤와르회에서는 의사 무라카미 사무국장이 페샤와르회 전권 대표로서 페샤와르 미션병원을 방문하여 정식교섭을 시작하였다. 이에 동행한 사람이 사와다 히로코씨인데, 직업통역사임과 동시에 본인 스스로가 페샤와르회 일꾼으로서 현지에 머무른 경험도 많고, 우쟈가 원장과도 친교를 맺고 있어서 사정에 정통했기 때문에 참으로 적임자였다.

무라카미씨는 다음날인 11일에 험프리씨와 회담하고 협력을 얻어 치료센터 건축 준비를 확인했다. 우쟈가 원장과의 교섭은 10월 12일 저녁에 이루어졌다.

무라카미씨가 페샤와르회의 대표로서 포문을 열었다.

"최근 들어 '관리상의 문제로 나병병동을 원활하게 운영할 수 없다.'는 보고를 받았습니다. 이는 저와 나카무라 선생님의 개인적인 감상이나 의견이 아니라 페샤와르회 회원 3천 명의 제안으로서 들어주시기 바랍니다. 우리 페샤와르회는 다른 외국 NGO들과는 달라서 특별히 명예나 업적을 필요로 하는 단체가 아닙니다. 저도 임상 의사인데, 환자를 치료할 장소가 원활히 확보만 된다면 그것으로 좋습니다. 병원으로서도 귀찮은 관리를 피할 수 있게 되리라고 생각합니다마는……."

이는 사실 3개월 전에 타진이 끝난 제안이었다. 그 당시 우쟈가 원장은 전혀 문제가 없다며 일축했고, 배반이라고까지 생각하고 있었던 것이다. 원장은 현지에서 흔히 볼 수 있는 독재자형 성격의 소유자로 두뇌가 예리하고 정치적 수완도 발군이었지만 불타는 명예욕과 물욕 그리고 질투와 의심 덩어리로 꽉 찬 사람이었다. 그런 까닭으로 모두가 혐오하고 많은 적을 가지고 있었다. 그에게는 사심 없는 협력 따위는 상상조차 할 수 없었다. 자신의 지위가 위협받고 있다고 생각했음에 틀림없다. 과연 무라카미씨의 제안에 대해 자제력을 상실한 거부반응이 되돌아왔다.

우쟈가 원장과 무라카미씨는 불꽃 튀기는 위험한 교섭을 하게 되었다.

"안 됩니다! 무라카미 선생님. 당신은 나카무라씨 편을 들고 있어요. 무슨 보고를 받았는지는 모르겠지만 관리 문제 같은 것을 따지는 것은 내정간섭이란 말이외다. 거부하겠소."

"그렇다면 어쩔 수 없습니다. 페샤와르회로서는 미션병원에서 전면적으로 철수하지 않을 수 없습니다."

"그건 당신들 멋대로 하시오. 하지만 일단 병원에 기부한 것은 여기에 두고 갔으면 하오. 미츠비시 지프 한 대 정도는 두고 갈 것으로 기대하고 싶소."

"기부한 것은 당연히 놓고 갑니다. 우리는 그렇게까지 몰상식한 행동은 하지 않습니다. 하지만 지프는 사적인 물건입니다. 앞으로 우리 활동에 필요합니다."

"나는 페샤와르회에 전면적으로 협력해 왔는데 그럴 수 있소? 앞으로 활동이란 건 또 뭐요? 미션병원 말고 다른 곳에서 일을 시작하기라도 한다는 거요?"

"그것은 이 회담 주제가 아닙니다. 지금은 평화적인 철수를 이야기하고 있는 것입니다."

교섭이 결렬되더라도 좀 더 신사적인 태도를 기대했지만 나중에는 차량을 한 대 두고 가라며 이치에도 닿지 않는 요구를 집요하게 해대는 통에 험악하고 치사한 꼴이 되고 말았다. 아니나 다를까 무라카미씨와 사와다씨도 크게 놀라 '이런 사람과 나카무라 선생님이 10년 동안이나 함께 일해 왔단 말인가?'라며 한탄을 터뜨릴 정도였다. 사와다씨는 10년 교제의 결과가 그러한 것을 보고 눈물을 글썽이며 슬픔을 숨기지 않았다.

일본에서는 전혀 상상할 수도 없는 일이었다. 조금은 더 낙관적으로 생각하고 있었던 무라카미씨도 예상치 못했던 큰 충격을 받았다. 그래도 그는 다음에 올 사태를 냉정하게 판단하고는 미션병원에서 긴급히 철수할 것을 결정했다. 병원 안 기숙사에서 합숙하는 일본인 직원 네 명은 협박이라도 당하는 듯한 위기감을 느끼고 그날 밤부터 소지품을 옮길 준비를 시작했다.

다음날인 13일 오전 9시, 페샤와르회 철수에 대해서 최종 마무리를 하는 회담을 시작하였다. 우쟈가 원장의 태도는 전날보다도 더 고압적이었다. 별안간에 페샤와르회가 남겨 두고 갈 물품에 관한 이야기를 꺼내며 통역하는 사와다씨에게 은혜를 모르는 나카무라라고 험담을 늘어놓았다. 참고 또 참으며 이야기를 듣고 있던 나는 마침내 폭발하였다.

"이 거짓말쟁이 놈아!"

이것으로 별로 품위가 없는 교섭은 막을 내렸다. 사실상 선전포고였다. 병원 직원들은 긴장했다.

"하다못해 환자와 나병병동 직원에게 인사 정도는 하고 싶다."

병원을 나오면서 원장에게 말했다.

"지금부터 한 발짝도 병원 안으로 들어오지 마라"

매몰찬 대답이 돌아왔다.

즉각 우쟈가 원장은 내가 병원에 출입하는 걸 금지하였으며 수위에게 나병병동 물품을 감시하라고 일렀다. 오후 2시에 일본인 직원들 이사를 돕기 위해 JAMS 의사 샤와리가 차량을 원내로 진입시키는 순간, 미션병원 수위들이 문을 닫고 차 안을 뒤져서 에어컨 등 눈에 띄는 개인적인 물건들을 끌어내렸다. 페샤와르회가 기증했던 의료기구 등을 반출할까봐 겁냈던 것이다. 혈기왕성한 JAMS 측 운전수 이하 십여 명이 대치하며 일촉즉발 위기 상태가 되고 말았다. 하지만 건장한 JAMS 직원들도 페샤와르에서는 약한 난민의 입장이었다. 일이 터지면 치안당국은 파키스탄 시민을 두둔할 것이 뻔했다. 폭력적인 대결은 피해야 했다.

"수위 신분으로 무례하게 굴지마라!"

미션병원 수위들과는 친했기 때문에 눈에 띄는 물건들만 남겨두고 문을 열어 JAMS 직원들을 떠나게 했다. 아프간인 직원들은 미션병원과 우쟈가 원장에 대해 깊은 원망과 경멸을 품었다.

직원들이 동요하다

나는 병원을 떠날 때 다시 한 번 나병병동을 멀리서 바라보았다. 먼지가 이는 구 시가지의 혼잡 속에 병동만이 녹색 수목들에 덮여 다갈색의 삭막한 광경에 한 점 촉촉함을 전하고 있는 듯이 보였다. 그때까지 10년 동안 분명 여기서 수만 명의 사람들이 치유되었을 것이다. 그 동안 '붕대를 감아주는 싸구려 여관'이라고 불리던 나병병동은 산뜻한 새 건물과 함께 아프가니스탄 북서변경주 6천 명 이상의 나병 환자들에게 안식처로서 기능해 왔다. 그 대부분은 기록에조차 남아있지 않지만 따뜻해지는 마음을 서로 느끼며 직원, 환자들과 함께 현재 모습을 만들어 왔던 것이다. 지금 우리들은 여기를 떠난다. 병동은 기능을 잃을 것이다. 그러나 이제부터는 누가 진료를 한단 말인가? 얼핏 이런 감상들이 마음을 스치고 지나갔다. 하지만 미련이 남는다는 생각은 들지 않았다. 잇달아 전개되는 새로운 정세에 대응해야 할 일들이 나를 기다리고 있었다.

아무것도 모르는 미션병원 직원들에게 있어서는 청천벽력이었다. 곧이어 발족한 PLS(페샤와르 나병서비스)로 즉시 달려왔던 구 나병병동 직원 사다키트는 훗날 이렇게 술회했다.

'나카무라 선생님이 떠난다는 말을 듣고 병동은 마치 초상집처럼 조용해져 활기를 잃었습니다. 무엇인가 큰일이 일어날 것만 같은 예감을 모두 느꼈습니다. 오래된 환자들이 특히 불안을 느꼈습니다. 앞으로 어떻게 될 것인지 전혀 짐작을 할 수가 없었습니다.

페샤와르회 지원으로 지은 나병 병동에서 '나병'이라는 글자를 떼버렸다.

저와 같은 현지인들은 다릅니다만, 펀잡에서 온 파키스탄인 기독교도들은 미션병원 이외에 생활기반을 얻을 수 있을지 불안해하고 있었습니다. 환자들은 우쟈가 원장을 원망하였습니다. 저 자신은 어떻게 해야 할지 이미 결심하고 있었습니다.'

사다커트는 전형적인 현지 파슈툰족이었다.

"나는 나카무라 선생님과 함께라면 사지에라도 간다."

이렇게 공언하기를 주저하지 않았다. 사태가 커졌을 때 사다커트와 같은 일부 직원들은 단호히 일관된 자세를 견지함으로써 병원과 대결구도를 명백히 했다. 결정적인 순간에 이르렀을 때 사람 본심이 드러난다는 말은 사실이었다. 마지막까지 운명을 함께한 것은 사타커트와 같은 현지 직원들과 몰타자를 비롯한 샌들 공방 직원들, 원래 아프간인 환자로 병동에서 일을 돕고 있던 압둘라 등이었다. 모두가 이슬람교도였다. 다른 기독교도 직원들은 대개가 펀잡에서 이주한 소수였는데 생활이 불안했기 때문에 형편이 좋아질 날을 기다리기로 결정했다. 나는 양다리를 걸치는 인간들을 믿지 않았다. 갑자기 태도를 바꾸어 우쟈가 원장 험담을 지껄이며 접근하는 사람은 오히려 경계했다. 서로 공통의 적을 두고 맺어지는 인간관계 따위는 휴지조각과 같은 것이다. 어려움을 알면서도 운명을 함께 한 사람들이 아니면 일체의 교류를 사절했다.

지금에 와서 생각하면 현지 사업은 주민들의 지지와 직원들의 나에 대한 개인적인 신뢰감으로 이루어지고 있었다. 아니, 나에 대해서가 아니라, 내가 표방했던, 그 뭐랄까 인간이 공유할 수 있는 신성함에 대해 믿음을 보여 왔던 것이었다. 인정은 종이처럼 얇다고 한탄하거나 모든 것이 주는 만큼 받는(Give and Take) 세계라고 오해하는 사람들도 있다. 하지만 나는 단연코 그렇게 생각하지 않는다. 어려움을 함께 해 온 직원들은 아프가니스탄에서도 파키스탄에서도 그리고 일본에서도, 돈이나 지위나 명예 등 뭔가 이익을 목적으로 움직여 온 것이 아니었다. 적어도 그 결의의 순간만큼은 인간의 진심에 영혼을 맡겼던 것이다.

10년의 마무리와 새로운 상황

불법체류자 신분

그런데 우쟈가 원장이 어떤 성격을 가지고 있고, 어떤 방식으로 일하는지 알고는 있었지만 미션병원 측 대응은 예상 이상으로 빨랐기 때문에 우리는 시급한 사태수습에 쫓겨야 했다. 물건은 되돌릴 수도 있었다. 그러나 다음으로 그들이 들이댄 방법은 불법체류에 따른 국외퇴거였다. 법적으로 나는 미션병원 상근의사이기 때문에 파키스탄에 머무를 수 있었다.(과거에 비슷한 문제를 일으켰던 벨기에인의 경우 이에 근거하여 추방됨.) 국외퇴거로 비자가 취소되면 나병 관계뿐만이 아니라 아프가니스탄 측 사업에도 영향을 미칠 형편이었다. 그래서 우선은 틈을 주지 않고 우쟈가 원장을 고립시켜 주정부 당국 및 나병 관계기관과 연대하여 합법적 근거를 얻기로 했다.

나는 10월 13일 병원에서 퇴거하라는 명령을 받은 후 미션병원으로부터 그리 멀지 않은 딘즈호텔에 방 하나를 잡고 그곳에서 지휘를 했다. 치안당국과는 마찰이 없었지만 총기 불법소지로 꼬투리를 잡히지 않도록 권총만을 수중에 남겨두고, 운반 시 눈에 띄는 소총류는 후지타 간호사에게 현지 여성복인 부르카로 폭 덮어 그 밑에 숨겨서 반출시켰다. 이렇게 해서 하루하루가 살얼음을 밟는 기분으로 지나고 있었다.

'의사 나카무라씨, 우쟈가 원장과 충돌. 미션병원을 떠나다' 라는 보도는 금세 페샤와르 전역으로 퍼졌다. 그러나 12년 전 벨기에인들 경우와 달랐던 것은 파우씨 자신이 내게 권유했던 제안이 계기가 되었다는 것과 우리가 일부 의사층과 압도적인 중산시민들, 빈민층, 아프간 난민들의 지지를 얻고 있다는 점이었다. 그 가운데서도 극단적인 그룹들은 "우쟈가를 쳐야 한다."는 분노에 찬 구호를 외쳤다. 나병 근절과 관련된 의사나 공무원과 기독교계의 지도층들이 잇달아 찾아와서는 "부디 우쟈가 원장만이 파키스탄 인이라고 생각하지 않으셨으면 합니다."라고 말하며 협력을 요청해왔다.

불법체류 문제는 주정부 보건성이 '공영 나병센터의 비정규직 근무를 의사 나카무라에게 의뢰한다.'고 하는 긴급지시로 우선 해결이 되었는데 '나카무라를 국외로 퇴거시켜 사후처리를 하겠다.'고 기염을 토하고 있던 미션병원 당국이 행동을 일으킬 것으로 보이는 11월 초순경까지는 이미 해결될 것으로 예상하고 있었다.

˙새로운 방침을 세우다

10월 19일, 앞으로 대략적인 협력방침을 정하기 위해 의사 무라카미씨와 사와다씨, 그리고 내가 카라치로 가서 마리 아딜레이드 나병센터 토머스 원장 및 파우씨와 협의했다. 그 센터의 방침은 여전히 제3센터에 의한 혼란을 피하는 데 있었으며 독일 팀은 나를 경계하고 있었다. 하지만 토머스 원장은 중국계 파키스탄인으로 전형적인 임상 의사였는데 일본인은 같은 문자를 쓰는 같은 인종이라며 내게 친근감을 갖고 있었다. 토머스씨가 나를 동정하는 모습을 보이자 파우씨가 의심의 눈초리를 던지는 바람에 이야기가 진전되지 못하고 알맹이가 빠진 계약으로 끝날 가능성이 있었다.

나는 가장 센 입장에 있었다. 이 때 준비한 결정적인 카드는 파우씨 권유로 10년 동안 참아 왔고, 토머스씨 권유로 나병병동 관리에 대해 제안했다가 거절당했다는 것이었다. 게다가 환자를 돌볼 장소를 확보하는 일 외에 우리는 어떠한 정치적 이해를 가지고 있지 않았으며 자기선전도 필요 없었다. 그들의 초심을 환기시켜 양심과 도의에 호소하는 것만으로도 충분했다. 사심이 없다는 것이 강점이었던 것이다. 나는 말했다.

"여러 가지 사정이 있으시겠지만 모든 일에는 정도(程度)라는 것이 있습니다. 우쟈가 선생과 함께 했던 10년 세월은 인내의 한계로 삼기에 충분했습니다. 이리 된 이상 외국인으로서가 아니라 한 사람의 파키스탄인으로서 말씀드리고 싶습니다. 이렇게도 모든 외국단체가 와서는 떠나고, 또 왔다가 사라지는 가운데 도대체 누가 진심으로 환자를 돌볼 수 있단 말입니까? 결국 피해를 입는 것은 환자 쪽이 아닙니까? 나는 페샤와르회라는 조직을 온전히 보존한다든가, 업적이라든가 활동영역 같은 쓸데없는 것을 거론하고 있는 게 아닙니다. 나와 같은 단순한 임상 의사에게는 환자가 어떻게 되는가가 무엇보다도 중요한 문제입니다. 누군가 다른 사람이 하겠다면 그걸로 족합니다. 마리 아딜레이드 나병센터가 앞으로 과거 10년 동안 미션병원 나병병동에 필적하는 활동을 한다면 문제는 다릅니다. 하지만 실제로 북서변경주정부에 고작 30명밖에 되지 않는 나병 진료원들 관리조차 쩔쩔매고 있는 상황입니다. 환자들의 실정을 모르는 것도 아니지 않습니까?"

파우씨도 토머스씨도 기세에 눌려 서명하지 않을 수가 없었다.
이리하여 일본 페샤와르회와 마리 아딜레이드 나병센터는 다음과 같은 협정을 맺었다.

- 페샤와르회는 북서변경주에서, ①재건외과 등의 나병 합병증 치료, ②재활치료 등의 변형예방, ③나병균 검사, ④이를 위한 교육에 협력할 것.
- 마리 아딜레이드 나병센터는 이를 위해 필요한 합법적 편의를 포함하는 협력과, 나병 치료약을 공여할 것.
- 미션병원 나병병동은 주로 거처가 없는 환자를 돌볼 것.

이상, 마리 아딜레이드 나병센터 고문 의사 파우,
주석원장 의사 토머스가 서명함

묘하게도 이로써 10년 전 파우씨가 공영 나병센터에 걸었던 구상을 우리가 계승하게 되었다. 1992년에 나병 근절선언을 한 이후 더 이상 보건성에서는 나병을 중요하게 여기지 않았고 진료능력은 점점 쇠락하고 있었다. 이런 현실에 대해서는 마리 아딜레이드 나병센터가 가장 잘 알고 있었다. 페샤와르회 이외에 진심으로 나병 진료를 위해 달려드는 기관이 없다는 것은 이제 누가 보더라도 확실했던 것이다.

이리하여 새로운 국면으로 길이 열렸다. 10월 22일, 무라카미 사무국장은 큰 역할을 마치고도 내심 불안을 감추지 못하면서 귀국길에 올랐다. 24일에는 후지타 간호사와 쿠라마츠 물리치료사 두 사람이 돌연 출입을 금지당해 미션병원 나병병동에서 완전히 철수했다. 같은 날 나는 불법체류를 피하기 위한 긴급지시를 받아 레디리딩병원에서 공영 나병센터 비정규직 의사로 회진을 시작했다. 일본인 직원 세 명의 거처는 미리 준비시켜 두었다. 다음날인 25일, 이번에는 파우씨가 카라치에서 페샤와르로 날아와 레디리딩병원과 미션병원을 방문하여 페샤와르회와의 합의를 확인하고 각 방면으로 조정을 꾀했다. 더 이상 불법체류 신세는 면하게 되었다. 다음 단계는 독립적으로 운영하는 치료소를 만들어 페샤와르회 스스로가 현지에서 시민권을 얻는 일이었다. 이윽고 숨도 쉴 수 없을 만큼 바쁜 일정이 시작되었다.

PLS 발족

내부 갈등

11월 1일에 JAMS 페샤와르병원 한쪽에 'PLS(페샤와르 나병서비스) JAMS지부' 이름으로 10명을 수용할 수 있는 진료시설을 개설하였고, 공영 나병센터가 있는 레디리딩병원에는 미션병원에서 환자 25명을 옮겨 우선 모양새를 갖추었다. 그때까지 사다커트를 비롯하여 직장을 옮기기로 결정한 구 미션병원 직원 5명과 일본인 직원 2명 등 7명이 새로운 시작을 함께 하였다. 하지만 이것은 어디까지나 잠정적인 설정이었고, 궁극적으로는 법적인 지위를 굳히는 동시에 확실한 나병 합병증을 치료하는 시설을 만들어야 했다.

JAMS는 파키스탄 연방정부가 인가한 합법단체라고는 해도 어디까지나 난민 구원을 위한 일시적인 지위를 가지고 있을 뿐이었다. 난민 구원이 파키스탄 국익에 위배될 경우에는 언제든지 정치적인 방향전환에 의해 간단히 소멸될 수도 있었다. 그렇기 때문에 '마리 아딜레이드 나병센터의 페샤와르 지부'라는 입장을 확보하기는 했지만 그 역시 주인이 미션병원으로부터 바뀐 것에 불과했다. 게다가 앞일을 고려한다면 10년이나 20년으로는 끝날 것 같지도 않을 문제였다. 뭔가 대책을 세울 필요가 있었다.

그 필요성은 얼마 가지 않아서 한 식구인줄 알았던 JAMS로부터 들이닥쳤다.

11월 2일에 JAMS병원으로 이전한 직후, JAMS 측은 겨우 병상 10개를 놓을 공간조차 내주기를 꺼려하여 간단한 진료조차 마음대로 할 수가 없었다. 기기 하나 챙기지 못하고 빠져 나왔던 나병병동 직원들이 진료기구를 손쉽게 이용할 수도 없었다. 나병 환자와 일반 환자의 식기를 따로따로 취급했으며 파키스탄인이 백안시되었다. JAMS 의사와 직원 모두가 나병 환자와 파키스탄인들의 존재를 못마땅하게 여기고 있었던 것이다.

페샤와르회가 JAMS의 운영을 맡고 있었기 때문에 이것은 주객이 전도된 것이라고 말할 수 있었다. 의사 샤와리를 비롯한 JAMS 직원들은 내 앞에서는 그러지 않았지만 자리를 비우기만 하면 미션병원 이상으로 파키스탄인이나 나병 환자들을 냉대하곤 했다. 아프간인들만 있는 JAMS에 있어서 작은 PLS는 염치없는 불청객

이외에 아무것도 아니었던 것이다.

이와 같은 일을 방치한 샤와리를 질책했지만 그도 아프가니스탄을 향한 애착과 단결로 팀을 단합해 이끌어 온 이상 어느 편을 들 수도 없어 괴로워했다.

이야기의 앞뒤가 바뀌었는데 지금부터 일 년 반 전인 1992년 4월에 급할 때를 대비해서 조그만 나병병동을 JAMS병원 안에도 개설하려고 한 적이 있었다. 절반을 차지하는 아프간인 나병 환자들이 미션병원에서 냉대를 받거나 관리 문제가 여의치 않아 벽에 부딪혔을 경우를 염두에 둔 예방조치였다. 가능하다면 지금이라도 옮긴다는 전제 하에 100만 엔을 들여 30병상이 들어가는 간이병동을 짓기 시작했다. 분리 이전에 관한 구체안도 이미 작성해둔 상태였다.

우연히 때를 같이하여 노도와도 같은 아프간 난민들의 귀환이 일어나 약 2백만 명이 그 해 안에 귀환했던 일에 대해서는 이미 언급했던 바가 있다. 같은 해 5월에 카불해방 소식이 전해지는 등, 샤와리 이하 JAMS 직원들은 마음이 들떠서 '돈이 있으면 카불에 땅을 사둬야 한다.'고 주장하며 일시적으로 페샤와르 JAMS 병원을 거의 방치해둔 채 카불 쪽 정보를 구하는 일에 정신이 팔려 있었다. 물론 작은 나병병동 건축은 중도에 그만두었다. 그 뒤 카불 정세가 불안정하다는 것을 알게 되자 지도급 직원들이 서서히 페샤와르로 되돌아오기 시작하더니 나병 환자를 위한 소병동을 내과병동으로 전용하였던 것이다. 이 시점에서 미션병원 나병병동에서 대기하고 있었던 파키스탄인과 일본인 직원들은 JAMS

에 대해 결정적인 불신감을 가지게 되었다. 나 또한 카불출신 아프간인은 페샤와르에 정착할 마음이 없다는 것을 알고, 나병에 관한 일에 대해서는 그들에게 많은 기대를 하지 않게 되었다. 이와 같은 경위도 그 이면에 작용하고 있었던 것이다.

그런데 이 중요한 시기에 페샤와르를 비우게 되면 위기 사태가 발생할 염려가 있었음에도 불구하고 나는 11월 5일부터 열흘간 아프가니스탄으로 출장을 갔다. 그럭저럭 작년 말라리아 소동으로부터는 일 년, 누리스탄 진료소가 진료를 개시한 지 반 년 만의 일이었다. 당시 JAMS에서 일하던 주류는 나병뿐만이 아니라 산촌 무의지구 진료에서도 관심이 멀어지고 카불 피난민 진료에만 역점을 두는 경향이 있었다. 그것이 야금야금 진행되고 있다는 사실은 익히 알고 있었지만 미션병원 나병병동 문제로 경황이 없었기 때문에 방치하고 있던 터였다. 직접 방문해서 진료소 직원들과 현지 협력자들을 격려하고 큰 방침에는 변함이 없다는 것을 알려야만 했다.

목적달성 후 즉시 페샤와르로 발길을 돌렸지만 국경지대(바쬬울)에서 부족 반란이 일어나 카이버 고개를 넘을 수가 없었다. 그곳에서 도보로 선발대를 먼저 보내서 PLS를 위해 즉시 별도로 셋집을 찾아보도록 지시했다.

11월 15일 페샤와르로 돌아와 보니 아니나 다를까 현지 파키스탄인들은 물론 일본인 인력들도 맥이 빠져 장래를 걱정하며 암담한 상태에 놓여 있는 것이었다.

"선생님 정말로 해낼 수 있을까요? 막상 시작해보니 JAMS 측은 냉대를 하고, 유일하게 나병 환자를 제대로 봐주시던 사이드 선생님도 없습니다. 희망이 없는 것 같아서 불안합니다."

"아무도 하지 않으니까 우리가 이렇게 버티고 있는 게 아닌가? 나는 환자들을 방치해두지 않을 걸세. 나는 여러분 동요에는 장단을 맞춰줄 수가 없네. 떠나고 싶은 자는 떠나게!"

질타와 격려를 하는 동시에 현지 사업을 근본적으로 재편할 필요성을 느꼈다.

실제로 모든 정세를 크게 바라보면 뭔가 결정적인 조치를 취하지 않는 한 미래는 깜깜할 뿐이었다. 일본에서는 지원의 한계가 거론된 지 이미 오래였으며 한편으로는 의지처가 되어 주어야 할 JAMS까지도 눈을 떼면 자기들 식으로 변해갔다. 편을 갈라서라도 아프가니스탄 민족주의로 똘똘 뭉쳐 파키스탄을 멸시하는 풍조, 산촌 진료를 도외시하고 수도 카불을 중시하는 경향은 페샤와르회가 처음 품었던 뜻과는 거리가 멀었다. 그에 더해서 나병을 경시했다. 나중에 알았지만 PLS 직원이 반출한 나병병동 수술도구를 인수하러 갔더니 JAMS 책임자가 JAMS에 기부된 물품이라고 주장하며 인도를 거부했던 일도 있었다고 한다. 샤와리나 JAMS 직원들을 질책하는 것만으로는 해결될 일이 아니었던 것이다. 나는 마음속으로 근본적인 개혁을 결심했다.

든든한 일꾼 파키스탄인 험프리씨

11월 17일, 다행스럽게도 새 시설에 안성맞춤인 빈집을 발견하였다. 옛 지인이던 미국인 의사 프리젠씨가 '아프간 안과병원'을 경영하던 자리였다. 난민들이 귀향하고 2년 전부터 비어 있었는데 그 후로 임차하는 사람이 없었던 듯했다. 즉시 PLS 직원 7명과 함께 JAMS 직원 몇 명을 보내 총 12명이 다음날 아침부터 이전을 시작했다.

2년 동안 비어 있던 집은 말이 아니었다. 환자들을 옮기는 일은 며칠 두고 보기로 하고 수리와 청소를 시작하였다. 동시에 침대 등 입원 설비와 의료 기구, 수술 도구 등을 구입하느라 바빴다. 페샤와르회 사무국에서는 발족에 즈음하여 약 200만 엔을 지원하기로 결정했다.

우쟈가 원장과 충돌한 후 나는 '파키스탄 국적의 법인' 설립운동을 시작했다. 현지 협력자를 모으고, 주정부 관계기관에 빈번히 발품을 놓는 것도 인내를 필요로 하는 일이었다. 하지만 의료기관 설립 건은 보건성 규정과 의사, 간호사 등 필요 자격자 수를 채우지 못하는 바람에 암초에 걸려 있었다. 아이디어를 내는 사람은 많았어도 실제로 실현되기까지 자질구레한 고생을 함께 하는 사람은 적었다. JAMS로부터 이사를 시작하기는 했지만 어떻게 해야 할지 망설이고 있던 때였다.

11월 18일, 정신건강센터 대표 험프리씨한테서 진행 상황을 걱정하는 전화가 왔다. 저녁 무렵 호텔 로비에서 만났다. 그런데 이 만남이 향후 판도를 결정하는 분수령이 될 것이라고는 그 당시에는 예상하지 못했다.

험프리씨는 현지 파슈툰족 기독교도로 페샤와르 교구 부사교 지위를 겸임하고 있었다. 교구 내에서 우쟈가 원장과 크게 대립하여 반대파 선두에 서 있다는 것은 이미 언급했었다. 현지 사정과 구미각국 외국단체 움직임에 정통했으며 몇 안 되는 식견 있는 인물이었다. 나이는 40세 전후로 샤와리와는 동갑이었다. 험프리씨 장인은 전에 인도에 주재했던 영국군 하사관이었다. 2차 대전 중 싱가포르에서 일본군 포로가 되었지만 상당한 일본 팬으로, 후지와라 구 육군대령이나 인도 국민군 일인자인 챤드라도 알고 있었다. 그러한 연유로 험프리씨는 원래부터 친일파였던 셈이다.

"실은 선생님 활동에 늘 감복해 왔습니다. 선생님이 페샤와르회 현지 기관을 조직하시는 과정에서 회칙에 '모든 종교와 민족, 정치를 초월하는 활동'이 들어있는 조항을 보고 제가 알고 있는 외국 선교단체보다 훨씬 더 훌륭하다고 생각했습니다. 부끄러운 이야기지만 페샤와르 기독교계도 아시다시피 정쟁과 음모가 많아서 사실대로 말씀드리자면 저는 염증을 느끼고 있었습니다. 어떻습니까? 한 번 큰 맘 먹고 저를 고용해 주시지 않겠습니까? 저도 동료로 넣어 주십시오."

이 말에는 진심이 담겨 있었다. 험프리씨는 남에게 아첨하거나 듣기 좋게만 말을 하는 사람이 아니었다. 아마도 그와 같은 섬세한 인간에게는 우쟈가 원장이나 교회에서의 꼴사나운 투쟁이 견디기 어려운 일이었을 것이다. 원래 교육자 출신으로 자신의 지위를 좋은 일에 활용할 수 없음을 안타까워하고 있었고, 비린내 나는 증오나 적의와는 거리가 먼 사람이었다. 어쨌든 내 쪽에서는 원하던 바가 이루어진 셈이었다. 두말할 필요도 없이 쾌히 승낙했다.

이로써 페샤와르회는 마음 든든한 현지 세력을 얻게 되었다. 연내에 합법조직을 만드는 것이 긴급과제였는데 시기를 놓치면 미션병원 당국이나 마리 아딜레이드 나병센터의 독일 세력은 물론 친정인 JAMS까지도 명운을 제재하려고 들 것이 뻔했다. 시간이 촉박하였다. 모든 것을 포기하고 싶어질 정도로 다급한 사태였던 것이다.

이를 전후하여 공영 나병센터에서 베테랑 나병 진료원 히다야드라가 PLS로 옮겨 왔다. 근본이 정직한 페샤와르 시민으로 우리 방침에 뜻을 같이 했고, 우리 쪽도 든든한 인재를 얻어서 희망이 보였다.

뿐만 아니라 샤와리가 이전에 JAMS에 있던 친구인 의사 사이드를 설득해서 데려왔다. 아프가니스탄 파크티아 출신으로 카불 대학 의학부 시절에 샤와리보다 먼저 파키스탄으로 피신해 있었다. 보기 드물게 좋은 사람으로 지목되어 당시 우리가 수여하고 있던 페샤와르회 장학금으로 신드주 소재 물탄의학교를 졸업했으며 한 때 JAMS에도 근무했었다. '사이드'라는 종교가문의 일족으로 경건한 이슬람교도인데다가 천성적으로 정직한 사람이었다. 보통은 아프간인과 파키스탄인을 불문하고 진심으로 나병 진료에 임하는 의사는 없었다. JAMS에서조차 환자와 접촉하는 사람은 없었다. 그 중에서 단 한 사람, 차별하거나 거리를 두지 않고 진료를 하는 의사가 있었다. 그가 바로 사이드였는데 좋던 나쁘던 까다로운 규율로 구속하는 것을 싫어하는 성격이었다. 새로이 JAMS를 조직화할 때 자신이 있음으로 해서 통제가 흐트러질 것을 우려해 스스로 물러나 고향인 아프가니스탄 파크티아주로 돌아가서 개업을 하려고 하던 참이었다. 그는 이 시끄러운 상황을 전후해서 의료기기를 사러 우연히 페샤와르에 나와 있었다. 거기

PLS 아침 조례 모습
(나카무라 선생 오른쪽이
험프리 사무장)

서 샤와리가 갖은 설득을 한 끝에 PLS에서 근무하기로 결심한 것
이다.

주정부가 인가한 복지법인 페샤와르회

이것으로 조직에 관한 건은 험프리씨에게 일임하고, 사이드를
지도하면서 안심하고 새로운 PLS병원 편성과 JAMS 개선을 위한
작업에 돌입할 수 있게 되었다. 그 후 험프리씨가 밤낮을 가리지
않고 뛰어다녀 가까스로 법인조직을 결성하였다. 그것도 통상이
라면 1년 이상 걸리는 것을 겨우 4주 만에 이루어냈다. PREP(페
샤와르회 재활지도 확장프로그램)라는 긴 이름의 복지법인으로,
보건성이 아니라 사회복지성의 인가를 취하는 전략을 택했다.
PLS는 PREP가 경영하는 활동단체 형태를 띠고 있었다. 아예 주
정부 인가를 받았던 이유는 앞으로 세우려는 병원 건물들을 페샤

와르회 소유로 함으로써 반드시 파키스탄 국적 단체로 해 두어야
만 일본인 근무자들이 비자를 취득할 수 있기 때문이었다.

이리하여 페샤와르회는 일본에서는 임의단체이면서도 파키스
탄 현지에서는 어엿한 법인조직으로서 정착하는, NGO로서는 형
식을 파괴하는 방식을 취했던 것이다. 신청 당시 활동기간도 30년
이상으로 하여 문자 그대로 현지에 녹아들어갔던 것이다. 험프리
씨의 수완으로 법인조직의 법적인 체재가 착착 정비되었고, 현지
맹인학교 교장이나 의학부 교수를 참가시켜 양심적인 인물로 이
사회를 구성함으로써 기초를 다졌다.

1994년 12월 8일, 잠깐 귀국해 있던 나에게 편지가 왔다.

> 선생님, 축하드립니다!
> 크리스마스 전에 소식을 전해드리게 됨을 감사드립니다.
> 하늘이 도우셨습니다.
> 주정부 당국은 우리 페샤와르회를 인가했습니다.
> 이로써 무엇이든 자유롭게 할 수 있습니다.
> 허가증 사본을 보내드립니다.
> 우리들 미래에 신의 가호가 있기를!
>
> 1994년 12월 9일
> 페샤와르회(PREP) 사무장
> 험프리 살프러즈 피터

이 주정부 인가가 갖는 중요성을 아는 사람은 일본에서도, 현지

에서도 많지 않았을 것이다. 무라카미 사무국장 이하 '203고지는 쟁취했습니까?' 라며 걱정했던 광고 담당자 등 사무국 직원 몇 명 정도였으리라. 샤와리나 험프리씨조차 앞으로 일이 어떻게 전개될 것인지 완전히 깨닫지는 못했을 것이다. 아무래도 겉으로 눈에 띄는 의료 활동에만 주목하기 쉽기 때문이었을 것이다. 그러나 그것은 현지 격변기를 헤쳐 나가는 기반으로서, 놓치면 모든 것이 무너져 버리는 중요한 국면이었다. 나는 가슴을 쓸어 내렸다.

　그 후 페샤와르회 통합병원을 완성하여 이전하기까지 3년 동안에 걸친 긴 변혁의 막이 드디어 올랐던 것이다.

얄룽강 상류계곡에서 말을 타고 가던 나카무라 선생.

7 격동

얄쿤강 하류 강변을 지나가는데 타고 가던 말이
갑자기 날뛰기 시작했다. 등자에 발이 걸린 채 말에서
떨어져서 공중에 거꾸로 매달린 꼴이 되고 말았다.
천지가 거꾸로 뒤집혔을 때, 설산을 배경으로 한
하늘의 푸르름이 아름다운 모습으로 눈에 들어왔다.
이 말이 돌투성이 강바닥으로 날뛰어 준다면
뇌좌상으로 의식을 잃겠지. '천지에는 시작도 끝도
없으나, 인생에는 죽음이 있네.' 라는 구절이 떠올랐다.
편안해지고 싶었다. 지나온 이국에서의 나날들이
한순간에 그립게 생각되었다.

활동영역의 지나친 팽창

카불을 넘어 와칸회랑까지

1994년 10월에 미션병원을 포기한 이후, 카라치에 있던 독일 팀도 물러나고 북서변경주 나병 근절 계획이 모두 무너지려 하고 있을 때, JAMS와 협력하는 PLS 주력은 북쪽 변경 치트랄로 착착 발걸음을 놓고 있었다. 1995년 4월에는 눈이 내린 로와리 고개를 넘어 최북단의 와칸회랑(아프가니스탄령) 국경에 이르려 하고 있었다. 나를 포함한 선발대는 일단 얄쿤강 하류 마스츠지 마을에 거점을 잡고 1995년 6월과 11월에는 답사를 완료한 상태였다.

1996년 4월, 우리 활동은 치트랄 북부에서 와칸회랑, 파미르로 접근하여 서쪽으로는 카불을 넘어 바미얀을 목표로 하고 있었다. 바로 이 무렵이 JAMS의 아프간 활동 세력이 정점에 달했던 시기였다. JAMS 직원 수가 100명을 넘었고 연간 진료환자 수는 20만 명을 기록했다. 당시 아프가니스탄에서는 놀라운 사건이었다. 농촌에서 치안회복과 부흥은 대도시보다 훨씬 앞서있기는 했지만, 크지도 않은 하나의 민간단체가 그렇게 넓은 지역에서 순회하며 활동할 수 있는 것 자체가 당시 정세로서는 놀라운 일이었다. 쿠날이나 누리스탄 산악지대에서 진료소 네 곳을 거점으로 JAMS 이동진료반이 도처를 드나들며 활동했다.

하지만 지역이 넓어짐에 따라 먼 곳까지 물품을 지원해야 하는 활동은 어려움이 따랐다. 수송 능력이 바닥난 데다 유능한 직원들은 페샤와르를 비우는 일이 잦아졌으며 새로 온 인력은 훈련 부족으로 인해 실제 진료에는 한계가 있었다. 역시 우리는 여러 곳에서 예기치 못한 사태에 부딪쳐서 그 활동이 전 지역에서 둔화되기 시작했다. 같은 시기에 일본에서는 동남아시아 경제 위기의 영향을 받고 있었고, 따라서 페샤와르회 지원 능력에도 한계가 보이기 시작했다.

JAMS 마당에서 진료를 기다리고 있는 여자들과 아이들

활발해진 PLS

JAMS가 후퇴하던 시기에 적극적인 활동을 펼친 것은 나병 분야였다. 나병은 페샤와르회 현지 활동의 출발점이었으며 중요한 사업이었다. 6천 명 이상의 현지 나병 환자에 대해 실질적 진료소 역할을 담당하는 병원으로서 35명 PLS 직원들 사기는 높았다. 거의 무에서 출발했던 병원은 불과 일 년 반 만에 기초를 다졌는데 이를 계기로 페샤와르 미션병원이 사실상 아무 역할을 못함으로써 북서변경주 나병 근절 계획 조직은 크게 변화했다. 나병 환자들 사이에서 PLS 존재가 알려지기 시작한 것이다.

그러나 카라치의 마리 아딜레이드 나병센터는 여전히 공적 입장을 고집하여 공영병원 피부과와 변함없는 병동 쟁탈전을 반복하고 있었다. 이와 같이 사소한 위신에 얽매이는 존재들에게 있어서 PLS의 출현은 다분한 위협으로 간주되었다. 병동 개선은 이렇다 할 만큼 이루어진 것도 없는데 정치적 흥정이나 위협만이 위세를 떨치고 환자에 관한 일은 뒷전이었다. 당연히 환자들은 대거 PLS로 치료를 받으러 모여들었다.

우리 쪽에서는 협력하는 자세를 흐트리지 않고 경쟁이라고 여겨질 만한 것은 가능하면 피했다. 이름을 버리고 실리를 얻는 것이다. 모든 허위를 폭로하고 상대를 쓰러뜨리는 일은 어려운 일이 아니었다. 특히 아프가니스탄에서 마리 아딜레이드 나병센터의 활동 거점인 바미얀에 있어서는 일격에 그들의 활동을 봉쇄할 수도 있는 입장에 있었다. JAMS의 신뢰는 빈곤층과 농촌에서 흔들림이 없었으며 우리들은 여러 통로로 바미얀의 움직임을 손바닥

보듯이 파악하고 있었다. 바미얀에 있는 하자라자트산을 지배하는 와하다테 이슬람당이 JAMS 진료소를 유치하려는 운동을 시작하면서 직·간접적으로 접촉해왔다.

"바미얀에는 외국인들에 의한 몇몇 프로젝트가 들어와 있기는 하지만 진심으로 베풀고 지원해주는 의료기관은 없습니다. 꼭 당신들에게 부탁하고 싶습니다."

"바미얀에는 독일인 그룹이 활동하고 있다고 들었소만……."

"있기는 있습니다만 아시다시피 아프가니스탄 산악지대는 대단히 넓고 큽니다. 극히 일부만을 보는 것으로는 알 수가 없습니다. 게다가 그들은 지금 특별한 병만을 볼 뿐 진료 능력은 없는 듯합니다. 그 기관에는 영국인도 들어가 있습니다."

아프가니스탄에서 영국인은 특별한 의미를 가진다. 역사적으로 볼 때 거의 적에 가까운 뜻이 담겨져 있다. 마리 아딜레이드 나병센터는 독일 측 지원만으로는 곤란했기 때문에 영국 단체와도 협력하고 있었다. 존과 메어리라는 영국인 두 명이 1988년경부터 내부에 들어와 있었다. 둘 다 좋은 사람이었지만 여러 번 암살의 대상이 되어 페샤와르로 도망쳐 왔던 적이 있었다.

"영국인 중에도 좋은 사람은 있소. 환자들에게 조금이라도 도움이 된다면 방해하지 말아줬으면 하오. 우리들은 우리들 나름대로 독자적으로 활동할 테니까 좀 더 때를 기다려주시오."

입은 화의 근원이라고 했다. 우리는 아무 말도 하지 않고 오로지 지금 가능한 치료 활동에만 전념하기로 했다. 게다가 무엇보다도 이제 PLS 설립 일 년 반을 막 경과한 시점이었다. 수많은 현안을 남겨둔 채 기초를 다지기 위해 필사적으로 일해 온 직원들에게 피로의 기색이 보이기 시작했던 것이다. 열광 다음에 오는 것은 허탈감이었다. 1996년 봄은 악조건이 겹쳐 있었다.

나가 주세요

1996년 3월에 들어와 주위에서 '주택가에 나병병동이 있는 것은 곤란하다.'는 민원이 들어 왔다. PLS(페샤와르 나병서비스)는 낡은 저택을 개조한 건물로 대학병원 바로 뒤쪽에 있었다. 고급 주택가였는데 개업 의원도 적지 않았다. 하지만 '나병'이라는 이름이 문제였다. 주변 집주인들이 그것을 꺼리기 때문이었다.

끈기를 가지고 절충한 끝에 2년 안에 옮길 것을 약속하고 간신히 치료 장소를 확보하였다. 이전부터의 현안이었던 독립된 병원 설립은 갑자기 긴급한 과제가 되었다.

하지만 일본 쪽에서는 이미 지원 때문에 한숨을 쉬고 있었다. JAMS 진료소 확대가 재정에 부담이 되고 있던 차에 이번에는 병원을 건설하고 싶다고 하는 것이다. 당시 연간 예산은 9천만 엔을 넘어 1억 엔에 육박하고 있었다. 물구나무를 서더라도 그렇게는 할 능력이 없었다. 마침 그때는 일본 경제에도 그늘이 드리워지기 시작하여 고베 대지진과 오옴진리교 사건(지하철 독가스 테러사건)이 막 일어난 시점이었다. 일본 전체가 활력을 잃고 있었다. 일본 측 사무국장들 사이에서조차 일찍이 없었던 비관적 의견이나 패배적인 분위기가 감돌 정도였다. 나는 귀국해서 필사적으로 협력을 호소했지만 기대했던 것보다 반응이 미약했다.

하지만 10년 전에 일본 경제가 비정상적인 거품경제 호황에 빠져 있을 때에도 다망함과 급박함은 일본 전체를 지배하고 있었다. 나는 이 점에 있어서는 아무런 차이도 느낄 수 없었다. 인간의 불만은 영원히 없어지지 않는다. 다만 그때그때의 테마가 변화하여 이유를 제공하는 것뿐이다.

그때 상황을 두고 홍보담당인 후쿠모토씨는 이렇게 말했다.

"퇴거요구가 있었단 말입니까? 좋습니다. 이것으로 명분은 모두 갖춰진 셈입니다. 할 수 있는 데까지 해봅시다."

새 병동 건설을 위하여 후쿠오카와 나고야를 중심으로 총력을 기울여 캠페인을 시작하였다. 어떻게든 희망이 보이는 것 같아 마음이 놓였다.

내가 페샤와르로 돌아간 것은 여름이 시작되는 5월 초순이었는데 '아프가니스탄'과 '나병' 양대 테마를 정면으로 다루고 있었기 때문에 피로가 극에 달해있었다. 하지만 한때의 어려움 때문에 현장에서까지 사기를 잃게 해서는 안 될 일이었다. 공격은 최대의 방어다. 나는 피곤할지라도 남까지 피곤하게 해서는 안 된다. 희망을 잃으면 모든 것을 잃는 것이다. 졸속을 삼가고 할 수 있는 일은 확실히 해냄으로써 장래에 대비하여 흔들림 없는 기초를 다져야 한다. 스스로 생각해도 잘 해냈다.

5월 초순에 오른쪽 발목을 다쳐 걸을 수가 없었다. 어쩔 수 없이 2주일 동안 안정을 취해야 했다. 이것이 내가 과거 2년 동안에 가졌던 첫 휴식이었다. 마음의 여유를 얻은 나는 깊이 생각한 끝에 치트랄 북쪽 변경 현장진료는 기지병원인 PLS에 타격을 주지

않을 만큼만 계속하고, 너무 바쁜 외래진료를 일시적으로 중단함
으로써 초기 계획을 관철해 나가기로 결정했다.

1996년

진료소 습격 사건

이 결정을 내리기 며칠 전인 1996년 4월 30일, 다라에피치 신
자이 마을 진료소가 정체불명의 무장집단에게 습격당했다. 새벽
3시, 수위는 거칠게 문을 두들기는 소리에 눈을 떴다. 응급환자인
줄 알고 문을 열었더니 갑자기 열 명 전후의 무장단체가 난입해
들어왔다. 모두가 일어났을 때는 뒷담을 타고 지붕에 올라간 괴한
몇 명이 총구를 겨누며 위협하고 있었다.

괴한들은 현미경 하나와 약품들, 모포 7장, 커튼, 침낭 5개, 취
사도구를 잽싸게 탈취하여 어둠 속으로 사라졌다. 대강 30분 동안
에 벌어진 사건이었다. 사상자가 나오지 않은 것은 우연히 호위대
가 다라에눌 진료소에 가 있어서 총격전이 벌어지지 않았기 때문
이었다. 평소 같으면 진료소에 있어야 할 중기관총도 수리를 맡겨
놓고 있었다. 새벽 4시에 수위가 마을 사람들에게 구원을 청해 이
른 아침 골짜기는 금세 어수선함에 휩싸였다.

진료소에 있던 JAMS 직원은 의사 다우드를 비롯한 검사기사와 간호사 등 14명으로, 즉시 철수를 결정하고 범인들을 추적할 것을 요구했다. 아래쪽 마을에서 그물을 쳤지만 범인 같은 무리들은 나타나지 않았다. 차량으로 반나절 정도 걸리는 산길을 걸어서 쉽게 도망갈 수는 없는 노릇이었다. 범인은 근처에 사는 사람일 것이다.

　날이 밝자 소란은 더욱더 커졌다. 이 소식은 아래쪽 마을에도 재빠르게 전해져 진을 치고 범인을 기다렸지만 결국 보이지 않았다. 마을은 심각한 위기감에 빠졌다. 이 사건 때문에 앞으로 다른 진료소가 이런 외진 곳에 들어설 가능성이 없다고 여긴 마을 사람들은 필사의 노력으로 직원들을 위로했다. 근처에서 장로들이 모여 사건을 걱정하고 자신들은 결백하다고 주장했다. 모스크에 모인 대표들은 코란에 손을 얹고 맹세했다.(이는 최고의 서약이다.) 마을 사람들이 아닌 것은 분명했다. 진료소가 문을 닫으면 곤란을 당하는 쪽은 그들 자신이었다. 1994년 8월에 일어난 자동차 강탈 사건과 비슷한 사태였다.(그때는 아래쪽 마을에서 비적이 된 정당

다라에피치 진료소

파벌 한 무리에게 습격을 당해 야코브 이하 강경파가 진료소를 한 달간 폐쇄하고 집요하게 범인들을 추적했다. 빼앗긴 차량은 의외로 멀리 떨어진 카불에서 가까운 수로비에서 발견되어 당파의 지도자인 히크마티얄에게 범인 인도를 요구했다. 옥신각신하는 와중에 곤란을 겪는 쪽은 현지 주민들이었다. 그래서 우리는 야코브를 말리고 진료소 문을 다시 열었다. 비적 처단을 제지당한 야코브는 사표를 내던지고 "얕보이게 되면 제2의 사건이 일어날 것이다."라고 예언했는데 그것이 적중한 꼴이 되고 만 것이다.)

그 후 페샤와르에서 급파된 JAMS 직원들이 탐문을 하여 사정을 대강 알아내었다. 이 사건이 일어나기 전인 1996년 2월에 잘랄라바드에서 오토바이를 훔친 도적패 13명이 체포되었다. 원칙으로는 관습법에 따라 손을 잘라야 했다. 하지만 젊은이 13명의 손을 자르는 것은 그들의 장래를 고려했을 때 심하다고 생각했는지 주저 끝에 벌금형만으로 석방되었다. 그런데 놀라운 것은 그들 거처가 신자이 마을에서 걸어서 몇 시간 거리에 있는 고사라크 마을이었고, 수법 등으로 보아 같은 사람들 범행으로 추측되었다. 그러나 그 곳은 신자이 마을 주민들과 적대시하고 있던 마을이었다.

범인 인도를 강요하면 사태가 더욱 시끄러워질 것이 뻔했다. 방법은 둘이었다. 하나는 신자이 마을이 고사라크 마을을 급습하여 범인을 체포해서 전원의 손을 자르는 것이었다. 또 하나는 전면적인 적대관계를 피하기 위해 우리에게 깊게 사죄하고 머리를 숙이게 하는 것이었다. 그러나 단순한 사죄만으로는 JAMS 직원들 의혹을 증가시킬 뿐이었다. 궁리 끝에 그들이 선택한 것은 코란에 손을 얹고 서약 의식을 행하는 것이었다.

샤와리가 최후 교섭을 하고 와서는 그 모습을 전했다.

"이번 사건은 아프가니스탄의 수치이며 지원을 해주고 있는 일본 친구들에게도 뭐라 드릴 말씀이 없습니다. 나는 이 연극과도 같은 의식을 보고 동정이 가기도 하고 눈물을 흘리기도 했습니다. 하지만 그만큼 그들이 힘들다는 것을 알아주셨으면 합니다. 이런 맹세는 좀처럼 하지 않습니다."

듣고 있던 나는 웃을 수가 없었다.

샤와리의 보고는 마치 요시츠네[1]를 때려야만 했던 벤케에의 모습처럼 현지 주민에 대한 애착으로 가득 차 있었다. 그 고사라크 마을은 누리스탄 와마 진료소로 가는 길목에 있었다. 상류로 가는 길이 방해를 받게 되면 그 다음에는 누리스탄 산사람들이 고사라크 마을에 적대감을 갖게 되어 소중한 진료활동이 괴멸할 것이었다. 나는 말했다.

"그것은 아프가니스탄의 수치가 아닐세. 그들 또한 벗어날 수 없는 규율의 세계에서 고민하고 있을 것일세. 우리는 무엇보다 우

---

1 1192년에 창립된 일본 최초의 무가(武家)정권인 카마쿠라 바쿠후를 세우는 과정에서 초대 쇼오군(將軍)이 되는 형 미나모토노 요리토모를 도와 창업에 공을 세웠으나, 결국 형과의 불화로 쫓기는 몸이 되어 끝내는 자살에 이르는 비운의 주인공인 요시츠네와 부하였던 벤케에 사이의 일화. 요시츠네는 이후 단명의 불운한 영웅으로서 세인들의 동정을 받는 전설적인 인물이 됨. 여기에 등장하는 내용은 형에게 쫓기는 몸이 된 요시츠네가 절에 공물을 바치러 가는 무리로 위장하여 검문소를 통과하는 과정에서 검문에서의 치욕을 견디지 못하고 반항하려다가 자칫 정체가 드러날 위기에 처했을 때, 무리의 수장으로 변장했던 수하 벤케에로부터 심한 질타와 매질을 당하는 장면임. 결국 검문소의 대장은 이들의 정체를 짐작하면서도 놓아주지만, 위기에서 주군을 구하기 위해 어쩔 수 없이 매질을 해야만 했던 벤케에와 이를 이해하고 감수했던 요시츠네와의 애절한 충성과 의리는 세인들의 심금을 울리고도 남을만한 감동적 소재가 되었으며, 가부키의 대표적 작품으로도 널리 알려져 있음.

선해서 위안과 평온을 가져다주는 사절이 되어야 하네. 눈앞의 위신과 업적 따위에 얽매여 사람들과의 평화를 망가뜨린다는 것은 앞뒤가 바뀌는 것일세. 자네 판단이 옳네."

샤와리는 잠시 감상에 빠져 있었다.

"요즘 들어 미래를 생각해 보면 왠지 절망적인 느낌이 듭니다. 아프가니스탄은, 아니 전 세계를 둘러봐도 그렇습니다. 젊었을 때 저는 보다 큰 희망을 갖고 있었습니다. 하지만 해를 거듭할수록 그 색이 바래는 것을 느낍니다. 인간의 나쁜 성품은 다분히 천성적인 것이어서, 그 천성대로 간단히 빼앗거나 죽이거나 하는 행위를 하는 것은 다른 동물보다도 못한 짓입니다. 신은 이렇게 아름다운 세상을 우리에게 베풀어 주셨는데, 인간이 감사하는 마음이 모자라기 때문일까요?"

나는 한동안 입을 다물었다. 너무도 본질적인 질문이었기에 대답할 수가 없었다.

"아니 뭐, 시작이 있으면 끝이 있다는 거겠지. 하지만 사람을 멸망케 하는 것은 신의 의지일 뿐 우리 소관은 아닐세. 빛이 있으면 어둠이 있고, 악한 성품이 있으면 아름다움도 있는 것일세. 걱정할 필요 없네."

그러나 나는 내심 규모의 축소를 바라고 있었다. 어려운 문제를 많이 안고 있다 보니 마음이 약해졌는지도 모른다. 의중을 떠보려고 샤와리에게 물었다.

"이 일이 모두 끝나면 어찌할 생각인가? 자네는 전에 그냥은 죽지 않겠다고 말했는데, 워싱턴에 가서 백악관을 날려 버리고 자폭이라도 하려는가?"

샤와리는 쓴 웃음을 짓고 나서 진지한 얼굴로 대답했다.

"말씀 잘 하셨습니다. 선생님이 같은 생각을 가지고 계신다면 기꺼이 하겠습니다. 저처럼 벌레나 다름없는 인간이 할 수 있는 것이라면 그것이 마지막 일이 될 테죠."

"서두르지 말게. 그건 정말로 최후의 수단일세. 으스스한 애기는 그만두고 그보다 이 초인플레 시기에 전에 말했던 급여인상 건은 어떻게 됐는가?"

이야기를 현실 문제로 돌리자 샤와리도 갑자기 하늘에서 내려온 사람처럼 현실로 되돌아갔다. 하지만 설령 으스스한 공상이었다 할지라도 그것이 당시 아프간 사람들의 일반적인 정서였던 것이다. 막다른 골목에 처한 사람이 가질 수 있는 공격성, 비장한 심정을 언뜻 엿볼 수 있었다.

5월 12일부터 진료소는 다시 문을 열었다. 마을은 다시금 평화를 되찾았다.

동상이몽

1996년 6월 5일, 신자이 마을 진료소 습격 사건이 아픔에서 회복된 것을 확인하고, 파키스탄 얄쿤강 상류에서 첫 정기진료를 시작하였다. 이것은 PLS의 프로젝트로 현장 진료에 미숙한 직원들 훈련을 주안점으로 한 것이었다.

들어온 지 1년밖에 되지 않은 현지 직원 야르마스딘과 아미르딘은 눈에 띄게 발전해 있었다. 그들 입장에서 보면 무의촌 지역에서 태어나 소위 금의환향을 한 셈이다. 사기는 충천해 있었다.

하지만 그 이면에는 사실상 모든 것이 무너진 상태였던 파키스탄 북서변경주 나병 근절 계획과 관련된 갖가지 사안들이 얽혀있었다. 아프가니스탄과는 달라서 무력 항쟁은 없었지만 정치적인 의도가 배후에서 소용돌이치고 있었던 것이다. 우선 독일 측(마리 아딜레이드 나병센터)은 어떤 생각을 가지고 있었을까?

세계적인 추세로 볼 때 나병은 사람들 관심에서 점점 멀어지고 있었다. 기금의 모체에서도 나병만을 지원하는 계획에 대해서는 재검토를 하고 있었다. 독일이 유지해오고 있던 기금은 German Leprosy Relief Association(GLRA 독일 나병 구제협회)이었다. 24개국 나병 근절 계획을 재정적으로 지탱해온 단체로 마리 아딜레이드 나병센터의 주요한 재원을 제공해 왔다. 이 GLRA가 나병 근절 계획에 대해 전면적인 재편을 요구해왔던 것이다. 즉, 나병과 결핵의 병합진료가 그 내용이었다.

하지만 이 또한 현지 실정에 맞지 않는 비현실적인 안이었다. 첫째로, 나병 진료원은 나병 이외에 다른 진료에는 익숙하지 못했다. 아니, 결핵은커녕 주된 업무인 나병 진료조차 기초적인 세균검사나 적절한 투약이 충분히 이루어지지 않은 상태였던 것이다. 하물며 결핵쯤 되면 환자 수가 월등히 많은데다가 움직임도 빨라야 한다. 세균검사 결과를 반년이나 기다려야 얻을 수 있는 시스템에서는 도저히 일할 수 없는 노릇이었다. 둘째로, 이미 의료행정에서는 결핵 근절 계획을 담당하는 부서가 확립되어 있는데, 거기에 끼어드는 형태로 합병을 추진한다면 간섭으로 간주되어 정치적인 마찰을 야기할 판이었다. 가장 우선해야 할 환자를 뒷전에 방치해 둔 채 온전한 조직 보존을 얼마나 꾀할 수 있는가에만 관심이 집중되어 하나의 말기적 양상을 드러내고 있었다.

독보적인 존재로 독립해 있던 우리 때문에 파우씨는 중간에서 이러지도 저러지도 못했다. 나병에 일생을 바친 그녀로서는 제대로 진료할 수 있는 시설이 있다는 것은 반길 만한 일이었다. 하지만 다른 한편으로는 실정을 알면서도 침묵을 지킨 채 묵묵히 충실을 다져 나가고 있는 PLS가 왠지 좀 부담스러웠을 것이다. 나카무라와 페샤와르회는 지금까지 약속한 일은 완벽하게 실현시켜 왔다. 많은 장해를 안고 있는 환자들에 대한 진료는 그들밖에 할 사람이 없다. 게다가 그 페샤와르 미션병원의 황폐함을 극복하고 10년 동안 진료를 계속해 왔는데, 지금 또 새 병동을 깨끗이 포기하고 비워줄 것이라고는 생각하지 못했다. 어디 그뿐인가? 무의촌 지역 현장 진료만 하더라도 설마 얄쿤강에서부터 와칸회랑까지 조직적인 활동을 할 수 있을 거라고는 생각하지 못했는데 실로 놀랍기만 할 따름이었을 것이다. 앞으로도 무슨 짓을 할런지 알 수가 없었을 것이다. 아프가니스탄 측에서도 의사 샤와리가 심복처럼 따르고 있다. 아마도 실정을 다 알고 있을 테지.

'바미얀에 일본인 의사 출현'이라는 소문(이것은 사실이 아니었다.)은 한층 더 위협적이었다. 바미얀은 몽골계 하자라족의 중심지로 아프가니스탄 중앙부 산악지대에 약 3백만 명 이상이 거주하고 있다고 했다. 여기가 또 다른 나병 다발지역으로 파우씨는 아프간 전쟁 당시부터 활발히 시찰하면서 조직적인 계획을 추진해 왔던 것이다. 상세한 것은 전해지지 않았지만 그 곤란함이란 북서변경주와는 또 다른 종류의 것이었다. 부족들 간의 대립이 복잡한데다가 거의 모든 지역이 험하고 광대한 산악지역이었기 때문이다. 짐작컨대 한정된 지역에서 복잡한 활동을 지속해야 했음에 틀림이 없다. 마리 아딜레이드 나병센터로서는 JAMS의 PLS 활동이 마음에 걸렸을 것이다. 그래서 아래에 있는 나병 현장근무 담당자를 통해서 우리 움직임을 경계하고 있었던 것이다.

한편 북서변경주 나병 진료원들을 지휘하는 현장 근무 담당자는 어정쩡한 입장이었다. 우리 움직임을 살피고는 있었지만 때는 공영 나병센터가 피부과로 흡수되어 없어지려던 것을 엄청난 정치적 투쟁을 치르면서 지켜온 지 얼마 되지 않았던 시기였다. 그러던 차에 지금 다시 파우씨가 사업 중단과도 같은 재편안(결핵진료 합병)을 내는 바람에 당혹스러움을 금치 못하고 있었다.

일부 사람들은 독일에서 일본으로 말을 바꾸어 타려고 양다리를 걸치기도 했다. 노골적으로 끼워 달라고 접근해 오면서도 우리 방침에 어긋나는 말을 해서 오히려 경계하게 만들었다. PLS는 JAMS와 함께 국경을 넘나드는 활동을 하고 있었기 때문에 파키스탄과 아프가니스탄 양국 국적자들로 구성되어 있었다. 이 철칙을 무시하고 '파키스탄 국적자만으로 편성해야 한다.'는 등의 말을 앞세워 끼어들고 있었던 것이다.

양치기 마을에 진료소를 세우다

아프가니스탄 속담에 '개는 짖어도 대상(隊商)은 지나간다.'는 말이 있다. 주변의 시끄러운 잡음을 무시하고 당당히 일을 진행한다는 뜻이다. 짖는 개는 그냥 놔두라는 것이 우리 방침이었다. 이와 같은 혼선을 무시라도 하듯 우리는 과감하게 독자적인 현장 진료를 준비하고 실행해 나갔다.

얄쿤강 상류 라슈트에서 와칸회랑에 이르는 길은 치트랄 지역 안에서도 오지 중의 오지로 사람들 발길이 거의 닿지 않는 별천지였다. 우리는 그곳을 주요 거점으로 보고 있었다. 와칸회랑은 아프가니스탄령 바다크샨주 일부였는데 와키족이라는 터키계 민족이 살고 있었으며 아무강 상류에서 고립되는 하나의 커다란 계곡을 이루고 있었다. 주민들은 치트랄이나 훈자 등 파키스탄 북쪽 변경과 관계가 깊었으며, 소규모 교역이나 방목을 위해 사람들이 왕래하고 있었다. 여기서 중요한 통과지점의 하나가 바로길 고개에서 라슈트에 이르는 얄쿤강 상류에 해당한다.

역사학자들에 의하면 당나라 서역경영 전성기에 고선지(高仙芝)장군이 파미르 고원을 넘어 지금의 길기트를 복속시켰으며, 나아가 서기 750년에는 치트랄도 항복시켰다고 한다. 그 당시 당의 군대가 통과했던 곳이 얄쿤강에서 야신에 이르는 길이라고 전해지고 있다.

실은 이 지역은 내가 15년 전 처음 부임했을 때 양치기를 따라서 현지답사를 위해 걸어서 돌아다닌 곳이다. 또 20년 전 후쿠오카 등산회에서 티리치미르 원정을 왔을 때 등산대 주치의로 같이

해발 3,200m 높이에
있는 라슈트 마을

왔기 때문에 하류까지 사정은 어느 정도 알고 있었다. 현지 부임
후 10년 동안은 페샤와르와 아프가니스탄에 눌러앉았던 터라 바
빠서 그 지역을 방문할 기회가 없었지만 여러 사정이 변하여 이제
야 다시 올 수 있게 된 것이다. 이를 두고 '산이 다시 나를 불러들
였다.' 고 말하면 너무나 감상적인가? 나도 모르게 마음속 어딘가
에 그곳을 향한 막연한 동경이 나를 끌어당기고 있었던 것인지도
모른다.

그러나 모든 것이 하루아침에 된 것은 아니었다. 1995년 4월에
우리는 이미 준비를 시작하고 있었다. 같은 해 6월에는 고생 끝에
마스츠지에 중계 기지를 설치하였다. 그리고 9월까지 직원 세 명
을 현지에서 발탁하여 훈련을 계속해 왔다.

15년 전에는 치트랄에서 마스츠지까지 험한 산길을 지프로 이
틀 동안 달려 거기서부터 얄쿤강 상류까지는 걸어서 사흘 이상 걸
렸다. 그러나 지금은 도로망이 제법 갖추어져 있다. 우리는 새벽
세 시에 출발해서 저녁나절에 도착하는 방법으로 페샤와르에서

| 진료소 위치 |

타지키스탄공화국

티리치미르산
(7,708m)

와칸회랑

중국

바다크샨

아프가니스탄

라슈트

훈자

마스츠지

길기트

라카포시산
(7,458m)

누리스탄

치트랄

낭가파르바트산
(8,126m)

와마

로와리봉

다라에피치

도베이르

코히스탄

다라에눌

스와트

카불

바죠울

페샤와르평야

잘랄라바드

페샤와르

카이버고개

이슬라마바드

인도

(북서변경주)

파키스탄

● 진료소

격동 285

마스츠지 사이를 하룻길로 단축하였다. 그리고 이를 'PLS 마스츠지 익스프레스'라고 불렀다. 좀 더 준비를 잘 하면 다음날 아침 일찍 지프로 마스츠지 마을을 출발해서 도로가 끝나는 지점까지 4시간을 달린 다음, 나머지를 8~12시간 동안 걸어서 라슈트에 도착할 수 있었다. 이전에는 상상할 수도 없던 빠르기였다.

하지만 도로가 정비되었다고는 해도 주민들에게까지 혜택이 미친 것은 아니었다. 지프 사용료가 비싸서 대부분 주민들은 마스츠지에서 치트랄 사이를 일주일이나 걸어서 다녔다. 하물며 마스츠지에서 상류 얄쿤강에 이르는 지역 주민들은 거의 외부 세계와 단절된 세상에 살고 있다고 말해도 과언은 아니었다.

1996년 6월 7일, 후지타 간호사가 자원해서 같이 갔다. 후지타 간호사는 험한 산길과 주민들의 검소하면서도 가혹한 생활에 혀를 내둘렀다. 치트랄의 시장에서 보면 마스츠지 마을은 까마득한 변경인 듯 보였다. 그러나 듣던 바대로 얄쿤강 상류에 비하면 마스츠지 마을은 천국이었다. 산봉우리의 눈부신 백설에 반사되어 햇살은 두 배나 강렬하였다. 험준한 산비탈에 띄엄띄엄 떨어져 있는 마을과 광대한 계곡은 마치 인간사의 보잘것없음을 깨닫게 하는 듯했다. 말 위에서 죽을 고생을 하며 험한 산길을 넘고, 금방이라도 무너져 내릴 듯한 다리 위로 급류를 건넜다.

마스츠지 마을에서 이틀을 걸어야 하는 여정이다. 여자들이 숙박할 만한 장소가 마땅치 않았기 때문에 우리는 새벽 세 시에 출발해서 말 여섯 마리를 몰아 하룻길로 단축하여 저녁때까지는 라슈트에 도착하도록 계획했다. 라슈트에는 직원 중 한 명인 야르마스딘의 집이 있었는데 얄쿤강 상류의 중심지였다. 그곳에

PLS 6명, JAMS 2명, 총 8명의 팀이 9일 동안 의료캠프를 설치하기로 하였다.

그러나 그 해 여름은 눈이 빨리 녹았던 탓으로 물이 불어나 강을 건널 수 없어서 자주 우회도로로 둘러서 다녀야 했다. 현지 출신 직원들은 말보다 빠를 만큼 민첩하게 걸었지만 페샤와르에서 온 직원들 중에는 초행길인 경우가 많아서 이동에 애를 먹었다. 게다가 약품과 의료기구는 생각했던 것보다 양이 많아서 식료품까지 넣으면 그 무게가 1톤에 육박하는 짐이 되었다. 노약자를 제외하고는 대부분이 걸었고, 예정했던 말을 이용한 수송은 당나귀로 바뀌어 속도가 떨어졌다. 직원 몇 명은 신발이 망가져 거의 맨발로 라슈트에 겨우 도착했다.

일주일 동안 진료는 주민들에게 호평을 받기는 했지만 아쉬운 마음이 들기도 했다.

라슈트 진료팀이 철수하기 전날 상류에서 주민 두 명이 찾아왔다. 한 사람은 사흘이 걸리는 바로길 고개에서, 또 한 사람은 하루 걸리는 가람체슈마 마을에서 온 것이다. 이 일대 주민 대부분은 아편중독자였다. 그렇지만 그것은 싸구려 진통제조차 살 돈이 없기 때문에 어쩔 수 없이 쓰는 것이었다. 그러면 몸이 쇠약해져서 한층 더 병에 걸리기 쉬워진다. 최소한의 의료혜택만 받을 수 있다면 아편중독자가 줄어들 수 있을 거라는 확신이 섰다. 1995년 10월 정찰진료 당시 이 가람체슈마에서 단 하루만에 200명 이상을 진료한 경험이 있었다. 그 당시 약품이 떨어져 어쩔 수 없이 철수하면서 "또 올께요!"라고 말하고 발길을 돌린 적이 있었다. 그때까지 한 진료만으로 딱 잘라서 모른 척할 수는 없었던 것이다.

그 때와 같은 상황이었다.

"선생님, 약속대로 마중하러 왔습니다."

나는 그 말에 가슴이 아팠다. 그러나 약품이 다 떨어진 데다 8명이나 되는 팀을 계속 여기 붙잡아 두면 페샤와르 기지병원 진료는 어떡할 것인가?

"다음에 합시다. 안 되는 것은 어쩔 수 없습니다."

나는 이렇게 말해야만 했다.

노인은 실망감에 어깨를 축 늘어뜨린 채 '결코 나를 위해서 그러는 게 아니라……' 라며 아무 말도 못하고 눈시울을 적셨다. 오히려 내게는 화를 내며 요구해 오는 게 편했다. 얼마나 낙담을 했을까? 두 사람 뒷모습은 뭐라 말할 수 없을 만큼 초라해 보였고, 나 또한 할 말을 찾지 못했다. 나는 15년 전에 이 산속에서 잃어버렸던 모자를 그들이 라왈핀디의 여관까지 애써 달려와 전해 주던 일을 떠올리고 있었다.

그래도 PLS 직원들은 그 현지 진료활동에서 자신감을 얻었다. 또한 의료정신을 조금이라도 몸에 익힌 자라면 큰 용기를 가질 수 있게 되었다. 직원들은 이제 여름 정기진료는 당연한 것으로 인식하고 있었다.

한 손엔 담배, 한 손엔 풍악

한편 나는 이 중요한 시기에 기묘한 무력감에 사로잡혀 있었다. 늘어나기만 하는 광대한 전선, 인원 보충, 재정 문제, 새 센터 건축에 대한 불안, 가도 가도 끝이 없는 거대한 산악지대. 무수한 환자들과 우리의 무력함, 이 명암은 절망적으로 여겨졌다. 이와 더불어 PLS병원에서 기대를 걸었던 일본인 직원 지도 부족 문제가 겹쳐 그야말로 내우외환이었다. 마음이 우울해지지 않으면 오히려 이상할 것 같았다.

때맞춰 일어난 사고 하나가 나를 구했다. 얄쿤강 하류 강변을 지나가는데 타고 가던 말이 갑자기 날뛰기 시작했다. 등자에 발이 걸린 채 말에서 떨어져서 공중에 거꾸로 매달린 꼴이 되고 말았다. 천지가 거꾸로 뒤집혔을 때, 설산을 배경으로 한 하늘의 푸르름이 아름다운 모습으로 눈에 들어왔다. 이 말이 돌투성이 강바닥으로 날뛰어 준다면 뇌좌상으로 의식을 잃겠지. '천지에는 시작도 끝도 없으나 인생에는 죽음이 있네.' 라는 구절이 떠올랐다. 편안해지고 싶었다. 지나온 이국에서의 나날들이 한순간에 그립게 생각되었다. 많은 사람들을 움직여가며 사명이라 생각하는 일에 매진해 왔다. 하지만 그것은 고국에서도 여기서도 적지 않은 희생이 따르는 일이었다. 귀중한 부하들도 순직하게 만들었다. 고국에 가족을 내버려둔 채 이 일을 지탱해 온 페샤와르회 사람들 특히, 아무것도 하지 않는 식객과도 같은 나를 부양해 준 일본 병원에는 갚을 수 없을 만큼 은혜를 입었다. 그러나 현지 정세와 일본 측 형편 사이에 존재하고 있는 고랑에는 저항하기 어려웠고, 마치 땅이 갈라지는 양쪽에 다리를 짚고 서있는 것 같았다. '언젠가는…….' 이라는 희망이 절망으로 급변하는 파국을 나는 줄곧 은근히 두려워하고 있었다. 정신적으로 너무 피곤했다. 그리고 죽음이 온화하게 느껴지는 것이었다. 나 또한 고리타분한 도덕관에 사로잡힌 일본인에 지나지 않았다. "거기까지만 해"라고 남들은 말하지만 재주가 없는 나로서는 그렇게밖에 할 수가 없었다. 인간행동의 이면을 읽고 명쾌한 결론을 내리며 사는 묘기는 내게 거의 불가능했다. 그러나 낡아빠진 도의였다 할지라도 나는 그것에 최선을 다했던 것이다. 설령 남들이 그것을 자기만족이라고 불러도 인간의 보편성을 묻는 핵심은 스스로 살아온 시대에서밖에 찾아낼 수 없는 것이다. 나는 그렇게밖에 살 수 없었다고 생각했다.

하지만 삶과 죽음도 또한 하늘이 정하는 것일까, 옆에서 누군가 다급하게 소리쳤다.

"야르마스딘! 야르마스딘! 선생님이!"

앞에 가고 있던 야르마스딘이 재빨리 뛰어와서 말을 붙들었다. 등자가 감긴 오른발을 위로 하고 몸이 거꾸로 매달려 거의 가랑이가 찢어질 만큼 비틀려 있었지만 무사히 땅에 내려왔다. 나는 아직 살아있어야 했던 것이다.

이 또한 하늘의 뜻이리라. 어려운 문제가 너무도 많이 겹쳐 있었기 때문에 혼자서 뭔가를 하지 않으면 안 될 듯한 착각에 빠졌던 탓에 낙천적인 사고를 잃고 있었던 것이다.

떨어질 때 피우던 담배와 카세트테이프를 소중히 끌어안고 있었던 것이 사람들에게 놀림거리가 되었다. '죽어도 군기를 놓지 않았다.'는 식으로 용감한 군인을 찬양하는 노래가 아프가니스탄

얄쿤강 상류 계곡에서
말을 타고 가던
나카무라 선생

에 있었나 보다. 전 아프간 정부군 병사였던 JMS 직원 아미르가 킥킥거리며 터질 듯한 웃음을 참고 가락을 붙여 노래했다.

우리들의 용감한 사령관님은
죽음이 닥쳐도 담배는 놓지 않네.
한손에는 담배, 한손에는 풍악이라
죽어도 변치 않을 아! 그 용감한 모습이여.

나중에는 모두 박장대소를 하고 재미있어했다. 덕분에 나의 어두운 방황도 안개처럼 사라졌다. 너무 웃어서 배가 아파 길가에 웅크리고 주저앉는 사람도 있었다. 그때 듣고 있었던 곡은 모차르트의 피아노곡인 「터키 행진곡」이었는데 지금도 잊을 수가 없다.

탈레반 세력이 커지다

탈레반

막다른 골목에서 타개를 모색하고 있던 것은 우리들뿐만이 아니었다. 페샤와르와 아프가니스탄 전체도 예년처럼 혼란 속에서 해가 저물고 있었다. 겨울을 눈앞에 둔 수도 카불에서 중산층시민 3만 명이 굶주림을 피해 시가지를 떠나와 그 태반이 페샤와르로 피신해 있었다. 게다가 엄격한 이슬람법을 철저히 지키는 탈레반 군대를 두려워해서 거의 모든 외국 NGO가 아프가니스탄에서 활동을 멈추고 있었다.

1994년 중반, 남부에 혜성처럼 신흥 군사 세력을 일으킨 탈레반이 순식간에 아프가니스탄 3분의 2를 석권하며 카불을 함락시킨 것이 1996년 9월 26일로 이는 불과 2년 사이에 벌어진 일이었다. 그 신속한 점령은 17년에 이르는 내전이 끝날 수 있다는 희망에 세계를 들끓게 했다.

그러나 계속해서 들어오는 정보에 서방 측 관계자들은 몸이 얼어붙는 듯했다. UN 시설에 유폐되어 있던 나지불라 전 대통령이 처형되어 사흘간 카불 중앙광장에 전시되었던 것이다. 이 부분은 같은 이슬람주의 기치를 내걸었던 직전 정권조차 손을 대지 않았던 성역이었다. 종교위원회가 잇달아 포고를 함으로써 새로운 통치방침을 인식시켰다. 즉, 여성 외출금지, 영화관과 여학교 폐쇄, 텔레비전이나 비디오, 심지어는 라디오까지 금지되었다. 범죄자 처벌도 가차없었다. 불법상인은 입에 돈다발을 가득 채워 넣은 채 온 시내를 끌고 다녔고, 매춘행위는 돌팔매질로 처벌되었다. 강도는 총살, 절도는 손을 절단하는 형에 처해졌다. 서방 측 관계자들은 '그들은 아프가니스탄을 7세기로 되돌리려 하고 있다.'고 보도했다.

하지만 카불의 대부분 하층시민들에게는 이전 정권보다는 낫다고 받아들여졌다. 1991년 소련군 철수 이후 카불에서는 포성이 그칠 날이 없었다. 1992년 4월에 나지불라 공산정권을 대신해 구 정부게릴라당파가 권좌에 앉고부터는 한층 더 시가전이 심해졌다. 당파투쟁에서 시가지 3분의 2가 포탄으로 폐허가 되었고 강도나 부녀자 폭행은 일상적으로 일어났다. 그런데 탈레반 지배가 이들 폐해를 일소했던 것이다.

더욱이 이 탈레반의 이슬람법이라는 것은 이전 아프가니스탄이나 파키스탄 북서변경주에서 일상적으로 시행하고 있던 관습법이었기 때문에 대부분 빈곤층에서는 특별한 위화감이 없었던 것이다. 외출이 가능한 직업여성도 중류 이상 극소수층이었으며, 여성 외출금지도, 부르카(눈 부분에만 구멍을 내고 머리부터 무릎 또는 발목까지의 전신을 덮어 입는 이슬람국가의 여성 의상)를 착용하게 하는 것도 이미 특별한 것은 아니었다. 적어도 점령 직후 카불 시민 대부분은 당면하고 있던 굶주림에서 벗어났고, 생명 위협이나 부녀자를 대상으로 한 능욕이 사라진 것을 환영했다.

그래도 진료는 계속하다

그런데 외국 NGO는 일시적으로 완전히 철수하였지만 페샤와
르회의 JAMS나 PLS는 원래부터 정치색이 없었고, 사람들 신뢰
도 두터웠기 때문에 진료활동에는 특별한 영향이 없었다. 새로운
정치적 판도에서 바뀐 것이라고는 아프가니스탄 내부에 부임한
직원들이 탈레반정권의 포고로 수염을 길러야 하는 일 정도였다.
우리들은 오히려 다른 사람들과 함께 탈레반에 의한 치안회복을
환영했다.

그래도 초기에는 긴박했었다. 9월 20일에 잘랄라바드가 탈레반
에게 점령당하자 기존 세력은 쿠나르강을 따라 일제히 도망쳤고,
이들을 쫓는 탈레반과 산발적인 전투가 있었다. 파샤이족이나 누
리스탄족 등 소수 산악부족은 파슈툰족을 주체로 하는 탈레반에
공공연하게 반기를 듦으로써 진료소 부근에 전선이 형성되었다.
우리 진료소가 외곽 산악지대에만 있어서 소수 산악주민과 파슈
툰족 사이의 경계선에 위치했기 때문이었다.

잘랄라바드가 점령된 지 이틀 후에 중대 200명이 다라에눌로
진주하여 저항했던 지도자 15명을 노상에서 사살하였다. 그 중에
는 다라에눌 진료소를 만들 때 협력했던 마을 주민도 포함되어 있
었다. 그들은 구 정권(소련군)이 그 땅에 침입해 들어왔을 때와 똑

같은 동기에서 탈레반에 저항했을 뿐이었다.

9월 30일에는 반 탈레반의 마수드 장군이 판즈세르에서 헬리콥터로 다라에눌 상류로 날아와서 저항하는 파샤이족을 격려했다. 10월 5일, 판즈세르에서 쏜 로켓탄이 진료소로부터 약 200m 지점에 떨어져 농가를 파괴했다. 주변이 전장이 되고 탈레반부대 하부조직이 우리 진료소를 점거하여 진료활동이 일시 정지되었다. 잘랄라바드의 탈레반 사령부에 진정을 하여 진료소에서 물러나게 함으로써 더 이상 악영향은 없었지만 당시 세 군데 진료소에 있던 JAMS 직원 50명이 소식이 끊겼다. 얼마 지나지 않아 모두 무사한 것을 확인했지만 한때는 우리도 심각하게 진료소의 폐쇄를 생각했다.

직원들 안전을 위해 2개월간 폐쇄를 지시했었지만 우리는 탈레반도 반 탈레반도 똑같이 진료해주고 있었다. 서로 싸워 왔던 사이였지만 진료소에서는 사이좋게 치료를 받는 모습도 볼 수 있었다. 페샤와르회 JAMS의 면목을 드높이는 일이었다고 자부하지 않을 수 없다.

커다란 변혁을 필요로 했던 부분은 탈레반의 탓이 아니라 우리 자신이었다.

페샤와르 근교 난민캠프

8 통합병원 건설

너무 비약하는 것 같지만, 소련 붕괴에서
나지불라 대통령 처형에 이르기까지 경위를
모두 보아왔던 나는 인간들이 갖는
공통의 병리를 여기서도 보았다.
모든 권력은 부패한다. 권력에 반항하는 것도
그것이 자기를 위한 목적으로 바뀌면서
역시 부패의 길을 걷는다. 과거 업적이나 소유는
그것이 힘이든 돈이든 명예든 무력이든 간에
사람 마음을 교만하게 하여 눈을 흐리게 하는
권력의 원천인 것이다.
힘이라는 괴물의 끔찍함을 새삼스럽게
깨달았다.

민족주의

밝아온 1997년

밝아온 1997년은 과거 15년 동안의 때를 전부 씻어내는 듯한 극적인 서막으로 시작되었다.

엔화 약세로 인한 재정 문제는 좀처럼 해결방도가 보이지 않았다. JAMS는 여전히 사기가 드높았지만 페샤와르회에서 끝도 없이 지원해 줄 수 있는 것처럼 능력을 과신하고 있었다. 새 병원 건축은 시작했지만 부지 문제가 꼬이는 바람에 본격적으로 공사를 하지는 않고 있었다.

같은 해 2월, 공영 나병센터에 있는 레디리딩병원의 민영화가 거론되었고, 채산이 맞지 않는 나병병동은 맨 먼저 위기에 처했다. 3월 17일, 페샤와르 미션병원 우쟈가 원장이 암으로 죽자 병원의 모든 시스템이 무너져 버렸다. 두 병원 모두가 원래부터 그다지 잘 돌아가는 편은 아니었지만 이로써 사태는 결정적인 국면을 맞게 되었다. 각 방면에서 불안과 동요가 일어났다. 이를 전후해 내 보고를 받은 무라카미 사무국장은 '이 세상에 안정 같은 것은 하나도 없다는 것을 알았다'고 훗날 술회하고 있다. 그것을 알기에 나도 쓸데없이 걱정하지 않도록 일일이 다 보고하지는 않았다. 자칫 잘못하면 파키스탄과 아프가니스탄 양국의 분열뿐만이 아니라 현지에서 전면적으로 철수하게 되는 사태로 발전할 수도 있는 상황이었다.

대략 이러한 상황 속에서 페샤와르회 통합병원 건설이 있었던 것이다. 페샤와르회에서 모금을 계속해야 하는 것도 힘든 일이었지만 동시에 현지에서도 차례차례로 정세가 격변하여 아수라장의 양상을 보이고 있었다. 15년 동안의 총결산이었다. 원활하게 진행되어 간다면 오히려 그것이 이상할 정도였다. 이쪽도 마음의 준비를 단단히 한 다음 출혈을 각오로 임하기로 했다.

파키스탄·아프간 직원 사이의 갈등

페샤와르회 방침은 변하지 않았다. 전체적인 흐름에서 보면 먼저 나병 환자의 합병증을 안심하고 진료할 수 있는 장소를 확보하고, 나아가 JAMS와 PLS라는 형제단체를 통합하는 진료기지 설립을 실현하는 것이었다. 요컨대 통합을 함으로써 양자가 동일한 조직 아래 있음을 알리고, 앞으로 대폭적인 유지비 경감을 도모하자는 것이었다.

일본에서 보기에는 언뜻 별 어려움이 없는 것처럼 보였겠지만 여기에는 겹겹의 난제가 도사리고 있었다. 먼저 내부에서 통합을 어렵게 하는 것은 파키스탄과 아프가니스탄 양자의 대립감정이었다. 역시 아프가니스탄(JAMS) 측이 먼저 강경한 태도를 보였다. 1월에 신중하게 제시한 통합병원 안을 한마디로 거절한 것이다.

먼저 샤와리가 불만을 나타냈다. 샤와리는 내가 작은 일을 방치하는 한이 있더라도 큰 결정에 있어서는 흔들림이 없다는 것을 아는 몇 안 되는 인물 중의 하나다. 결국 그렇게 될 수밖에 없었겠지만 그때까지의 혁혁했던 JAMS 업적이 그를 자유로운 사고로부터 멀어지게 했던 것이다. '이제부터 본격적으로 날갯짓을 하려는 마당에 왜?' 라는 것이 그의 심정이었을 테고, 게다가 결정을 바로 앞에 두고 따돌림을 당했다는 사실이 달갑지가 않았던 것이다.

그러나 실제로는 자신의 계획에 몰두했던 나머지 페샤와르회의 재정적 어려움에 대해서는 들으려고 하지 않았다고 하는 편이 맞을 것이다. 그때까지 몇 번이나 위기에 빠졌던 재정문제에 대해서 두 번, 세 번 경고를 했음에도 불구하고 그는 전혀 이해를 못하고 있었다.

"처음부터 '페샤와르회' 라는 이름이 좋지 않았던 겁니다. 페샤와르는 파키스탄의 지방도시 가운데 하나일 뿐입니다. 국경을 초월한 활동이라면 좀 더 이렇게 '국제○○의료단' 이라든가, 뭔가 보편적인 이름으로 바꿔야 합니다. 선생님께서는 십여 년이나 여기에 계셨으니까 아프간인의 마음을 읽을 수 있지 않습니까? 늘 재정, 재정이라고 말씀하시지만 돈은 문제가 안 됩니다. 제가 일본에 가서 호소해서 즉시 지원을 받아 오겠습니다. 파키스탄과 혼동된다면 사람들은 지지하지 않을 것입니다."

이는 상황을 모르는 말이었다. 나는 페샤와르회에 대해서 항상 보조를 함께 한다는 것을 강력히 표현해 왔으며, 일본인 직원의 행동에 대해서도 현지 활동에 좋지 않다고 생각할 경우에는 엄정하게 대해 왔고, 때로는 가차 없이 귀국을 시키기도 했다. 이번에는 이곳 현지에서 일본 측에 협력해야 할 상황이었다. 게다가 '파키스탄 형제들도 같은 인간'이라는 평소 주장이 이번 일로 허사가 될 판이었다. 나 또한 양보하지 않았다.

"페샤와르회는 이름을 바꾸지 않을 걸세. 자네가 협력 상대에게 명칭 변경을 요구하는 따위는 주객이 전도된 것일세. 페샤와르회도 현지 프로젝트도 사사로운 것이 아니란 말이네. 모두가 서로 협력해 왔기 때문에 여기까지 헤쳐 올 수 있었던 걸세. 더욱이 아프가니스탄 문제도 결국은 전 세계에 존재하는 여러 분쟁 중의 하나에 지나지 않네. 일본과 여기만이 세계가 아닐세. 혼자서 재정 문제를 해결할 수 있다면 해보게. 자네처럼 말하는 것을 일본에서는 은혜를 원수로 갚는다고 하지. 게다가 일본인에게 파키스탄이 어떻다는 둥 아프가니스탄이 어떻다는 둥, 그 차이를 설명한다 한들 통할 것 같은가?"

이는 중요한 논점이었다. 앞으로 현지와 일본 사이에 이와 같은 괴리가 계속된다면 그 도달점을 가늠하기 어려운 노릇이었다. 현지의 일반적인 폐습인 민족과 종교적인 차원의 분열주의는 철저하게 싹을 잘라버리지 않으면 안 될 일이었다. 개혁이라는 것은 출혈 없이는 불가능하다. 전환점을 맞이한 이상 사적인 감정을 누르고 단호한 조치를 취해야 한다. 점잖게 아프간인은 비협조적이라고 위협을 받더라도, 그 과정에서 누군가 탈락하더라도, 혼자 남게 되더라도 해내고야 말겠다는 생각이었다. 과거의 업적에만

연연해서는 일이 진척될 리 없었다.

"모두 각각의 민족적인 전통이 있습니다. 이 안건에 협력하는 아프간인은 한 사람도 없을 겁니다. 그리되면 JAMS도 PLS도 움직일 수 없을 텐데요……."

"날 협박하는 건가? 자네들을 붙들어 온 결과가 고작 이런 거였나? 타인을 배척하는 전통 따위는 하찮은 것이야. 아프가니스탄이고 파키스탄이고 내 알 바 아니네. 자네들의 쌈박질에는 이제 신물이 나네. 인간성이라는 둥, 신이라는 둥 시건방진 소리 하지 말게. 난 인간이 흘리는 미사여구 따위는 까마득한 옛날부터 믿지를 않았네. 실제 모습을 이 두 눈으로 보기 전에는 말일세. 하여간, 계속할 것인지 말 것인지 문제일세. 구체적인 것은 일본에 가서 말하게. JAMS가 이름을 바꾸는 일은 없을 테고, 물론 페샤와르회 측도 해체할 생각은 없을 걸세. 만약 없어진다고 하면 자네의 좁은 소견 때문에 그렇게 되겠지. 그래서 결국 피해를 입는 것은 환자들이겠지만……. 자네들이 싫다면 나 혼자라도 하겠네."

페샤와르 근교
난민 캠프

개인적으로 나는 샤와리에게 전면적인 신뢰를 두고 있었다. 그러나 그때 막연하게, 그러나 분명하게 느꼈던 것은 내 신변상 위험이었다. 사랑과 미움은 결국 한 몸이다. 내가 페샤와르에서 죽는다면 결코 적대자에 의해서가 아니라 가장 가까운 사람들 손에 의해서일 거라고 생각하고 있었다. 그래도 내 몸을 지킬 생각은 들지 않았다.

새 병원 건설 계획

한편 새 병원 건설 문제 또한 막다른 골목에 다다르고 있었다. 병원 건설을 위해 정부에서 제공한 토지를 두고 주위에 있는 학교 학부형들이 나병 병원 건설 반대운동을 일으키는 바람에 계획은 암초에 부딪치고 말았다. 실은 이 일의 배후에 반대운동을 선동한 사람이 있었던 것이다.

페샤와르 미션병원에서 독재적인 권력을 휘둘러 온 우쟈가 원장의 건강은 이미 1년 전부터 악화되고 있었는데 우쟈가 이후를 둘러싸고 여러 사람들 속셈이 뒤엉켜 있었다. 어쨌든 그 병원은 지난 1세기 가까이 페샤와르에서 권위를 가지고 있던 병원이었다. 영국인 그룹, 현지 기독교도, 이슬람교도로 뭉친 정부계열의 나병 진료원, 카라치의 독일인 그룹(마리 아딜레이드 나병센터), 이 모든 세력이 제각각 따로따로 움직이고 있었다.

1996년 12월, 마지막이 가까워짐을 알았던 우쟈가 원장은 나병병동을 사립 의과대학에 임차함으로써 병원 재정에 돌파구를 찾으려 했다. 따라서 병동을 자신의 새로운 계획의 기지로 활용하려고 했던 파우씨는 완전히 따돌림을 당한 꼴이 되고 말았다. 그토록 우리를 무시하려고 했던 그녀가 나와 개인적으로 친했던 토머스 원장을 중간에 넣어 이례적인 부탁을 해왔다.

"귀회가 기부했던 나병병동이 사립 의과대학의 외과병동으로 전용되려 하고 있습니다. 그 건물은 나병 환자들을 위한 것입니다. 기부자로서 교구 위원회에게 항의해 주셨으면 합니다. 위원회에서는 다음 주에 결정될 듯하니 각 위원들에게 전달해 주시기 바랍니다."

이것은 우쟈가 원장에 대해서 뿐만이 아니라 페샤와르회에도 실례되는 일이었지만 장래를 생각하면 미션병원 나병병동은 의지할 곳 없는 환자들을 수용하는 장소로서 포기하기 어려웠다. 페샤와르회가 새 병원에 들어앉아 치료서비스에 전념하기 위해서는 이와 같은 시설도 꼭 필요하다는 생각이 들었다. 카라치의 파우씨와 다소 의도가 다르기는 했지만 나병 환자들에 대한 관심과 목적은 같은 것이었다. 긴 안목으로 봐서 나병 관계자의 수중에 두는 편이 낫겠다고 판단했다.

다행히 험프리씨가 부사교로서 그 위원회 일원이었기 때문에 일본에서 직접 페샤와르회의 명의로 유감을 표명한 팩스를 그에게 보내 각 위원에게 배포하게 했다. 결과는 6대 4로 우쟈가 원장안이 부결되어 카라치 측은 가슴을 쓸어내렸다. 그러나 그로부터 1개월 후, 사교에서 다음과 같은 편지가 일본의 페샤와르회에 전달되었다.

"도의적인 의미에서 귀회의 항의는 정당합니다. 그러나 교구 재산처리에 있어서 기부자 측으로부터 일일이 허가를 받을 필요가 있을까요?"

요컨대 '간섭하지 말아줬으면 좋겠다.'는 뜻이었다. 이 결정과정에서도 복잡한 움직임이 교구 내부에 있었음을 암시하고 있었다. 페샤와르의 영국인 사회는 결코 표면으로는 드러나지 않는 힘을 가지고 있었다. 특히 파키스탄연합교회는 그 본부를 런던의 웨스트민스터사원에 둔 영국 국교회의 위계 속에 포함되어 있었다. 현지 사회는 이슬람교도가 압도적 다수를 점하고 있을지라도 정계에서 이들은 무시할 수 없는 존재였다. 사실 파키스탄 독립 이후, 인재부족에 허덕이던 관료계에서 지도적 역할을 수행했던 것은 영국인이었다. 따라서 파키스탄에서는 여전히 세계의 중심이 런던이었으며 많은 지도자들이 영국에 유학하고 있었다. 지식층들은 종주국인 영국과 현지 사이에서 미묘한 입장에 서 있었다.

우리도 필요 없는 적을 만들 생각은 없었다. 오히려 협력을 받고 싶을 정도였다. 1994년 10월에 우쟈가 원장과 내가 충돌한 일은 한때 페샤와르 전역에서 화제가 되어 오랜 세월 원장을 탐탁치 않게 여기던 영국인들도 이슬람교도들과 함께 나를 성원했다. 그러나 그들 입장에서는 의사 나카무라가 기독교인이기는 하지만 적인지 아군인지 약간 알쏭달쏭했을 것이다. 영국의 숙적 아프가니스탄에 뿌리를 내린 나카무라의 활동은 왠지 불안했을 것이다. '평소 언행이 친 이슬람적이고, 천주교 단체에 종종 반항한다.'는 인식도 일부에서는 가지고 있었다. 지금 또 독일세력(카라치)과 협력하는 듯한 태도를 보이는 것도 왠지 꺼림칙할 것이다. 사교가 페샤와르회로 보낸 편지는 그것을 대변하는 것이었다.

나도 처음에는 그들 영국인들이 새 병원 건설을 방해하지 않을까 의심했지만 잘 생각해보면 그들도 어린애가 아니었다. 지난 1세기 반 동안 반영감정에 시달리며 뿌리를 내린, 현지 사정에 정통한 사람들이다. 유치한 공작으로 쓸데없는 적을 만들지는 않을 것이다. 사이좋게 지내두는 것이 분명 여러 모로 좋을 것 같았다.

역시 전혀 다른 쪽에서 선동의 범인이 떠올랐다. 학교관계자의 학부형들로부터 들었던 소문을 더듬어 가봤더니, 그 출처는 페샤와르 미션병원이었다. 그것도 놀랍게도 나병병동이었던 것이다.

병원당국이 관여했는지 아니면 직원들이 멋대로 한 것인지는 즉시 밝혀졌다. 내가 재임하던 중 나병병동은 원내에서 차츰 그 세력이 커져 1990년경까지 그 존재감은 정점에 달했다. 아래 직원들도 같은 희망을 가지고 있는 동안만큼은 잘 협력해 주었다. 하지만 1994년 10월 내가 떠난 뒤 병동은 텅 비고 살벌한 관리들만이 판을 치게 되었다. 직원들은 우쟈가 원장이 죽으면 나카무라씨가 되돌아올지도 모른다고 기대하고 있었던 것 같았다. 병동도 있고 우리들 잘 훈련된 나병 진료원도 있으니 나카무라씨를 원장으로 맞이하자는 이야기가 그 와중에서는 있을 수 있는 일이었다. 그렇게 되기 위해서는 새 센터를 짓지 못하게 해야 한다고 생각한 직원들이 방해공작을 폈던 것이다.

더욱이 절차상 문제에 있어서 주정부 당국이나 중개 역을 맡았던 페샤와르 교구로부터 쓸데없는 일을 하도록 강요받았다. 사사건건 허가를 요구해왔던 것이다. 그것도 하찮은 서류 제출을 요구한다거나 위원회에 출석시키거나 하는 따위의, 요컨대 일부러 권위를 과시하려는 태도를 취하는 것이었다. 내 입장에서는 유치한 방해공작보다도 그쪽이 더 불안했다. 건축이 완료되니까 이번에는 관리 문제로 그들의 허가를 필요로 하는 꼴이 될 우려가 있었다. 오히려 앞서 말한 유치한 방해공작 쪽이 그래도 알기는 쉬웠다. 완전히 독립적 관리체제를 가진 병원이 향후의 활동에 있어서 안전을 보장하는 것이라면, 예산을 더 쓰더라도 자기 땅에 세워야 함을 절실히 느꼈다. 설령 건물이 완벽하게 지어지지 않더라도 다른 권위들로부터 쓸데없는 영향을 받지 않는 활동이야말로 근본적인 기초가 되는 것이라 여겨졌다.

이러한 사정들로 인하여 나는 '4월까지 공사를 멈추고 비밀리에 사유지를 입수한 다음, 일거에 재개할 것'이라는 최종 지시를 내렸다. 준비는 착착 진행되었다. 그러나 이 또한 고생길로 접어드는 시작에 불과한 것이었다.

샤와리와 험프리씨의 의기투합

오월동주

1997년 3월에는 페샤와르 미션병원 처리를 둘러싸고 또 한 차례 소동을 겪었다.

2월 25일, 내가 샤와리와 험프리씨 일본행 수속을 위해 두 사람을 데리고 이슬라마바드 일본대사관을 방문했다가 돌아오던 길이었다. 전년 12월부터 그 해 1월에 걸쳐서 일어난 교회 방화사건에 대한 이야기가 나왔다. 이 사건은 특정 정치세력이 치안 혼란을 목적으로 주로 펀잡주에서 이슬람교도들을 선동하여 일으켰다. 많은 사상자를 내고 기독교도 측을 자극하여 각지에서 데모가 일어나 한때는 페샤와르에도 긴박함이 감돌았다.

　　"샤와리씨, 당신들은 '난민이다'라고 말하며 스스로를 불쌍히 여기지만 우리 기독교도들도 비슷한 존재라오. 이 나라 어디에도 우리의 안전한 거주지는 없소."

　　험프리씨가 툭 내뱉었다.

　　"게다가 기독교 신자들도 좋은 지도자를 만나지 못하고 있소. 빈사상태에 이르고 있음에도 우쟈가 원장 같은 놈들이 많아서 말이오."

　　그러자 동감을 하면서 팔짱을 끼고 듣고 있던 샤와리가 갑자기 깨달았다는 듯이 말했다.

　　"험프리씨, 당신은 교구 부사교가 아닙니까? 지켜줄 사람이 없는 기독교도들을 돌볼 책임이 당신에게 있을 겁니다. 페샤와르 미션병원 일만 하더라도 지금이라면 페샤와르회에서 관리하는 것으로 해서 병원을 재건할 수도 있는 게 아닙니까? 그럴 마음이 있다면 나도 힘을 보태겠습니다. 우리들은 언젠가는 돌아갈 난민들입니다. 당신은 여기에 있지 않으면 안 됩니다. 돌아갈 때 남길 선물로 무엇이든 할 수 있습니다. 미션병원은 페샤와르에서 가장 위치가 좋은 곳에 있고, 기숙사까지 있습니다. 앞일을 생각한다면 지름길이 아닙니까?"

"나카무라 선생님, 화내지 말고 들어주십시오. 확실히 선생님이 계신 동안은 괜찮을 겁니다. 하지만 우리들이 왜 잘랄라바드가 아니라 페샤와르에 머물고 있는지 알고 계십니까? 선생님께서 여기 계시기 때문입니다."

그 다음부터 두 사람은 계속해서 아이디어를 쏟아 내었다. 이윽고 험프리씨가 앞으로 나섰다.

"저는 미션병원 수용시설에서 자랐습니다. 좋은 시절이었죠. 미션병원은 누구에게나 존경받고 있었습니다. 그러던 것이 그만 십여 년 전에 편잡에서 온 몇 안 되는 파키스탄인들 때문에 황폐해지고 말았습니다. 그렇군요. 샤와리씨 말을 듣고 보니 조금은 희망이 보입니다."

참으로 난처하게 되고 말았다. 건설 문제가 일시적으로 좌초되어 토지 구입을 결정했던 참에 이 이야기가 끼어든 것이었다. 하지만 그것은 반드시 불가능한 것만도 아니었고, 장차 일본으로부터 지원이 끊기는 사태를 생각한다면 꼭 강하게 반대만 할 수도 없는 노릇이었다. 내가 어정쩡한 태도를 보이는 사이에 두 사람은 완전히 의기투합해서 들뜬 상태가 되어버렸다.

나는 자신감도 없이 질질 끌려 다니는 꼴이 되었다. 그러나 샤와리의 발언이 그 시점에서 설득력을 가지고 있었음을 부정할 수는 없었다. 우쟈가 원장 죽음이 임박했다는 소문은 페샤와르 전역에 퍼져 있었고, 우쟈가 사후의 미션병원에 대한 소문이 나돌고 있었다. 한편 이것을 내 입장에 놓고 생각해보면, 일본에서 지원하는 것만 하더라도 내가 죽은 다음까지 책임을 질 수는 없는 일이었다. 게다가 과대평가인지는 모르지만 파키스탄과 아프가니스탄, 기독교도와 이슬람교도, 일본과 현지, 이들 각각을 연결하는 고리는 나 말고는 생각할 수가 없었다. 이 고리가 앞으로도 계속 나에게만 의지한다면 그것은 옳은 방향이 아니었다. 그리고 현재는 견원지간인 파키스탄과 아프가니스탄 쌍방이 나를 빼고 이 문제를 가지고 함께 협력해서 일이 진척된다면 일본에서 내가 큰 창피를 당하는 것보다 훨씬 더 중요한 일이었다. 또 정세가 그만큼 유동적이기도 했던 것이다. 그날 밤은 죽음에 임하는 우쟈가 원장이나 앞으로의 일을 생각하면서 잠을 이룰 수 없어 밤을 지새웠다.

부임 이래 쌓이고 쌓였던 모든 문제가 한꺼번에 분출하여 나는 어떻게 해야 할지 몰랐다. 이런 경우는 정말 처음이었다. 현지와 일본, 이 둘을 현지 환자의 장기진료라는 관점에서 저울에 올려봤더니 결국 현지 쪽으로 기울어졌다. 샤와리와 험프리씨, 이 두 사람 모두가 그만큼 자신을 가지고, 또 그만큼 화기애애하게 의기투합했던 모습은 그때까지는 볼 수 없었던 일이었다. 에이, 그냥 한동안 하게 놔뒀다가 성공할 조짐이 충분히 보이면 그들의 의견을 체계화하여 힘이 되어주는 것 외에는 달리 방법이 없지 않을까? 그 반대의 결과가 나오면 다시 처음 방침으로 돌아가 관철시켜야 한다는 결론에 도달했지만 불안을 씻을 수는 없었다. 냉정하게 생각하면 '나아가도 지옥, 멈춰서도 지옥이었다. 그렇다면 차라리…….' 라는 반쯤은 자포자기 감정에 사로잡혀 있었다. 그것은 이미 자신의 한계를 의미하고 있었다. 탈레반이 출현한 이후로는 아프가니스탄 정세부터 파키스탄 동향에 이르기까지 모든 것을 읽을 수가 없었다. 예기치 못한 엔화 약세와 루피화 안정으로 예산편성에 커다란 혼란이 일어났고, 탈레반 동정에 대한 예측은 완전히 빗나갔다. 다른 쪽에서도 잇달아 즉각적인 판단을 요구하는 사태가 겹쳐 실은 지칠 대로 지쳐 있었다. 그 이상 생각할 능력이 정지되어 그 끝을 찾을 수가 없었다. 이 1997년 3월 한 달은 몇 년처럼 길게 느껴졌다.

3월 4일부터 일주일 동안 JAMS에서는 샤와리, PLS에서는 험프리씨가 도쿄에서 열리는 국제 심포지엄에 참석하기 위해 일본에 가기로 되어 있었다. 이를 기회로 페샤와르회 측에서는 1996년 12월 안건에 대해서 대화를 나누고, 페샤와르회의 어려운 주머니사정을 이해시켜 양자 합의 하에 원활한 방침을 얻으려 하고 있었다. 나는 두 사람이 귀국하기를 기다려 최종적인 판단을 내리기로 했다.

그 날 일본으로 출발하는 두 사람을 기도하는 마음으로 페샤와르 공항에서 배웅했다.

우쟈가 원장의 죽음

우리들 일부에서 보이고 있는 불안과 동요를 없애기 위해, 때마침 일정에 잡혀 있던 코히스탄 드베일 계곡에 PLS 손으로는 처음으로 본격적인 현지진료를 시작했다.

제1진 일곱 명이 3월 11일 예정대로 출발하여 의료캠프를 설치하였다. 나는 그렇게 하면서 샤와리와 험프리씨가 일본에서 돌아오기를 기다리며 일단 페샤와르로 돌아가 본진을 데려와 합류시킬 생각이었다.

3월 20일, 페샤와르로 돌아간 나를 기다리고 있었던 것은 미션병원 우쟈가 원장의 부음이었다. 내가 코히스탄 산중에서 연락을 끊고 있었던 3월 17일에 사망하여 이미 장례식도 끝나 있었다. 동정을 표하는 사람은 거의 없었다. 일부에서는 '나카무라 선생님에게 박해를 가하면 천벌을 받는다.'며 수군대기도 했고 나를 두려운 눈으로 보기도 했다.

생각해보면 1984년 이래로 계속되어 왔던 의사 우쟈가(미션병원 측)와 영국인 그룹(페샤와르 교구 측)의 기나긴 싸움은 양쪽의 피해만을 남긴 채 여기서 종결을 고하려 하고 있었다. 영국인 그룹에 눌려 비난받는 입장에 있었던 카이룻딘 사교도 그보다 두 달 전인 1997년 1월 런던에서 사망했다.

그리하여 미션병원 처리를 둘러싸고 일시적인 공백상태가 되었다. 현지 많은 사람들에게 있어서 나카무라 선생 이외에는 다방면에 걸쳐 연결을 취하고 그 공백을 메울 수 있는 존재가 떠오르지 않았던 것 같다. 영국인 그룹은 신중한 태도를 취하고 있었다. 카라치의 독일인 그룹은 나병병동을 페샤와르의 근거지로 얻으려고 기회를 엿보고 있었다.

우쟈가 원장이 사망하고 내가 코히스탄에서 돌아오기까지 4일 동안, 이 짧은 시간에 험프리씨와 샤와리와의 사이에 있었던 기괴한 동맹관계가 강화되어 페샤와르회에 의한 미션병원 관리에 양자 모두 의기투합함으로써 일은 이미 혼란에 말려들고 있었다.

17년 내부 갈등 이젠 끝

3월 21일, 아침부터 귀한 손님이 계속 찾아왔다. 마리 아딜레이드 나병센터의 원장 토머스씨가 들렀고, 이어서 영국인인 마일즈씨가 면회하러 왔다. 마일즈씨 부부는 1978년부터 1986년까지 페샤와르 미션병원 한쪽의 심신장애아센터에 있었는데 우쟈가 원장과 심하게 대립했던 중심인물이었다. "여행 도중 우연히 들렀다"고 했으나, 아무래도 사후 처리 문제에 대해 기대를 가지고 날 기다리고 있었다고 밖에는 생각할 수 없었다. 그들 관심은 페샤와르회 동향에 집중되어 있었다.

"10년만이군요. 저는 이미 오래 전에 지쳐서 런던에 돌아갔지만 다행히 아내가 물리치료사라서 그럭저럭 먹고 살고 있습니다. 선생님께 많은 신세를 졌습니다. 대단하시군요. 2년 전 사건(우쟈가와의 충돌)은 들었습니다. 우쟈가가 죽기 전에 도착하지 않은 것이 천만 다행이군요. 그렇지 않았다면 케이트(우쟈가의 부인)에게 '마일즈가 링거 주사를 떼어내서 죽였다.' 라는 말을 들었을지도

PLS에서
교육을 하고 있는
나카무라 선생

모르니까요. 선생님께서 부임한 직후에 차 안에서 해드린 말은 기억하고 계십니까?"

나는 이 영국인이 무슨 생각을 하고 있는지 잘 알 수가 없었다. 그가 쓸데없는 이야기를 하러 온 것인지, 그저 형식적인 인사를 하러 온 것인지……. 적어도 남겨진 원장 가족들에 대한 동정 같은 것은 없어보였다. 게다가 상황이 나빠진 것은 하나부터 열까지 우쟈가의 탓만은 아니었다. 그 증거로, 그들도 아무런 대책 없이 방관하고 있지 않은가? 이 난국을 헤쳐 나가려고 하는 열정은 느낄 수가 없었다. 게다가 나는 우쟈가 원장을 진심으로 미워한 적은 없었다.

"잘 기억하고 있습니다. 우쟈가의 성격은 분명 말씀하신 그대로였습니다. 저도 고생을 했다면 좀 했지만 다행히 현지 협력으로 일은 계속하고 있습니다."

마일즈씨 이야기는 지금까지 십여 년을 요약해서 말해주는 듯이 장황하게 이어졌다.

"벨기에인들과 의사 파우씨 그룹이 충돌한 1980년, 저는 미션병원에 있었습니다. 나병병동을 꾸려 나가고 있던 벨기에인 수녀 라자가 우쟈가와 파우씨와의 동맹으로 국외로 추방된 후, 파우씨는 파키스탄 정부의 나병 근절 계획 고문 인가증을 손에 들고 벨기에인 그룹이 만들어 놓은 진료 방식을 모방하여 미션병원과는 별도로 활동할 것을 계획했었습니다.

독일 측은 파우씨를 파키스탄 창구로 생각하고 있었습니다. 패전 후 독일에게는 그녀와 같은 주인공이 필요했던 거죠. 그러나 멀리 떨어진 카라치에서는 페샤와르의 사정을 읽을 수가 없었습니다. 마리 아딜레이드 나병센터의 나병 진료원 양성학교에 오는 몇 안 되는 생도들에게서 들은 정보와 1978년 이후 변경지역에 대한 산발적인 대책, 종이로 된 보고서만으로 움직이고 있었던 것입니다. 등잔 밑에 있는 페샤와르 사회의 역학관계조차 파악할 수가 없었습니다. 우쟈가는 새 센터(공영 나병센터)가 제대로 기능하지 못하고 있다는 것쯤은 알고 있었습니다.

우쟈가는 정원사인 카스트 출신이었습니다. 아프가니스탄이나 페샤와르와는 달리 펀잡의 사회에서는 정원사인 카스트가 의사가 되는 일 자체가 기적에 가까운 것입니다. 설령 기독교도라고 해도 말입니다. 그 열등감이 그를 반영감정으로 내몰았던 것입니다. 당시 유행하던 민족주의 파도를 타고 펀잡인 직원들을 선동하여 병원 안에 자신의 세력을 만든 다음 펀잡주 라홀 교구 말리크 사교의 도움을 받아 원장직에 올랐던 것입니다. 그러나 재정이 고갈되었던 병원은 과거의 명성과 CBM(크리스토퍼 독일맹인선교회)의 지원으로 간신히 운영해 나가야만 했습니다. 그래서 독일 측에 평가 보고를 하고 있는 파우씨에게는 맞설 수 없었고, 파우씨 쪽에서도 과거 벨기에인 그룹 추방의 공모자였고 제2의 카드였던 미션병원을 완전히 무시할 수는 없었습니다. 그리하여 기묘한 동맹 관계가 성립되었던 것입니다.

그러나 양측 모두에게 하나의 오산이 있었습니다. 일본 측 활동을 과소평가하고 있었던 것입니다. 아니, 뭐 제 말에 화를 내지는 마십시오. 우쟈가의 연명을 도운 것은 사실 선생님이었습니다. 선생님이 카이룻딘 사교와 우쟈가 원장과의 균형을 바탕으로 눈에 띄지 않게 활동하고 계셨던 것은 잘 알고 있습니다. 하지만 적어도 1989년까지 그만큼이나 개선되리라고는 아무도 예측하지 못했습니다. 하층인 기독교인 사회에서 선생님 이름을 모르는 사람은 없습니다. 그러나 상류계급 사람들 사이에서는 그것이 우쟈가의 업적인 양 말이 퍼졌던 것입니다. 가장 심했던 것은 '대통령의 최고 서훈' 이었습니다. 선생님께서는 아무래도 상관없는 일이겠지만 미션병원의 명맥은 나병병동을 통해서 계승되었다고 우리들은 이해하고 있었습니다.

그런데 우쟈가보다 2대 앞에 있던 영국인 원장 쇼우씨를 기억하십니까?"

나는 쇼우씨를 잘 기억하고 있었다. 1988년 10월, 은발머리의 키가 큰 한 노신사가 나병병동의 뒷문으로 와서 물었다.

"들어가도 괜찮습니까?"

나는 깜짝 놀랐다. 나중에 들은 얘기로는 당시 우쟈가 원장이 '쇼우를 들이지 마라.' 는 지시를 내렸다고 한다. 나는 나병병동 일이 그 쇼우 원장 손에서 시작되었다고 들었기 때문에 정중히 대접하고 함께 회진을 했다. 그는 기품이 넘치는 신사였고 전 간호부장이었던 부인과 함께 이렇게까지 병동이 좋아졌나, 하고 놀라며 눈물을 글썽였다. 감개무량해하는 것 같아서 나도 기뻤다.

마일즈씨는 계속 말을 이었다.

"아니, 사실은 우쟈가를 발탁해서 의과대학에 보내 영국까지 유학시킨 것은 쇼우씨였습니다. 그때 영국 세력과 카이룻던 사교가 했던 최후의 양보는 외과 · 내과 · 안과의 개선을 위해 영국에서 의사나 기구를 보내 우쟈가 원장 밑에서 일한다는 것이었습니다. 하지만 원장직은 건드리지 않는다는 조건이었습니다. 쇼우씨라면 우쟈가를 설득할 수 있을 거라고 생각했던 거죠. 그것을 우쟈가가 거부했던 것입니다.

선생님은 제가 현지 영국인 사회 일원이라고 생각하고 계실지도 모르겠습니다만 그렇지 않습니다. 저도 고립무원의 상태로 심신장애아센터(정신건강센터)를 지켜낸 경험이 있습니다. 카이룻딘 사교의 우유부단에는 비판적이었습니다. 그리고 그 영국 측 제안도 나무 달콤한 것이라고 생각하고 있었습니다. 그뿐만이 아닙니다. 그 후 나카무라 선생님을 원장으로 받들자는 이야기조차 실제로 있었습니다.

아무리 그래도 선생님께선 너무 끔찍한 곳에다 발을 들여놓으신 겁니다. 1년 이상 우쟈가 밑에서 버티던 외국인은 없었습니다. 게다가 여기는 따뜻한 사회가 아닙니다. 어떻게 계속할 수 있었습니까?"

그것은 본질적인 질문이었다. 어떻게 계속할 수 있었는지는 나도 잘 몰랐다. 주변에서 많이 도와주고, 나 자신도 열의가 있어서였겠지만 신의 뜻이라고 밖에는 말할 수가 없었다. 간단하게 마일즈씨가 물러간 다음 일들만 전해주었다.

"나는 단순한 임상 의사입니다. 환자들만 잘 보살필 수 있으면 된다고 생각했습니다. 아프간 측이나 정부의 현장근무자들 협력도 필요했습니다. 그래서 끈질기게 우쟈가 원장을 설득해서 일본에서 인력을 받아들이도록 했습니다. 일본인 인력을 끊임없이 보내오면 병동 수준이 유지될 수 있을 거라고 생각했기 때문입니다. 하지만 그것은 오산이었습니다. 1990년을 경계로 병원 수준은 해마다 떨어졌습니다. 익숙하지 못한 일본 인력들 탓만은 아니었습니다. 더 중요한 원인은 불필요한 관리상의 간섭, 특히 인사문제였습니다. 병동은 정상 운영이 곤란할 지경이었습니다. 1995년 파우씨와 마리 아딜레이드 나병센터가 내놓은 의견은 병동 관리 업무를 페샤와르회에 맡기는 것이었습니다. 파우씨도 사람이 물렀던 거죠. 역시 그것을 벨기에인 문제의 재탕으로 받아들인 우쟈가 원장은 완강하게 거부했습니다. 그 다음은 들으신 바대로일 것입니다."

여기까지 이야기를 마치자 한꺼번에 피로가 몰려왔다. 길었던 대화는 15년 동안의 요약이었다.

새 병원 건설 계획 변함 없음

병원 건설 수정안

마일즈씨가 방문했던 3월 21일, 험프리씨는 병원 건설의 대폭적인 수정안을 제시하였다. 그런데 수정안은 대체로 병원 건물과는 완전히 다른 단순한 교육시설에 지나지 않는 구조였다.

"건축 자재비 인상도 있고 주위 반대도 있어 당국을 납득시켜야 합니다. 어디까지나 교육기관처럼 보이도록 하는 것뿐입니다."

험프리씨는 말했다.

내게는 손바닥을 들여다보듯 그들 움직임이 훤히 보였다. 미션 병원 나병병동을 다시 페샤와르회로 되돌려서 나병병동뿐만 아니라 병원 전체를 한꺼번에 관리하려는 속셈이었다. 하지만 새 병원 건설을 이제 와서 중지할 수는 없었다. '건축 투자를 허가받기 쉬운 교육 시설로 해서 적당히 넘긴 다음 주요 부분을 기존의 미션 병원 강화에 사용한다면 일본 기부자들을 납득시킬 수는 있을 것이다. 그 일부를 지출이 큰 JAMS병원 임차료로 돌린다면 이후 장기간에 걸친 유지비 절감은 될 것이다. 병원 진료 거점이 페샤와르 미션병원이 된다면 새 병원 건설은 얼마만큼의 의미가 있는 것일까?' 하는 것이 진짜 속마음일 것이라고 생각되었다. 샤와리와 합의도 된 것 같았다.

물론 나는 한마디로 거부했다.

"안 돼! 이미 늦었네. 페샤와르회 통합병원 건설은 기정사실일세. 페샤와르회에는 무슨 일이 있어도 내가 실정을 전하겠네. 만약 건설이 중지된다면 분명 내 신용은 떨어질 것이고, 페샤와르회에서도 사기꾼이나 다름없는 짓이라고 기부자들 사이에 소문이 퍼져서 그 모임은 깨져버릴 것일세. 하지만 오해하지는 말게. 정말로 그대들의 미션병원 관리구상이 100% 확실하고 환자들에 대한 치료가 오래도록 보증된다면 나는 그리 되어도 괜찮네. 그러나 그대들은 페샤와르회를 등에 업고 위험부담이 많은 도박을 하려는 것일세."

"……."

"다행히 건설은 아직 시작을 하지 않은 거나 마찬가질세. 어떻게든 하고 싶다면 해보게. 그러나 설령 성공한다 치더라도 채산이 맞지 않는 나병병동에 대해서는 진심으로 힘을 쓰지는 않겠지. JAMS의 샤와리 선생도 '우리는 일시적으로 머무는 난민이다.'라며 통합병원 건설에 반대하고 있지만 나는 토지를 구입해서 혼자라도 할 것이네. 임시방편으로 페샤와르회의 방침을 바꿀 수 있을 거라고 생각한다면 큰 오산이야. 페샤와르회의 지지는 없다는 전제로 어디 한번 혼자 힘으로 해보게."

"페샤와르 미션병원을 '페샤와르회 JAPAN'으로 이름을 바꿀 수는 없습니까? 선생님은 지금이 천재일우의 기회라고 생각하지 않으십니까? 게다가 병원 직원들도 선생님을 모시는 것을 유일한 희망으로 삼고 있습니다. 미션병원 나병병동이 페샤와르회의 손이 되는 것입니다. 게다가 페샤와르회에 의한 나병병동 관리가 우

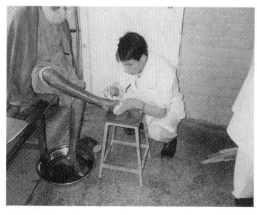

환자를 치료하고 있는
압둘라

쟈가 원장과의 쟁점이었던 게 아닙니까? 그것이 현실적으로 가능해진단 말입니다."

"고위 직원들에게는 돌봐줬으면 줬지 신세진 것은 없었네. 하지만 그렇게 어려웠던 시기에 그들은 움직여주질 않았네. PLS가 출범했을 때 이미 선택은 끝났던 것일세. 사다커트, 몰타자, 글램하이더, 압둘라 등 하위 직원 네 명만 협력했었지. 그 외에 말을 걸어봤던 직원들은 나를 믿지 못하고 있었네. 양다리를 걸쳐 놓고, 약간의 고생도 함께하지 않은 사람들과 무슨 병원 재건을 할 수 있단 말인가?"

"선생님, 모두가 선생님처럼 반듯하게 살 수만은 없습니다. 그들도 많은 수가 편잡주에서 이주하여 가족들을 데리고 있어 불안했기 때문입니다."

"그렇다면 실제로 몰타자는 편잡인이 아니고 뭔가? 적어도 나병병동 직원 몇 명은 움직일 수 있었을 것이네. 여기서는 아첨하고, 저기서는 험담하는 사람들을 나는 믿지 않네. 그들을 병원에서 완전히 추방한다면 가능하겠지만 그것은 불가능한 일이겠지."

그의 말에도 일리는 있었다. 본래 나는 조직적인 체질이 맞는 인간은 아니었다. 페샤와르 일은 거의가 개인적인 신뢰 관계로만 성립되어 왔었다. 작은 일에서는 다소 의견 차이가 있었지만 큰일에 있어서는 배반당한 적이 없었다. 나 또한 그들을 배신하지 않았다. 그 신뢰의 끈이 헌신적인 인재 백 명 이상을 얻을 수 있게 해준 것이다. 그러나 장기적인 조직을 갖추는 일은 개인적인 인정만으로는 힘들었다.

동기야 어떻든 험프리씨와 샤와리의 도박은 너무 모험적이었다.

"서두르지 말게. 일단 가능성을 타진하는 선에서 그치도록 하게."

어조를 누그러뜨려 노골적으로 거절하지 않고 약간 여유를 주었다. 험프리씨와 샤와리 두 사람에게 사태가 명백하게 드러나는 것은 시간문제라고 생각했다. 나로서는 이미 교구와 사교의 대략적인 태도를 간파한 이상, 과거 10여 년 동안의 망령들에게 결별을 고하고 새 출발을 준비해야 할 때였다.

미션병원 재건 의뢰

목적지가 불투명한 점에 대하여 고민하고 있던 것은 우리만이 아니었다. 미션병원, 페샤와르 교구, 카라치의 마리 아딜레이드 나병센터, 공영병원의 공영센터, 정부관계자, 모두가 몸을 움츠리면서 극적인 변화에 대처할 방법을 몰랐다. 다만 우리의 고민이 그들에게는 부럽게만 느껴졌을 것이다. 우리에게는 앞으로 환자들에게 있어서 무엇이 최선인가가 문제였지만, 다른 사람들에게는 조직 연명이 우선적인 과제였다. 그러한 점에서 페샤와르회는 본질적으로 다른 입장에 서 있었다.

교구의 사교가 나에게 만나자고 연락한 것은 그로부터 얼마 지나지 않아서였다. 아마도 험프리씨와 사전교섭이 있었을 것이다. 미션병원 재건 협력을 의뢰하여 병원 안에서 회담을 열기로 했다.

1997년 3월 22일, 나는 미션병원을 물러난 지 2년 5개월 만에 처음으로 그곳에 다시 발을 들여놓았다. '앞으로 단 한 발짝도 발을 들이지 않겠다.'고 약속했던 우쟈가 원장은 이미 죽고 없었다. 그 옛날의 내 낡은 거처는 빈집이 되어 황폐해졌지만, 앞뜰에 있는 커다란 보리수에 작은 새들이 무리지어 산뜻한 봄바람 속에서 활발하게 지저귀고 있었다. 황폐해진 정원 잔디에는 노란색 민들레꽃이 빛을 받아 선명하게 점점이 박혀 있었다. 예전에는 여기서 내 아이들도 이리저리 뛰어다니며 놀았다. 자연은 15년 전과 조금도 달라진 것이 없었다.

　　그리움이 이끄는 대로 내과병동까지 가보았다. 안면이 있는 고참 직원이 보였다. 그 사람은 마치 유령이라도 만난 듯 놀라서 나를 쳐다보더니 모두에게 알리려고 날듯이 뛰어갔다. 내과병동도 낡아서 벽의 페인트가 벗겨져 유령의 집처럼 보였다. 왕년에 나와 농담을 주고받으면서 쾌활하게 회진을 하던 옛 모습은 어디에도 없었다. 어떤 파키스탄인 간호사가 내 손을 잡고 흐느끼듯 울었다.

　　"소문이 아니었군요. 우쟈가 원장 상태가 나빠지면서 모두 나카무라 선생님이 돌아오실 거라고 수군거렸습니다. 큰 소리로 말할 수는 없었지만 원장이 천벌을 받은 것입니다. 위세를 부리던 피야라맛시씨도 선생님께서 떠나신 직후에 허리가 아프기 시작해 얼마 지나지 않아 척수암으로 죽었습니다. 우리는 정말로 선생님을 기다리고 있었습니다."

　　모여든 직원들 얼굴은 밝았다. 요 몇 개월간의 절망적인 병원 장래와 자신들의 생활을 떠올리고는 모두 불안한 모습을 보이며 겁을 먹고 있었다. 그랬던 것이 나의 등장으로 불안이 가라앉은 모양이었다. 하지만 나에게 이 미션병원 재건은 너무도 무거운 짐이었다. 일본과 현지를 왕래하는 생활로는 물리적으로도 무리였다. 게다가 왕년의 미션병원이 누렸던 영광은커녕 시대가 원하고 있는 의료조직을 남아있는 노병들만으로 다시 세우는 것은 불가능한 일이었다.

"걱정하지 마십시오. 사교님께서 지금 진지하게 병원 재건에 착수하려 하고 계십니다. 나도 가끔씩 올 것입니다. 당신들이 방치되는 일은 없을 것입니다."

나는 이렇게만 말했다.

사교와의 회담은 짧게 끝났다. '교구에서는 미션병원 재건위원회를 발족시켰으니까 영국인 간호사와 캐빈씨와 협력하여 조사한 다음에 재건안을 제출해주길 바란다. 모든 것은 위원회에서 결정하기로 되어 있다'는 내용이었다. 나는 이번에도 또 적당히 이용당하려 하고 있다는 것을 잘 알고 있었다. 사교는 약간 안절부절못하면서 침착함이 없어보였다. 신경질적으로 보이는 깡마른 체격에 금테안경의 광택 뒤쪽으로 엿보이는 작은 눈이 인상적이었다.

"지금 직원들 반응은 지도자는 마치 나카무라 선생님 이외의 사람은 생각할 수도 없다는 듯이 보입니다. 선생님 견해를 들려주십시오."

"솔직하게 말씀드리겠습니다. 지난날의 미션병원의 역할은 끝났습니다. 미션병원이 원래의 정신으로 재건에 임하려 한다면 이제 수많은 다른 병원들과 경쟁할 필요는 없습니다. 또한 그럴 만한 자금력도 능력도 없습니다. 이 병원 사명은 지역에서 무시당하고 있는 지극히 힘없는 사람들을 돌보는 것입니다. 이곳에는 나병병동과 심신장애아 치료시설이 있습니다. 이를 독립채산제로 유지하기 위해서는 내과 및 외과병동을 활성화시키고, 자선병동으로서도 약간의 수입을 얻는 것입니다. 그러기 위해서는 지금까지 10년 동안에 잃었던 질서와 도덕을 상당한 각오로 회복시키고 진료의 질을 높이지 않으면 안 됩니다. 우리 페샤와르회가 그 일에 참여하게 될지 안 될지는 다른 문제입니다."

사교 입장에서는 마지막 부분이 주된 관심사인 듯, 우리에게 '탈취' 당할까 두려워하는 모습이었다.

"페샤와르회가 교구를 지원하겠다는 말을 험프리 부사교로부터 들었습니다. 그러나 미션병원은 어디까지나 교구에 소속된 것이기 때문에 그 경우에는 교구와 직접 접촉하여 우리와 합의한 다음에 입안해 주십시오."

"지금 말씀드리는 것은 저의 개인적 의견이라고 생각해 주십시오. 페샤와르회가 원조를 하고 아니하고는 거기서 결정할 일일뿐 제게는 아무런 권한이 없습니다. 다만, 어찌 됐든 이 불안 속에서 제가 때때로 얼굴을 내미는 것으로 직원들 동요가 누그러진다면 기꺼이 도와 드리겠습니다."

그것으로 회담은 끝났지만 샤와리와 험프리씨가 생각하고 있는 것처럼 일이 진행되지는 않을 거라고 생각되었다. 알고 보니 미션병원 의사는 겨우 네 명에 직원이 60여 명임에 비해서 페샤와르회는 소속 의사가 22명에 직원 140명으로 압도적 우위에 있었다.

더욱이 미션병원의 직원이나 주변 시민들의 인식이 좋았기 때문에 험프리씨가 기대를 걸었던 것도 무리는 아니었다. 그러나 그는 내 인기와 JAMS 진료능력을 과대평가하고 있었던 것이다.

편잡 출신 직원들의 아프간인에 대한 두려움은 상상을 초월하는 면이 있었는데, JAMS로서도 아프카니스탄의 국내 진료소에 할당할 수 있는 인원이 반수를 차지하고 있어서 여유가 없었다. 또한 죽은 우쟈가 원장 부인도 여전히 내과의사로 근무하고 있는 상태였다. 설령 우리들이 가더라도 그때까지 위세를 떨치고 있었던 고참 의사들, 특히 여의사인 우쟈가 부인이 고분고분하게 협력할 리가 없었다. 그리고 이제 막 과부가 된 그녀를 교구가 간단히 해직할 수도 없을 것 같았다. 사교도 역시 편잡 출신이었던 것이다.

영국인 간호사 캐빈씨가 나를 찾아온 것은 그 후 얼마 지나지 않아서였다. 파키스탄의 다른 미션병원에서 7년간 근무했고 37세라고 했다. 마음씨가 좋아 보이는 인상이었는데 입을 연 첫마디는 이랬다.

"아이고, 정말로 우리는 서로가 무리한 일을 떠맡은 겁니다. 선생님은 이 열악한 의료 환경과 숱한 마찰로 시끄러운 와중에 용케도 버텨 오셨군요. 사실 저는 절망적이라고 생각하고 있습니다. 이번 재건 일에 관여하는 것은 몇 달 동안만 할 생각입니다."

"교구가 처음부터 그렇게 소극적으로 나왔기 때문에 절망적이 된 겁니다. 이건 제 개인적인 생각이지만 분명 쉬운 일은 아닐 겁니다. 문제는 오래된 직원들, 특히 관리를 맡고 있는 의사들을 어떻게 처우할 것이냐 하는 것입니다."

"그래요. 그들은 영국의 위대한 유산의 찬탈자라고 불렀어야 했습니다."

내게 있어서 그 말은 결정적인 것이 되었다. 그 또한 영국의 위대한 유산이라는 과거의 망령에게 끌려 다니고 있는 것은 마찬가지였다. 나는 현지 영국세력의 제거하기 힘든 긍지와 바닥난 견식을 그 한마디로 간파할 수 있었다. 게다가 의사인 나조차 짐이 버거운데 간호사인 그에게 '찬탈자' 관리는 더더욱 불가능한 일이었다. 우선 병원 재건은 그림의 떡이며 이 문제에 깊이 관여하지 않는 것이 상책이라고 확신했다.

모든 권력은 부패한다

3월 29일, 결국 불안이 적중했다. 교구 관리위원회는 '현 직원의 동결 및 분열된 페샤와르 미션병원과 심신장애아센터(정신건강센터) 통합의 양자 모두를 교구에서 직접 관리한다.'는 권고를 내렸다. 요컨대 '구 우쟈가 원장파에게도 험프리씨를 필두로 하는 반대파에게도 제멋대로 움직이는 것을 허락하지 않고 영국교회 페샤와르 교구가 직접 관할한다. 잠정적으로 캐빈 간호사를 관리위원장으로 하고 의사 나카무라에게 조사위원을 의뢰한다. 그 개선안은 어디까지나 의료관리상 제안으로서 존중한다.'는 것으로, 험프리씨는 정신건강센터라는 거점을 잃었다. '이대로는 계속할 수 없습니다.' 라는 그의 항의에 대해 사교는 즉석에서 '센터 관리자 험프리 부사교의 사의표명을 수락한다.' 는 서면을 무뚝뚝하게 건넴으로써 사실상 그의 해임을 시행했다.

이로써 17년 동안에 걸친 미션병원과 교구의 분열 항쟁은 종지부를 찍었다. 하지만 그것은 쌍방이 함께 무너진 것이라고 해야 할 것이었다. 페샤와르회의 힘을 배경으로 통합 및 재건을 적극적으로 주장했던 험프리씨 본인이 교구에서 추방당했고, 반 우쨔가 원장파는 공통의 적을 잃고 힘없이 분해됐다. 하나의 권력이 무너지자 이에 반대를 함으로써 얻어졌던 힘도 따라서 사라졌다. 정치적인 줄다리기와 음모와 분열과 배신과 조우했던 험프리씨는 퇴로를 끊겨 페샤와르회 산하 활동으로밖에 연명할 수 없는 처지가 되었다.

너무도 낙관적인 전망을 하던 샤와리도 침묵했다. 둘 다 과거의 성공을 바탕으로 자신 과잉 상태에 있었다고 해야 할 것이다. 그들 또한 모종의 힘이나 소유의 포로였던 것이다. 너무 비약하는 것 같지만 소련 붕괴에서 나지불라 대통령 처형에 이르기까지 경위를 모두 보아왔던 나는 인간들이 갖는 공통의 병리를 여기서도 보았다. 모든 권력은 부패한다. 권력에 반항하는 것도 그것이 자기를 위한 목적으로 바뀌면서 역시 부패의 길을 걷는다. 과거 업적이나 소유는 그것이 힘이든 돈이든 명예든 무력이든 간에 사람 마음을 교만하게 하여 눈을 흐리게 하는 권력의 원천인 것이다. 힘이라는 괴물의 끔찍함을 새삼스럽게 깨달았다.

이리하여 한때는 심각하게 흔들렸던 계획이 여기서 다시 정해졌다. 불과 3주 전에 샤와리가 '페샤와르회에 의한 미션병원 관리'를 들고 나온 이후 지속된 짧았던 내 방황과 심리적 갈등은 끝이 났다. 나머지는 초심으로 돌아가 곧장 내 길을 갈 뿐이었다. 허망한 종말에 힘이 빠졌지만 나도 모르게 안도감으로 굳었던 표정이 풀렸다. 다만, 불쌍한 것은 남겨진 미션병원 직원들이었다. 그들이 의지했던 내가 한순간 안심만을 던져주는 진정제에 지나지 않았다는 사실이 슬펐다.

새 병원 건축 현장

9 15년의 총결산

끝 모르게 푸르른 페샤와르의 하늘과
카이버 고개를 배경으로 붉은 초승달(의료)과
비둘기(평화)가 그려진 선명한 페샤와르회
깃발이 마치 혼란과 불투명의 시대에
도전이라도 하는 것처럼 용감하게, 그러나
어딘지 모르게 천천히 나부끼고 있었다.
여기에 이르러 우리의 새로운 체제는
이정표를 두고 파란의 대해를 저어가기
시작했다.

합법적 지위를 얻은 PMS

경제위기와 정치혼란

이리하여 통합병원 건설은 커다란 풍파를 거친 다음에야 그 방침이 정해져 시작하게 되었다. 그렇기는 했지만 그 시점에서 페샤와르회 측은 경상비조차 제대로 보낼 만한 여력이 없었고, 건설자금도 겨우 예정액의 절반인 약 3천만 엔을 모은 정도였다. 험프리 씨와 샤와리를 1997년 3월에 일본으로 초청한 목적도 이 실정을 알리는 일에 있었다. 조직 재편과 관련된 재정 재건은 당시 페샤와르회에 있어서 최대 현안이었다.

같은 해, 태국의 통화폭락에 이어서 인도네시아로 경제적 위기가 파급되어 그것이 기존 정치체제를 흔들리게 했다. 경제 혼란이 전 동남아시아를 휩쓸어 일본경제 불패 신화는 완전히 사라졌다. 세계 각지에서 일본이 자본 철수를 시작하여 거품경제에 최후의 일격을 가했다. 구조적 불황은 격렬한 통화 변동으로 가속되었다. 이상하리만큼 기승을 부리던 엔고현상이 돌연 이상하리만큼 엔저현상으로 전락해 버렸다. 그 영향으로 페샤와르회의 실질적인 지원능력이 반감되었다. 이를 전후하여 유고슬라비아 분쟁이나 러시아 남부의 반란과 북한문제가 화제에 오르면서 전 세계에서 냉전 이후 혼란이 계속되고 있었다. 아프가니스탄 문제는 이제 국제적으로 큰 뉴스거리가 되지 않았다.

파키스탄에 있어서도 역시 일본은 최대 무역국이었으며 또한 최대의 ODA(공적원조) 공여국이었다. 동남아시아보다는 조금 늦게 경제혼란 파도가 닥쳤지만 천정부지의 인플레이션에 빠져들고 말았다. 국가 재정은 차관에 의지하게 되었고 IMF(국제통화기금)도 손을 들어버렸다. 정치적으로는 과격한 이슬람 복고주의가 차츰 힘을 더해갔다. 카시미르 반란에 파키스탄이 동정을 표함으로써 대 인도관계가 긴박하게 돌아가고 있었다.

한편, 아프가니스탄에서는 탈레반정권에 의해 국토 통일이 진행되어 북부의 반대세력과 교전을 계속하고 있었다. 주변의 이란, 타지키스탄, 파키스탄뿐만이 아니라, 판즈세르의 영웅이었던 마스드는 프랑스의 지지를 받아 산악지대로 숨어들어가 있었고, 바미얀을 거점으로 하는 시아파의 하자라족은 이란의 지지를 받고 있었으며, 북부는 러시아나 터키의 후원을 받고 있었다. 탈레반은 파슈툰족 출신자가 많았기 때문에 그 평가를 둘러싸고 JAMS의 아프간인들 사이에서도 미묘한 감정대립이 확산되고 있었다.

일본에서는 기업들의 도산과 피부로 느끼는 불경기가 확산되는 가운데, 그때까지 상승 일변도를 달려왔던 페샤와르회 경상예산이 1996년도의 8,600만 엔을 정점으로 처음으로 하강세로 돌아섰다. 모금활동이 난항을 겪는 가운데 일시적인 규모 축소는 어쩔 수 없는 방어조치였다.

통합병원 건설은 실로 이러한 와중에서 진행되었다. 게다가 그것은 단순한 병원 건축의 틀을 넘어 현지 조직 재편과 그에 따른 경상경비 절감, 그리고 장기적 활동의 지속을 동시에 의도하고 있었다. 그야말로 15년 동안의 총결산이었던 것이다. 그 일에 페샤와르회 현지 활동의 장래가 달려 있었던 것이다.

새로운 구상

병원건설에 앞서서 실현하지 않으면 안 되었던 것은 신생 PMS의 합법성이었다. 이것은 전년도인 1996년부터 이미 착수하고 있었다. JAMS(일본-아프간 의료서비스)는 아프간 난민 구원단체였으며, '아프간 난민이 돌아갔다'고 파키스탄 정부가 인식하는 시점에서는 자동적으로 소멸되는 것이었다. 또한 페샤와르 미션병원을 물러난 직후에 발족한 PLS(페샤와르 나병서비스)와 그 복지법인인 PREP(페샤와르회 재활지도 확장프로그램)는 북서변경주 정부가 인가한 지방조직으로, 면세 특권 등 연방정부 수준의 교섭은 하기 어려웠다.

그래서 이슬라마바드의 파키스탄 연방정부에 타진을 했더니, '10년 전과는 달리 국제단체로서 새롭게 신청하는 것은 대단히 힘든 우회로가 될 것이며 또한 가능성도 희박하다. 그보다도 명칭을 변경함으로써 현재의 위상을 유지하는 쪽이 낫다. 파키스탄 정부가 난민 구원단체를 갑자기 해산하는 일은 없을 것이다. 반드시 이행(移行)조치라는 것이 있어서 파키스탄 국민복지에 기여하는 단체에 대해서는 분명 충분히 고려할 것이다. 다만, 그 시기는 내각 안에서도 논란이 있기 때문에 전혀 예측할 수 없으니 준비를 철저하게 해두는 것이 좋다. 아프간 난민 즉시 추방을 주장하는 강경론도 있다'는 회답을 해왔다.

이 권고에 따라서 1996년 12월에 그때까지 등록명칭이었던 JAMS(일본-아프간 의료서비스)를 PMS(페샤와르회 의료서비스)로 변경하고, 구 명칭은 공식상 모든 서류에서 제외시켜 'PMS 아프간 프로젝트=JAMS'라는 이름으로 존속시키기로 했다. 약간 알아보기 힘들겠지만 조직 구조는 다음의 표와 같다.

즉, 페샤와르회는 중앙정부가 인가한 국제단체임과 동시에 북서변경주 정부가 인가한 복지법인으로서 이중의 합법적 지위를 다져 만전의 대비를 했던 것이다. 정치색이 없음을 선명히 해두는 것은 대단히 중요한 일이었다. 아프가니스탄의 탈레반정권이 파키스탄정부, 특히 군부와 밀접한 관계가 있다는 것은 이미 잘 알려져 있는 터였으며, 변경이었던 국경 부근에서 활동하는 일은 자칫 잘못하면 간첩 행위로 간주되기 쉬워서 치안당국으로부터 감시를 당할 우려가 있기 때문이었다.

| 조직도 |

(일본측)   페샤와르회
                         일본사무국

- -

(현지측)

```
┌─────────────────────────────────────┐
│               PMS                    │
└─────────────────────────────────────┘
   ┌──────────────┐  ┌──────────────┐
   │  파키스탄      │  │ 아프간 프로젝트 │
   │  프로젝트      │  │ (일본 – 아프간 │
   │              │  │  의료서비스)   │
   └──────────────┘  └──────────────┘
```

PMS 병원 경영   PMS 본원 –
코히스탄, 치트랄 등   JAMS를 기초로 해서
북서변경주에서   아프간 국내 의료
의료활동을 담당   활동을 담당

```
┌──────────────┐
│ PREP         │
│ (페샤와르회    │
│  재활지도      │
│  확장프로그램)  │
│ 지방복지법인    │
└──────────────┘
```

|PMS 주요 활동지역|

우즈베키스탄
공화국

타지키스탄공화국

와칸회랑

티리치미르산

바로길고개 99   중국

바다크샨

라슈트
96-99

훈자

마스쵸치
95-96

누리스탄

치트랄

길기트

낭가파르바트산

와마
95-99

로와리봉

다라에피치
93-99

도베이르
96-99

바미얀

90-96

코히스탄

다라에눌
92-99

테메르갈

카불

바죠울
86-88

스와트

필바바

잘랄라바드

페샤와르

아프가니스탄

카이버고개

(북서변경주)

이슬라마바드

인도

(편잡주)

파키스탄

목표지역
● 진 료 소
○ 주요도시

NGO의 꿈 실현

PMS 병원 착공

그런데 건설용지를 획득하는 일은 여러 방해공작 때문에 좌절되어 후보지가 두세 차례나 바뀌었다. 처음에 목표로 했던 영국교회 페샤와르 교구 토지는 험프리씨가 교구에서 해임당함에 따라 수포로 돌아갔다. 은밀하게 페샤와르회의 사유지를 사들여 4월에 착공한다는 계획을 추진하였다. 이에 따라 토지 구입 자금이 필요했는데 극단적인 엔화 약세와 겹쳐 건설 예산은 6천만 엔 이상으로 올라갔다.

1997년 5월, 페샤와르 시내이기는 했지만 주택지에 인접한 농지를 사기로 결정했다. 그 땅은 바자르(시장)에서도 가까웠고 페샤와르를 둘러싼 농촌지대의 일부이기도 했다. 따라서 찾아오는 일반 환자들도 서민들이 사는 지역의 빈곤층이나 마을 사람들로 예상되었고, 페샤와르회의 목적에도 적합하다고 판단되었다. 주요 국도로부터 탕가라 불리는 승합마차로 10분 이내의 거리에 있었으며 먼 곳에 있는 나병 환자나 아프간 난민들이 찾아오는 데도 어려움은 없을 것 같았다.(1등급지는 비싸서 엄두가 나질 않았다.)

약 2천 평에 달하는 토지 매수는 쉬운 일이 아니었다. 농촌에는 토지 매매에 관한 번거로운 관습법이 있었다. '잘, 잔, 자민(돈, 여자, 땅)'에 대한 분쟁은 곧장 살상사태로 나타나는 일이 보통이었다. 게다가 구입할 땅은 지주 네 명이 각각 나누어 소유하고 있어서 하나하나 가족 전원의 합의서를 얻는다는 것은 매우 힘든 일이었다. 그러나 참으로 다행스럽게도 미션병원에 부임한 이래로 15년 동안 데리고 있던 사다커트가 마침 그 농촌지역 출신이라서 문제를 지르가(장로회의)라는 자치조직에 상정하여 지역농민들의 지지를 얻었다. 그 지역은 페샤와르에 들어가 있기는 했지만 나라의 법이나 경찰의 손이 미치지 않았던 곳으로 지역주민들의 뜻이 전부였던 것이다. 가난한 농촌지역이기 때문에 자선병원 건설을 환영하였다. 그 뒤로는 험프리씨가 지주들과 개별 교섭을 통해 토지등기 등 절차를 위해 밤낮으로 뛰어다녀 통상 1년 이상 걸리는 일을 2주일이라는 놀라운 속도로 완료했다. 5월 하순에 벽을 둘러치고 건축업자가 들어왔다. 이듬해인 1998년 4월에 개원식이 예정되어 있었지만 착공이 8개월 지연되었던 것이다.

의사가 건설업자 되다

쨍쨍 내리쬐는 초여름 강렬한 햇빛 아래 불도저가 굉음을 내며 땅을 파고 당나귀가 흙을 나르며 삼태기를 짊어진 사람들이 바삐 움직이고 있었다. 현대적인 기계에서 고전적 운반 방식까지, 둘

다 영락없는 무질서와 혼동의 페샤와르다운 모습이었다. 염천 속을 마치 개미가 집을 짓듯이 인해전술로 돌관공사를 시작하였다.

5월 22일, 두 번째 기공식이 끝난 후 대기하고 있던 업자들이 일시에 현장으로 밀려들었다.

설계는 이미 내가 1년 남짓 걸려서 해둠으로써 설계비나 신청수속에 드는 비용을 절약했다. 시 당국의 건축 기준에 따라 약간 수정을 한 것이 그대로 채택되었다. 현지 건축사들은 구미에서 공부한 사람들이 많았는데 무작정 현대적인 외관에 집착을 했기 때문에 페샤와르의 풍토에 맞지 않는 근대적인 건축을 지향하고 있었다. 그러면 임의로 사용하기에 불편할 뿐 아니라 유지에도 막대한 비용이 들게 된다. 우리들이 건물을 사용하는 것이지 건물이 우리를 사용해서는 안 되는 것이었다. 어디까지나 우리 진료 유형에 맞추어서 단순하면서도 기능적이어야 한다.

일본 측 이해를 얻기 힘든 부분이 지하층이었다. 페샤와르의 여름은 혹독한 더위를 동반한다. 지상만의 건물로는 에어컨이 막대한 광열비를 축내야 했다. 그 점에 있어서 지하는 여름에는 시원

새로운 병원
건축 현장

했고 겨울에는 따뜻했다. 검사실, 약국, 창고뿐만이 아니라 교실도 가능하면 지하에 두고 싶었다. 하지만 아무래도 일본 지하실이 가지고 있는 이미지가 연상되어 마지막까지 반대를 받았다. 일본의 경우 지하수가 얕아서 습도가 높기 때문에 유지가 쉽지 않다. 그래서 무심코 비싸게 먹히는 것으로 오해하는 경향이 있었다. 그러나 현지 지하수층은 얕아봤자 십 수 미터로, 4~5m 정도를 파내려가도 지상의 터널과 차이가 없었다. 복도를 넓게 하여 환기를 잘 시키면 거의 지하라고 느끼지 못할 정도였다. 바싹 마른 공기는 오히려 습기를 필요로 할 정도였다. 또한 대리석이 목재보다 싸다는 것도 이해시키기 어려웠다.

건축 구조 하나만 하더라도 현지와 일본의 풍토차를 알 수 있지만 업자들의 정신구조는 더욱 이해하기 힘들었다. 뇌물이나 결탁은 보통이었고 상대가 외국인쯤 되면 뜯어낼 수 있는 것은 죄다 뜯어내자는 생각이 당연시되고 있었다. 상담료가 5%에 ○○비가 ○%라며 받아가는 데다가, 평방피트당 계산하기 때문에 방심하고 있으면 조악한 재료를 가지고 터무니없이 싸게 지어 올려 폭리를 취했다. 가만히 있는 쪽이 바보였고 계약서 내용에만 저촉되지 않으면 무엇이든 가능했다. 게다가 세계적인 불황으로 인해 외국 투자가 속속 현지에서 철수하고 있었기 때문에 우리 건축에는 마치 굶주린 개미가 꿀에 꼬이는 것처럼 사기꾼 같은 무리들이 벌떼처럼 몰려들었다.

그 대단한 험프리씨도 실제 교섭이나 기술면에서는 두 손을 든 채 애를 먹고 있는 듯했다. 그는 상류계급에서 곱게 자라났던 까닭에 비린내 나는 인간관계의 아집이나 흥정에 대해서는 서툴렀던 것이다.

벽돌, 시멘트, 모래, 자갈, 유리, 파이프 등 기본 자재에 대해서는 신문에 게재된 공정 가격을 매일같이 비교해서 그 양과 품질을 감시하게 했다. 페샤와르회에서 고용한 기술자 두 명이 그 임무를 맡아 현장에서 지키고 있었지만 첫 번째 업자는 '이문이 적다'고 판단하고는 상당한 일을 남긴 채 달아나 행방을 감추었다. 그 뒤로는 페샤와르회가 직접 감시하는 사람을 두고 자재를 구입하여 공사를 진행하였지만 이번에는 그들이 업자나 다름없는 행동을 하여 해고하였다. 이런 일이 몇 번이나 반복된 데다가 눈을 떼면 자기 멋대로 시공을 했다. 심지어는 창문이나 문이 거꾸로 달리거나 엉터리로 배관 공사를 하는 경우도 있어 마무리나 기술면에서 중요한 부분은 내가 직접 나가서 현장을 지휘해야만 했다. 1997년 9월부터는 의사라기보다는 아예 토건업자 아저씨 꼴을 하고 자주 현장을 지켰다.

물에 대해서는 병원이 자기부담으로 관정을 팠다. 문 앞의 작은 운하 하나를 사이에 두고 페샤와르시 당국이 신경을 써주지 않았기 때문에 상수도를 놓을 수가 없었다. 84m 깊이로 굴착하여 지하수층 세 개를 뚫어서 일일 배수능력 약 100만 갤런의 양질의 물을 얻었다. 충분한 비축량이었다.

입지조건에 대해서는 처음부터 JAMS가 크게 반대했다. 페샤와르 시내와 시외를 가로지르고 있는 운하는 해마다 건기에 시 당국이 바닥 퇴적물을 청소하는데 그때마다 열 명을 전후한 시체가 나왔다. 그 태반이 아프간인이라는 소문이 있어서 공포심을 부추겼다. 실제로 병원 문에서 200m 떨어진 곳에서 총격전이 벌어지는 살인사건이 일어났었다. 두 명이 사망했지만 현장에서 150m 떨어진 곳에 경찰 초소가 있었음에도 경찰관은 보고도 못 본 척 했다. 이를 본 직원들이 무서워하기도 했는데 실은 이것은 보복 살인이었다. 마을에서는 해당 가족들끼리 으르렁거리는 통에 모두 오랜 시간 피해를 보고 있던 차에 다행이라고 할까, 당사자들끼리 결투의 총격전이 벌어져 둘 다 죽고 말았다. 사다커트에게 물었더니 이렇게 대답했다.

"나쁜 놈들이 둘 다 죽어서 마을 사람들 모두가 크게 기뻐했다."

강도를 하기 위한 살인도 있겠지만 아마 이러한 보복살인이 대부분일 것이다.

험프리씨는 막히기 쉬운 일본으로부터의 송금의 틈바구니에서 페샤와르회의 신용을 잃지 않도록 하기 위해 돈을 빌리느라 분주했다. 전화를 가설하고, 송전선을 끌어넣고, 시 당국과의 교섭도 인내가 필요한 일이었다. 매일 밤늦게까지 많은 업무량을 소화해냈다. 험프리씨가 고생하지 않았다면 건축이 순조롭게 진행되지는 않았을 것이다.

와신상담

지상 2층, 지하 1층, 연건평 천 평의 철근콘크리트 건물이 고작 10개월 동안에 세워질 수 있는 것은 아니다. 난항에 난항을 거듭한 끝에 간신히 최저 기능을 발휘할 수 있는 상태가 된 것이 이듬해인 1998년 10월 하순이었다.

이리하여 1997년 가을부터 1998년 봄까지는 험프리씨도 나도 건축현장에 붙어 있었기 때문에 PMS 신체제는 사실상 뒤로 미뤄진 상태였고, 병원 관리는 줄곧 느슨해진 채로 방치된 상태였다. 그래도 현안이었던 나병 다발지역인 코히스탄 현장진료에 착수하여 북쪽변경 치트랄에서의 활동은 진전을 보았으며, 여행에 익숙해진 JAMS 직원들을 데리고 얄쿤강 유역의 답사를 끝내고 여름 정기진료 단계에 돌입했다. 중계 기지를 마스츠지 마을에 두고 약품과 기자재를 확보하여 다가올 상류지역 라슈트에서의 진료소 개설에 대비했다. 마스츠지 마을에서는 숙박시설을 확보하는 일이 큰 현안이었지만 이것도 험프리씨가 주정부 관계자에게 적극적으로 힘을 써서 합법적으로 정부시설 일부를 빌릴 수 있었던 것이다.

PMS의 지도자가 건축일로 경황이 없어서 병원관리에 손을 놓은 상태가 계속될 즈음, 후지타 간호사가 병동을 잘 지켜가며 치트랄 현지에서 발탁한 인재를 모아 의료조수 훈련코스를 꾸려 나

연수생을 지도하고 있는
후지타 간호사(오른쪽)

가고 있었다. 병동에서는 진료 인력으로 유일하게 새로 참가한 의사 코바야시 아키라씨와 간호사만이 고군분투를 하고 있었다.

바쁜 일정 탓으로 모두가 신경이 날카로워져 있었을 것이다. 그런 판에 JAMS의 아프간인이 라이벌인 파키스탄인 험프리씨를 나태하다고 비난했음에도 병원 관리 상태를 보면 반론을 할 여지도 없었고, 그렇다고 해서 그것을 바로잡으러 나설 겨를도 없었다. '질서가 흐트러지는 것은 지금으로서는 어쩔 수 없다. 때가 되기까지…….'라는 마음으로 인내에 인내를 거듭했다.

건설비용 90% 모금 달성

한편, 일본 측은 일본 측대로 페샤와르회 사무국을 중심으로 필사의 모금활동을 계속하고 있었다. 이에는 전국 각지에서 여러 단체가 협력했다. 엔화약세의 위기와 불황에 의한 도산이 줄을 잇는 와중에서였다. 같은 해 9월에는 끄떡도 하지 않을 것이라고 생각했던 야마이치증권이 도산했으며, 대형 금융기관들이 그 뒤를 이었다. 위기감이 최고조에 달해서 엔화가 더욱더 급락을 보임으로써 달러 송금에 의존하던 페샤와르회에 큰 타격을 가했다.

같은 해인 1997년 6월 사무국 회의에서는 '모금이 목표액에 도달하지 못할 경우에는 지하층 건설을 포기하고 진료에 필요한 최소한의 시설만을 완성시켜 가동에 들어 간다.'고 결정한 바 있었다. 건축에 발목이 잡혀 있어서는 실질적인 신체제의 실현이 이루어지지 못할 뿐더러 현지 프로젝트 전체가 무너질 우려가 있었다. 이제는 건축만의 문제로 끝나는 것이 아니었던 것이다.

그래도 목표액 5천만 엔의 90%를 9월까지 달성했다. 당시를 회고하면 기적에 가까웠다고밖에 말할 수가 없다. 일본 측에서는 많은 부분을 언급하지 않았지만 처음에는 자선음악회, 가두모금, 기금재단이나 기업과의 접촉 등, 이 방법 저 방법을 생각했었다. 나도 국내 강연 횟수를 늘리고, 필요하다면 전국을 도는 것도 마다하지 않을 생각이었다. 하지만 참으로 한 사람 한 사람의 땀의 결정이 열매를 맺어 지원자들은 자신들 부담으로 그것을 달성했다. 모금의 20%를 부담했던 나고야 남 라이온즈 클럽의 경우도 관례를 깨고 화려한 증정식을 삼가하여 실질을 중시해 주었다. 고향마을에서는 오랜 지기들이 모여서 활발한 지원을 했다. 출신고교에서는 동급생을 비롯한 동창회 사람들이 이리저리 발벗고 뛰어다녔다. 내가 속해 있던 뇌외과병원에서도 모든 직원들이 적극적으로 협력해주었다.

대기업 경우에는 이익이 되지 않는 일은 결코 하지 않았다. 어느 의료기재 회사는 '의사 나카무라에게 기재를 기부하면 파키스탄 재외공관과의 관계가 복잡해진다.'고 말하며 무시를 했다. 기업에 소속된 개인에게 선의가 있더라도 움직일 수 없는 상황이 되고 마는 것이다. 억 단위를 취급하는 정치와 관련된 단체에 이르러서는 선거에 득이 되지 않는 한 땡전 한 푼 움직여주지 않았다. 나는 살벌하고 비정한 세상 구조에 다시 한 번 위화감을 느껴야 했고, 페샤와르회가 완전한 정공법으로 사람들의 양심과 호의에 의존하는 단체라는 것을 확인했던 것이다.

일찍이 "이보게, 자네. 정신만으로는 일이 순조롭게 풀리지 않는 법이라네. 돈이라는 것에 어찌 깨끗함과 더러움이 있겠는가? 가치를 올려서 재단의 스폰서 정도는 구해둬야 하는 걸세. 페샤와르회와 같은 순수주의는 이젠 한물 갔다는 말일세."라며 내게 충고했던 모 재단은 거품경제와 함께 해체되어 버렸다.

　이리하여 PMS병원 건설은 시류와는 반대로 순수한 사람들 양심으로 이루어졌던 것이다. 이 일은 현지 활동의 정신과 궤도를 같이 하는 것이었다. 원래 페샤와르회 사무국이나 지지자들은 시류에 영합하는 것을 싫어하는 사람이 많아서 오히려 더 열심히 하였다.

　새해가 밝은 1998년 1월, 현지에 취재를 하러 왔던 모 신문사 기자는 건축 현장을 보고 페샤와르회의 실질적인 활동과 그 규모에 놀라며 'NGO의 꿈 실현!' 이라는 머리기사로 신문 일면을 장식했다. 그 기사는 고생을 거듭해왔던 사람들에게 어두운 세상에서 용기를 갖게 해주었다. 이렇게 해서 페샤와르회 활동은 소리 없이 전국에 침투하여 그 회원 수가 4천 명에 달했다.

　일본대사관은 병원 전체 수요를 감당할 수 있을 만한 규모의 발전기와 차량 두 대를 기증하기로 결정하고 측면 지원을 아끼지 않았다. 대사가 직접 4월 26일 임시 개원식 초대에 흔쾌히 응하여 부부동반으로 출석할 것을 약속했다. 개원식까지는 석 달을 남기고 있었다. 기대와 희망이 부풀어 올랐다.

통합과 화합을 향해

분열 위기

한편, 이러한 일본 움직임과는 반대로 통합과 화합을 생각했을 때, 현지에서는 아직 해결을 보지 못한 난제가 있었다. 아프가니스탄 JAMS와 파키스탄 PMS와의 대립을 해소하는 것과 느슨해진 병동 관리를 단속하는 것이었다.

1997년 연말이 서서히 다가오고 있던 12월 7일, 예년처럼 일단 귀국해서 설을 쇨 계획이었던 나는 1주일 동안 짧은 일정으로 급히 페샤와르로 날아왔다. 일본에서 내가 소속된 병원의 일을 생각하면 세밑의 다망한 시기를 비우는 것은 마음에 걸렸지만 피할 수도 물러설 수도 없는 상태가 벌어지고 있었다.

JAMS 간부들은 PMS 신체제가 파키스탄인 측의 음모라고 오해하여 험프리씨가 나카무라를 부추겼다고 믿고 있었다. 직·간접적인 위협이 험프리씨에게 가해지고 있었다. 이를테면 '황제 주위의 간신을 제거하겠다.'는 말이었다. 신생 PMS는 위험한 상태였다. 골수 민족주의자인 샤와리는 JAMS가 PMS의 하부조직이 된 것에 분개하며 적의를 숨기지 않았다. PMS에 협력하지 않을

것임을 천명하고는 원망과 분노로 신경쇠약에 빠져 있었다. 그리고 PMS를 '페샤와르회 의료서비스'가 아닌 '파키스탄 의료서비스'의 약칭이라고 공언하기를 주저하지 않았다.

험프리씨는 대놓고 내게 말하기가 조심스러워서 샤와리의 험담을 주의 깊게 피하고 있었지만 JAMS에 대한 적의는 뚜렷했다. 그러나 PMS의 새 병원 건설에 대한 그의 노력이 정열을 띠면 띨수록 페샤와르회 뜻을 무시하는 경향을 보이고 있었다. 이 또한 샤와리처럼 자기 식으로 프로젝트를 해석하여 마치 자기 혼자서 일을 진행하고 있는 것 같은 착각에 빠져 있다고밖에 생각할 수 없는 부분이 있었다.

같은 시기에 일본인 직원들은 험프리씨의 병원관리가 느슨한데다가 그의 과잉된 자신감이 점점 커져가는 것을 느꼈다. 게다가 그의 동료가 공과 사를 구분하지 못하는 행동을 해서 빈축을 사기도 했다. 바람직하지 못하다는 인상을 갖는 것은 당연했다. 험악한 분위기가 일본인 직원들 사이에서도 퍼졌다. 분명히 PMS병원 직원들은 재편 도중 마음이 풀어져 있어서 통제가 해제된 JAMS

보다 못해 보였다. 그래도 원외에서의 활발한 움직임은 진료에 여념이 없었던 근무자들에게는 모르는 게 약이었다. 일의 중요함과 위기를 알고 있었던 것은 나 혼자뿐이었다.

험프리씨라고해서 결코 놀고 있었던 것은 아니었다. 필사의 노력으로 PMS병원 건설에 진력했으되 다소 거만해진 것뿐이었다. 이는 현지에서 볼 수 있는 일반적인 기질이었을 뿐, 그렇게 말한다면 아프간인 지도자들에게서도 이전에 JAMS의 조직화가 성공했던 시기에 보다 노골적인 자신감과 거만함을 볼 수 있었다. 그래도 말로 해서 이해하지 못할 사람들도 아니었고 보통의 경우는 서서히 진정되는 편이었다. 갑작스럽게 반응하게 되면 일본인들도 그 대립에 휩쓸려 사태를 한층 더 격화시킬 것으로 판단되었다.

그렇다고는 하나 이 사태는 조속히 화해하는 방향으로 이쪽의 성의를 표하고, PMS와 JAMS의 구체적 역할과 위치를 분명히 함으로써 즉시 1998년도의 계획에 반영시킬 필요가 있었던 것이다.

바보인지 순교자인지

경우에 따라서는 살아서 돌아올 수 없을 것이라고 생각했지만 그때는 그것이 결코 과장된 이야기가 아니었다. 쉽게 암살자의 흉탄이 날아올 수도 있던 상태였다. 인간의 애증은 한 몸에서 나오는 것이다. 배신당했다고 곡해하는 아프간인 그룹이 자포자기를 하게 되면 브레이크가 듣지 않을 것이 뻔했다. 게다가 이런 종류의 모략은 결코 표면으로 드러나지 않으며 음산하게 잠행한다. 유치한 심리라고 말하면 그뿐이지만 그것이 현실 세계인 것이다. 제3자인 험프리씨가 악인의 멍에를 안고 쓰러지는 일만은 피하고 싶었다. 개혁안이 내 지시였음을 천명함으로써 증오를 흡수하고 국경을 초월한 활동을 단호하게 실시할 것임을 전하면 그뿐이었다. 페샤와르 측에 '긴급사태다. 모든 직원을 12월 10일에 긴급 소집하라'고만 전하고 12월 7일, 일본을 떠났다.

심리적으로 절박했었나 보다. 마치 죽기 직전 환자가 익숙한 경치를 바라보듯이 눈에 비치는 모든 것이 선명하게 보였다. 아무것도 아닌 자연의 모습, 도로와 집들, 사람들 표정과 동작 하나하나에 사랑스러움을 느꼈다. 출발 전날인 12월 6일, 평소처럼 병원에서 근무를 마치고 폐를 끼쳤던 원장님께 "일주일 후에 돌아오겠습니다."라는 말을 남기고 병원을 나섰다. 은혜에 보답해드릴 말이 생각나지 않았다. 마침 그때 초겨울 가랑비가 저녁나절의 길을 적셔 마치 수채화를 보는 듯이 선명했다. 나는 다시 한 번 되돌아서서 그리운 병원을 바라보았다. 그리고 '고맙습니다.'라고 마음속으로 최고의 경의를 표했다.

결코 순교자 같은 기분을 낸 것은 아니었다. 나는 만에 하나의 경우가 닥쳤을 때 자신의 행위가 갖는 의미를 발견해내려 애썼다. 사실 그것은 내가 우직한 바보 같다는 점을 재확인한 것에 지나지 않았다. 나는 그렇게밖에 살 수가 없었던 것이다.

하나로 뭉치자

1997년 12월 9일, 페샤와르에 도착함과 동시에 험프리씨와 샤와리를 불러서 다음날에 있을 전 직원 긴급회의에 대비했다. 내 앞에서는 둘 다 얌전했다. 그러나 그늘에서 소용돌이치는 음모나 오만, 질투나 원한은 철저하게 싹을 잘라버리지 않으면 안 되었다.

"요즘 좋지 못한 소문이 있네. 이 국면에 이르러 불상사가 생기면 모든 것이 수포로 돌아간다고 생각해 주기 바라네. 그대들 쌍방이 협력해야만 PMS 신체제가 탄생할 수 있는 것일세. 또한 샤와리에게 말하겠는데 이 구상은 내가 페샤와르회와 의논해서 숙고 끝에 결정한 것이네. 험프리씨는 내 지시를 충실히 이행한 것뿐일세. 또한 JAMS를 해체한다는 것도 전혀 근거가 없는 소문일세. 일시적인 어려움을 함께할 수 없다면 친구로 인정하기는 어려운 일이지. 소문보다도 내 말을 믿어주길 바라네. 이 문제로 실은 나도 지쳐있네. 협력할 수 없다면 이 일에서 깨끗이 발을 빼도 좋네. 그 편이 나도 편하니까."

밀고 당기는 논쟁 끝에 대략 다음과 같이 합의를 하고 동시에 공과 사를 구분하지 못해 빈축을 샀던 험프리씨 동료를 즉각 해고했다.

- 구 JAMS 및 구 PLS는 PMS(페샤와르회 의료서비스)로 통합하여 페샤와르회의 직접 관리 하에 둔다.
- JAMS는 PMS의 연장프로젝트로 의사 샤와리를 대표로 하여 아프가니스탄 국내 진료소 유지에 책임을 진다. 그 페샤와

르사무소는 외래기능과 몇 개의 긴급입원용 병상을 갖는다. 이를 초과하는 입원 및 검사기능은 PMS병원으로 옮긴다.

- PMS는 페샤와르회 일본사무국의 직할이며 파키스탄의 프로그램이 아니다. PMS는 당연히 JAMS에도 동일한 규약 및 방침을 적용하고 피고용자를 동등하게 대우한다. 국적에는 구애받지 않는다.
- 새 병원(PMS)의 원장을 페샤와르회 현지 대표자(의사 나카무라)로 한다. 모든 계획과 책임자는 원장이 결정하고 지명한다.
- PREP(페샤와르회 재활지도 확장프로그램)는 북서변경주 정부가 인가한 지방조직으로 유지하며, PMS병원의 원활한 운영(주로 병원의 유지와 법적인 정비, 병원의 사무 등)을 돕는다. 그 대표를 험프리씨로 한다.
- 이상을 1998년 4월부터 실시한다. 페샤와르회 본부가 전 프로젝트의 재정을 직접 취급한다. 이를 위해서 본부는 직접 인원을 파견한다.

「재편합의서 1997년 12월 11일부」에서

이상의 각 항목을 엄중히 확인한 다음에 서명하게 하고 실천을 맹세하게 했다. 강제적인 방법이기는 했지만 이 외에 다른 방법을 생각할 수 없었다. 페샤와르회 사무국에는 다음과 같이 써서 보냈다.

수고가 많으십니다. 경황 중이라 상세하게는 말씀드릴 수 없습니다만 큰 틀에 합의하고 확인을 시켰습니다. 회계담당 카지하라씨가 연말에 현지로 오게 되므로 참고해 주시기 바랍니다.

또한 PREP를 남기는 것은,

1. 토지 소유가 파키스탄 국적을 가진 자나 동 국적 법인이어야 한다는 것

2. 일본인 근무자 비자 취득에 파키스탄 국적 법인이 발행한 초 청장이 필요하다는 것

이상과 같은 이유가 있어서입니다.

구 JAMS 및 구 PLS 통합이 PMS 새 병원 발족에 있어서 최대 고비라고 생각하고 있었습니다만 지금으로서는 어떻게든 될 것 같습니다. 재정 문제나 자질구레한 현지 사정은 일본인 근무자들에게 물어보시기 바랍니다.

그리고 이 긴급한 시기에 일부 직원들에 대한 처분 등을 행하는 것은 새로운 태세의 발족에 즈음하여 한층 더 인력을 정비해야 한다는 뜻임을 모두에게 전했습니다. 기강을 바로잡는 것은 지금이 적기라고 여겨집니다. 상당 수 탈락할 가능성이 있습니다만 역시 그 열쇠는 ①파키스탄과 아프가니스탄 쌍방이 긴밀하게 협력할 것 ②파견된 인력이 물심양면으로 안정을 가지고 일할 수 있을 것이라는 점에 있습니다.

일시적인 혼란을 거쳐 새로운 태세가 다져질 것으로 생각합니다. 그 과정이 되는 1998년 1월부터 3월까지를 혼란기로 보고 있습니다만, 페샤와르회 발족 이래의 개혁이며 또한 앞으로 장래를 결정하는 일이 될 것이므로 통신 및 교통에 대해서는 일이 원만하게 추진될 수 있도록 아낌없는 지원을 부탁드립니다. 라마단은 12월 28일에 시작되므로 일시 휴전하고, 1998년 2월 중순부터가 고

비가 되지 않을까, 하고 생각하고 있습니다.

개원식을 코앞에 두고 페샤와르회는 불안과 기대로 사태의 추이를 주목하고 있었다.

어머니의 부음

나카무라 독재의 상황 아래 통합병원 기초준비는 다 되었다. 험프리씨와 샤와리 두 명 모두 속으로는 마지못해 하면서도 협력을 맹세했다. 나는 두 명의 증오를 나에게 나누게 할 생각이었는데 조금은 누그러진 듯 보였다. 혼자서 끙끙거리며 '살아서 돌아올 수 있을까?'라고 했던 기우는 사라졌지만 엉뚱하게도 살아 돌아오지 못했던 것은 나의 어머니였다.

12월 11일, 내가 페샤와르에서 두 사람을 설득하느라 격론이 한창이었을 때 일본에서 전화가 왔었다. 아내의 목소리였다.

"어머니께서 뇌졸중으로 쓰러지셔서 위독하대요. 저도 지금 막 나서려는 참인데, 애들 고모가 빨리 연락해 달라고 했어요."

샤와리와 험프리씨 두 사람과 회의 중이었지만 남 앞에서 눈물을 보여서는 안 된다고 생각했다. 나는 표정을 바꾸지 않고 서명을 끝내게 했다. 그래도 내 변화를 눈치 챘는지 둘 다 걱정스럽게 물었다.

"선생님, 무슨 일입니까? 일본에서 뭔가 좋지 않은 소식이라도 있었습니까?"

"어머니께서 뇌졸중으로 쓰러지신 것 같네. 허둥지둥 소란을 떨며 달려왔는데 단 하루하고 반나절밖에 자네들과 얘기할 수 없어서 미안하네. 난 일단 장남이니까 상주노릇을 해야 되겠지. 사적인 일을 개입시켜서 미안하지만 이번만큼은 시간을 좀 얻고 싶네. 뒷일을 잘 부탁하네."

"……."

"알겠는가? 이곳 일은 자네들이 하기 나름이라는 것을 잊어선 안 되네. 누구든 언젠가는 죽는 것일세. 별 필요 없는 싸움으로 인생을 허비해선 안 되네."

사정이 사정인지라 샤와리와 험프리씨 둘 다 그때만큼은 똑 부러지게 말했다.

"선생님, 페샤와르 쪽은 걱정 마십시오. 우리가 협력해서 어떻게든 해 나가겠습니다."

물론 나에게 걱정을 시키지 않으려는 배려에서 나온 행동이었는지도 모르지만 그 배려만으로도 마음이 따뜻해지는 것이 있어 기뻤다. 급히 남은 일정을 생략하고 다음날인 12일에 귀국길에 올랐다.

국립후쿠오카동(東)병원에 도착했을 때 어머니는 약간 혼수상태였음에도 불구하고 분명히 나를 알아보셨다. 양쪽 다 마비되어 몸을 움직이시는 것과 말씀하시는 것이 거의 불가능하셨지만 오른쪽 손과 발을 가볍게 움직여 의사표시를 하시며 내 손을 꼭 잡았다. 뇌저동맥 혈전증이었는데 그로부터 며칠 뒤 혼수상태에 빠져 다음해인 1998년 1월 18일에 돌아가셨다. 향년 86세. 그러실

만한 연세라고는 해도 갑작스러운 죽음에 정체를 알 수 없는 공백
감과 무상감에 휩싸여 한동안 망연한 나날을 보냈다.

장례를 마치기 하루 전날, 모두가 물러간 후 어머니를 모신 분
향소에서 밤을 새면서 시신 곁에서 잠이 들었다. 얼굴을 덮고 있
던 천을 살짝 들추자 어머니께서는 모든 번뇌로부터 해방되어 어
린 아기와도 같은 맑은 표정을 하고 계셨다. 추운 밤이었다. 잠이
오지 않았기 때문에 어머니께서 노년을 보내셨던 건넌방으로 가
서 발난로로 추위를 녹이고 있었는데 할아버지와 할머니, 아버지
와 큰아버지들 영정사진이 벽에 소중하게 모셔져 있었다. 서재는
그대로였고 누님의 배려인지 적다가 만 봉투와 편지지, 그리고 붓
펜이 그대로 놓여 있었다. '어쩌면 정말은 아직 돌아가시지 않은
게 아닐까?' 라는 망상이 들어서 미련을 떨칠 수가 없었다. 책장에
는 다수의 역사서와 미야모토 유리코[2] 전집이 소중한 듯 가지런히
꽂혀 있었다.

메이지시대[3]의 최후에 태어나, 타이쇼오[4](大正) · 쇼오와[5](昭
和) · 헤이세이[6](平成)의 시대를 차례로 살아오신 어머니는 할아버
지와 아버지와 함께 파란 많은 인생을 사셨다. 그러나 천성이 밝
으셔서 늘 낙천적이신 데다 약자를 위하는 의협심도 가지고 계셨
기에 좋아하는 사람들이 많았다. 부호의 영애에 가까운 생활에서
부터 당장 내일 먹을 끼니도 없는 생활까지를 겪으셨으면서도 오
로지 산뜻 담백하셨던 그 성품에는 변함이 없으셨다. 고향인 키타

---

2 (1899~1951) 일본 프롤레타리아 문학 작가. 전후(戰後) 민주주의 문학운동의 선구자.
3 明治時代(1868~1912)   4 1912~1926   5 1926~1989
6 1989~현재 (서기 2005년은 平成17년에 해당)

큐슈 와카마츠의 부두하역노동자조합의 기풍과 부친께 감화되었던 타이쇼오시대의 사회주의, 쇼오와시대의 민족주의가 기묘하게 공존하는 구식 일본 서민의 연륜을 연상케 하는 분이셨다. 그렇지만 아버지께서 돌아가신 후 노년의 20년 동안은 누님 집에서 생활하셔서 나는 돈만 보내 드렸지 자주 찾아뵙지 못했기 때문에 좋은 추억만 떠올랐던 것인지도 모른다.

여하튼 한 시대의 종언을 느끼지 않을 수가 없었다. 세대는 확실히 바뀌어가고 있었다.

1월 21일 장례식에는 갑자기 퍼붓는 심한 눈보라를 뚫고 페샤와르회 사람들과 어릴 적 고향 친구들, 내가 근무하는 병원 직원들, 친척들 등이 자리했다. 많은 사람들이 죽음을 애도했다.

"이 심한 눈보라는 히데코씨를 닮았네요. 어지간히도 사람들을 들볶았지만 미워할 수가 없었던 것처럼 말예요. 그렇죠?"

어머니 친구가 말하자 모두를 누르고 있던 무거운 분위기가 벗겨졌다.

다음날 아침은 거짓말처럼 활짝 갠 파란 하늘을 볼 수가 있었다. 어머니께 어울리는 마지막 날씨였다. 어머니의 유지는 당신께서 돌아가신 일로 쓸데없이 고민하는 데 있지는 않겠지, 감상에 젖어 현재를 포기해서는 안 돼, 이제부터는 나도 남은 세월에 있는 힘을 다해 유종의 미를 장식해야 해, 하고 다시금 각오를 새롭게 다진 다음, 뒷일은 누님 부부에게 맡기기로 하고 장례식이 끝난 지 얼마 안 되어 현안이 산적해 있는 페샤와르로 돌아왔다. 내가 호적상 장남이라 상주임에도 불구하고 누님 부부는 격식을 따지지 않고 "어머니께서도 그렇게 하는 걸 더 기뻐하실 거야. 힘 내!"라며 흔쾌히 뒷일을 맡아 주었다.

성대한 개원식

이리하여 마침내 4월 26일이 되었다. 착공이 늦었던 관계로 건물의 70% 정도밖에 완성되지 않았지만 대강의 규모나 내용은 이해되었다고 생각했다. 페샤와르회 PMS와 그 산하인 JAMS에게는 각 진료소를 며칠 닫으라고 전하고, 140명 현지 직원 전원을 개원식에 참석하게 하여 일본에서 방문단이 오기를 기다렸다. 경호는 현지 일본인 숙사의 집주인과 페샤와르관구 특별경찰의 서장이 맡았고 경관 약 100여 명이 배치되었다.

한편 일본 페샤와르회 사무국에서도 50여 명이나 되는 방문단을 보내는 것은 매우 큰일이었기에 상당한 힘을 기울여야 했다. 페샤와르회로서는 아마도 처음이자 마지막의 이례적인 행사였을 것이다. 평소 모든 일은 간소하게 하자고 주장하던 내가 의외로 "가급적 화려하게 해 주세요."라고 부탁하는 바람에 당혹스러워한 사람도 있었다. 우리 쪽 속셈은 아프가니스탄이나 북서변경주에 펴져 살고 있는 나병 환자들에게 우리의 건재를 알리는 것이었다. 동시에, 자칫하면 자기 식대로 행하거나 사적인 의식을 개입시키기 쉬운 현지 경향에 대해서 일본 페샤와르회의 존재를 크게 호소해야 할 필요가 있었다. 또한 사무국원들조차 실제로 파키스

PMS 병원에서 진료를
기다리고 있는 환자들

탄에 다녀간 사람은 비교적 적은 편이어서 서로 이해를 위해서는
둘도 없는 기회가 될 것으로 생각했던 것이다.

파견 준비는 1년 전부터 시작하여 날짜가 다가옴에 따라 엄청나
게 바빠졌다. 사무국에서 선발대로 자원봉사자 두 명과 카마타씨,
이시마츠씨가 1주일 빨리 도착하여 식전과 방문단 환영행사의 준
비를 도왔다. 이 식전 하나만 보더라도 일본과 현지 쌍방에서 얼
마나 많은 사람들이 관여했는지를 알 수 있었다. 그야말로 국경을
초월한 대대적인 협력이었던 것이다.

그런데 사소한 일로 파키스탄 측과 아프간 측이 대립하여 점심
식사 하나를 두고 서로 고집을 피웠다. '파키스탄 아이스크림은
설사를 일으킨다.'고 아프간 측이 반대하면, 파키스탄 측은 '기름
기가 많은 아프간 팔라우가 입에 맞겠어?'라고 응수했다. JAMS
직원들이 문제를 찾아 내서 건축공사의 부실을 지적하자, 험프리
씨와 그 동료들은 JAMS의 그때까지의 비협력을 질책했다. 식전
의 코란 독송을 샤와리가 제안하자, 험프리씨가 국제적 스타일을

주장하며 대립하는 바람에 결국 내가 나서서 일본인들은 대부분 불교 신자들이라고 말하고는 중지시켰다.

모든 것이 이런 식으로 진행되는 가운데 4월 26일을 맞이했던 것이다. 일본인들은 또한 그들 나름대로 힘들어했다. 마치 연못에서 노니는 연약한 보트를 거친 바다에 띄워 놓은 것 같았다. 조금이나마 현지 사정을 아는 페샤와르회 사무국의 인솔자 노다, 후지노, 후지무라는 녹초가 되어 겨우 페샤와르에 도착했다. 회장인 타카마츠 이사오씨와 사무국장인 무라카미 마사루씨 등 페샤와르회 사무국의 주요 멤버는 물론, 10여 년간 지속적인 지원을 해온 나고야 남 라이온즈 클럽에서도 마키노 회장을 비롯한 세 명이 자리했다.

식전 모습은 앞에서 말한 대로다. 무책임한 말투가 허용된다면 이들 각양각색의 생각들이 난무하는 가운데 일본 · 파키스탄 · 아프가니스탄 삼자가 한자리에 모이는 것은 전대미문의 볼거리라고 해야 할 만큼 삼인사각의 여정을 상징하는 것이었다. 어쩌면 보조가 엉키는 것이 당연하다고 할 수 있었다. 현지뿐만이 아니라 일본인 일행들 자신이 각계각층이 모인 집단이었으니까 그만큼 여러 사람들이 한자리에 모이는 것이 신기하게 생각될 정도였다.

그러나 이 일본인 방문단의 효과는 대단한 것이었는데, 그때까지 겉으로 알려지지 않았던 일본 페샤와르회의 존재를 현지에 강렬하게 어필했던 것이다. 각 방면에 걸쳐 단번에 호의적인 분위기가 형성되면서 현안이었던 코히스탄 지구의 활동 허가도 해결되었다. PMS나 JAMS 내부에서도 뒤에서 지원해온 일본인의 파워를 짙은 인상으로 남게 했다. 이제 대립은 그 모습을 나타낸 일본 페샤와르회 앞에서 상대적으로 그 심각함이 옅어졌다고 말할 수 있었다. 무엇을 위한 대립이었는지, 무슨 까닭의 대립이었는지는 병원의 기념비를 보면 알 수 있다.

본 병원은 많은 일본 기부자와 아프가니스탄과 파키스탄 사람들의 헌신적인 협력에 의해 나병을 비롯하여 혜택 받지 못하고 있는 환자들을 위해 건설되었다. 이 병원으로 민족과 국경을 초월한 평화와 화합을 받들어, 일본과 파키스탄과 아프가니스탄의 양심을 구현할 것임을 여기에 맹세하는 바이다.

1998년 4월 26일

정말로 이 한 가지 일을 위해서 모두가 일제히 대립하면서 협력했던 것이다. 평화와 화합은 전쟁이나 박해를 경험했던 그 누구나가 간절히 소망하는 것이었다. 역설적이긴 하지만 샤와리도 험프리씨도 파키스탄인도 아프간인도 이 목표를 공통으로 내세우고 있었기 때문에 페샤와르회 현지 프로젝트라는 씨름판 위에서 서로 대립하지 않으면 안 되었던 것이다. 그도 그럴 것이 의료 활동이라는 아름다운 관념론만으로는 끝나지 않는 현실에서 실제 사업과 맞닥뜨리고 있었기 때문이다. 많은 모순이 있기는 했지만, 페샤와르회에 협력했던 양자의 많은 노력은 충분히 칭찬할 만한 것이었다.

끝 모르게 푸르른 페샤와르의 하늘과 카이버 고개를 배경으로 붉은 초승달(의료)과 비둘기(평화)가 그려진 선명한 페샤와르회 깃발이 마치 혼란과 불투명의 시대에 도전이라도 하는 것처럼 용감하게, 그러나 어딘지 모르게 천천히 나부끼고 있었다. 여기에 이르러 우리의 새로운 체제는 이정표를 두고 파란의 대해를 저어가기 시작했다.

눈 덮힌 힌두구시 산맥

10 또 다시 변경으로

사람들은 우리 행동을 칭찬했지만,
우리가 훌륭했던 것이 아니라
자신들에게도 내재되어 있던 자연을 비추어내서
보고 있던 것에 지나지 않았던 것이다.
사자에게 특권이 있다고 하면 그것은
소유로부터의 자유이다.
사람에게는 '가지지 않을 자유'라는 것이
주어져 있다. 역설적이지만 없는 양만큼,
주어서 잃는 양만큼 우리들은
낙천적이고 풍요로워졌던 것이다.
그것은 은총이었다.

약속

아아, 오랜만에 보는 그리운 얼굴이었다.

"기억하고 계십니까? 약속대로 왔습니다."

내가 말하자 노인의 주름진 얼굴이 반짝 빛났다. 정정한 발걸음으로 다가와 틀림없이 나라는 것을 신기하다는 듯이 확인하고는 만면에 정다운 미소를 띠고 악수를 했다.

"기다리고 있었습니다! 오실 거라 생각했습니다."

"약속했었는 걸요. 늦어져서 미안합니다."

일본에서 아득히 떨어진 파미르 고원에 이르는 와칸회랑의 입구에 있는 바로길 고개는 아프가니스탄과 파키스탄 최북단의 국경지대이다. 해발 3,550m, 아무도 살지 않을 거라고 여겼던 평평한 구릉 사이로 꼬리를 물고 사람들이 모여들었다.

1998년 6월, 우리들 PMS(페샤와르회 의료서비스) 제1진은 얄쿤강을 따라 거슬러 올라가서 진료활동의 마지막 지점에 도착했다. 페샤와르를 거점으로 하는 산악 무의지구 진료는 마침내 북단까지 이르렀다. 이 지역까지도 진료권에 포함하는 진료소가 조금 아래쪽인 라슈트에 세워지려 하고 있었다. 바로 이 라슈트 진료소가 과거 3년 동안에서 우리가 가장 어려웠던 시기에 개척한 곳이었다.

이전에도 잠시 언급했지만 이 노인은 2년 전, 조금 아래쪽에 있는 라슈트 마을로 진료대가 갔을 때 '우리 마을에도 꼭'이라며 탄원하러 왔다가 거절을 당했다. 진료대가 준비해왔던 약품을 다 써버린 터였고 일정에도 여유가 없었던 것이다. 여기 바로길 고개에서 라슈트까지는 도보로 이틀이 걸린다. 그래도 주민들에게는 이

것이 바로 아랫마을쯤 되는 것이다. 나는 그때 했던 '언젠가는 올 테니까' 라는 약속이 줄곧 마음에 걸려 있었다. 그러나 페샤와르와 일본에 일이 산적해 있어서 거기까지 활동영역을 넓히지 못하고 있었다. 그러던 것이 이제야 겨우 이루어진 것이다.

그날은 205명을 진료했다. 주민들은 모두 의사를 보는 것이 처음이었는데 예의바르게 줄을 서서 기다렸다. 그들 가운데 태반이 아편중독에 가까운 상태로 몹시 야위어 있었다. 진통제가 없어서 어쩔 수 없이 아편을 사용하기 때문이었다. 우리들은 진통제와 비타민제를 많이 준비하여 아낌없이 주도록 하고 있었다. 그 효과는 즉시 나타나 아편을 쓰는 환자들에 대한 치료는 놀랄 만큼 성과를 올렸다. 선진국이나 도시에 사는 사람들과는 달리 심리적으로까지 아편에 의존하는 경우가 거의 없었기 때문이다. 같은 아편이라도 문명의 독과는 매우 달랐다.

"곧 아래쪽 라슈트에 진료소가 생기니까 가끔씩 진료하러 올 수 있을 겁니다. 응급환자는 보내도록 하십시오."

장로인 듯한 노인에게 말하고 이별을 고했다.

그때는 이미 PMS병원 중진 의사인 지아울 라프만씨가 만반의 준비를 하고 건설대를 인솔하여 하류에서 우리를 기다리고 있었다. 페샤와르의 병원 건설은 확실히 심혈을 기울인 4년 동안의 큰 사업이었지만 나에게 있어서는 그 노인과의 약속을 지킬 수 있었던 것이 더욱 기쁜 일이었다.

파란 하늘, 눈부신 흰 눈, 빙하를 머리에 인 장엄한 힌두쿠시 산맥의 봉우리들, 모두가 변함없는 모습들이었다. 과거 15년 동안의 고투가 꿈인 양 느껴졌다. '격동' 이라는 둥 '유동적' 이라는 둥 떠

바로길 고개 마을에서
진료하는 나카무라
선생과 직원들

벌이면서 눈이 빙빙 돌도록 뛰어다녔던 일들이 환영처럼 다가왔다. 사람이 사는 세상은 정말 소란스럽다.

여기에서는 시간이 멈추어 있다. 뭐야? 아무것도 헐레벌떡거리며 달려올 필요 없었는데……. 이런저런 인간세상의 번민은 끝도 없음과 동시에 실체도 없는 것이다. 힌두쿠시 산맥의 연봉들은 푸르디 푸르른 까닭에 사람들의 마음을 아득히 그리운 그 무엇엔가로 회귀시키는 힘을 가지고 있다. 이 광경은 20년 전 내가 처음 산악대원으로 방문했을 때와 조금도 달라지지 않았다. 아마 몇천 년이건 몇만 년이건 산들에게 있어서는 똑같은 한순간의 사건이었을 것이다. 장중하게 버티고 앉은 부동의 그 모습은 무한한 시간을 배경으로 우리들에게 뭔가를 전하고 있다. 삶과 죽음의 울타리도 무한의 점이 되어 소멸한다.

이 15년 사이에 많은 동료들이 세상을 떠났다. 그러나 과거를 살았던 사람들도 현재를 사는 사람들도 여기서는 동등한 존재로 서 있다. 장례식과는 반대로 애써 고인들을 지체 높게 회고할 수가 없었다. 마치 그들이 거기 있는 것처럼 목소리와 모습과 표정이 손에 잡힐 듯이 시공을 초월하여 느껴지는 것이었다.

언덕 저편이 와칸회랑이다. 국경경비대의 대장이 이쪽으로 왔다. 검문소와 병사들 숙소가 어디냐고 묻자 쓴 웃음을 지으며 500m 정도 앞의 진흙으로 된 엉성한 작은 집을 가리켰다.

"저쪽입니다. 10명이 주둔하고 있습니다. 한가해서 주체를 못하고 있습니다. 텐트를 보고 호기심 많은 여행자이겠거니 생각했는데 설마 의료팀일 줄은 몰랐습니다."

대장은 차를 마시도록 권했다.

국경경비라고는 하지만 어디가 국경인지 잘 알 수가 없었다. 검문소는 이 근방이라고 했는데 대장은 어깨를 움츠리면서 광대한 구릉지대를 가리켰다. 한가로운 모습이었다. 200km나 되는 국경 유지 업무를 10명으로는 할 수 없는 노릇이었다. 파미르나 와칸회랑의 주민들은 양떼를 몰고 자유롭게 출입했다.

"어쨌든 변경이니까요. 저는 아래쪽 치트랄 출신인데 제 할아버지 때 바다크샨에서 난민으로 이주했다고 합니다. 페르시아어는 물론 할 수 있습니다."

"인도와 파키스탄의 핵병기 말입니까? 이런 곳에는 날아오지 않는 거 아닌가요? 과연 그런 비싼 무기로 우리 주둔지를 공격할까요?"

대장은 진흙으로 된 작은 집을 가리키고는 껄껄 웃었다. 대장의 말투에서는 씩씩한 국방이니 국경이니 하는 의식조차 느낄 수가 없었다. 카이버 고개를 사이에 두고 대치하고 있는 파키스탄과 아프가니스탄의 대립이나, 인도와 파키스탄의 핵실험 경쟁 따위는 마치 거짓말 같았고 도저히 상상이 가지를 않았다.

가지지 않을 자유

세상살이 결국 아무것도 아니라는 말이 있다. 그렇다. 그걸로 족한 것이다. 아무리 가난해도 사람들은 자연에 복종하고 서로 기대고 서로 감싸 주면서 사람의 본분에 따라서 살아가는 것이다. 지금까지 과거 15년 동안 페샤와르와 아프가니스탄에서 벌어졌던 투쟁이 왠지 신기루와 같이 실체가 없는 것으로 생각되었다. 신경 질적인 민족주의의 선동, 종교 대립, 얄팍한 정치적 속임수나 거래 등, 이 모든 것들이 부자연스럽고 멀게만 느껴진다. 우리들은 너무나도 쓸데없는 일에 휘둘려 왔다. 우리들 문명인의 번뇌는 대개가 스스로 만들어낸 환영이다. 문명이라는 것은 욕망의 재생산 기구이며, 인간의 물욕과 지배욕의 조직화를 뜻하는 세련된 형태이다. 그것이 주는 편리함과 맞바꾸는 과정에서 우리들은 많은 것을 잃었다. 편리하고 쾌적한 생활을 지키기 위해서 나에게, 또 남에게 상처를 입히고, 일찍이 그 문명이라 칭하는 고뇌의 형태를 수출하고 확대해왔다. 나는 한 사람의 의료인으로서, 인간이 넘을 수 없는 절대의 자연인 죽음까지도 제어할 수 있다는 건방진 착각을 보아왔다.

실은 그것은 자연을 은폐하는 것이었으며 뻔뻔스러운 자기도피의 형태에 지나지 않는 것이었다. 15년 동안의 현지 활동은 뜻하지 않게 우리들 자신에게 그 일을 가르쳐 주었다. 실제로 우리가 할 수 있었던 것은 제한된 장소와 제한된 시간 안에서 박해를 받았거나 병에 지친 사람들에게 작은 위로를 주어왔던 것뿐이었다.

아니, 엄밀히 말하자면 그 위로도 우리가 준 것은 결코 아니었

다. 그 위로는 범해서는 안 되는 공통의 신성한 공백이라고 해야
할, 인간 속에 내재된 자연으로부터 샘물처럼 솟아 나오는 것이
다. 사람의 말은 보잘 것 없다. 이 공백에 대한 단정적인 정의(定
義)가 실태와 그림자를 혼동시킴으로써 이상야릇한 신흥종교나
광신을 만들어 왔다. 어떤 지역, 어떤 문화라 할지라도 대체로 전
통이라 불리는 것의 핵심은 바로 이 공백과 접해 있다. 전통에는
사람들이 공통적으로 '좋다'고 하는 합의가 포함되어 있으며 생
활의 평형이라고 할 만한 것들을 제공한다. 실제로 진보와 발전이
라는 미명 아래 이 사실이 망각되어 전통사회가 붕괴하자 사람들
은 평형을 잃고 폭주했었다.

　우리가 사람들과 고락을 함께 하고 위안을 주는 사람 행세를 할
수 있었던 것은 사자(使者)로서의 본분을 분별할 줄 아는 성찰을
잃지 않았기 때문이었다. 사자는 그를 보낸 주인을 넘지 못하는
존재이다. 사람들은 우리 행동을 칭찬했지만, 우리가 훌륭했던 것
이 아니라 자신들에게도 내재되어 있던 자연을 비추어내서 보고
있던 것에 지나지 않았던 것이다. 사자에게 특권이 있다고 하면
그것은 소유로부터의 자유이다. 사람에게는 '가지지 않을 자유'
라는 것이 주어져 있다. 역설적이지만 없는 양만큼, 주어서 잃는
양만큼 우리들은 낙천적이고 풍요로워졌던 것이다. 그것은 은총
이었다.

끝없는 여정

현지뿐 아니라 일본에서도 또는 세계에서도 분명히 뭔가가 급격하게 변화하고 있다. 하지만 이제 와서 새삼스레 논쟁을 벌이지 않더라도 세계가 이대로 계속될 리가 없다. 지구의 환경문제와 개발이 곧 경제성장이라는 화두는 절대로 양립할 수 없는 창과 방패이다. 인류가 농촌과 식량을 버린 채 무한한 도시화로 내달린다는 것은 있을 수 없는 일이다. 돈이 돈을 낳는 바보스러운 거품경제의 허구는 자본이 잉태되는 화폐경제에 있어서는 숙명적인 것이다. 자본은 시장이라는 요괴에 휘둘려 수요에 맞는 건전한 생산과 공급의 체계가 붕괴되고 만다. 그리고 그 요괴라는 것은 자연의 도리에 반하는, 실체가 없는 환상 그 자체인 것이다. 마침내 우리가 보게 될 것은 불필요하게 생산된 제품의 쓰레기더미와 장작보다도 가치가 없어진 지폐다발, 기능을 잃은 도시의 폐허일지도 모른다.

모든 것은 사라져 간다. 그래도 남아 전해지는 것은 무엇일까? 용궁에 다녀온 동화의 주인공과 같은 자신을 고국에 돌아가 발견하게 될지라도 시대와 영합하여 신기한 일에 달려들 탐욕스런 마음은 거의 일지 않았다. 더 이상 신기한 일에 마음이 흔들리거나, 천하나 국가를 논하며 새로운 시대라고 칭하는 불안한 운동에 뛰어들고 싶지 않기 때문이다. 나 또한 큐슈라는 섬의 제한된 지역에서, 그것도 제한된 시대에 몸에 익힌 전통이나 정신적 기류로부터 자유롭지 않았다. 그 틀 안에서만 시비와 선악, 아름다움과 추함의 감각을 유지할 수 있었다. 그러나 자신을 안다는 것은 곧 남을 아는 것이다. 완고한 보수적 인간이기 때문에 이문화(異文化)의 생활 속에서 공통의 요소를 발견해낼 수 있는 경우도 있다. 그리고 시대나 지역을 초월하여 엄연히 존재하는 것이 무엇인지, 사람이 사람으로 사는 한 잃어서는 안 될 것이 무엇인지를 찾아낼 수 있었던 것이다.

후일담이지만 그로부터 7개월이 지난 1999년 2월 어느 날, 유령으로부터 벗어난 듯한 얼굴로 샤와리가 찾아왔다. 잘 보니 너저분했던 수염을 말쑥하게 깎은 모습이었다. 탈레반정권의 포고령 때문에 아프간 국적자는 수염이 없으면 아프가니스탄에 입국할 수 없어서 어쩔 수 없이 기르고 있었던 것이었다.

"수염을 깎았나? 아프간 사람처럼 보이지 않는구먼."

"선생님, 우리에게 자유는 없습니다. 무엇을 해도 어디를 가도 말입니다. 하지만 두고 보십시오. 고작해야 수염을 깎을 정도의 자유가 아닙니까? 정말로 바보 같은 세상이 아닙니까? 저는 미련 같은 건 이제 없습니다. 부모로서의 역할, 원장으로서의 역할, 정치가 놈들의 구속, 명예에 의한 구속, 이제 인내의 한계입니다. 다만 세계의 아름다움이 저를 살게 하고 있는 것뿐입니다. 14년 전 제가 선생님께 말한 것 기억하십니까?"

"뭐지? 시덥잖은 이야기는 이제 싫증났어. 난 14년 전과 변하진 않았지만……."

"쓸모없는 이야기인 것은 알고 있지만 저 혼자 하는 넋두리라 치고 들어주세요. JAMS가 생긴 그때 저는 약속했습니다. 제가 사는 의미를 알고 싶었고, 이 일에 그 의미가 있다고 생각했기 때문입니다. 온갖 일들이 뒤에서 태풍처럼 휩쓸고 지나갔습니다. 눈을 떠보니 아무 것도 남아 있지 않았습니다. 그것이 거품이라는 놈이 었구나, 생각했습니다. 그래도 저는 상관없습니다. 저는 변함없이 전진할 것입니다."

"이제야 알게 되었군. 사는 의미 같은 건 죽기 직전에라도 알 수만 있다면 횡재한 거라네. 그 의미는 인간들이 숨겨 놨지만 말일세. 나는 태어났을 때부터, 인간이 되었던 순간부터 피곤했었네. 도대체 자유란 게 어디 있단 말인가? 모두 뭔가에 홀려서, 뭔가에 묶여서 살아가지 않을 수 없다는 말일세. 사는 것 자체가 눌렸던 감정을 푸는 것이 되는 셈이지. 그러나 삶을 베풀어 주신 은혜에 답하게 될 때, 그 감정을 푸는 일도 아름답게 피어나는 것이 되네. 자네가 말한 대로야. 세상은 아름다운 것일세. 자유도 아름다움도 눈을 떠보면 어디에도 없을 것 같지만 어디에든 그 실체는 있는 것이라네."

마치 선문답과도 같은 대화였지만 어딘가 모르게 우스워져서 눈물이 날만큼 크게 웃고 말았다.

나는 여행을 해 왔다. 남보다 몇 배나 쓸데없이 오래 산 느낌이 든다. 이 여행은 언제까지 계속될까? 앞으로도 현지 활동은 끝이 없을 것이다. 하지만 거기에 결집된 뜻 있는 사람들의 생각이 구석의 어둠을 비추는 등불로서 꾸준히 그리고 조용히 타오를 수 있게 되기를 기도한다. 우리의 여정 그 자체, 현지에 투입된 양심의 흔적이 다음 세대로 전해질 최대의 메시지인 것이다.

페샤와르 회가 발족한 지 15년이 지났다. 그 동안 내외적으로 여러 가지 사건들이 있어 15년의 역사를 다 이야기할 수는 없었다. 그러나 졸저 『페샤와르에서』(1988년, 石風社)와 『다라에눌로 가는 길』(1992년, 동 출판사) 이후 7년 동안의 현지 활동에 대해서는 종합적으로 정리해서 전할 수가 없었다. 그래서 본서는 페샤와르회 활동 후반부를 중심으로 '나병'과 '산촌 무의지구 진료'를 한 축으로 하여 15년 동안의 흐름을 보고하는 것이다. 그 가운데는 일찍이 보고하기를 주저했던 내용도 있었는데 세월이 흐른 지금 밝힐 수 있게 된 것들도 포함하고 있다.

사실은 소설보다도 진기하다고도 말들 하지만 이 책에서 언급했던 사건이나 인물은 모두 실재하는 것이다. 부정적인 영향을 미칠 수 있다고 생각되는 일부 명칭은 가명으로 했지만 행하고 보고 듣고 느낀 것을 그대로 기술했다. 일부는 과거 10년간 마이니치 신문에 정기적으로 게재되었던 '아시아의 변경에서'를 발췌하여 가필하고 정정했다.

15년 동안의 풍설을 정확히 이야기하는 것은 쉬운 일이 아니다. 본 사업에는 많은 사람들과 무수한 사건이 관련되어 있다. 언급하는 사실의 선택과 기술하는 방법에 따라 독자가 받는 이미지가 크게 바뀌기 때문에 되도록 현지 사업의 궤적 그 자체에 대해 기술하려고 힘썼다.

지나고 보니 15년도 긴 것 같지만 짧다. 예전의 청년의사는 장년이 되었고, 노년을 목전에 둔, 다음 세대의 일을 배려해야 하는 시점에 이르렀다. 격동의 세월을 말하려 한다면 한도 끝도 없겠지만 경황없이 지나간 15년이었다고 생각한다. 그 중에서도 큰 비중을 차지하는 것은 냉전시대의 종말과 그 붕괴, 브레이크 없는 경제 팽창 시대를 현지가 직접 비추어 내고 있었던 것이다.

이 책의 내용을 통해 사람들이 어떻게 살고 있고, 얼마나 고민하고, 어떻게 기쁨을 발견해냈는지, 그리고 우리 페샤와르회가 그것을 어떻게 함께 나누려고 했었는지 조금이라도 느껴주면 다행스럽고도 행복할 따름이다. 이렇게 15년을 압축하고 보니 정말로 경황없이 뛰어다니기만 하던 모습을 상상할지도 모르지만 현지에서의 시간은 느긋하게 흐르는 편이었다. 든든히 버티고 앉아서 변함없는 아름다움을 주는 산 아래에서 움직여 얻었음에 대해 감사한다.

시대의 흐름은 해마다 가속이 붙고 있는 것 같다. 때마침 21세기를 목전에 두고 희망이나 절망이 회자되고 있다. 그러나 '표면의 격렬한 움직임에도 불구하고 인간의 변하지 않는 것은 결국 변하지 않는다.'는 것이 15년에 걸친 결론이다. 우리들은 21세기를 이야기할 자격이 없다는 것을 우선 알아야 한다고 생각한다. 압도적으로 정보화된 사회는 자연과 유리된 세계의 허상과 의사(疑似)체험을 사람들에게 줌으로써 대체로 비약된 지리멸렬함을 낳게 하는 위험성을 감추고 있다. 광범위하고 손쉽게 무엇이든 다 알고 있는 것이 곧 세상과 인간을 아는 것이 되리라고는 생각하지 않는다. 지식이 지혜를 낳는다고만은 할 수 없다. 거꾸로, 제한된 지역과 제한된 시대 속에서 발견되는 진리는 그것이 참된 진리라면 언제든지 어디서든지 통용된다. 행복도 또한 그렇다.

마지막으로, 이 책의 출판이 늦어지기를 실로 3년, 매 번 기대를 저버리고 배신감을 안겨드린 세키후우샤(石風社)의 후쿠모토 미츠하루씨와 뒤에서 지원해주신 바바병원, 그리고 협력을 해주신 많은 분들께 감사드립니다.

1999년 봄 페샤와르에서

또한 이 책에 기재된 PMS기지병원은 1998
년 1월 이전한 때부터 기능을 시작하여 2000년 4월에는 거의 건
축을 완료했다. 동시에 그 이름대로 페샤와르회 직할이 되었고,
모든 조직을 페샤와르회 의료서비스(PMS)로 완전히 통일함으로
써 JAMS나 PREP의 명칭도 폐지되었다. 파키스탄과 아프가니스
탄의 양 정부에 같은 이름으로 정식 등록되어 명실 공히 통합이
완성된 것은 2000년 6월의 일이었다. 이와 같은 과정에서 통합에
마지막까지 반대했던 의사 샤와리, 그리고 과대한 부담을 견디지
못한 험프리씨는 각각 사직을 했다.

새로운 체제는 구폐를 일소하고 그 활동을 왕성하게 전개하고
있다. 2000년 봄에 아프가니스탄을 엄습한 금세기 최대의 가뭄은
다라에눌을 시작으로 동부도 석권하여 천이백만 명이 재해를 입
었으며 사백만 명이 기아에 직면하는 참사로 이어졌다. 아프가니
스탄 국토의 상당 지역이 사막화될 우려도 제기되었다. 이에 대해
서 PMS는 동부 지역에서 남보다 한 발 빠르게 긴급대책에 착수
하여 현재 600여 개의 수원 확보를 목표로 필사의 작업을 계속하
고 있다. 천재지변의 규모를 생각하면 이것이 마지막이며 최대의

현지 사업이 될지도 모른다. 그러나 이 대규모 사업을 용이하게
한 것은 페샤와르회의 과거의 실적과 PMS의 새로운 태세의 안정
이었다고 말할 수 있을 것이다.

2000년 12월 현재, 일본과 아프가니스탄과의 정식 외교관계는
아직 없다. 때문에 정보사회의 밀실이라고 할 만큼 미증유의 대참
사조차도 전해지지 않는 것이 현실이다. 우리의 활동이 대립이 아
닌 화합의 가교가 되어 진실한 상호부조의 세기로 가는 첫걸음이
되어 주기를 기도할 뿐이다.

｜옮긴이의 말｜

전쟁의 참화 속에서
아프간 사람들의 손을 잡으며

이광수_아시아평화인권연대 공동 대표. 부산외국어대 교수

그나마 난민촌이 낫다면

아프간 사람들을 처음 만난 것은 2003년 1월 11일 파키스탄의 페샤와르(Peshawar)에서였다. 나는 부산에 있는 '외국인노동자 인권을 위한 모임'의 자문위원이었다. 나는 이인경 '외국인노동자 인권을 위한 모임' 상담 차장, 강지원 카톨릭 부산 교구의 어린이 주일 학교 담당 신부, 이진원 평화방송의 프로듀서와 함께 가톨릭 부산 교구의 주일 학교 어린이들과 '외국인노동자 인권을 위한 모임'에서 모은 후원금을 아프가니스탄-파키스탄 국경에 있는 아프간 난민촌의 교육 사업을 위해 전달하고, 전쟁의 폐허 속에서 신음하고 있는 아프가니스탄을 위해 어떤 사업을 할 것인가를 기획하고 조사하기 위해 떠났다.

우리는 9·11 테러와 그에 따른 미국의 보복 침략으로 발생한 아프간 난민들을 위해 세워진 신 난민촌을 찾았다. 구 난민촌과는 달

리 온전한 파키스탄 도시 내에 설치되어 있는 것이 아니고 아프가니스탄과 파키스탄의 국경 근처의 부족 지대(tribal area) 안에 설치되어 있어서 들어가는 분위기가 심상치 않았다. 산 속으로 산 속으로 네 시간 가까이 달려 바르깔리(Barkali)난민촌에 당도하니 입구에 이 학교의 교실들이 '외국인노동자를 위한 인권모임'의 후원금으로 지어지고 있다는 간판이 세워져 있어 뿌듯하면서도 한편으로는 그 적은 양에 부끄럽기도 했다. 어둠이 깔리는 가운데다 방학 중이라 아이들이 교실에서 공부하는 모습을 볼 수는 없어 아쉽기는 했지만, 어른이고 아이고 할 것 없이 떼로 몰려드는 사람들을 통해 수업하는 것보다 더 중요한 사람 사는 맛을 느꼈다. 교실은 우리 보기엔 건물이라 할 것도 없는 그냥 흙으로 바람막이만 해 놓은 공간일 뿐이었다. 작년도 후원금으로 바르깔리 난민촌의 교실을 지었는데 올해의 후원금과 내년도의 후원금으로 다른 세 개 학교의 교실을 더 짓겠다고 하는 설명에 가슴은 뿌듯했으나, 이 건물의 비막이 베란다 시설을 해 달라는 학교 당국의 부탁을 거절할 수밖에 없는 무거운 마음이 한동안 가시지 않았다.

바르깔리 난민촌은 흙집조차 없는 천막촌이다. 전체 넓이가 한국의 초등학교 운동장보다도 훨씬 좁은 공간인데, 그 안에서 792가족, 5,506명이 거주하고 있다. 난방 시설도 없고 전기 시설도 없다. 그러다 보니 그들은 거주하는 것이 아니라 방치되고 있는 것 같다. 그런데 더욱 슬픈 사실은 그나마 이 상태가 아프간 본국보다 나아 아프간 난민 문제를 다루는 유엔난민고등판무관(UNHCR)에서는 그들로 하여금 적어도 당분간은 아프간 고향으로 돌아가지 않기를 희망하고 있다는 것이다. 유엔난민고등판무관의 홍보관 아유브 칸

(Ayub Khan)씨는 이 문제에 대해 이렇게 말하고 있다.

"아프간 난민들이 본국으로 귀환하고자 하면 유엔에서는 그들에게 이주비를 지원합니다. 이동 거리에 따라 한 사람당 10불에서 30불까지 지원하는데, 너무나 가난한 나머지 이주비를 받기 위해 난민들이 귀환을 하고자 하는 경우도 있어 우리로서는 그들에게 보다 풍족한 이주비를 주지 않는 겁니다. 가슴 아픈 일이지요. 그래도 여기에서는 학교도 있고, 보건소도 있고, 정기적인 배급도 받으니 최소한의 생존은 할 수 있겠지만 아프가니스탄 본국에서는 그마저도 장담을 할 수 없는 실정입니다."

아프간 난민들에 대한 세계 각국 비정부기구들의 활동은 실로 대단했다. 우리가 지원하는 학교에 대해서만 이야기해 보면 우리가 학교 건물을 맡으면, 미국의 한 비정부기구는 교사들의 월급을 맡고, 프랑스의 비정부기구가 식수를 맡으면, 일본의 비정부기구는 문방구와 옷가지를 맡는 등의 역할 분담이 철저하게 이루어졌다. 그렇지만 무엇보다도 소중한 일은 파키스탄 정부가 맡고 있다. 단지 땅을 내어 주고 있다 해서 하는 말은 아니다. 난민들이 원하기만 하면 언제까지든 이곳에 머무를 수 있게 하고 있기 때문이다. 물론 아프간 사람들이 파키스탄 사회 내에 편입되어 들어오면서 양질의 노동력이 확보되고, 그들로 인해 교역이 활성화되는 등의 긍정적인 효과를 무시할 수는 없겠지만, 어려움에 처한 그들을 외면하지 않은 그들의 인도주의가 그 어느 것보다 중요한 인자임에 틀림없다. 가난뱅이 파키스탄 앞에서 졸부인 한국이 부끄러워해야

난민, 길들여지는 사람들.
ⓒ 2003년 1월
파키스탄 꼿까이, 이광수.

할 점 아닌가?

도대체 아프가니스탄 본국은 어떤 상태이기에 이만도 못하단 말인가? 마음에 짐을 지우지 못한 채 숙소로 돌아왔다. 따뜻한 물이 나오고 전기가 들어오는 숙소에서 하룻밤을 머무르는 게 죄짓는 기분이었다. 다음날 아침 일찍 찾아간 꼿까이(Kotkai) 난민촌은 철책이 둘러져 있어 기분이 심난하였다. 행동을 제약한다는 의미는 없고 일종의 경계 표시로서 관리의 수월함을 위해 그런다지만 너무 비인간적으로 보였다. 여기에 머무르는 사람들은 대부분이 아프가니스탄 농촌 출신이기 때문에 굳이 페샤와르나 다른 도시로 이주하려고 하지 않는다는 설명을 듣고 그나마 약간의 마음이 놓였다. 난민들은 이곳에서 매우 안정된 생활을 하고 있다. 많은 천막이 걷히고 그 자리에 흙집이 들어서고 있었다. 군불 지피는 사람들도 보이고 찬거리를 사는 아낙들도 보여 사람 사는 맛을 느꼈다. 학교는 벽돌집으로 지어져 있고 학교 안에는 그나마 화장실도 갖추어져 있다. 아직 아프가니스탄 본국을 보지 않은 상태라 속단하기는 어렵겠지만, 이 정도면 인도나 파키스탄의 가난한 농촌과 비교해 볼 때 크게 못할 바 없으니 아프가니스탄 본국보다 나을 것이라는 생각에는 논리적으로 수긍이 갔다. 하지만 도대체 아프간 본국은 어떤 상태이기에 이만도 못하단 말일까?

살려고 발버둥치는 희망으로 북적이는 곳

다음날 2003년 1월 15일 정오 무렵, 아프가니스탄 국경 안으로 들어 와 카불을 향하는 차를 잡아타고 카이버 고개를 넘었다. 카이 버 고개는 황폐 그 자체였다. 해발 6,000m 이상의 고개에 나무 한 그루 없는 모습은 거대한 먼지 덩어리였다. 돌산 틈틈이 보이는 토 치카, 도로 경계 표시로 사용하는 포탄 껍질, 총과 검문검색, 아직 끝나지 않은 그 음산한 풍경 속을 끊임없이 질주하는 세계식량기구 (World Food Program)의 배급 트럭들, 풀 몇 포기 자랄 수 있는 땅만 나오면 농사짓는 사람들, 왁자지껄 장사하는 소리……. 누가 아프가니스탄을 처참하다 했는가?

국경 또르깜(Torkam)에서 중간 지점인 잘랄라바드(Jalalabad) 까지는 도로 사정이 좋아 우리가 지금 아프가니스탄에 들어왔는지 의심이 날 정도였다. 그러나 미국의 아프간 폭격이 시작되면서 우 리 귀에 익은 잘랄라바드 부근에 도착하니 사정이 크게 달라졌다. 도로가 끊기고 부상자가 자주 눈에 띄어 전화의 흔적이 눈에 가득 하다. 하지만 사람이 타고 다니는 것이라고 생긴 것은 다 길로 나오 고 길거리엔 호객하는 사람들로 북적거리고 거지에 개, 소, 말, 나 귀 등 온갖 살아 있는 모든 것들로 득실거려 전형적인 시골 읍내 풍 경이었다. 시내를 간신히 빠져 나오니 차창 좌우로 나타나는 하얀 색 칠을 한 돌로 이어진 선이 나타났다 사라졌다를 끝없이 반복한 다. 지뢰 제거 작업을 하고 있는 모습인데, 그 안에서 공동묘지 모습이 중첩된다. 하얗게 칠한 돌이 모여 있으면 공동묘지요 줄로 이어 있으면 지뢰선이니 결국 하얀색은 삶과 죽음을 가르는 경계가 되는 것이다.

2003년 1월 16일 카불의 아침은 복구의 희망으로 깨어났다. 23년간 계속된 내전에다 9·11 테러 이후 미국의 융단 폭격이 겹쳐 온전한 건물보다 조각난 건물이 많은 듯 보였다. 그러다가 그 박살난 건물 안에 둥지를 틀고 그 안에서 빨래를 널고 있는 아낙의 모습이 내 눈으로 들어왔다. 생명력의 질김이 폐허 속에서 솟아나는 잡초보다 더 강하게 배어 있다. 도심 한복판에서도 고개를 15도만 들어 사방을 둘러보면 산 중턱에 판자 집들이 덕지덕지 붙어있다. 그 안에는 화장실도 없고, 상하수도도 없어 온통 분뇨와 쓰레기로 넘치니 다가오는 여름이 걱정된다. 도심에서 걸어서 불과 10분 내외의 거리가 이렇다. 도심 안을 보면 큰 건물은 대부분 파괴되었지만 그래도 그걸 재사용하거나 조금 수리해서 사용하고 있다. 도로는 좁지만 그에 비해 차량은 많아 교통 체증이 심각하여 마비 수준이다. 당장에 나는 불편하더라도 살려고 발버둥치는 그들의 모습에

식수는 생명수다
ⓒ 2005년 4월
카불, 이광수.

전율이 흐른다.

아프간 사람들의 질긴 생명력은 곧 근면성으로 나타난다. 세계식량기구는 그들의 근면성을 잘 활용하여 매우 효과적인 아프가니스탄 원조 사업을 하고 있다. 세계식량기구는 사역을 위한 식량 제공(Food for Work) 프로그램을 통해 그들을 원조하고 있는데, 하수도랑을 치우거나, 빵 만드는 공장에 나가 일을 하거나, 과수원에 가서 일을 하여 자기 자산을 불리면 그에 상응하여 더 많은 식량을 제공하는 사업을 하고 있다. 그런데 그 결과가 애초의 예상치를 훨씬 상회하여 후원자들을 고무시키고 있다. 또 학교로 복귀하는 학생들에게 식량을 제공하는 프로그램은 지난해 학교 복귀 학생 수를 전년도의 3배 이상으로 되게 하는 등의 효과를 거두고 있다. 2003년 현재 300만 명의 어린이들이 학교에 재적하고 있는데 특히 초등학교 1학년 입학 학생이 취학 대상 전체의 46%에 달하고 있어 매우 고무적이다. 카불 곳곳의 담벼락에 그려진 학교 복귀 캠페인 그림이 바로 그들의 교육에 대한 열의의 좋은 증거이다. 또 아프가니스탄은 다른 어느 무슬림 국가들보다 여성 교육에 대한 열의가 강하

이제, 학교로 돌아가자!
ⓒ 2004년 1월
카불, 이광수.

고 문자 해득률은 이미 40%를 넘었으니 인도보다 더 나은 상태가 아닌가. 카불의 허름한 영어 교습 학원에는 청소년에서부터 노인에 이르기까지의 많은 사람들로 북새통을 이루고 있다. 교육에 국가의 미래가 있다는 사실을 그들은 너무나 잘 알고 있어 그들에게 희망이 있는 것이다.

구호는 생계를 바탕으로

2004년 겨울, 아프간 난민들을 만나러 다시 페샤와르에 갔다. 그 길에서 우리는 이 책의 저자인 나카무라 테츠 박사께서 설립 운영하고 있는 페샤와르-까이(일본)병원(Peshawar-kai(Japanese) Medical Services Hospital; PMS)을 만났다. 한센씨 병을 중심으로 진료 활동을 펼치는 그 병원은 나카무라 박사의 15년 넘은 땀과 용기로 지어진 병원이다. 의술은 과연 국경을 넘어 있었다. 이 병원은 아프간 난민뿐 아니라 파키스탄 사람들까지 돌보고 있었다. 병원 행정을 담당하고 있던 간호사 후지타씨는 자신들은 모두 3No 원칙을 세우고 그것을 지키고 있다는 말에 작지 않은 충격을 받았다. "No politics, No religion, No salary." 나카무라 박사는 일본에 매월 3천 엔씩을 회비로 납부하고 있는 회원을 만여 명이나 두고 있다고 했다. 그야말로 시민이 주인인 시민 활동의 전형이다. 한국 사회에서는 아직도 시민 없는 시민 활동이 주류를 이루고 있는데…… 후지타씨는 간호사로서 그곳에서 12년째 활동을 하고 있었다. 물론 무보수다. 주눅을 넘어 경외심이 들었다.

PMS는 페샤와르뿐만 아니라 아프가니스탄 본국에도 세 곳에 사무소를 두고 의료 지원 사업을 하고 있다. 그런데 그 사업은 단순한 의료 지원 사업이 아니다. 그들은 반드시 우물을 파고, 도로를 닦고, 농업 기술을 교육하는 등의 독립적으로 생계를 구축하는 구조를 만드는 일을 하고 있다고 했다. 절대로 의료 지원만 하는 순수 구호는 하지 않는다고 했다. 생계 구조를 구축하는 일을 하지 않는 단순 구호는 사람들을 망칠 수 있다고까지 했다. 그들은 우리가 하고 있는 난민 지원에 대해 직설적으로 평가절하 하였다. 아프가니스탄 사람들이 자립 갱생할 수 있는 일을 찾아야겠다고 마음먹은 것은 이 무렵이었다. 그리고 숙연한 마음에 나카무라 박사의 책을 번역해 한국 사회에 알리기로 했다.

2005년 봄, 아프간 사람들을 만나러 가는 길. 벌써 네 번째다. 항상 그렇듯 피하고 싶은 마음과 빨리 가고 싶은 마음이 교차한다. 이번에도 정확하게 또 그랬다. 그래도 이번에는 파키스탄을 거쳐 육로로 카이버(Khyber) 고개를 넘는 힘들고 불안한 여정이 아니라 조금은 안심이 되었다. 숙소에 도착하자마자 앞으로 활동하게 될 열흘간의 여정에 대해 사업 파트너인 정토회(Join Together Society; JTS)의 유정길 법사님과 논의를 하였다. 그리고 오후에는 우리가 연대하게 될 슈하다(SHUHADA Organization)를 방문하였다. 슈하다는 주로 여성(특히 과부) 재활, 고아 보호, 문맹 퇴치, 난민 복구 등에 관해 활동하는 단체다. 슈하다 사무실에서 담당자와 두 시간에 가까운 프로젝트 참여에 대한 논의를 했다. 그들은 아프가니스탄에서도 가장 가난한 바미얀(Bamyan) 주의 툽치(Topchi) 마을에 마을 회관을 건립하고자 하였다. 그곳은 파키스탄에서 난민 생활을 마치고 돌아 온 난민들이 터를 잡고 있는 곳이라

돌아온 곳엔 황량함밖에 없다 ⓒ 2005년 4월 바미얀, 이광수

했다. 상당수가 여성들로 전쟁과 피난 중에 남편이나 아이들을 잃은 사람들이라 했다. 마을 뒤에 큰 산이 있으나 농사를 지을 만한 땅은 없고 집도 대부분이 땅 속을 파서 만든 움집 형태거나 동굴을 주거지로 삼고 있다고 했다.

다음날 4월 18일 아침 일찍 먼동도 트기 전에 시외버스 터미널로 갔다. 유정길 법사, 정토회의 현지 활동가인 하심(Hasim)씨와 함께였다. 11인승 승합차를 타고 가는 시간은 11시간. 원래는 그보다 세 시간 정도 적게 걸리는 길이 있는데, 아직 눈이 녹지 않아 그 길이 폐쇄되어 어쩔 수 없이 옛날 길로 돌아간다고 했다. 나중에 안 사실이지만 그 길은 실크로드의 일부로서 7세기 현장 스님과 8세기 혜초 스님 등이 지나던 길로 유서 깊은 것이 개인적으로는 훨씬 좋았다. 저녁 늦게 도착한 후 여정을 풀고 슈하다의 현지 활동가와 다음날 방문하게 될 마을에 관한 이야기를 나누었다. 그러면서 아프가니스탄의 재건에 관한 이야기가 많이 나왔다. 소수 민족인 하자라(Hazara)족인 그 마을 사람들의 입장을 대변하는 알리(Ali)는 탈리반을 매우 저주하였고 그에 반해 미국의 역할을 크게 기대하였다. 그러면서 한국 또한 미국이 계속 주둔하고 있기 때문에 전쟁이

옛 동서 문명의 교차로
ⓒ 2005년 4월
바미얀 가는 길, 이광수

억제되고 덕분에 경제가 크게 발전되지 않았느냐는 질문에 만감이
교차하였다. 반면에 탈리반과 같은 민족인 파슈툰(Pashutun)족 출
신인 하심은 이제 전쟁이 지속될 가능성은 거의 없다. 군벌들도 상
당히 해체되었고, 많은 외국의 비정부기구들이 국가 재건을 위해
노력하고 있으며, 내전이 재발될 가능성은 극히 희박하기 때문에
미국은 이제 물러나야 한다고 했다. 후자 쪽에 손을 들어 주었지만
과연 미국이 완전히 자리를 비우고 떠나면(현재 형식적으로는 동맹
군 AISF가 주둔하고 있긴 하지만 주력군은 역시 미군이다.) 정말로
다시 내전이 일어나지 않을까에 대한 의구심이 완전히 사라지지는
않았다. 그렇다면 미국이 아프가니스탄에 대해 지금까지 저지른 과
오는 일단 차치하고, 내전 종식과 탈리반 축출에 대해서는 어느 정
도 인정을 해줘야 하는 것인지에 대해 무겁게 생각하지 않을 수 없
었다. 24년간 내전에 시달리고 가난에 찌들어 있는 인민들에게 가
장 중요한 것은 무엇일까? 민족적 자존심일까 아니면 최소한의 생
존권 보장일까?

학살을 넘고 피난을 건너 돌아 온 삶이여

2005년 4월 19일. 툽치 마을을 향해 무거운 발걸음을 옮겼다. 전체 110개 가구에 인구 수 660명 정도 되는 마을. 모두가 다 탈리반이 이 지역을 점거할 때 학살을 피해 설산을 넘어 파키스탄으로 피난을 갔던 사람들. 피난 도중에 수천 명의 어린이와 여자들이 얼어 죽고 살아남은 사람들만 파키스탄의 한 작은 국경 마을에 정착하여 10년 가까운 세월을 보내다가 작년에 돌아온 그들이다. 난민 출신이라 하니 무척 반가웠고, 내심 난민들이 돌아와 재건할 수 있는 사업을 희망하였는데, 그것이 현실화되니 무척 고무되었다. 우리도 비록 다른 곳이지만 당신들과 같은 처지의 난민들을 지난 3년간 지원해 주었다는 말을 그들에게 하였고, 그들 또한 그 인연의 아름다움과 사업의 연속성이 주는 의미에 훨씬 만족해하였다. 돌아갈 고향이랬자 땅도 없고, 친척도 없는 곳. 그래서 정부가 무상으로 불하해 준 이곳 마을에 정착하기로 하고 여장을 푼 것이 작년 11월의 일이었다 한다. 살을 에는 추위가 두려워 일단 땅을 파고 산을 파서 동굴에서 생활하다가 봄이 되면서 조금씩 집을 짓기 시작해 지금은 상당수가 지상 가옥을 가지고 있다. 하지만 여전히 지하 움막에서 사는 사람들이 많고 더군다나 환기도 되지 않는 그 지하 움막에서 유일한 생존의 수단인 카펫 짜는 일을 하고 있다. 그나마 카펫 짜는 일이 수익성이 괜찮은 편이라 석 달에 한 번씩 약 9천 아프간(한화로 18만 원 정도. 6인 가족의 절대 빈곤선을 약간 상회하는 정도다.) 정도를 버니 일단 최악의 상황은 면한 것 같아 그나마 안심이었다.

마을 주민들을 만나 JTS에서는 마을 회관을 지어 주고(약 3만 달러 소요) 우리는 프로그램 운영비로 카펫 짜기와 문맹 퇴치 프로그램을 위해 연간 1만 달러를 후원하기로 했다. 처음 슈하다에서는 이 두 프로그램 외에도 장신구 가공, 포테이토 칩 가공, 깔개(rug) 짜기 그리고 보건소 운영을 후원해 주었으면 하는 사업 제안서를 우리에게 제출하였다. 전체 7만 달러 정도가 소요되는 사업이었고, 이 제안에 나는 우리 여력을 감안해 일단 첫 해에는 카펫과 문맹 퇴치 프로그램만 후원할 수밖에 없다고 했다. 1년이 지나고 난 후 상황을 보고 사업의 확장에 대해 다시 논의하자는 말로 마무리는 하였지만 더 많이 지원해 주지 못하는 심정이 안타까웠다. 지원금은 JTS에서 건물을 짓고 난 후에 절반을 지원하고, 그 후 6개월이 지난 후에 나머지 절반을 지원하기로 했다. 그리고 2년차와 3년차 사업은 추후에 계속 논의하기로 했다. 지원 내용은 카펫 짜는 기계(loom) 3대, 실, 기술자 월급, 배우는 사람들 최소한의 식비, 문맹 퇴치 교사 월급 등이다. 카펫 짜는 기계 한 대에 네 명씩 붙어 기술을 익히고 3개월에 한 팀씩 새로 충원하면 1년에 16명 정도가 그 기술을 배울 수 있고 이것이 3년간이면 48명 정도로 불어날 것을 생각하니 애써 마음이 뿌듯해졌다. JTS에서는 사업 전체가 잘 진행되면(주민들이 적극적으로 주인 의식을 가지고 건물을 짓고 프로그램에 참여하는 것을 의미한다.) 같은 규모의 건물을 확장 건립하겠다고 했고, 그럴 경우 우리도 프로그램을 확대해서 지원해야 하지 않을까 하는 마음이 들었다. 작은 비정부기구가 감당해야 할 부담에 마음이 무거웠으나 목표가 더 명료하게 드러난 이상 보다 전문적으로 사업을 꾸려 나가야 하는 의지가 굳어졌다.

카펫이라도 짤 수만 있다면…….
ⓒ 2005년 4월 바미얀, 이광수

  카불로 돌아온 다음날 '분쟁방지센터' 라는 일본인들이 하는 비
정부기구를 방문했다. 두 시간여에 걸친 대담을 하면서 정말 부끄
러웠다. 그들은 무자히딘 전사들을 아직도 보유하고 있는 군벌들을
만나 무장해제를 하고 그 전사들을 사회로 통합시켜 재사회화시키
는 일을 하고 있었다. 전사들을 한데 모아 직업 훈련을 시키고 그
훈련원에서 만든 제품들을 마을에 공급하고 또 마을 사람들과 서로
만나는 모임을 정기적으로 주선하여 자신들 스스로 화해를 하고 그
화해 위에서 주체적으로 과거를 청산하게끔 하는 사업을 하고 있었
다. 역사학자로서 바로 이것이야 말로 과거 청산의 가장 좋은 방편
임을 깨달았다. 내전 중 무자히딘 전사들은 마을에서 악명을 떨쳤
고 살인과 강간 등과 같은 악질적 범행을 수도 없이 자행하였다. 그
렇지만 그들 또한 역사의 희생자이고, 새 사회를 건설하기 위해서
는 그들을 안고 가는 것이 필수적인 일이었다. 역사의 의미는 실천
속에서만 있다는 요즘의 내 화두를 직접 목격하는 것에 다소 흥분
되었다. 더욱 중요한 사실은 그 실천의 사역이 물질 속에서 주체적
으로 이루어진다는 사실이었다. 그들에게 직업 훈련을 시킨다는

것, 그리고 그 물질 구조를 공동체가 공유한다는 것. 바로 이것이 우리 비정부기구가 추구해야 할 방향이었다. 역사학자 개인으로서 가슴 벅찬 만남이었다.

다시 돌아온 카불. 카불은 움직이고 있었다. 인터넷 카페에 놀랐고, 중국 음식점에서 맥주를 마실 수 있다는 소리에 놀랐다가 현장에서는 어느 테이블 옆자리에 아가씨가 시중드는 모습에 더 놀랐다. 지금 이라크는 포르노가 범람하고, 성범죄가 만연하고 있다는 이야기를 들었다. 두 곳 모두 정부가 사회를 통제하지 못하고 있기 때문이라는 이야기를 들었을 때는 아프가니스탄의 장래에 대한 불안감이 또 밀려들었다. 보수적인 아프간 사람들 눈에 이런 모습들이 얼마나 가슴이 상할까를 생각해 보았다. 그러면서 이러다가 또다시 보수 반동의 광풍이 일어나지는 않을까 하는 걱정도 들었다. 아프가니스탄에 노심초사하는 내 모습에 나도 놀라면서 지금 이 자리에 서 있다. 혹여 일로 인해 내가 이러는 것은 아닐까, 과연 나는 평화 인권 활동가로 이렇게 노심초사하는 것일까 아니면 내가 하는 사업이 성공리에 잘 마무리되어 나도 뭔가 이바지하는 일이 있어야 할 텐데 하는 소리(小利)의 욕(慾)으로 인해서 일까. 얼치기 활동가의 착잡한 마음에 또 하루가 기울었다.

세상이 아직 살 만함을 우리가 한 번 보여 주자

지금 세계에서 원조의 손길을 애타게 기다리고 있는 나라는 그렇게 많지 않다. 원조라는 것이 단순히 한 나라가 가난하다고 해서 주는 것은 아니다. 원조는 정부의 능력이 한계에 부닥침으로서 도

그래도 정돈되니 살 만한 곳 ⓒ 2005년 4월 카불, 이광수

저히 손을 쓸 수 없는 상태에 있는 나라에 대해서 해주는 것이 상
례이다. 그렇게 볼 때 원조 대상으로 분류될 수 있는 나라로는 기
아에 허덕이는 북한, 에이즈의 공포에 떨고 있는 남부 아프리카의
몇몇 나라 그리고 전쟁의 폐허 위에 신음하고 있는 아프가니스탄
등을 들 수 있다. 그 가운데 북한은 우리 민족이자 우리 형제이기
때문에 나름대로의 많은 원조들이 국가적 차원에서든 비정부기구
차원에서든 활발하게 이루어지고 있다. 남부 아프리카의 몇몇 나
라는 안타깝지만 우리로서는 힘이 부침을 느낀다. 거리도 멀고, 의
료 보건에 대한 우리 사회의 축적된 노하우도 부족하고 그들과의
문화적 동질감도 그리 많지 않아 한국 사회에서 그들에 대한 관심
을 끌기가 매우 어렵다. 그런데 아프가니스탄은 조금 다르다.

아프가니스탄은 지리적으로 우리와 가까운데다 문화적으로 같은
아시아인이라는 점에서 상당한 동질감을 가지고 있다. 그들과 우리

는 불교를 통해서도 문화 전통을 상당히 공유하고 있다. 하지만 무엇보다도 중요한 것은 그들이 우리를 다른 어느 나라보다 더 필요로 한다는 사실이다. 그것은 그들이 우리가 전쟁 폐허를 짧은 기간 내에 그리고 완벽하게 복구하여 경제적 기적을 이룬 신화의 나라로 인식하고 있기 때문이다. 우리가 복구에서 개발로 나아가는 아프가니스탄을 돕는 주역이 되어야 하는 이유는 바로 여기에 있다.

물론이다. 한국 사회 안에도 원조의 손길을 기다리는 곳은 수도 없이 많다. 세계화와 신자유주의의 망령 속에서 수도 없이 많은 사람들이 길거리에 나가 앉았고, 추위와 굶주림에 고통 받고 있다. 아직도 소년소녀 가장들은 파괴된 가족의 짐을 모두 진 채 허덕이고 있다. 그들을 돕는 일이 더 우선적이라는 논리에 대꾸하고 싶은 생각은 추호도 없다. 다만 한 가지, 부족하지만 그들에게는 정부도 있고 시민 단체도 있고 의로운 손길들이 끊이지 않아 그나마 최악의 상태는 아니라는 사실이다. 이에 비해 아프간 사람들의 상황은 자립 복구하기에는 거의 절망적이다. 그런데 그들이 살려고 발버둥치고 있다. 이 사실보다 더 중요한 이유가 어디 있겠는가, 바로 우리가 그들을 도와야 한다는 일에.

우리 상황은 최근에는 많이 나아지고는 있지만 그 정도나 방법에 있어서는 초보 수준을 면치 못하고 있다. 올림픽은 10위권 안에 들면서도 해외 원조에 대해서는 전혀 그렇지를 못하다. 유엔에서는 한국을 급부상하는 원조국으로 분류하고 있지만 그 성과는 아직 많이 부족하다. 더군다나 우리는 한국 전쟁으로 인해 많은 외국으로부터 원조를 받았다. 우리가 이렇게 일어서기에는 우리의 근면함이 결정적인 역할을 하였음을 부인하지는 않지만 그것도 그들의 원조가 있었기에 가능하지 않았겠는가. 국제 정치적 차원에서는 물론이고 도덕적 차원에서도 우리는 세계의 이웃들에게 빚을 지고 있는 것이다.

그러면 우리는 아프가니스탄을 어떻게 도울 것인가? 아프가니스탄에 대한 원조는 크게 세 가지 방향에서 가능하다. 첫째는 아프가니스탄의 기반 시설 복구에 대한 것이다. 도로 건설, 전기 시설 확충, 댐 건설 등을 들 수 있는데 그 비용이 막대하여 현재 우리의 여력으로서는 어려운 부분이다. 둘째로는 아프가니스탄의 경제 구조가 자본주의 경제 체제로 전환하여 확실하게 자리 잡는데 필요한 비용을 대는 것이다. 이 또한 현재의 우리 실정으로는 기대하기가 어렵다. 이 두 분야는 미국이나 일본과 같은 나라에서 본격적으로 담당하고 있다. 우리가 기여를 할 수 있는 분야는 세 번째의 인적 자원 육성과 긴급 복구 지원에 관해서일 것이다. 우리는 특히 학교 교육이나 직업 훈련 교육에 있어서 원조 수혜국 가운데 가장 성공한 사례로 꼽히고 있다. 긴급 지원에 관해서도 한국 사회는 상당한 노하우를 가지고 있다는 사실 또한 매우 요긴하게 사용될 수 있으리라 믿는다.

원조는 두 가지 방향에서 이루어지고 있다. 하나는 정부를 통한 원조이고 또 하나는 비정부기구를 통한 원조이다. 아프가니스탄 정부에서는 세계 각국의 비정부기구들에게 비정부기구를 통해 원조하는 방식을 지양하고 아프가니스탄 정부로 창구를 일원화해 줄 것을 당부하고 있다. 중복 투자를 막아야 하는 점도 고려하고 체계적인 관리를 해야 하는 사실도 고려해야 한다는 논리에 반대하고 싶지는 않지만 세계 각국의 비정부기구들은 그들 공무원 사회를 그다지 신뢰하지 않는다. 그래서 많은 비정부기구들은 비정부기구를 통한 원조 방법을 여전히 고수하고 있다. 엄밀히 말하면 정부는 정부대로 하고, 비정부기구는 또 비정부기구대로 하는 것이 합리적이라는 생각에서다.

한국의 경우에도 정부에서는 아프가니스탄 정부 공무원들을 교육시킨다거나, 직업학교를 세우는데 필요한 체계나 관련 법규를 정비해 주거나 구호물자를 보급해 주는 일을 맡고 있다. 그리고 비정부기구들은 정부에서 하기 어려운 부분에 뛰어들어 소기의 성과를 내고 있다. 그들은 오지에 들어가 기아 구제, 초등 교육, 식량 증산, 식수 보급 시설 확충 등의 일을 담당하고 있다. 이런 일은 정부보다는 일에 더 헌신적이고 열정적인 비정부기구가 맡는 게 더 낫다. 특히 그들은 현지 접근에 강점이 있고 주민과의 일체감 조성에 큰 역할을 할 수 있고, 현장에서 사후 관리를 철저하게 하기 때문에 그들이 매일의 생활 속에서 실제로 필요로 하는 절실한 문제에 바로 접근할 수 있어 더욱 안성맞춤이다.

지금 세계는 아프가니스탄을 잊어 가고 있다. 미국이 행한 만행이 몇 년 사이에 옛이야기로 되어 버렸다. 인간이 망각의 동물이라 하니 어쩔 수 없는 일이겠지만 그래도 그들을 벌써 잊기에는 그들의 상황이 너무나 절박하다. 그런데 미국의 이라크 폭격이 발생한 후, 세계의 이목은 이라크로 몰렸다. 그때 이후 지금가지 계속 파키스탄, 이란, 타지키스탄 등으로 피난한 아프간 난민들이 서서히 본국으로 돌아와 이제 남아 있는 난민은 거의 없다. 그런데 아프가니스탄 본국은 아직도 그들을 맞이할 채비를 갖추고 있지 못하고 있다. 그래서 지금이 바로 우리가 그들을 원조해야 할 시점이다.

우리 돈 1만 원이면 어린이 한 사람 한 달 식량이 부족한대로 해결될 수 있다. 우리 돈 1만 원을 꾸준히 모아 주면 한 마을 수백 명이 새로 지어진 여성 회관에서 일하면서 자립할 수 있는 터전을 만들 수 있다.

24년간의 전쟁과 4년간의 가뭄 속에서 그들은 좌절하지 않고 일어서고 있다. 우리의 작은 정성이 그들에게는 거대한 희망이 됨을 잊지 말자. 세상이 아직 살 만함을 우리가 한번 보여 주자.

부르카를 쓴 채 기다리는 건 다만 버스만이 아니다
© 2005년 4월 카불, 이광수